ERICH SCHÜTZ
Doktormacher-Mafia

»HERR DR.« GEGEN CASH Der Journalist Leon lebt in der Stuttgarter Altstadt. Er träumt nicht von einem akademischen Grad, sondern von der ganz großen Story über den illegalen Handel mit falschen Doktor- und Professorentiteln. Bei seinen Recherchen gerät er in das Netz einer international operierenden Organisation.

Leon dringt tief ein in die mafiösen Strukturen und versucht unter Einsatz seines Lebens, die fein gesponnenen Fäden zu entflechten. Plötzlich macht man ihm ein nicht ganz seriöses Angebot und er trifft auf die »Spinne«. Eine heiße Spur führt ihn an den Bodensee, wo er die Bekanntschaft der ebenso attraktiven wie rätselhaften Lena macht …

Erich Schütz, Jahrgang 1956, ist freier Journalist. Er arbeitet als Autor von Fernsehdokumentationen und kulturellen Reiseberichten und ist Herausgeber verschiedener Restaurantführer. Aufgewachsen im Südbadischen, lange Zeit in Berlin und Stuttgart zu Hause, hat sich Erich Schütz einen Traum erfüllt und wohnt heute in Überlingen am Bodensee. Konsequenterweise spielen seine Kriminalromane in der Landschaft, die er besonders kennt und liebt.

Bisherige Veröffentlichungen im Gmeiner-Verlag:
Bombenbrut (2011)
Judengold (2009)

ERICH SCHÜTZ

Doktormacher-Mafia

Kriminalroman

Personen und Handlung sind frei erfunden.
Ähnlichkeiten mit lebenden oder toten Personen
sind rein zufällig und nicht beabsichtigt.

Besuchen Sie uns im Internet:
www.gmeiner-verlag.de

© 2011 – Gmeiner-Verlag GmbH
Im Ehnried 5, 88605 Meßkirch
Telefon 07575/2095-0
info@gmeiner-verlag.de
Alle Rechte vorbehalten
2. Auflage 2012

Lektorat: Claudia Senghaas, Kirchardt
Herstellung: Julia Franze
Umschlaggestaltung: U.O.R.G. Lutz Eberle, Stuttgart
unter Verwendung eines Fotos von: © Gina Sanders und © ariwari /
www.Fotolia.com
Druck: GGP Media GmbH, Pößneck
Printed in Germany
ISBN 978-3-8392-1220-2

Herr Professor, Frau Doktor – wie schön klingt doch ein solcher Titel! Aber nicht jeder hat ihn, auch wenn viele ihn gerne vor ihrem Namen tragen würden.

60.000 Bundesbürger versuchen jährlich, einen Doktortitel zu erlangen. Nur 30.000 schaffen es. Zehn Prozent davon sind allerdings gefälschte Titel. Wo eine große Nachfrage herrscht, gibt es auch ein unseriöses Angebot. Ein grauer Markt hat sich etabliert. Akademische Ehrengrade gegen cash. Man glaubt es kaum, aber angesehene Klinikvorstände und Institutsleiter greifen zu – und auch einmal ein arbeitsloser Bademeister oder hoffnungsfrohe Politiker.

Leon ist Journalist. Er träumt nicht von einem akademischen Grad, sondern von seiner ganz großen Geschichte. Der internationale Titelhandel: Falsche Doktoren und falsche Professoren sind die Story. Dabei gerät Leon in das Netz einer international operierenden Titelhändler-Organisation. Er recherchiert tief in den mafiosen Strukturen. Schließlich verfängt er sich im Netz der Händler. Nicht ganz ungefährlich entflechtet Leon die fein gesponnenen Fäden und bekommt ein nicht ganz seriöses Angebot. Leon lernt die Spinne kennen, seine Sekretärin, und verliebt sich in den Bodensee. Aber noch hängt sein Herz auch an der Altstadt von Stuttgart.

Wahre Fakten, spannend verpackt, mit einem Schlüssellochblick in die Arbeitswelt der aktuellen Fernsehredaktionen. Journalistisch recherchiert und als Dokumentarfilm in der ARD ausgestrahlt, jetzt als Doku-Krimi in Buchform.

INHALTSVERZEICHNIS

PROLOG

Er ist als Arzt geboren, das hatte er schon immer gewusst. Er ist kein Hochstapler oder, wie ihm die Staatsanwaltschaft vorwirft, gar ein Betrüger. Er hat genügend Patienten geheilt. Seine Klinik am Bodensee war zum Mekka für viele Schmerzpatienten geworden. Prof. Dr. med. Christian Ziegler, sein Name versprach Heilung. Von ihm aus hätte er längst auf alle akademischen Titel verzichten können. Seine Patienten hätten ihm trotzdem die Treue gehalten, da ist er sich ganz sicher.

Christian Ziegler wirft sich auf seiner schmalen Pritsche hin und her. Er muss kurz weggenickt gewesen sein. Dabei hat ihn ein schrecklicher Traum befallen. Schweißnass wacht er auf. In dem Traum sah er sich völlig entkleidet auf einer aus Holz gezimmerten Bühne, mitten auf dem Ravensburger Marktplatz, stehen. »Der Onkel Doktor ist ja ganz nackt«, hatte er ein kleines Mädchen rufen hören, während die Mutter das Kind energisch am Arm aus der Menschenmenge zog. Er hatte den beiden nachgesehen und dabei verschämt versucht, sein Geschlecht hinter seinen hohlen Händen zu verbergen, aber zwei Polizeibeamte hielten seitlich seine Arme fest. Er hatte versucht, sich aus den Griffen der Häscher zu befreien, dabei hatte er einen Blick von seiner Frau aus dem Publikum aufgefangen: Rosi! – Doch sie hatte ihren Kopf schnell weggedreht. Er hatte nur kurz in ihre Augen gesehen, ihre Augen, die er so liebt. Der Schmerz katapultiert ihn in die Wirklichkeit zurück. Nur kurz schwankt er zwischen dem Traum und der Realität, dann öffnet er schnell seine Augen.

Er liegt in einer Zelle der Justizvollzugsanstalt Ravensburg. In dem großen Gefängnis sitzen über 500 Gefangene ein. Doch sie alle scheinen friedlich zu schlafen. Vielleicht sind sie alle zu Recht eingesperrt, denkt Ziegler, deshalb schlafen sie gut. Aber ich? Ich muss zu meinen Patienten.

Der Mann auf der Pritsche neben ihm schnarcht laut und zu allem hin völlig unrhythmisch. Zwischendurch pfeift er die Luft mit einem hohen C durch seine Zähne aus seinem Körper. Er scheint einem gesegneten Schlaf zu frönen. Er liegt völlig entspannt in der anderen Ecke des kleinen Raumes, direkt neben der stinkenden Kloschüssel.

Der Mitgefangene spricht nur schlechtes Deutsch. Warum er einsitzt, weiß Christian Ziegler nicht. Sie hatten ihn ungefragt zu ihm in seine Zelle gelegt. Während er nur in U-Haft einsitzt, ist dieser Fremde rechtmäßig verurteilt. Der Mann ist ein Verbrecher!, denkt Ziegler. Er war ihm auf den ersten Blick unsympathisch. Ziegler hatte gegen den Zellengenossen protestiert, aber ein Beamter hatte ihm erklärt: »Es ist zu Ihrem Schutz, bei Ihnen besteht Suizidgefahr!« – Da hatte er laut gelacht. Er, Prof. Dr. med. Christian Ziegler, ein Mann wie er, bringt sich nicht um. Warum auch?

Er hatte eine Bilderbuchkarriere hingelegt, von der andere nur träumen können. Er war in ärmsten Verhältnissen in einem kleinen Fleck bei Biberach groß geworden. Damals besuchte man noch acht Jahre die Volksschule, und dann war Schluss. Der Dorflehrer schickte ihn zu einem Frisör in die Lehre. Aber er, Christian Ziegler, hatte damals schon gespürt, dass er zu Höherem geboren ist.

Trotzdem hatte er zunächst willig die Fügung angenommen. Er lernte Haare schneiden und Bärte rasieren und kehrte jeden Abend den Laden aus. Er musste den alten Damen die Haare waschen und die Locken eindrehen.

Nebenbei erzählten sie ihm von ihren Leiden. Von offenen Beinen, Schlafstörungen oder Gelenkschmerzen. Gerade die Frauen auf dem Land hatten meist Schmerzen in ihren abgeschafften Händen, ihren überbelasteten Kreuzwirbeln oder einseitig abgenutzten Hüftgelenken.

Er, Christian Ziegler, hatte ihrem Gejammer immer zugehört, er hatte immer ein offenes Ohr für sie. Er hörte dabei außer ihrem Wehklagen auch von ihren verschiedenen Heilmethoden. Er hörte von selbst angesetzter Kamille gegen die offenen Beine, von ›Klosterfrau Melissengeist‹ oder anderen alkoholischen Wundermitteln bei Schlafstörungen, und er lernte einiges über die Wirkungen der chinesischen Massagen oder über Akupunktur bei Rheuma. Die Tipps gab er fachmännisch weiter, und so wurde er bald zum Experten in Sachen alternativer Heilmethoden.

Schon während seiner Lehrzeit zum Frisör wurde er so zum Vertrauten, gerade der älteren Kunden. Ihm erzählten sie von ihren Wehwehchen und Sorgen, als wäre er damals schon ihr medizinischer Therapeut gewesen. Erst danach entschieden sie, ob sie eine Dauerwelle oder Wasserwelle gewickelt bekommen wollten.

Stetig und interessiert hatte er sich sein medizinisches Wissen angeeignet. Schritt für Schritt hatte er die wissenschaftliche Leiter erklommen. Er hatte sich weitergebildet. Der Professorentitel war nach langer Zeit nur die logische Folge. Er war die Anerkennung für seinen immensen Wissensdrang und stand ihm auch rein fachlich zu. Allein der Zulauf an Patienten sprach für ihn.

»Der junge Schnösel von Staatsanwalt, der gestern früh die Durchsuchung meiner Klinik leitete, versteht von Medizin so viel wie ein deutscher Gesundheitsminister von alternativen Heilmethoden«, brummelt Ziegler leise vor sich hin. Voller Scham und Zorn erinnert er sich, wie er aus seiner eigenen Klinik abgeführt wurde. Wie ein Verbrecher!, rebelliert es in ihm gegen das für ihn vermeintliche Unrecht der Justiz.

Er, Christian Ziegler, hatte in erster Linie seinen Mitmenschen immer geholfen. Er hatte die Patienten mit allen ihren Sorgen und Nöten ernst genommen. Deshalb hatte er schon bald ihre schmerzhaften Leiden gekannt und alternative Heilungsmethoden gefunden. Er hatte früh gespürt, dass die Medizin seine Berufung ist. Aus Interesse und Neugier hatte er sich deshalb schon als Frisörlehrling Fachbücher gekauft und sich in die Materie eingearbeitet. Das Fieber hatte ihn gepackt. Jawohl, er ist Arzt geworden aus Leidenschaft!

Anfang der 70er-Jahre hatte er sich als Frisör selbstständig gemacht. Nicht wegen des schnöden Mammons, sondern weil schon damals viele Kunden nur von ihm selbst bedient beziehungsweise beraten werden wollten. Die Kunden erzählten ihm, wo und wie es sie drückte und schmerzte, bevor sie sich in den Frisörstuhl setzten. Schon bald kamen die Kunden öfter in sein Geschäft, als dass er ihnen die Haare hätte schneiden können. Sie wollten nur seine Diagnose hören, seine Heilungsmethoden anwenden und von ihm behandelt werden.

Er hatte sich dagegen gar nicht wehren können. Wenn Ärzte am Ende ihres Lateins waren, kamen die Patienten zu ihm, schon als er noch Frisör war. Sie spürten damals schon, dass von ihm eine besondere Heilkraft ausging. Er war mit Haut und Haar der Medizin verschrieben. Seine Bekanntheit stellte sich zwangsläufig ein. Im vergangenen Jahr konsultierten ihn in seiner Klink fast 10.000 Patienten. Wie hätte er für solch eine Menge Heil suchender Menschen in seinem alten Frisörladen eine Diagnose erstellen können?

Christian Ziegler lächelt gequält. Er sucht ein Taschentuch, um sich seinen Schweiß von der Stirn zu wischen. Doch neben ihm steht kein Nachttischchen, und darauf liegt auch keine Packung Papiertaschentücher, die seine Frau zu Hause immer paratlegte.

Er zerrt die wollene Decke der Gefängnisanstalt, die auf ihm liegt, hoch und wischt sich damit sein Gesicht trocken. Irgendwo in der Ferne hört er eine Kirchturmuhr schlagen. Er zählt mit. Vier hohe, vier tiefe Schläge. Auch den Dreiuhrschlag hatte er noch gezählt. Also ist er nur eine Stunde weggenickt gewesen. Zu wenig Schlaf vor den Anstrengungen, die ihn am nächsten Tag erwarten. Er muss versuchen weiterzuschlafen. Er kuschelt sich in die kratzige Decke, hält den nass geschwitzten Rand von seinem Gesicht weg und horcht in sich hinein. Er schwankt zwischen Zorn und Trauer. Die unbestechlichen Herren in ihren schwarzen Roben haben mit den Halbgöttern in Weiß eine Koalition gegen ihn geschmiedet. Der Staatsanwalt hatte ihn schon gestern bei der ersten Vernehmung wie einen Schwerverbrecher behandelt. Und auf die Reaktionen seiner Kollegen und die der Ärztekammer muss er nicht warten. Diese Ungerechtigkeit macht ihn traurig.

Christian Ziegler sieht sich als ein Opfer der Verhältnisse. Was kann er dafür, dass er nicht bei den Großkopfeten aufwuchs? Aus seinem Dorf gingen nur der Sohn des Lehrers und natürlich der des Doktors in die Stadt auf die Oberschule. Und was ist aus denen geworden? – Der eine ein windiger Landrat, der andere ein trauriger Landarzt. Aber er! Er ging unaufhaltsam seinen Weg zum Chefarzt und Klinikleiter. Wozu brauchte es dafür ein Abitur?, hatte er sich immer wieder gefragt, und sein Erfolg gab ihm recht.

Schon als Frisör hatte er so vielen Menschen geholfen. Er hatte ihnen Tipps gegeben, zu Medikamenten geraten oder sie zu bestimmten Ärzten verwiesen – warum war es ihm verboten, dies beruflich zu tun? Er verspürte schon damals den inneren Drang, Menschen helfen zu wollen, hatte er dem Staatsanwalt erzählt, doch dieser hatte nur gelacht und direkt vor seiner Nase den Daumen über den Zeigefinger gerieben, als würde es ihm nur um den Mammon gehen.

Doch Geld war nie seine Motivation, weiß Ziegler. Es war seine Berufung. Er hängte Kamm und Schere an den Nagel und legte in München die staatliche Heilpraktikerprüfung ab. Dafür hatte er gebüffelt und die Schulbank gedrückt. Danach eröffnete er inmitten von Ulm eine Heilpraktiker-Praxis. Im Nachhinein kann er sagen: »Das Geschäft lief gut!«, aber er sagt lieber: »Ich konnte schon damals vielen Menschen helfen.«

Christian Ziegler wälzt sich auf seiner schmalen Pritsche. Er kann nicht wieder einschlafen. Vor 24 Stunden war er noch der angesehene Klinkleiter der ›Schmerz- und Heilklinik Bodensee‹ in Langenargen, Prof. Dr. med. Christian Ziegler. »Der Chef!«, so nannten sie ihn alle ehrfürchtig. Und jetzt? Jetzt soll er ein Verbrecher sein?

Er denkt an seine Frau und seine zwei Kinder. Er hatte all die Jahre Angst, dass das Make-up, mit dem er seine Karriere beschönigt hatte, irgendwann abplatzt wie verwitterter Lack. Er liebt Rosi, seit er denken kann. Er hatte ihr damals erzählt, er würde in München Medizin studieren, als er die Heilpraktikerausbildung absolvierte. Schließlich log er sie an: »Ich wurde berufen, ich gehöre zu Europas Vorzeigestudenten.« Stolz spielte er ihr vor: »Ich mache den Abschluss in Rom, an einer angesehen Universität.«

Über sein Gesicht huscht ein Lächeln. Er erinnert sich, wie stolz seine Rosi war, als er ihr sein Arztzeugnis mit dem Abschluss ›Dottore/univ. Rome‹ vorlegte. Er sieht die Urkunde vor sich und auch den Mann, der ihm das Blatt Papier für damals 20.000 Mark überreicht hatte. In seiner Erinnerung war der Italiener seriös. Er war kein Mafioso. Er hatte gesagt, er hätte Beziehungen zur Universität in Rom. Er war auf der Suche nach Nachwuchskräften, hatte er ihm anvertraut, und hatte sich deshalb bei dem Heilpraktiker-Kurs in München umgeschaut. »Weißt du«, hatte er ihm gestanden, »die wirklichen Mediziner findest du heute unter den Heilpraktikern.« Und die besten Mediziner wurden bei Interesse mit der Urkunde von seiner Universität in Rom ausgezeichnet.

Die 20.000 Mark hatten ihm schon damals nicht wehgetan. Er hatte sich von Anfang an von den alten Damen für seine medizinischen Diagnosen und Heilungen, auch als Frisör, fürstlich entlohnen lassen. Und später als Heilpraktiker, das hatte er gewusst, würde er richtig gut verdienen.

Dem Staatsanwalt hätte er diese Geschichte nicht erzählen sollen, ärgert Christian Ziegler sich. Diesem unsympathischen Mann wünscht er alle Schmerzen, die er jemals behandelt hatte. Vielleicht würde er dann vor ihm zu Kreuze kriechen. Der Ignorant!

Christian Ziegler hatte die 20.000 Mark auch als Spende für eine gute Sache gesehen, im Kampf gegen die Arroganz der Schulmedizin. Und Rosi hatte sich über seinen Titel gefreut und den Patienten hat die Urkunde Vertrauen eingeflößt. Selbst die Beamten des Innenministeriums erteilten ihm nach Vorlage der Papiere der Universität Rom die begehrte Approbation. So einfach war das. Der Italiener hatte ihm alle Papiere besorgt, die die deutsche Behörde zusätzlich sehen wollte. 10.000 Mark hatte er dafür nachbezahlt. Dann war das Ministerium zufrieden und er war amtlich, als was er sich schon immer fühlte: Arzt!

Christian Ziegler wuchtet sich mit einem Ruck von seiner Liege hoch. Er steht in seiner Zelle und geht aufrecht hin und her. Sein Zellengenosse schnarcht unbeeindruckt und unrhythmisch weiter. Ziegler dagegen ist nun hellwach. Er strafft seinen Körper, dehnt sich und versucht in aufrechter Position seine massige Gestalt in ganzer Größe vor das Fenster zu stellen. Schemenhaft erkennt er sein Spiegelbild. Draußen ist es noch dunkel, in der Zelle haben sie ihm ein dämmriges Licht gelassen, es muss die ganze Nacht brennen, hatte der Anstaltsleiter befohlen. Suizidgefahr! Ja, er weiß.

Ziegler steht mit seinen 1,80 in der Zelle wie ein Boxer im Ring. Seine grauen Haare, die sonst immer akkurat zurückgekämmt an seinem Kopf liegen, hängen ihm wild ins Gesicht. Seine weißen Bartstoppeln unterstreichen sein ungepflegtes Äußeres, sein weißes Hemd ist zerknittert und hängt ihm aus der Hose, sein Bauch steht hervor. Trotzdem wirkt er angriffsbereit. Er sucht nach seiner Verteidigungslinie: Schließlich hat vor 20 Jahren das Innenministerium die italienische Urkunde der Universität Rom akzeptiert, die jetzt plötzlich gefälscht sein soll. In seinen Augen hatte das Ministerium damit sowieso nur anerkannt, was ihm seine Patienten als Heilpraktiker schon längst attestiert hatten: »Unser Doktor!«, hatten ihn die meisten seiner Kunden gegrüßt.

Christian Ziegler tritt näher an das Fenster seiner Zelle. Er hält seine Hände mit offener Handfläche links und rechts neben seinen Kopf und drückt sie mitsamt der Nase an die Scheibe, dadurch kann er jetzt hinaussehen. Er blickt durch Gitterstäbe in einen Innenhof. Er denkt an Rosi und seine zwei Buben. Beide stehen kurz vor ihrem Abitur. Es war nicht leicht, ihnen immer wieder vorzugaukeln, dass auch er Abitur gemacht hatte. Glücklicherweise war er meist von morgens bis abends in der Klinik. Er hätte ihnen bei Mathematikaufgaben kaum helfen können. Auf der anderen Seite hatte Christian Ziegler gelernt, dass doch alle nur mit Wasser kochen. Er war mit medizinischen Koryphäen auf gemeinsamen Kongressen. Er hatte mit ihnen parliert und diskutiert und sich ihnen immer ebenbürtig gefühlt. Seine akademischen Grade führt er wahrlich nicht für sich. Sie gehören eben zu seinem Beruf, wie zum Kaminkehrer der schwarze Zylinder.

Mit der Approbation des Innenministeriums hatte Christian Ziegler auch seinen italienischen ›Dottore‹ in einen ordentlichen ›Dr. med.‹ umgewandelt. Nach Vorlage der Urkunde ›Dottore/unv. Rome‹ hatte ihm das Kultusministerium das Tragen des Titels ›Dr. med.‹ genehmigt. Anfang der 80er-Jahre hatte er daraufhin seine Praxis in Ravensburg eröffnet: ›Dr. med. Christian Ziegler‹ prangte von nun an auf dem Praxenschild.

Damit begann der steile Aufstieg des Dr. Ziegler als angesehener Mediziner. Schnell hatte er einen beachtlichen Kundenstamm. Als ›Dr. med.‹ bekannte er sich öffentlich auch zu alternativen Heilmethoden. Ein ›Dr. med.‹, also klassischer Schulmediziner, der alternativen Heilmethoden gegenüber aufgeschlossen ist, das imponierte! Er selbst entwickelte ein ›Wundermittel‹, das seine Schmerzpatienten in den Himmel lobten: Es bestand aus Hühnereiweiß-Präparat und einigen geheimen Zutaten der indianischen Medizin, hatte er behauptet. Offiziell hatte er das Wundermittel in einer amerikanischen Universität erforscht. So wunderten sich auch selbst seine Kollegen nicht, als er sich schon bald mit einem Professorentitel dieser Universität schmückte. ›Prof. Dr. med.‹ – für einen gelernten Frisör keine schlechte Karriere, muss sich Christian Ziegler eingestehen.

Er streicht sich seine Haare aus dem Gesicht und zieht die weiße, lose Hose mit beiden Händen über die Hüften. Den Gürtel sowie die Krawatte und selbst auch die Schnürsenkel hatten sie ihm abgenommen. Er stopft sein nach Schweiß riechendes Hemd in den Hosenbund. Plötzlich ist es ihm zum Weinen. Ihm wird klar, dass das Gericht sein Wundermittel analysieren wird. In seiner Klinik, die er vor zehn Jahren in Langenargen am Bodensee gegründet hatte, lagerten genügend Ampullen, die die Polizei gestern beschlagnahmt hatte. Er hatte es einem kleinen Jungen mit Pseudo-Krupp gespritzt. Daraufhin krümmte sich der Junge vor Schmerzen. Er erinnert sich an das Flennen und Jammern des Kindes. Warum er solche Schmerzen hatte, konnte er sich nicht erklären, schließlich hatte er ihm doch, wie allen seinen anderen Patienten, nur Kortison gegeben, mehr hatte er seinen Wunderspritzen nie beigemischt. Kortison mildert jeden Schmerz, hatte er gelernt. Doch der Junge war vor Schmerzen fast gestorben. Sein Vater hatte geklagt. Er hatte sich mit keiner Erklärung zufriedengeben wollen. Hätte er schon damals gewusst, dass der Vater des Jungen Anwalt ist, er hätte den Burschen gleich zu einem Kinderarzt überwiesen.

Jetzt ist es zu spät. Seine ›Schmerz- und Heilklinik Bodensee‹ in Langenargen wurde kurzerhand geschlossen. Dabei hatte er sie gerade zu einer Prominentenklinik nur für Privatpatienten ausgebaut. Er hatte es geschafft. Es gab Privatpatienten, die bezahlten bis zu 100.000 Euro für eine Therapie beim Chef.

Die 20.000 Mark für die Doktor-Urkunde hatte er zigfach zurückbekommen, und auch die Professoren-Urkunde, für die er 30.000 Mark bezahlt hatte, hatte sich amortisiert.

Als Prof. Dr. med. Christian Ziegler war er jahrelang erfolgreich. Gestern ist er verhaftet worden wegen Titelmissbrauchs. Jetzt graut der Morgen. Als Untersuchungshäftling Christian Ziegler findet der Frisör langsam wieder in seinen Schlaf.

EIN MORD IN KONSTANZ
... UND ILLEGALE DOKTORENTITEL IM ANGEBOT

Es ist früh am Morgen. Der See liegt im Dunst. Wellen schwappen gegen die Kaimauer zwischen Bodensee und Rheinbrücke, am Seerhein in Konstanz. Die ersten Wasservögel des Tages nutzen die ruhigen Stunden und suchen, kopfunter, ihr Frühstück auf dem Seegrund. – Schnitt – Leichte Nebelschwaden ziehen von der Kaimauer die breite Straßenschneise der ›Unteren Laube‹ herauf in die angrenzende Innenstadt. – Schnitt – In der alten Konzilstadt geht ein Trupp Straßenkehrer ihrer Aufgabe nach (leichte spannungserzeugende musikalische Akzente setzen ein). Sorgfältig fegen sie mit ihren alten Besen, Gehsteig und Regenrinne. Einer nimmt seine Zigarette aus dem Mund und wirft sie neben das Trottoir auf den angrenzenden Parkplatz. – Schnitt – »Hey«, ruft sein Kollege hinter ihm und zeigt mit einer Kopfbewegung auf die noch qualmende Kippe auf dem Boden. Der andere schaut ebenfalls in Richtung Kippe, stockt aber ruckartig seine Bewegung. Seine Augen werden groß und größer. »Hey«, ruft jetzt auch er und zeigt mit seinem Besen auf ein Auto, das direkt vor ihm steht. – Schnitt – Die Köpfe des gesamten Straßenfegertrupps bewegen sich in die Richtung des geparkten Wagens. – Schnitt – Die Kamera fährt langsam über die lange Motorhaube eines großen S-Klasse Mercedes auf die Frontscheibe zu (die Musik wird stärker und eindringlicher, bricht mit dem Stand der Kamerafahrt rasant ab). Hinter der Scheibe auf dem Fah-

rersitz hockt regungslos ein Mann. – Schnitt – Der Straßen-
kehrer, der die Kippe so sorglos weggeworfen hatte, bewegt
sich langsam und vorsichtig, als könne er den Fahrer aus
seinem Schlaf wecken, auf den Wagen zu. – Schnitt, Groß-
aufnahme – Der Mann hinter der Scheibe bleibt starr, sein
Kopf sitzt steif auf seinem langen Hals. Der Krawattenkno-
ten sitzt perfekt. Darüber aber ist sein Mund halb geöffnet,
seine Lippen zeichnen ein Wort, das ihm im Hals zu ste-
cken scheint. Es wirkt, als wolle er etwas sagen. Die Augen
sind weit offen. Eine graue Locke fällt ihm ins schlanke,
fast hagere Gesicht. Seine Goldrandbrille sitzt verscho-
ben auf einer auffallend langen, schmalen Nase. Zwischen
der Nasenwurzel und den Augenbrauen führt eine kleine,
dünne, verkrustete Blutspur zu einem hässlichen, aber scharf
konturierten Loch inmitten der Stirn. – Schnitt auf den Stra-
ßenfeger, der plötzlich sehr weiß ist und wie geistesabwe-
send zu einer weiteren Zigarette greift: »Der ist tot!«, sagt
er trocken, zündet die nächste Zigarette an und dreht sich
ratlos zu seinen Kollegen um. – Schnitt – Einer der Straßen-
feger greift nach seinem Handy. Er stammelt: »Eins, eins,
zwei – stimmt doch, oder?« »Mach schon«, ruft der erste
aufgeregt. – Umschnitt.

Und jetzt, so denkt es sich Leon, jetzt müsste der Titel
kommen. Vielleicht zeigt eine bewegte Kamera, wie die
Mordkommission anrückt und den toten Professor Klaiber begutachtet. Danach kommen die Leichenbestatter und
hieven den Toten aus dem Auto. In der Totalen wird dann
der ermordete Professor in die kalte Wanne gelegt. Der
berühmte Zinkdeckel fällt scheppernd zu. Und auf dieses
Bild die Schriftgrafik: ›Drehbuch Leon Dold‹.
    Seit Wochen hämmert Leon seinen ersten Krimi in den

PC. Oder besser gesagt, es soll sein erstes Drehbuch für einen Fernsehthriller werden. Die Geschichte ist topaktuell und brandheiß. Wenn er die Story einer Nachrichtenredaktion anbieten würde, bekäme er sofort einen Auftrag. Titelhandel in Deutschland, vor allem Akademikertitel, dieser Stoff ist jedem Redaktionsleiter zu verkaufen. Der Nachrichtenfilm wäre schnell abgedreht: Dazu ein aktueller Fall von einem falschen Herrn Doktor, der gerade seinen Professor erkauft hat, ein Statement von einem Sprecher des Wissenschafts-Ministeriums, und die Geschichte wäre im Kasten.

Sollte nur ein aktueller Fall dem Redakteur nicht ausreichen, na, dann würde er eben noch einen kurzen O-Ton eines echten Professors, eines aufrechten Vertreters des deutschen, wissenschaftlichen Betriebes, zum Beispiel von der Universität Tübingen, dazunehmen. Auch das wäre kein allzu großer, aufwendiger, zusätzlicher Akt mehr, und der Streifen läge morgen schon sendefertig vor.

›Egal, wie fleißig, Einsdreißig‹, heißt eine alte Journalistenweisheit in den aktuellen Fernsehredaktionen. Doch damit will sich Leon dieses Mal nicht begnügen. Nicht bei dieser Geschichte. Eine Minute und 30 Sekunden, das ist die maximale Länge für einen Nachrichtenfilm. Längere Beiträge passen in keine News-Sendung.

›Einsdreißiger‹ versprechen den Autoren in den aktuellen Redaktionen schnelles Geld, und daran war Leon immer interessiert. Aber in diese Geschichte hatte er jetzt schon viel zu viel investiert. Und er ist sich sicher: Diese Story ist weit mehr wert. Vor allem ist sie ideal für sein schon lange erträumtes erstes Drehbuch.

Dieser Stoff ist ein Thriller.

Aber noch ist die Geschichte nicht rund, noch muss Leon daran feilen. Denn die Kernfrage ist ungelöst: Wer hat Klaiber auf dem Gewissen? – »Sorry, Herr Professor, Doktor, Doktor honoris causa Klaiber«, verbessert sich Leon laut. So viel Zeit und Ehrerbietung muss schon sein, gesteht er ihm zu, gerade, wenn man von einem Toten spricht und dann noch bei diesen offensichtlichen akademischen Verdiensten.

Er muss am Ende der Geschichte einen Mörder präsentieren. Aber wen kann er in dieser Story, vom wirklichen Leben geschrieben, in seinem Drehbuch als Mörder denunzieren? Damit kann er lebenden Personen doch nur unrecht tun. Welchem von ihnen kann er solch einen abgebrühten Mord überhaupt zutrauen? Zugegeben, kriminelle Energie haben sie alle im Milieu der Titelhändler. Doch sie selbst sehen sich nicht so. Sie nutzen in ihren Augen lediglich juristische Schlupflöcher. Aber Mord? Solch ein Verbrechen ist nicht ihr Handwerk. Doch einer von ihnen hat Klaiber umgebracht. Einer hatte ein Motiv. Täter aus seinem privaten Umfeld schließt auch die Polizei aus. Aber warum parkte dieser Mörder den Toten gerade vor der Staatsanwaltschaft?

Leon hatte Klaiber noch am Tatmorgen, bevor er abtransportiert wurde, gesehen: tot. Für ihn sah alles eindeutig wie eine Hinrichtung aus. Die Augen des Ermordeten waren vor Entsetzen weit aufgerissen. Klaiber muss seinen Mörder gekannt haben, er muss mit ihm geredet haben. Er hatte bestimmt noch mit dem Täter verhandelt, denkt Leon. Klaiber war schließlich nicht auf den Mund gefallen. Doch geholfen hat ihm seine geölte Gosch, wie sie Leon kennengelernt hatte, schließlich doch nicht.

Die Polizei gab bekannt, dass die Obduktion keine Hinweise auf eine körperliche Auseinandersetzung vor dem

Todesschuss ergeben hat. Auch diese Erklärung bestätigt Leons Annahme, dass Klaiber seinen Mörder gekannt haben muss, ja, mit ihm vielleicht zuvor noch freundschaftlich zusammengesessen hat. In dieser Schlussfolgerung ist er sich ausnahmsweise mit der Polizei einig.

Leon kann den Anblick des toten Professors nicht vergessen. Das Einschussloch wird er sein Leben lang nicht mehr von seiner Festplatte in seinem Kopf löschen können. Genauso muss der Tote auch in seinem Film aussehen. Nur das geronnene Blut war ihm ein bisschen zu dunkel. In seinem Krimi müsste das Rot etwas greller wirken.

Igitt!

Er schaudert bei seiner eigenen Vorstellung.

Viel Fantasie benötigt die Geschichte für das Drehbuch nicht. Den spannenden Stoff bieten die eindeutigen Fakten. Einen Täter werde ich mir zum Schluss der Geschichte schon noch einfallen lassen, beruhigt sich Leon. Schließlich steht nicht der Mord im Vordergrund, sondern die Geschichte des Titelhandels in Deutschland. Und in dieser Branche recherchiert er nun schon seit Monaten.

Schwunghafter Titelhandel in Deutschland, das heißt nicht schnell erworbene, unnütze Ehrentitel wie Consul oder Marquis, oder was auch sonst immer aus einem drittklassigen Entwicklungsland bestellt werden kann. Das ist alles nur Kasperletheater für eitle Fritzen, deren Standesdünkel schon mit einer bunten Schärpe oder einer CC-Plakette an der Nobelkarosse aufgepäppelt ist.

Leon ist ganz anderen Kalibern auf der Spur. Der schöne Consul Weyer spielt zweite Liga im Vergleich zum Geschäft der professionellen akademischen Titelhändler und ihrer ehrwürdigen, anonymen Kunden.

Es gibt angesehene Mediziner, Privatklinikbesitzer, Institutsinhaber und selbst auch Juristen und Politiker, selbst auf Regierungsbänken, die sich Akademikertitel auf dem Schwarzmarkt einkaufen, als seien es 100 Gramm Schnitz: Der nette Herr Doktor in seiner gut gehenden Praxis um die Ecke; oder der spezialisierte Herr Professor Gutachter in seinem angesehenen Institut; oder der Herr Professor Oberarzt in der modernen Fachklinik, oder der Dr. Abgeordnete. Sie alle sind angesehene Kapazitäten auf ihren jeweiligen Gebieten. Zum Teil sind sie ausgewiesene Spitzenkräfte, viele mit weißem Kittel im Dienst. Aber in ihrer angeblich so glänzenden Akademikerlaufbahn befindet sich oft ein rabenschwarzer Fleck.

Leon muss seine recherchierten Fakten für die Geschichte noch sortieren. Auf so viele Möglichkeiten zur Erreichung einer Doktoren- oder gar Professorenwürde war er gestoßen, die er nie für möglich gehalten hätte. Ordentliche Studenten, die sich fraglicher Plagiate bedienen, sind sein Thema nicht. Auch Journalisten pinnen immer hemmungsloser bei Kollegen ab, andere kopieren gleich ganze Passagen bei Wikipedia. Doch dieser Graubereich ist sein Thema nicht. In der ›Welt am Sonntag‹ war er auf eine kleine Anzeige gestoßen: ›Doktortitel, Habilitation, Dr. h. c. – ich helfe Ihnen‹, und dazu eine anonyme Chiffre, mehr nicht.

Leon antwortete: ›Ich arbeite in der Versicherungsbranche. Als Finanzberater könnte mir ein Titel manchen Vertragsabschluss erleichtern. Ich bin Diplom-Politologe mit Abschluss an einer ordentlichen deutschen Universität. Ein Doktortitel ist in meinem Falle eine logische Fortführung meiner wissenschaftlichen Arbeit. Leider beansprucht mich meine Tätigkeit voll und ganz, sodass ich keine Zeit für eine akademische Arbeit habe.‹

Das Layout war am PC schnell erstellt. Ein gelungener Briefkopf kündet seither von einer Versicherungsagentur in Stuttgart. Ein selbst gebastelter Stempel verleiht dem Schreiben noch mehr Glaubwürdigkeit.

Nach zwei Tagen biss Prof. Dr. Dr. h. c. Klaiber an. Das Telefon klingelte in der Frühe. Leon nahm ab und war sofort hellwach: »Ja, Sie sind hier richtig, wir sind Finanzdienstleister und Versicherungsagentur«, raspelte er mit glockenklarer, werbesüßer Stimme.

Klaiber kam in dem Gespräch zunächst nur sehr zögernd und vorsichtig auf seinen Brief, betreffs der Anzeige in der ›Welt am Sonntag‹ zu sprechen. Erst als Leon, ohne ein Blatt vor den Mund zu nehmen, seinen Wunsch zu promovieren nochmals wiederholte, ließ auch er seine Vorsicht fallen und sprach klar und deutlich aus, was er schon in der Anzeige versprochen hatte: »Ein einfacher Fall für uns, kein Problem, ich helfe Ihnen gerne!«

Klaiber bat Leon schon am nächsten Tag nach Konstanz. Er habe dort noch weitere Termine.

»Keine Frage, ich komme«, stimmte er sofort zu.

Der Titelhändler bestimmte auch gleich Zeit und Ort: »Wir sehen uns im Foyer des Inselhotels, ich habe die ›Welt am Sonntag‹ bei mir.«

Nobel, dachte Leon und sagte zu: »Bis morgen, 14 Uhr.«

Seit mehr als zehn Jahren wohnt Leon in Stuttgart, hier verdient er seine Brötchen als freier Journalist. Das war nicht immer einfach, aber seit ein paar Jahren ist er ganz gut im Geschäft. Er hatte sich mit seinem freien Dasein arrangiert und versucht, seine eigen recherchierten Geschichten als Dokumentarfilme oder Reportagen zu verkaufen. Manchmal vergleicht er sein Handwerk mit dem des Hoover-Vertreters: Die Hausfrauen sind die Redakteure, und der Staubsauger ist sein Drehbuch.

Einige Redakteure sind ebenso unzufrieden, wie man dies gemeinhin Hausfrauen nachsagt. Viel Geschrei hinter fast jeder Bürotür in den langen Fluren der Redaktionsstuben. In den Fernsehanstalten jammern die Kollegen auf hohem Niveau. Ihre Überweisungen kommen regelmäßig, garantiert und meist nicht zu knapp. Gleichgültig, wie auf dem Wirtschaftsmarkt die Winde stürmen, das Schiff ›Fernsehen‹ geht so schnell nicht unter. In den öffentlich-rechtlichen Anstalten ist eine Insolvenz ausgeschlossen. Die Kollegen jammern aber auch hier, manche in Verkennung der realen Welt, manche allerdings zu Recht, wie Leon einräumt. Vor allem, wenn sie kein Geld in ihrem Budget haben, um seine Drehbücher einzukaufen.

Leon zieht es nicht in den Innendienst der Redaktionen. Er geht lieber seinen eigenen Weg. Die täglichen Sitzungen und Kommissionsrunden führen selten zu neuen Ergebnissen. Nichts wie weg von den Schwafelrunden, und wenn's nur bis nach Konstanz geht, immerhin fast 200 Kilometer fort vom Wehklagen der Kollegen.

Das Beste an Stuttgart ist die Autobahn nach München, lästern viele über die baden-württembergische Landeshauptstadt. Die ›Stäffeles-Stadt‹ zwischen Weinbergen und Autoschmieden habe keinen Charakter, verteufeln jene die Stadt, die Stuttgart meist nur von der Autobahn aus kennen. Leon hat in den vergangenen Jahren die Veränderung vom ›Kaff am Nesenbach‹ zur Neckarmetropole miterlebt. Er hat sich in dem ›Städtle‹ eingerichtet. Es ist leicht überschaubar und bietet trotz kleiner Innenstadt ein breites Angebot. Heute ist es eine richtige Großstadt mit schwäbischem Charme geworden.

Nur der Blick auf das Wasser fehlt ihm. Der Nesenbach ist untertunnelt, der Neckar liegt abseits und der Feuersee stinkt. Aber jetzt fährt er aus dem Talkessel hoch in den Schattenring und dann über die Autobahn zum zweitgrößten Binnengewässer Europas, dem Bodensee.

Leon trägt einen dunklen Anzug, den einzigen, den er in seinem Kleiderschrank hat. In seiner Tasche steckt eine Visitenkarte, die ihn als Versicherungsagent und Finanzmakler ausweist. Nur zu den frisch gestärkten Bügelfalten in seiner Hose fallen die abgetragenen Schuhe an seinen Füßen stark ab. Bevor er losfährt, muss er noch 49 Euro für passende Galoschen investieren. Die neuen, blitzblank glänzenden Schuhe passen jetzt nicht mehr zu den abgescheuerten Fußpedalen seines alten Porsches. Dafür steht er selbst da wie frisch aus dem Boss-Katalog entsprungen.

Klaiber darf keinen Verdacht schöpfen. Leon will das Geschäft abschließen. Er will heute seinen ersten Doktortitel kaufen. Er braucht Fakten, und zwar schnell. Jeder Tag seiner Recherche kostet ihn Geld. Er muss mit der Story vorankommen, er muss die Händler finden, die ›echte‹ akademische Titel auf dem Markt anbieten. Echte, das heißt deutsche Titel. Promotionsurkunden, ausgestellt von einer ordentlichen deutschen Hochschule. Was nützt ein Doktortitel aus fernen Universitäten wie aus Kochabamba in Bolivien, oder aus Chiriqui in Panama? Soll er damit in Deutschland brillieren?

›Ich habe in Tübingen promoviert!‹ Das ließe sich Leon gerne gefallen. Nach seinen bisherigen Recherchen zählen deutsche Hochschulabschlüsse auf dem Schwarzmarkt zu den Topangeboten. Nur diese sind wert, was sie versprechen.

Akademische Grade aus Entwicklungsländern sind Ramschware. Adressen dieser Händler gibt es an jeder Straßenecke. Aber wie peinlich für den stolzen Herrn Doktor: Studiert in Freiburg, promoviert in Kochabamba. Da lacht jeder Personalchef den Bewerber aus, wenn er seinen Lebenslauf nur einreicht. Nein, diesen Braten riecht längst jeder.

In Klaibers Anzeige steht kein Wort von einem Titel einer ausländischen Universität. Und nach allem, was Leon bisher weiß, ist über diesen Titelhändler vom Bodensee jede Urkunde zu beziehen.

Jede!

Leon ist wie immer zu spät dran. Er jagt seinen Porsche über die Bodensee-Autobahn, immer links, immer Vollgas. Erst kurz vor Konstanz endet die Schnellstraße. Hier muss er aus der 200-Zone runterbremsen. Und gleich nach der Abfahrt Reichenau sinkt die rote Tachonadel noch tiefer. Der große Zeiger der Uhr dagegen steigt unaufhaltsam der vollen Stunde entgegen. Trotzdem, rechts ab, noch mehr den Fuß vom Gaspedal und dazu auch noch auf die Bremse treten. Was für eine Aussicht! Zu verlockend ist der Blick über den See. Freie Sicht von der alten Rheinbrücke bis auf die Höhen des schweizerischen und österreichischen Alpenmassivs.

Im Vordergrund das Wasser, ständig mit anderen Farben aufwartend. Heute grüßt der See mit einem satten Grün. Kleine Wellen brechen vereinzelt zu weißen Schaumkronen. Das Schauspiel glitzert in der Frühlingssonne. Im Hintergrund, auf den Kuppen von Schesaplana und Pizol, glänzt noch immer der Schnee des langsam zu Ende gehenden Winters.

Ein Erinnerungsfoto. Seit Kindertagen sieht Leon, wenn er in der Ferne an den Bodensee denkt, diesen Bildausschnitt von der Rheinbrücke auf den See vor seinem geistigen Auge. Manchmal glänzt das Wasser wie heute, manchmal liegt es dunkel und träge im Nebel. Aber es ist immer dieses Motiv, wenn er sich irgendwo in der Ferne an den Bodensee sehnt.

Leon kann sich nicht sattsehen. Ihm geht plötzlich alles viel zu schnell. Der Verkehr schiebt ihn erbarmungslos weiter über die Brücke. Ihm genügt aber heute der kurze Blick nicht. Gleich nach der Brücke setzt er den Blinker. Er biegt verbotenerweise über den durchgezogenen weißen Mittelstreifen links ab zur Einfahrt des ›Insel-Hotel‹ und geht zu Fuß zur Brücke zurück.

Verkäufer können warten, beschließt er. Der Kaufpreis für einen Doktortitel ist schließlich kein Pappenstiel. Nach allem, was er bisher weiß, rund 30.000 Euro cash. Für diesen Deal ist er an den Bodensee gekommen.

Trotzdem nimmt er sich jetzt erst eine Auszeit. Er steht auf der Rheinbrücke und blickt über den Konstanzer Trichter hinüber in den Schweizer Thurgau bis zu den österreichischen Alpen.

Klick! Klick! Touristen neben ihm bannen das Bodenseemotiv auf ihre Festplatten in ihren digitalen Kameras. Leon speichert auch, aber auf seine Gehirnplatte. Er genießt jede mögliche Einstellung der unzähligen Perspektiven.

Ein Personenschiff der Bodensee-Schiffsbetriebe gleitet majestätisch auf die Brücke zu. Enten und Haubentaucher tanzen in den Bugwellen des alten Dampfers.

Der große Pott verschwindet unter der Brücke. Meter für Meter schiebt sich der Koloss unter Leon hindurch. Er spuckt dem großen Kahn nach. Zu seiner Freude trifft er die deutsche Flagge am Heck. Nach diesem Treffer ist er gut gelaunt. Er fühlt sich jetzt für Professor, Doktor, Doktor, honoris causa Klaiber gut gerüstet.

›Die Welt am Sonntag‹ springt ihm sofort ins Auge, kaum hat er das Foyer des vornehmen ›Insel-Hotel‹ betreten. Die Zeitungsmacher versuchen, optisch das schwarze Springerblatt bunt zu gestalten. Ein Farbfoto auf der ersten Seite soll neue neoliberale Kunden an die alte Druckerschwärze des schwarzen Springerblattes gewöhnen. Die Zeitung liegt auf einem niedrigen Tischchen inmitten der Hotelhalle. In einem davor stehenden Ledersessel sitzt, nein, residiert ein aufrecht thronender, hochgewachsener Mann.

Ihre Blicke kreuzen sich. Sie verharren kurz ineinander und beide sind sich gewiss: Das ist er!

Prof. Dr. Dr. h. c. Klaiber ist ein Mann von Welt. Er ist groß, schlank, braun gebrannt, in teures Tuch gehüllt, grau meliert und mit aufrechter Haltung, als hätte er einen Degen verschluckt.

Für Leon ist auf den ersten Blick meist alles klar. Schließlich ist er Journalist. Und Journalisten glauben, dass sie die Menschen sofort treffsicher in ihre Schubladen einteilen können. Gute Journalisten glauben, dafür braucht es nicht viele Fächer. Leon ist bei drei angekommen.

In der ersten Schublade finden sich die für ihn medientauglichen Darsteller. Sie können in wenigen Sätzen in das Mikrofon sagen, was Sache ist. Diese O-Töne stimmen mit der Wirkung des Menschen auf dem Bildschirm überein.

Das sind die unbestechlichen Fachleute. Sie gibt es leider sehr selten.

Die zweite Kategorie der Menschen reden vor der Kamera unendlich viel. Ihre Aussagen sind fernsehgerecht, aber nur fernsehgerecht, bestens zu verwerten. Ihre Ausstrahlung stimmt immer mit ihren Aussagen überein. Ihr Geheimnis: Sie reden inhaltslos, leer, liefern keine Fakten und sehen aus wie Dieter Bohlen. Ihre Anzahl nimmt ständig zu.

In die dritte Schublade steckt Leon jene, die beim Anblick einer Kamera flüchten. Sie wollen ihre Antworten überlegen, bevor sie sprechen. Dieses Fach ist so gut wie leer, bald wird er, da ist er sich sicher, mit zwei Schubladen auskommen.

Klaiber sprengt sein System nicht. Ihn steckt Leon in die Kategorie zwei. Er wird Leon nützlich sein. Er sieht aus, wie Lieschen Müller sich einen typischen Titelhändler vorstellt. Dieter Bohlen im Alter von Consul Weyer.

Seine Gesichtsbräune soll Freizeit signalisieren. Dabei lässt sie, rötlich, wie sie ist, eher auf einen ›Face-browner‹ schließen. Sein Zweireiher soll internationales Parkett vorgaukeln, beweist aber lediglich seine konservative Haltung. Die grau melierten Haare zeugen auch nicht von der erhofften Reife, sondern deuten schlicht auf einen schwulen Friseur von vorgestern. Und die Insignien des Reichtums schreien endgültig nach einem Farb- und Stilberater: Goldene Rolex, schwerer Siegelring und Goldrandbrille. Die Reeperbahn lässt grüßen, denkt Leon und geht mit ausgestreckter Hand freundlich auf den Titelhändler zu. »Grüß Gott, Herr Professor Klaiber«, stellt er sich mit einem gewinnenden Lächeln vor. »Wir haben telefoniert, ich komme aus Stuttgart.«

Ohne Umschweife steuert Leon das Gespräch gleich zu

seinem Anliegen. Nebensächliche Konversation vermeidet er lieber, was könnte er auch als vermeintlicher Versicherungsvertreter erzählen? Er will einen Titel erwerben, ganz einfach. Beim Metzger rede ich für 100 Gramm Lyoner auch nicht viel drumrum, also voll auf den Zwölfer halten, spricht er sich selbst Mut zu.

Auch für den Herrn Professor scheint das Gespräch Alltag zu sein: »Jeder will einen Titel führen, reden wir nicht um den heißen Brei«, lacht der Mann nicht unsympathisch, »und sie haben auch alle recht. Ein Titel öffnet Türen, basta. Und ich konnte bisher jeden Wunsch erfüllen«, protzt Klaiber und fügt nicht ohne Stolz hinzu: »Ich habe schon über 500 Kunden zu glücklichen Menschen gemacht, Sie sind der fünfhundertunderste.«

»Freut mich wirklich«, kontert Leon gelassen. »Erstens, dass Sie demnach der Mann sind, den ich suche, und zweitens«, dabei erhellt sich das Gesicht des Journalisten frech, »dass Sie mir in diesem Falle ja auch einen kleinen Jubiläumsrabatt einräumen können.«

Prof. Dr. Dr. h. c. Klaiber lächelt breit zurück. Leon nimmt jede Regung des Mannes aufmerksam zur Kenntnis. Der Scherz kam an, das Eis ist gebrochen. Er registriert, dass ihm der alte Schmierenkomödiant nicht unsympathisch ist. Er hofft, dies beruht auf Gegenseitigkeit, denn er braucht das Vertrauen seines Gegenübers, wenn er mit ihm bis zu den Hintermännern des internationalen Titelhandels vordringen will.

»Eigentlich schickt Sie mir der Himmel«, geht er Klaiber überaus freundlich an. »Sie helfen doch nur, die Ungerechtigkeiten des Lebens ein kleines bisschen auszugleichen. Ich bin gut in meinem Job und habe jedes Vertrauen verdient. Trotzdem werden andere bevorzugt, die einfach mehr Zeit an der Uni hatten. Meine Eltern waren nicht reich, ich musste nach dem Studium meinen Unterhalt selbst verdienen. Nun sorgen Sie für die Chancengleichheit. Das ist doch nur recht so.«

»Ja, wenn man so will«, schließt sich zögernd der bisher sehr forsch agierende Professor der Umschmeichelung an.

Falsch geschleimt, erkennt Leon sofort. Er registriert, dass Klaiber plötzlich unsicher geworden ist. Er will vermutlich überzeugte Geschäftspartner, die keine selbst beschönigenden Ausreden benötigen. Trotzdem hat Leon sich darauf versteift, ihm einen Persilschein auszustellen: »Sie sind doch, so gesehen, die menschgewordene Gerechtigkeit.«

Klaiber zeigt ein mattes Lächeln. Er schaut sich unschlüssig im Foyer um. Er signalisiert Unlust an der Fortsetzung des Gespräches auf diesem Niveau.

Leon ändert seine Strategie. Sein Gegenüber ist Verkäufer, Punkt. Und er selbst will kaufen, also zur Sache: »Ich wirke noch zu jugendlich für einen versierten Versicherungsagenten. Mir nimmt man das mathematische Können des Lebensrentenberaters nicht ab. Ein Doktortitel könnte mir helfen, deshalb bin ich hier.«

Klaiber schweigt. Er hat ihm aber seine Aufmerksamkeit wieder zugewandt. Er schaut ihn an und nickt mit nachsichtigem Blick.

»Ich habe mich ein bisschen auf dem Markt umgehört. Ich habe Ihnen geschrieben, ich habe nicht viel Zeit. Ich denke, wir könnten uns schnell einigen. Ich würde mich Ihnen gerne anvertrauen.«

Das längliche Gesicht des Titelhändlers gewinnt durch die leichte Andeutung eines Lächelns ein bisschen an Rundung. Er zeigt ein Goldimplantat hinter dem Schneidezahn. Mehr gibt er nicht preis.

Sakradie, denkt Leon, will er nun verkaufen oder ihn verarschen? Oder traut er ihm nicht?

Klaiber hat ihn fest im Visier.

Leon hält jetzt seine Klappe. Jetzt ist der Alte an der Reihe, denkt er.

Dieser mustert ihn, schätzt ihn ein, visiert ihn schließlich fest und stiert ihm in die Augen. Nebenbei öffnet er, ohne hinzusehen, mit der rechten Hand ein Ringbuch. Es lag bisher in weiches Leder gehüllt auf dem Tischchen unter der ›Welt am Sonntag‹.

»Schauen Sie hier«, fordert er schließlich Leon auf.

Dieser folgt der Aufforderung gerne und schaut in das vor ihm liegende Sortiment von Titeln und Ehrenbezeugungen, das Klaiber vertreibt.

»Dr. bol., diesen Titel beziehen wir aus Bolivien. Den Zusatz ›bol.‹ müssen Sie aber nicht führen«, erläutert Klaiber sein Katalogangebot. »Das ›bol.‹ können Sie in Klammern schreiben oder auch einfach weglassen, gar kein Problem. Oder hier: »Dr. gua. ›gua‹ steht für Guatemala, aber wen interessiert das schon?«

Wie ein versierter Waschmaschinenvertreter erklärt Klaiber seinen Katalog. Er stellt die Angebote der ersten Seite vor, blättert zu weiteren günstigeren Titeln auf der zweiten Seite und erläutert nebenbei: »Das Gleiche gilt für in Klammern ecu, Ecuador und so weiter. Sie können sich Ihr Lieblingsland aussuchen, vielleicht eines, in dem Sie ihren Urlaub verbringen wollen, oder vielleicht sogar schon einmal dort waren, ganz nach Ihren Vorlieben.«

Leon lächelt interessiert. Er blättert neugierig in der Angebotsliste. Klaiber schaut ihm zu und gibt hin und wieder Tipps: »Hier zum Beispiel: Dr. h. c., honoris causa, geht am schnellsten und am einfachsten, ist auch ohne Studium oder gar Abitur möglich. Oder der Titel Professor: Dieser klingt in Deutschland nach noch mehr Ansehen. Ihn können wir Ihnen aber viel leichter verleihen, gerade im Ausland. Sie sehen ja selbst, alles ist möglich. Professor natürlich ebenfalls auch ohne Studium oder Abitur. Schauen Sie sich in Ruhe den Katalog an, Sie werden sehen, wir finden auch das Richtige für Sie.«

»Zaptiloscht«, staunt Leon und blättert sich langsam durch das Ringbuch. »Wie bei Neckermann«, sagt er anerkennend.

Der Titelhändler lacht selbstgefällig.

Hinter jedem akademischen Titel der verschiedensten Universitäten steht eine Artikel- und Bestellnummer. Der Katalog wirkt wie eine Angebotsliste eines professionell organisierten Vertriebes. Exklusiv wollte Leon einen Titel kaufen, doch nun wirkt der Titelkauf eher wie ein Griff in ein Sortiment eines Supermarktes.

»Die Preisliste fehlt?«, frotzelt er schließlich.

»Tja, mein Lieber.« Der Titelhändler ist jetzt ganz in seinem Element. Gönnerhaft zieht er sein komplettes Register. »Was wollen Sie denn?« Dabei zieht er die Angebotslisten wieder zu sich und streicht mit der flachen Hand fast liebevoll über das Ringbuch. »Einen Doktor honoris causa, einen Doktor aus Ihrem Lieblingsfachbereich, also der Mathematik, oder gar einen Professor? Greifen Sie zu.«

»Einen Doktor!« Leons Stimme klingt entschieden.

»30.000 Euro!« Auch Klaibers Stimme ist klar und deutlich, als wolle er die Summe als endgültigen Festpreis bestimmen. Keinen Spielraum für Rabatte, stellt er somit klar.

Leon betrachtet sich und den Titelhändler wie den Teil

einer Szene in einem Film. Dabei fällt ihm der eigene Thriller ein. Vielleicht sollte er Klaiber die Rolle in seinem Krimi gleich mit anbieten. Dieser Mann ist perfekt. Er ist ein ganz klein wenig Zuhälter, aber auch Fernsehdoktor. Er ähnelt JR aus Dallas, aber auch Dr. Brinkmann aus der Schwarzwaldklinik.

»Haben Sie Ihre Sprache verloren, oder geht Ihnen Ihr Geld aus?« Prof. Dr. Dr. h. c. Klaiber reißt ihn aus seinen Gedanken. »Ist Ihnen mein Angebot zu teuer? Ich kann Ihnen auch einen Doktor aus der Schweiz anbieten. Der ist viel billiger, aber nicht so einfach zu führen, das sage ich Ihnen gleich. Kostet jedoch gerade die Hälfte, unter 15.000 Euro. Aber für Sie?«

Leon winkt ab. »Ich brauche einen echten Titel! Ich will keinen aus der Schweiz oder aus Bolivien, vergessen Sie es.« Er weiß, dass er jetzt am heikelsten Punkt des Gesprächs angelangt ist. Jetzt zeigt er Klaiber, dass er sich auf dem Titelhändlermarkt auskennt. Mit Diplomatentiteln und auch akademischen Titeln aus aller Herren Länder, damit kann in Deutschland gehandelt werden wie mit Kaninchen in der Zoohandlung. Kein Hahn kräht nach diesen grauen Geschäften. Aber einen echten Doktor- oder Professorentitel von einer ordentlichen deutschen Universität zu kaufen oder zu verkaufen, das ist wie Elefantenhandel und Elfenbeinschmuggel gleichzeitig. Da helfen keine Winkeladvokaten oder Professoren Juristen mehr. Der Verkauf oder Kauf akademischer Titel von deutschen Universitäten ist verboten, Punkt. Da hört für die Polizei jeder Consul-Spaß auf. Basta!

Leon weiß dies alles und Klaiber erst recht. Doch Leon recherchiert für sein Drehbuch. Dafür nützt ihm die vorgelegte Angebotsliste wenig. Gerissene Doktorenschieber aus Transpolien oder Timbuktu haben schon andere im deutschen Fernsehen vorgeführt. Alles Schnee von gestern. Das ist nicht mehr wert als ein Consul-Titelhändler aus einem anderen Affenland. Der schöne Consul Weyer hatte sogar schon eine eigene Fernsehsendung in einem privaten Kanal. Ohne Hemmungen bot er öffentlich Ehrentitel aus den verschiedensten Ländern an. Er zeigte, wie einfach das Geschäft flutscht. Auf Anfrage mehrerer verschiedener deutscher Bürger besorgte er ihnen im Ausland ihre gewünschten Titel. Vor laufender Kamera verlieh er den Käufern ihre Urkunden und Schärpen. Ob Consul, Dr. h. c. oder Professor, das Publikum klatschte begeistert, die Quote stimmte, kein Staatsanwalt ermittelte.

»Ich hätte noch ein Spezialangebot für Sie.« Prof. Klaiber fischt aus seiner Jackentasche ein offizielles Schreiben der EU-Behörde. »Ein Tipp, nur für Kunden meiner Agentur.« Der Titelhändler senkt verschwörerisch seine Stimme. »Ich habe Beziehungen zur Universität in Zagreb. Einen Doktortitel aus Kroatien müssten Sie heute auch noch mit dem Zusatz ›KROA‹ in Klammern führen. Doch mit dem Eintritt Kroatiens in die EU wird dieser Zusatz bald Makulatur. Verliehene akademische Grade in EU-Ländern sind in allen anderen EU-Ländern ohne jeglichen Zusatz zu führen. Hier, lesen Sie selbst.« Klaiber schiebt Leon ein Papier über den Tisch.

Er liest. Die Verwaltungsvorschrift aus Brüssel ist eindeutig. Der Mann hat recht. Doch ihn interessiert dieses Angebot trotzdem nicht. Es ist zwar ohne Zweifel eines der seriöseren Geschäfte, die Klaiber ihm anbietet, sofern man in diesem Zusammenhang von seriös überhaupt reden kann. Doch Leon muss mehr vorweisen. Er kann nur mit einem von ihm entlarvten Titelhändler glänzen, der echte, deutsche Hochschulabschlüsse verkauft. Nur dann, da ist er sich sicher, aber auch nur dann hat er einen echten Knüller. Diesen könnte er mehrfach vermarkten. Bevor sein Drehbuch fertig geschrieben ist, könnte er diesen einer Redaktion als Fernseh-Dokumentation anbieten.

All diese Gedanken gehen ihm in wenigen Sekunden durch den Kopf. Er muss alles auf eine Karte setzen. Er ist sich sicher, dass sein Gegenüber der Richtige ist. Nach allem, was er weiß, ist er der Titel-Dealer schlechthin. Ihm wird nachgesagt, er habe die besten Beziehungen, selbst zu altehrwürdigen Universitäten wie Tübingen, Freiburg oder Jena.

Wer nicht wagt, der nicht gewinnt, spricht sich Leon Mut zu und hört sich auch schon sagen: »Ich habe hier in Deutschland mein Diplom gemacht, also mache ich hier in Deutschland auch meinen Doktor!«

Klaiber lächelt resigniert und hält beide Hände hoch: »Na, dann viel Spaß beim Schulbank drücken.«

»Quatsch.« Leon pokert weiter. »Sie werden mir doch wohl einen ordentlichen deutschen Doktorentitel besorgen können? Oder was sollte sonst Ihre großspurige Anzeige, ›Ich kann Ihnen helfen‹?«

Mit demonstrativer Gelassenheit packt der Titelhändler seine Unterlagen zusammen. Er schaut sich mit gespieltem Desinteresse im Foyer um und tut, als sähe er durch Leon hindurch. Trotzdem unternimmt er noch einen weiteren Anlauf zum erfolgreichen Abschluss seines Verkaufsgespräches: »Was wollen Sie denn? Für Sie reicht doch ein Doktortitel, egal, woher dieser kommt. Jeder Titel, den Sie von mir bekommen, ist hier in Deutschland anerkannt. Sie lassen jeden Zusatz auf die Herkunft weg, das ist doch gar kein Problem, kein Hund kläfft danach. Wir geben Ihnen eine geschriebene Doktorarbeit, Sie bekommen dazu noch eine Urkunde, und dann haben Sie alles, was Sie hier vorzeigen müssen. Mehr brauchen Sie nicht, um stolzer Besitzer eines Doktortitels zu sein. Alles, was ich Ihnen gebe, respektiert hier jede Behörde, das garantiere ich Ihnen. Und Ihren Kunden ist es wohl gleichgültig, wo sie promoviert haben. Wichtig ist für Sie doch nur, dass Sie einen Titel öffentlich führen dürfen. Kapiert?«

»Einen Teil ja, den habe ich schon verstanden. Sie geben mir eine geschriebene Doktorarbeit und besorgen mir einen netten Doktorvater. Nur dieser Doktorvater ist Professor an einer deutschen Universität und nicht in Bolivien. Und genau bei diesem deutschen Professor geben wir dann unsere Arbeit ab.« Leon hört, wie er ausplaudert, was er gar nicht wissen dürfte.

Sein Gegenüber wird blass. Der Titelhändler fragt sich offensichtlich, woher der Stuttgarter Versicherungsagent weiß, wie deutsche Doktortitel verscherbelt werden. Seine Gesichtsfarbe wechselt schneller als jede rhythmische Anlage in einer Technodisko. Auf fassungslose Blässe folgt zornige Röte.

Himmelherrgottsack, ärgert sich Leon, er hat zu viel verraten, trotzdem hört er sich weiter sagen: »Ich weiß, dass Sie mir einen deutschen Titel besorgen können. Ihnen sagt man die besten Beziehungen nach. Deshalb bin ich hier, ich will keinen Zusatz vor meinem Titel verstecken müssen. «

Klaibers Gesichtsfarbe bleibt nach dem Schlusswort bei zorniger Röte stehen. Er sitzt starr in seinem Sessel. Er drückt seinen Rücken in die weichen Polster der Lehne. Er demonstriert deutlich das Ende des Gesprächs. Mit ruhiger Hand fährt er durch seine grau melierten Strähnen: »Sie sind kriminell!«

Leon nickt, jetzt ist das Maß eh schon voll, denkt er und legt eine Schippe obenauf: »Das ist nichts Neues, Herr Professor, wie sonst hätte ich mich an Sie gewandt?«

Klaiber hat trotz des Affronts sein weltmännisches Lächeln wieder gefunden. Er zeigt sich gefasst und hebt seinen Oberkörper aus der Lehne Richtung Leon. »Haben Sie einen Professor, der Ihnen Ihre Arbeit abnimmt? Oder wollen Sie ihn bestechen?« Seine Stimme ist leise, der Klang belustigt.

»Ich hörte, Sie wissen das zu regeln?«, kontert Leon unbeeindruckt.

Klaiber steht unvermittelt auf und reicht ihm die rechte Hand: »Lächerlich!« Er zischt die Antwort wie eine Schlange durch den kaum geöffneten Mund.

»Schade, Herr Professor.« Leon steht ebenfalls auf und ergreift die ihm entgegengestreckte Hand, dabei schaut er dem Titelhändler ins Gesicht.

Klaiber erwidert den Blick. Gleichzeitig wird sein Händedruck stärker. Auch die Zornesröte weicht einem freundlicheren Gesichtsausdruck. Das »Auf Wiedersehen« des Grand Seigneurs klingt fast freundschaftlich.

»Auf Wiedersehen«, antwortet Leon irritiert.

Doch Prof. Dr. Dr. h. c. Klaiber ist mitsamt seiner Angebotslisten schon verschwunden.

Ratlos schlendert Leon zur Bar des renommierten ›Insel-Hotel‹. Die Nobelherberge erstreckt sich in den ehemaligen Räumen eines Dominikanerklosters auf einer kleinen Insel vor Konstanz in den See. Die heutige Bar war einst die Saktristei, in ihr ist der legendäre Graf von Zeppelin geboren worden. Leon gönnt sich einen Cognac, er hat das Gefühl, Mist gebaut zu haben. Sein Schwarzwälder Dickkopf hatte ihn wieder einmal tief in die Malaise geritten. Klaiber ist der einzige Titelhändler, von dem er weiß, dass er echte, deutsche, akademische Grade vermittelt. Da hatte er nun vor ihm gesessen. Leibhaftig der größte Gauner unter den Titelhändlern! Und er, Leon, hatte ihn vertrieben.

Vorwürfe nagen an seinem journalistischen Selbstvertrauen: Habe ich mich zu weit vorgewagt? Bin ich ihn zu hart angegangen? Habe ich die ganze Vorarbeit vermasselt?

»Ist der Herr Professor schon weg?« Eine junge Bedienung strahlt ihn mit großen, unschuldigen Augen an.

»Der Herr Professor? Äh ja, der ist weg.« Er stottert, er kann sich die Niederlage kaum eingestehen. Er ist in Rechtfertigungen noch ganz mit sich selbst beschäftigt. Nur kein Neid, sagt ihm eine innere Stimme. Du könntest jetzt auch schon Doktor oder gar Professor sein. Du hättest nur einschlagen müssen, und die Story hätte eine Fortsetzung gefunden.

»17,50 Euro, bitte.« Das Mädchen legt den Bon für beide auf die Theke und zieht ihm die gesamte Zeche ab.

Akademiker unter sich, beruhigt er sich selbst und gibt großzügig ein dickes Trinkgeld dazu. »Machen Sie 20.« Titel verpflichten! Und für die hübschen Augen der Kleinen sind 2,50 angemessen.

Pussierstängel.

EINE UNHEILIGE ALLIANZ
... UND GETARNTE PROMOTIONSBERATER

*Die Kommissarin rückt mit ihrem Ermittlerstab, der Mord-
kommission und der Spurensuche, am Tatort an. Fassungslos schaut sie in den Wagen, die Wunde des Toten inmitten
der Stirn klafft wie von einem Maskenbildner drapiert.
»Der Einschuss sitzt exakt«, stellt sie nüchtern fest, »Italien
scheint nicht mehr weit.« – Schnitt – Die Kamera zieht auf,
hinter der Kommissarin schaut der Kriminalassistent über
ihre Schultern, dem Toten in das Loch: »Dazu braucht es
keine Italiener. Mafia-Tedesco, das sind meist ganz biedere
Deutsche, kennen wir doch, oder?« – Schnitt – Ein Mann in
Zivil schlängelt sich durch die Absperrung der uniformierten Kollegen. Einige wollen ihn am Weitergehen hindern,
er zeigt ihnen einen Ausweis. Die Uniformierten salutieren
und lassen ihn durch. Der Mann geht auf die Kommissarin
zu. Der Assistent dreht sich zu ihm, sie schaut gerade in
die entgegengesetzte Richtung: »Der hat uns gerade noch
gefehlt«, schnaubt sie. – Schnitt – Der Assistent schaut irritiert erst zu ihr, dann zu ihm. – Schnitt – Der junge gut
aussehende Mann ergreift die Hand des verdutzten Assistenten und stellt sich vor: »Ich heiße Thomas, Kommissar in Diensten des BKA.« Er hält auch der Kommissarin die Hand hin, sie schaut noch immer demonstrativ in
eine andere Richtung. Kalt und abweisend sagt sie: »Was
verschafft uns diese Ehre?« – »Ein alter Bekannter von
uns«, erwidert er gelassen und deutet auf den Toten. »Wir
sind ihm schon ein Weilchen auf den Fersen gewesen. Wir*

haben vor Kurzem eine anonyme Anzeige erhalten. Dabei geht es um Titelhandel im ganz großen Stil.« Und süffisant sagt Thomas den Namen des Ermordeten: »Er heißt Professor Doktor Doktor honoris causa Klaiber. Er ist ein millionenschwerer Titelmakler.« – Umschnitt –

Die Kommissarin dreht ihren Körper nun doch interessiert zu Thomas: »Millionenschwerer Titelmakler? Sie meinen, er verkaufte Consultitel und so für Millionen wie einst der schöne Consul Weyer?« – Schnitt auf Thomas: »Sie?«, wiederholt er fragend die an ihn gerichtete Anrede. »Waren wir nicht schon einmal vertrauter beim Du?« – Schnitt auf die Kommissarin – O-Ton souverän, ein bisschen von oben herunter, aber trotzdem ganz gelassen: »Waren! Sie sagen es«, kontert sie und gibt dem ›Sie‹ eine Größe, dass das gesamte angrenzende, vereiste Alpenmassiv plötzlich zwischen den beiden Kollegen steht. – Umschnitt –

Ein älterer, gemütlich und freundlich wirkender Mann, korrekter Anzug, Bauchansatz, Nickelbrille auf der Stupsnase seines runden Gesichtes, alte Aktentasche unterm Arm, betritt die Szene. Er steht plötzlich neben dem Wagen des Toten zwischen den beiden streitenden Kollegen der verschiedenen Dienststellen und seine Gemütslage ist von der einen auf die nächste Sekunde eine andere. Aus dem freundlichen Opagesicht blickt jetzt eine böse Cheffratze: »Direkt vor der Staatsanwaltschaft. Ist denn denen gar nichts mehr heilig?«, platzt es aus dem erbosten Endfünfziger. »Wer sind denn Sie?«, raunzt er Thomas an. – Schnitt – Dieser lächelt freundlich, zeigt seinen Dienstausweis und stellt sich vor. – Schnitt – Der Oberstaatsanwalt schaut ihn fragend an, lenkt dann aber ein und bestimmt: »Ich erwarte Sie beide in einer halben Stunde in meinem Büro.« Mit dieser Anweisung verschwindet der Mann ebenso schnell aus der Szene, wie er erschienen war. – Schnitt – Wie aus einem Munde erwidern die beiden zuerst abgekanzelten, dann stehen gelassenen Kollegen einmütig: »Jawohl, Herr Oberstaatsanwalt.« – Umschnitt –

Im Büro des Oberstaatsanwaltes, schlicht möbliert, großer Schreibtisch mit davor stehendem kleinem Besprechungstischchen, sitzen die Kommissarin und Thomas. Ein bisschen wirken die beiden wie an einem Katzentisch, während der Oberstaatsanwalt hinter seinem großen Schreibtisch in einem schweren Ledersessel thront. Der Oberstaatsanwalt blättert in einem Packen Akten und beginnt unvermittelt das Gespräch: »Ein Mord direkt vor der Staatsanwaltschaft, das können wir uns nicht bieten lassen«, tobt er. »Ich habe für heute Nachmittag eine Pressekonferenz anberaumt, schauen Sie zu, dass wir bis dahin was in der Hand haben, ich lasse mir doch nicht die Toten frei Haus liefern!« Immer erregter wird seine Stimme und immer lauter: »Das ist ein Affront gegen uns, gegen unseren Rechtsstaat.« – Schnitt – Die Kommissarin meldet sich und ergreift resolut das Wort: »Der Ermordete scheint ja nun kein Unbekannter für uns zu sein. Ich habe gerade von meinem Kollegen aus dem BKA die Unterlagen erhalten. Es wurde schon seit einem halben Jahr gegen ihn ermittelt. Ich bin mir sicher, dass wir in Kürze erste Erkenntnisse vorlegen können.« – Schnitt auf den Staatsanwalt, der der Kommissarin knurrend und unfreundlich ins Wort fällt. »Umso besser, dann hoffe ich, dass Sie eng mit unserem Kollegen aus Wiesbaden zusammenarbeiten und wir dann diesen unerfreulichen Morgen schnell zu den Akten legen können.« – Die beiden Kriminalisten vor dem Schreibtisch des Oberstaatsanwaltes schauen sich

wie zwei ertappte Primaner in ihrer Klassenbank irritiert
an. Der Oberstaatsanwalt setzt unmissverständlich hinzu:
»Bis heute Nachmittag!« – Schnitt – »Selbstverständlich«,
nuschelt Thomas. – Umschnitt.

Zwei Wochen nach dem ersten Treffen Leons mit dem
Titelhändler Prof. Dr. Dr. h. c. Klaiber ist dieser tot. Leon
befürchtet, dass der Mord auch mit ihm zu tun haben
könnte. Sechs Wochen lang hatte er unter falschem Namen
und mit falschen Angaben recherchiert. Heute kennt ihn
jeder Titelhändler in Deutschland, Österreich und der
Schweiz. Auch Klaiber hatte ihn enttarnt. Er hatte keine
Chance.

In Stuttgart wissen nicht nur seine Freunde, was er
gerade treibt. Schließlich ist die Ansage auf seinem Anrufbeantworter plötzlich eine andere: ›Lebensversicherungen
und Finanzierungen‹. Seine Kumpels trauen ihren Ohren
nicht, wenn sie ihn anrufen. Leon und Finanzierungen,
das wäre den Bock zum Gärtner gemacht. Er hat sich in
seinem Leben noch nie als ein Finanzgenie bewiesen, und
Versicherungen sind ebenfalls nicht seine Welt.

Doch für den Kontakt mit seinen neuen Geschäftskun-
den muss seine Identifikation als Versicherungsagent stimmen. Die Tarnung ist nötig, auch Titelhändler wollen wissen, mit wem sie es zu tun haben. Leon will keinen seiner
neuen ›Freunde‹ verunsichern. Illegalität braucht Vertrauen.
Titelhändler wie Klaiber haben es nicht nötig, mit Hinz und
Kunz in Verhandlungen zu treten. Und nicht nur Klaiber
gab er bisher seine Telefonnummer. Leon hat sich bei mehreren Maklern beworben. Aber Klaiber war der kapitalste
Hirsch und mit ihm wollte Leon die Verbindung halten.
Waidmannsglück.

Schon einen Tag nach dem ersten Treffen im Konstanzer ›Insel-Hotel‹ klingelte in Stuttgart bei Leon das Telefon. Klaiber hatte die Initiative ergriffen. Leon konnte sein Glück zuerst gar nicht fassen.

Freundlich bot der Professor eine erneute Zusammenkunft an. Er denke, er könne doch etwas tun, man müsse sich noch einmal treffen. Dieses Mal wollte er ihm sogar entgegenkommen. Neuer Treffpunkt: Die Autobahnraststätte Hegau.

Der Gangster hatte Geld gerochen, freute sich Leon und fühlte sich nun wieder als der beste Spürhund aller Zeiten. Jetzt ruhig den Hasen grasen lassen. Ganz ruhig, Bürschle, i krieg di scho no!

Am nächsten Tag muss Leon erneut Richtung Bodensee hetzen. Warum nur, fragt er sich, schafft er es nie, pünktlich zu sein? Morgens werden schließlich alle Menschen für den ganzen Tag mit der gleichen Zeit ausgestattet. Der 24-Stunden-Tag ist für alle gleich lang. Und doch ahnt Leon, seine Tage sind kürzer. Schon bis er aufsteht, ist ein guter Teil seiner Stunden weg. Diese einzuholen, ist tagsüber kaum mehr möglich, erst spät abends wieder. Deshalb sitzt er dann oft bis frühmorgens im Stuttgarter Bohnenviertel, zwischen ›Cantina Toskana‹ und ›Odyssia‹. Bei Vassilli hat er dann Zeit, viel Zeit. Plötzlich liegt ein ganzer Berg an Zeit vor ihm. Ouzo nach Ouzo, und niemand drängt. Erst spät in der Nacht, wenn der Wirt großzügig wird, ist Feierabend angesagt. Aber dann ist der Tag auch meist schon längst rum. Dann kann es schon einmal Ouzo aus Wassergläsern geben. Gut abgefüllt lassen sich die Gäste so leichter nach Hause schicken, ist Vassillis Strategie. Doch Leons Zeitkonto ist in diesem Moment wenigstens ausgeglichen.

Nur am nächsten Morgen fehlen ihm dann schon wieder die ersten Stunden.

Es scheint wie verhext.

Klaiber erscheint nicht alleine zum zweiten Treffen. Ein smarter Jüngling ist bei ihm. Die beiden sitzen, wie abgesprochen, in der Autobahnraststätte Hegau am ›Spätzlehighway‹. Leon erspäht sie sofort, obwohl sie sich in die hinterste Ecke mit Blick über die Hegauberge bis zum Bodensee verkrochen haben. Der junge Mann ist stark geschminkt. Seine Augenbrauen sind schwarz gefärbt, die Haare blond, und dickes Make-up klebt in seinem Gesicht, mindestens drei Millimeter Profil. Leon wäre froh, seine abgefahrenen Reifen des Porsche würden solch einen tiefen Lotschnitt aufweisen.

»Schöne Aussichten«, begrüßt Leon die beiden Männer.

Der junge Mann strahlt ihn mit großen Augen an. Himmelblau leuchten sie Leon entgegen.

Er deutet, um erst gar keine Missverständnisse aufkommen zu lassen, in die Landschaft: »Ich meine den Blick aus dem Fenster.« Der Hohentwiel und Hohenkrähen glänzen in der Frühlingssonne vor der, nicht nur für die einzigartige Aussicht, ausgezeichneten Raststätte.

Prof. Klaiber steht auf, um Leon zu begrüßen. Er stellt ihm Blondie vor: »Gerard, der wissenschaftliche Mitarbeiter unseres Instituts.«

»Schärahr«, haucht dieser und legt seine Hand weich in Leons festen Griff.

Der Titelhändler wirkt diesmal äußerst zuvorkommend. Er bestellt Leon einen Kaffee und ein Glas Mineralwasser und geht sofort, nachdem die Bedienung die Getränke auf den Tisch gestellt hat, zum Thema über. »Sie müssen verstehen, wir mussten erst in Erfahrung bringen, wer Sie sind, bevor wir Ihnen entgegenkommen konnten.« Klaiber holt jovial aus, lächelt zu Leon und bezieht mit seinen Augen Gerard in das Gespräch mit ein. »Einen Doktortitel einer deutschen Universität, Sie haben natürlich recht, kein Problem für uns. Sie haben keine Schulden, Sie haben einen guten Leumund, Sie sind in Ihrer Branche anerkannt, ich denke, Sie können bar bezahlen?«

Leon ist über den vermeintlich geballten Informationsstand Klaibers überrascht und muss sich dabei nicht einmal verstellen.

Klaiber zeigt sich erfreut und ist Herr des Gesprächs: »Wir haben unsere Informanten, wie gesagt, wir müssen wissen, wer unsere Partner in diesen doch sehr diskreten Angelegenheiten sind. In Ihrem Fall haben wir nun grünes Licht.«

Leon nickt erleichtert und ist wirklich sehr froh, den hohen Anforderungen der Firma Klaiber und Co. dienen zu können. Wer auch immer das ›grüne Licht‹ gegeben haben mag, kann ihm vorerst gleichgültig sein. Ihm ist klar, hätte Klaiber ein nur halb so verlässliches Informationssystem, wie er vorgibt, säße er jetzt nicht hier. Wohl kaum würde ihn dann Klaiber zum zweiten Mal treffen wollen, von wegen Informanten! Ein Schauspieler, denkt Leon und fühlt sich mit seiner vorschnellen Beurteilung bestätigt: Schublade zwei! Nur dieses Mal bitte kein vorlautes Wort von ihm.

»50.000 Euro!« Klaiber knallt die Summe mit fester Stimme, inklusive gesprochenem Ausrufezeichen, auf den Tisch. Diese Zahl ›50.000‹ steht wie in Stein gemeißelt zwischen den drei Männern. Die beiden Dealer schauen ihm fest in die Augen. Sie wollen seine Reaktion sehen.

Doch bei Leon ist zunächst nicht viel zu erkennen. Ihm ist die Summe relativ gleichgültig. Diesen Betrag wird er ohnehin nie aufbringen. Trotzdem spielt er den Entsetzten. Er bläst Luft in seine Backen, reißt die Augen auf und schaut hilfesuchend zu seinen Geschäftspartnern.

»Sie verstehen, wir haben unsere Auslagen, deutsche Professoren sind teurer als bolivianische.«

Leon nickt verständnisvoll.

»Ich biete mich Ihnen mit meinem wissenschaftlichen Berater Gerard als Promotionsberater an. So wird dies auch in unserem Vertrag stehen. Uns ist wichtig, dass wir jeden Schritt legal vornehmen. Das heißt, Sie promovieren ordentlich. Wir begleiten Sie nur. Wir helfen Ihnen, ein geeignetes Thema zu finden, wir verschaffen Ihnen Kontakte zu einem ordentlichen deutschen Professor, und wir bereiten Sie auf Ihr Rigorosum vor.«

Leon hat von dieser faulen Bezeichnung schon gehört. ›Promotionsberater‹, das klingt offiziell und korrekt. Doch Klaiber könnte auch sagen: ›Ich bin Professorenbestecher, deshalb benötigen wir Geld. Denn deutsche Professoren sind teuer und, wenn bestechlich, dann nur mit viel Geld.‹

Doch Leons Ahnungen sind jetzt bestätigt. Mit seinen Gedanken ist er schon weiter. Er hat endlich gefunden, wonach er sucht. Es gibt ordentliche deutsche Doktorentitel auf dem Schwarzmarkt zu kaufen. Bei Klaiber ist er an der richtigen Adresse, mit ihm ist er auf der richtigen Fährte!

»Bei welcher Universität werde ich promovieren?«

»Sie haben drei zur Auswahl.«

»Und die wären?« Er hört schon wieder sein loses Mundwerk vorschnell plappern.

»Der Reihe nach.« Klaiber hält wie ein Schutzmann die

rechte Handfläche nach oben vor Leons Gesicht. Seine Stimme klingt plötzlich gereizt. »Es gibt keinen Grund zur Eile. Wir sollten Schritt für Schritt unseren Weg, den wir gemeinsam zu begehen haben, besprechen.«

Leon beißt sich auf die Lippen. Zustimmend nickt er.

Klaiber schaut zu Gerard, der sitzt ganz ruhig auf seinem Stuhl und lächelt Leon unverdrossen an.

Promotionsberater Klaiber lässt sich auf die weitere Erklärung des bevorstehenden Deals ein: »Zunächst bezahlen Sie eine Anzahlung in Höhe von 25.000 Euro. Danach bekommen Sie von uns eine Doktorarbeit nach der Wahl Ihres Fachgebietes. Diese wird dann bei einer der drei Hochschulen zur Bewertung eingereicht. Danach müssen Sie zu einer Prüfung vor dem Promotionsausschuss in der Universität Ihrer Wahl. Man wird Ihnen Fragen stellen, die Sie zu beantworten wissen. Sie werden gnädige Prüfer finden, und schnell sind Sie ein frischgebackener Herr Doktor. Danach überweisen Sie uns die zweiten 25.000 Euro, und die nötigen Verwaltungsunterlagen samt Doktor-Urkunde sind in der gleichen Woche in Ihren Händen.«

Leon schluckt. In seinem Gesicht spiegelt sich die Faszination von der perfekten Illusion wieder und auch gespielter Stolz: Doktor Leon Dold! Ja, Klaiber, du bist tatsächlich der Größte! Verhalten und devot traut er sich nun, nach dem weiteren Prozedere zu fragen: »Wie werde ich zur Promotionsstunde vorbereitet?«

»Keine Sorge, Sie sind bei uns in den besten Händen. Wir sind doch keine Dilettanten, das können wir uns gar nicht leisten.« Klaiber glaubt den Fisch an der Angel. Die Mimik des jungen Kunden ihm gegenüber signalisiert Zufriedenheit und Bereitschaft für das Geschäft.

Die beiden Titelhändler kennen solche Verkaufsgespräche. Sie wissen, jeder Kunde ist an seinem eigenen Stolz zu packen.«»In wenigen Wochen schon können Sie Ihren Doktortitel auf Ihre Visitenkarte setzen.« Klaiber grinst breit über sein schmales Gesicht. »Sie werden bestehen, wie alle anderen vor Ihnen auch, garantiert!« Er streckt selbstsicher seine rechte Hand über den Tisch, Leon entgegen. Dieser schlägt, ohne zu zögern, ein. Der Deal ist perfekt. In der Unterwelt scheint man sich auf einen Handschlag noch verlassen zu können, denkt Leon.

Auch Gerard reicht ihm seine weiche, feuchte Patschhand. Unwillig greift Leon zu, um auch mit ihm das Geschäft zu besiegeln. Gerard öffnet nun einen ledernen Diplomatenkoffer und legt verschiedene Papiere vor Leon auf den Tisch:

Zusammenhänge zwischen Denken und Logik und Identität – Versuch einer Grenzziehung zwischen Logik und Erkenntnistheorie

Sakrament, flucht Leon, die Burschen haben es tatsächlich drauf. Wenn das der Titel seiner Doktorarbeit werden soll, muss er erst einmal üben, diesen, ohne zu stocken, vorzutragen. Er zollt den beiden Herren mit einem leisen Pfiff durch seine Zähne Respekt: »Alle Hochachtung«, staunt er.

»Was haben Sie denn gedacht«, fiepst Gerard in hohen Tönen. Offensichtlich hält er den Kontakt zu den Ghostwritern. »Sie sind Diplom Politologe, sodass Sie doch ganz einfach ein relativ aktuelles Thema bearbeiten könnten, auf das Sie vielleicht auch durch Ihre Tätigkeit als Versicherungsagent gestoßen sind. Zum Beispiel:

Vergleich der Altersversorgung in der BRD, unter der Berücksichtigung des Pflegegesetzes und der staatlichen Rentenversorgung, gegenüber der individuellen Versorgung in den USA

Ihr Ergebnis könnte sein: Staatliche Fürsorge reicht nicht aus, ist nicht sicher, deshalb das zweite Standbein: Die Privatversicherung! Ist doch ein ideales Themenfeld für Sie. Mit dieser Arbeit können Sie sich auch bei Ihren Kollegen sehen lassen.«

Gerard ist nicht nur Klaibers äußeres Schmuckstück, entschuldigt sich Leon bei ihm, der Typ hat sein Geschäft kapiert. Er nickt dem Blondschopf beeindruckt zu.

Klaiber sieht das kindliche Staunen des vermeintlichen Versicherungsagenten und sonnt sich in seinem Full-Service-Angebot: »Tja, alles offiziell und sauber, so, wie Sie es sich gewünscht haben. Damit können Sie sich überall sehen lassen. Sie haben die richtige Wahl getroffen.«

Leon strahlt nach außen. Innerlich schüttelt er fassungslos seinen Kopf. Diese Vertreter schlagen dem Fass den Boden aus. Wie nach jedem x-beliebigen Verkaufsgespräch an der Haustür gratuliert der Verkäufer jetzt nach dem Abschluss dem Kunden statt sich selbst. Er wird kassieren! Glaubt er zumindest, wenn er sich in diesem Fall auch täuschen wird.

»50.000 Euro sind ja auch nicht schlecht«, startet Leon einen vermeintlichen Rabattwunsch. Ein bisschen Feilschen gehört zum ernsten Spiel. Die beiden Händler dürfen nicht auf den Gedanken kommen, er nehme den Deal nicht ernst, die Höhe der Summe spiele keine Rolle. Jeder aufrichtige Interessent handelt und versucht den Preis zu drücken, also hat er dies nun auch zu versuchen.

»Wir wissen, was wir Ihnen bieten. Sie sollten sich im

Klaren sein, dass wir Ihnen Eins-A-Qualität liefern.« Klaiber würgt jeden Versuch eines Preisfeilschens ab. »Wir sind Ihnen bei der Themensuche behilflich und vermitteln Ihnen einen Tutor, der Ihnen bei der wissenschaftlichen Arbeit zur Hand geht. Wie sich dann diese Hilfe tatsächlich gestaltet, ist Ihre Sache. Dazu liefern wir Ihnen einen Professor, der Sie genau das fragt, was Sie sicher wissen. Sie sind quasi jetzt schon Herr Doktor, die Weichen sind gestellt.«

Gerard kramt in seinen Unterlagen. Er schiebt weitere Papiere auf den Tisch. Es sind verschiedene Untersuchungen angesehener Personalmanagementfirmen. Von Kienbaum aus Frankfurt die Erkenntnis: ›In bestimmten Positionen schützen Firmen den Inhaber eines Doktorhutes. Er genießt ein besonderes Prestige und kommt der Außenwirkung der Firma zugute.‹ Oder ein anderes Ergebnis des wissenschaftlichen Zentrums in Kassel: ›Ein 30 bis 40 Prozent höheres Einkommen ist dem Doktortitelträger garantiert.‹

»Rechnen Sie doch, wie schnell sich die für Sie, zugegeben zunächst nicht geringen Ausgaben, amortisieren. Bei einem 30 Prozent höheren Einkommen ist doch in Ihrer Klasse bei über 50.000 Euro Einkommen schon in vier Jahren die Ausgabe gleich Null.« Gerard lächelt siegessicher und pustet ein laues Lüftchen Nichts über seine offene Handfläche in die Luft.

»Wir haben verstanden!«, gibt sich Leon geschlagen.

»Sie wollen den Titel, ich muss ihn Ihnen nicht andrehen.« Klaiber nimmt den Ball an und spielt ihn weiter. »Aber das Geld ist bei uns besser angelegt als bei jeder Arbeitslosenversicherung. Eine Promotion lohnt sich immer. Das Arbeitslosenrisiko ist damit so gut wie ausgeschlossen.«

»Sie haben recht, ich will den Titel, und ich bin deshalb hier. Wie gehen wir jetzt weiter vor?«

»Das ist unsere Adresse und eine Kontonummer in Liechtenstein. Zahlen Sie bei der Postbank die ersten 25.000 Euro ein, in bar. Keine Überweisung von einem Festkonto. Nach dem Eingang der Summe beginnen die ersten Arbeiten für Ihre Promotion, Herr Candidus Doktor.«

Leon strahlt, wie ein neugebackener Doktor seiner Ansicht nach wohl zu strahlen hat.

Klaiber ruft die Bedienung, um zu bezahlen. Er lädt Leon großzügig ein, dieser bedankt sich höflich und verabschiedet sich schnell, um die neue Situation nicht mehr zu gefährden. Herzhaft drückt er Klaiber die Hand, fast zärtlich Gerard. Dann geht er rasch hinaus auf den Parkplatz.

Nur nicht zu schnell gehen, ganz cool schlendern. Leon muss seinen Höhenflug bremsen. Am liebsten wäre er vor Freude die Rasthaustreppen hinuntergesprungen und über den Parkplatz getanzt. Er hatte es geschafft. Die beiden sind am Haken, lacht er in sich hinein. Jetzt die Anspannung langsam abbauen und dann ab, über die Autobahn zurück nach Stuttgart zu Vassilli. Heute wird der Ouzo besonders lecker schmecken.

Er will gerade seinen Zündschlüssel drehen, den Porsche starten, da sieht er im Rückspiegel Klaiber und Gerard über den Parkplatz gehen. Sie steigen in einen dunklen Mercedes. Er dreht seinen Schlüssel wieder in die Startposition zurück, die Armaturenleuchten gehen wieder aus, er wartet ab. Die beiden fahren los, sie steuern ihren Wagen auf die Ausfahrt Richtung Singen. Leon startet jetzt ebenfalls und dreht sein Auto in die gleiche Richtung. Er lässt sie weit vorfahren, sieht, wie sie sich im Verkehr einfädeln, und folgt mit viel Abstand dem Wagen über die Autobahn.

Die beiden fahren einen neuen 500 SEL. Edle Karre

mit Liechtensteiner Krone auf dem Nummernschild. Am Bodensee ein besonders nobler Status. Große Schlitten mit Kennzeichen aus dem kleinen Fürstentum zwischen Österreich und der Schweiz suggerieren reichen Landadel. Die Wahrheit ist meist eine andere: Reiche Hehler und raffinierte Schieber aus der Finanzwelt.

Leon ist sich sicher, Klaiber wird sich nicht zweimal bitten lassen. Er würde die 25.000 Euro in Liechtenstein abheben, bevor Leon sie in Deutschland richtig einbezahlt hätte. Doch von ihm wird er keinen Cent auf seinem Konto sehen. Selbst wenn er tatsächlich kaufen wollte, wären ihm 50.000 Euro zu viel Geld. Es ist und bleibt Hehlerware. Und Klaiber ist ein Betrüger. Er hat ihn erst zweimal gesehen. Wie kann man da, dazu noch einem Ganoven, trauen? Aber noch heute Abend wird er über ihn mehr erfahren.

Mit hoher Geschwindigkeit jagen die beiden ihre Luxuslimousine über die Autobahn.

Nur nicht nach Liechtenstein, hofft Leon. Das hieße jetzt noch mehr als eine Stunde Fahrt. Doch sein Jagdinstinkt ist geweckt, und seine Neugierde lässt ihn dem Mercedes unverdrossen folgen.

Einer Dokumentar-Redaktion eines Fernsehsenders könnte Leon jetzt die Geschichte anbieten: ›Dr. cash – Bares gegen Ehre‹, oder wie auch immer der Titel heißen möge. Die Geschichte mit seinem jetzigen Recherchestand ist rund. Klaiber als Händler bietet sich als roter Faden und Angelpunkt geradezu an. Alleine seine Angebotsliste aller akademischen Grade ist ein Hit. Und dann noch der Clou: Gekaufte Doktorentitel von deutschen Universitäten! Aber er muss zunächst mehr über Klaiber erfahren, er muss an ihm dranbleiben.

Leon hat es in seinem Leben bisher zu zwei Konten gebracht, beide machen ihm Sorgen. Das erste führt seine Hausbank in Stuttgart. Die Schwaben sind geizig, sagt man ihnen nach, laut Leons Erfahrung aber nicht mit der Berechnung der Sollzinsen. Sein Konto steht meist in den Miesen und nimmt im Soll stetig zu. Sein zweites Konto dagegen ist im Plus randvoll. Es wird in Flensburg geführt. Die Norddeutschen sind eher großzügig, besonders im Addieren seiner Punkte.

Aber Gerard vor ihm steht auf dem Gaspedal und Leon muss mithalten. Noch zwei Punkte mehr in Flensburg, und Leon muss wohl oder übel beim TÜV die Schulbank drücken. Dafür aber helfen die beiden vor ihm nun, sein Konto bei der schwäbischen Bank zu bereinigen. Ein Auftrag von einer Redaktion der Fernsehanstalt wird ihm für kurze Zeit Luft verschaffen. Ein Vorschuss ist dann schnell beantragt und überwiesen. Ein Auftrag bedeutet im Sender eine Produktionsnummer. Eine Produktionsnummer bedeutet Zugriff auf das Spesenkonto. Ohne Produktionsnummer ist ein freier Mitarbeiter einer Fernsehanstalt nichts. Genauer gesagt, ohne Produktionsnummer ist der Mitarbeiter offiziell gar nicht vorhanden.

Es gibt keinen Dienstreiseantrag ohne Produktionsnummer. Das gleiche Spiel beim Spesenkonto: wie lautet die Produktionsnummer? Handkasse, für welche Produktionsnummer? – Ohne Produktionsnummer ist der freie Mitarbeiter eine Null.

Nicht existent.

Klaiber und sein Assistent biegen am Singener Kreuz Richtung Lindau/Stockach ab und fahren weiter auf Friedrichshafen zu. Leon versucht, ständig zwei bis drei Autos zwischen sich und Klaiber in einer Lücke zu halten. Ein Porsche taugt nicht als Verfolgungsfahrzeug, der Wagen ist selbst im Rückspiegel zu auffällig. Er muss großen Abstand halten, um von den beiden nicht bemerkt zu werden.

Vor Überlingen zeigt die Autobahn das Können deutscher Straßenplaner. Plötzlich ist Schluss. Das neue Deutschland scheint für geradeaus denkende Beamte zu groß. Ein mit einem roten Balken durchgestrichenes blaues Autobahnschild verkündet das abrupte Ende. Das vierspurige Bundesautobahnnetz führt wenige Kilometer vor der Grenze nach Österreich auf einen Acker, bzw. Feldweg.

Die schwere Limousine nimmt das Nadelöhr leicht. Die Absperrungsschranken bieten eine enge Lücke. Der Mercedes schießt dazwischen durch. Die Straßenverkehrsordnung sieht das Ausweichmanöver tatsächlich so vor. Auch Leon blinkt kurzentschlossen und fährt dem Wagen durch die Absperrung auf das kleine Sträßchen einfach nach. Der Mercedes gleitet auf der schmalen Landstraße weg vom See ins hügelige Hinterland. Die Straßen werden noch enger, die Dörfer kleiner und die Steigungen höher. Dann fährt der Wagen plötzlich auf einer Serpentine durch einen dunklen Wald. Nebelschwaden hängen in den Bergen.

Unvermittelt hält der Mercedes an. Die Schnauze des Wagens steht in einem Waldweg, das Heck ragt in die Fahrbahn. Leon setzt links den Blinker und gibt Gas. Vorsichtig schielt er rechts hinüber und sieht den Mercedes vor einem Eisentor stehen, hinter dem eine Zufahrt in einen Park führt.

Leon fährt weiter, bis er außer Sichtweite ist, biegt dann in einen Feldweg ein und stellt sein Auto hinter einem Busch ab. Er springt aus seinem Porsche, reißt schnell die Vorderhaube auf und holt seine Joggingsachen aus dem Kofferraum. Laufschuhe sowie Hose und Sportpulli hat er immer in seinem Auto. Meist fährt er die Sachen nur spazieren. Selten rafft er sich auf, sie zu benutzen. Faul zu sein, zählt für Leon nicht zu den schlechtesten Eigenschaften und in diesem Fach ist er auch tatsächlich nicht der Übelste. Doch jetzt kann er sich, dank der Laufschuhe, in einen unbekümmerten Jogger verwandeln. Im Trab läuft er die Straße zurück, biegt dort ab, wo zuvor Klaibers Wagen angehalten hatte, und steht vor dem Eisentor. Es ist wieder verschlossen, der Wagen vermutlich dahinter in dem Park verschwunden. Ein riesiges Anwesen mit einem hohen Gartenzaun liegt vor Leon.

Leicht und locker bleiben, ganz ruhig und sportlich, verordnet sich Leon und beginnt zu laufen. Immer am Zaun entlang joggt er, als sei er mit sich und der Welt völlig im Reinen. Nebenbei versucht er unauffällig, über den hohen Zaun zu schielen. Viel kann er allerdings nicht sehen. Der Maschendrahtzaun ist zum Teil mit Efeu zugewachsen und das Gestrüpp rund um das Anwesen dicht.

Plötzlich tut sich vor ihm, als er um eine weitere Ecke des Anwesens biegt, eine bewundernswerte Aussicht auf. Der Blick ist phänomenal: Unter ihm liegt in der Abendsonne der Bodensee. Dahinter zum Greifen nahe das Alpenpanorama. Auf dem See sind deutlich die Fahrrinnen der Fährschiffe zwischen Meersburg und Konstanz zu erkennen. Die sonst glatte Wasseroberfläche schimmert wie roter Samt, hinter den Fährschiffen aber tanzen gleichmäßige Wellen in einer harmonischen Formation. Darüber spiegeln ebenfalls die schneebedeckten Gipfel der Alpen die Abendröte, als sei die ganze Bergkette mit feuerrotem Puderzucker bestäubt.

Leons Lauf wird ruhiger. Er verfällt in einen gedämpften Trab. Er staunt und genießt.

»Föhnwetter, das bringt nichts Gutes.«

Er dreht sich um, schaut über den Zaun und glaubt nun endgültig, vor den Toren des Paradieses zu stehen. Eine attraktive, junge Frau lacht ihn an. Sie wirkt größer, als sie vermutlich tatsächlich ist, denn sie steht am Hang über ihm. Interessiert mustert er ihre Figur. Lange Beine, sportlicher Körper, verführerische Brüste, schön geschnittenes Gesicht. Ein Hauch von Bodenseeelfe.

»Sie sind die verführerische Eva, vor der schon im Religionsunterricht gewarnt wurde«, verrät Leon gleich seine männlichen Hintergedanken. Er hört wieder einmal seine Worte, bevor er selbst weiß, was er sagt. Schnell schiebt er nach: »Und ich stehe hier vor dem Paradies.«

»Da muss ich Sie leider enttäuschen. Ich heiße nicht Eva, und hier am See blühen jetzt im Frühling zunächst die Apfelbäume, bevor im Herbst die Äpfel reifen. Trotzdem vielen Dank für Ihr Kompliment.«

Und nackt, wie in der Bibel beschrieben, bist du leider auch nicht. Aber dieser Satz liegt Leon nur auf der Zunge, er kann sein Mundwerk dieses Mal ausnahmsweise beherrschen.

Er schielt an der jungen Frau vorbei. Hinter ihr, inmitten des riesigen Grundstückes sieht er eine Villa in den Hang gebaut. Die prächtige Südseite ist dem See zugewandt und komplett verglast. Etwa 100 Meter ist das Haus entfernt. Klaiber dürfte ihn, sollte er sie beide vom Haus aus sehen, nicht erkennen.

»Wohnen Sie hier?« Leon stellt sich geschickt in den Sichtschatten der jungen Frau, dass ihr Körper ihn vor eventuellen Blicken aus der Villa schützt.

»Nein, leider bin ich weder Eva noch die Prinzessin vom Bodensee. Ich bin hier nur das Aschenputtel, aber dies leider für alles: Sekretärin und Putzfrau.«

»Und für was steht das alles noch?« Leon ist neugierig. Vielleicht lüftet sie so nebenbei im Geplänkel ein bisschen den Schleier um das Treiben in der Villa hinter ihr.

Die junge Frau reagiert tatsächlich wie beiläufig, aber ganz anders, als er sich dies von ihr erhofft hatte: »Kennen Sie den Säntis und die Berge um ihn herum?« Sie zeigt mit der rechten Hand zum Horizont im Süden hinter seinem Rücken.

Er lächelt. Sie will ihm nichts erzählen, das heißt für ihn, sie hat ein Geheimnis zu hüten. Doch so leicht gibt er nicht auf. »Entschuldigung, ich heiße Leon«, stellt er sich höflich vor. Die Hand kann er ihr durch den Maschendrahtzaun nicht reichen. Er würde es gerne tun, er würde gerne die attraktive Elfe berühren. Eigentlich hat sie nichts Aufregendes an sich. Kurze schwarze Haare, braun gebranntes Gesicht, schöne Zähne, na und?

Irgendwie ist an ihr alles ganz normal. Haare, Zähne, Augen und Figur.

Und doch ist Leon von ihrer Erscheinung angetan. Sie würde nie einen Schönheitswettbewerb gewinnen. Im Playboy würde sie nicht einmal auf der letzten Seite abgedruckt. Aber er ist fasziniert von ihr. Sie passt in diese Landschaft, bodenständig und natürlich wie sie scheint. Der paradiesische Vergleich drängt sich ihm nicht von ungefähr auf. Diese Frau ist nicht aufgetakelt wie die Stadtmädels und hat doch ihre ganz eigenen Reize.

Leon mustert sie erneut, jetzt gründlicher. Er tut so, als würde er die schöne Landschaft um sie herum betrachten. Er mustert den Zaun, schielt dabei nach ihren langen Beinen. Er lässt seinen Blick langsam nach oben schweifen über ihren schlanken Bauch. Er sieht ihre einladenden Hüften und ihren prallen Busen, der sich von innen an den

Stoff der Bluse presst. Die Brustwarzen scheinen sich nach der Abendsonne zu sehnen. Er muss sich zwingen, seinen Blick abzuwenden. Nur nicht zu lange mit den Augen in Halbhöhe verharren. Doch in seinen Gedanken öffnet er ihr schon die oberen Knöpfe ihrer Bluse.

»Ich heiße Lena.«

»Ob Eva oder Lena, schön, Sie kennenzulernen.« Er will sie weiter in ein gedankenloses Geplänkel verwickeln. Schönheit hin oder her, er muss erfahren, was Klaiber in der Villa dort oben treibt. »Es scheint so, als hätten sie einen der wundervollsten Arbeitsplätze der Welt.«

»Besonders in den Arbeitspausen«, lacht sie. Lenas helle Augen strahlen mit der untergehenden Sonne um die Wette.

»In den Pausen von für alles? Oder was arbeiten Sie denn in so herrlicher Lage?«

Lena betrachtet Leon von oben herunter, nicht nur wegen ihres erhöhten Standortes. In ihren Augen spiegelt sich lässige Überlegenheit. Ihr Gesicht scheint ihm plötzlich zweigeteilt. Auf der einen Seite lächelt sie ihm herzlich zu, ihre weißen Zähne strahlen durch die offenen Lippen; die andere Gesichtshälfte wirkt abweisend, hier ist ihr Mund verschlossen.

Er lässt sich nicht beirren. Er bleibt konsequent am Ball. Er versucht mit Witz und Charme, seine Neugierde zu tarnen: »Verfassungsschutz – oder was? Mata Hari, warum geben Sie sich so geheimnisvoll?«

Sie schaut ihn kritisch an, mustert ihn von oben bis unten, ganz unverhohlen. Sie lässt sich Zeit.

Er hebt die Hände hoch: »Ich habe nichts verbrochen. Ich stehe mit beiden Plattfüßen fest auf dem Grundgesetz, bin weder Al-Qaida-verdächtig, noch Moslem. Ich war lediglich einmal Kriegsdienstverweigerer, also Softi, untauglich für militärische Einsätze und völlig uninteressant für Staatsschützer.«

Sie gibt ihre kritische Haltung auf. Freundlich lacht sie. »Nicht unsympathisch, je nachdem, was man unter Softi versteht.«

Leon verspürt Oberwasser. »Mann!« Er betont das zweite ›n‹ überdeutlich.

Sie lacht herzlicher und kopiert seine Aussprache: »Mann erfährt nichts!«

Leon blickt ertappt und weiß, sie wird nicht plappern. Eine seltene Paarung bei Frauen: Klug und schön zugleich. Heiliger Bimbam!

Zeit für einen guten Abgang.

Nochmals mustert er ihre Figur von oben bis unten, diesmal klar ersichtlich und mit ruhigem Kennerblick. Dann quittiert er sein Ergebnis mit einem Piff der Anerkennung. Gleichzeitig winkt er ihr zu und setzt sich wieder in Trab, um sein Joggerbild aufrechtzuerhalten.

Den Pfiff erwidert sie frech: »Hopp, hopp! Im Paradies gibt es keine Bierbäuche.«

Leon tut, als überhöre er ihre Anspielung. Doch gleichzeitig zieht er schnell den Bauch ein und legt einen Zacken zu. Nach außen gibt er das Bild eines leichtfüßigen Läufers ab. Seine Anstrengung dabei verbirgt er geschickt.

Das Grundstück um die Villa über dem See scheint ihm größer als die Ponderosa-Ranch in der Erfolgsserie ›Bonanza‹ aus seiner Jugendzeit. Er schwitzt. Es geht steil bergauf, dann wieder bergab, immer durch den unwegsamen Wald. Nur selten ist die Villa zu sehen. Schließlich erreicht er wieder die Straße.

Am liebsten würde er jetzt zu seinem Auto zurücktrampen, doch Leon betrachtet die Strecke als verdiente Buße. Am Tag zuvor war es wieder spät geworden im Bohnenviertel in Stuttgart, viel Alkohol und auch noch Zigaretten, dafür muss er jetzt leiden.

Verschwitzt kommt er bei seinem Wagen an. Glücklicherweise findet er im Kofferraum ein Handtuch. Er trocknet sich ab und zieht seine alten Klamotten wieder über. Er fährt ein bisschen näher an das Parktor heran, hält in einem Feldweg schräg gegenüber und wartet. Irgendwann müssen die beiden wieder weiterfahren. Sie wohnen bestimmt nicht gemeinsam in dieser Einöde.

Leon hat Geduld. Endlich öffnet sich das Tor. Er versinkt in seinem Sitz und sieht durch die Speichen seines Lenkrades einen dunkelgrünen Mini das Grundstück verlassen. Lena?, denkt er. Vielleicht. Er notiert sich das Autokennzeichen, eine einheimische Nummer des Bodenseekreises, und wartet weiter ab.

Erst viel später öffnet sich das Tor wieder. Es ist schon fast Mitternacht. Neue grelle Xenon-Scheinwerfer leuchten kalt auf. Der Mercedes schießt mit hoher Geschwindigkeit aus der Zufahrt auf die Landstraße. Mit seinem Schwarzwälder Dickschädel setzt sich Leon unbeirrt auf die Fährte.

Der 500er schießt hinunter ins Tal Richtung Überlingen. Dort biegt er nach Meersburg ab und nimmt die Straße am See entlang zur Fähre nach Konstanz. Klaiber hat es sehr eilig. Leon muss sich sputen, um nicht abgehängt zu werden. Er schaut auf die Uhr, es ist kurz vor zwölf. Klaiber will die Fähre nach Konstanz erreichen. Leon bleibt dicht hinter ihm, lässt sich aber kurz vor der Auffahrt zur Fähre zurückfallen. Er fährt rechts auf den Parkplatz und wartet.

Er lässt ein paar Autos vor, um nicht direkt hinter Klaiber eingewiesen zu werden. Er will von den beiden nicht entdeckt werden.

Die Bediensteten der Fähre sind die wichtigsten Männer des internationalen Schiffsverkehrs auf dem Bodensee. Ihre Handzeichen sind unbedingt zu befolgen, wenn auch ihr System ihr Geheimnis bleibt. Einem Fremden erschließt es sich jedenfalls nicht. Ein Auto links, das zweite rechts, dann wieder links, und wieder links, und wieder links und jetzt rechts und rechts! Es kann aber auch eine ganz andere Reihenfolge sein. Doch gleichgültig, den Herren der Fähre ist Folge zu leisten, unbedingter Gehorsam.

Leon wartet geduldig. Er lässt fünf Autos zwischen Klaiber und sich auf das Deck vorfahren. Erst dann fährt auch er los. Leon sieht, wie Klaiber auf dem Schiff nach rechts gewunken wird. Danach werden drei Autos links eingewiesen. Dann eines auf die mittlere Standspur. Der Wagen vor ihm muss wieder nach links fahren. Dann er: Rechts!

Leon bremst scharf ab. Der Platzanweiser befiehlt ihm energisch mit unmissverständlicher Handbewegung: Rechts! Aber Dalli! Zufahren! Seine Arm- und Handbewegungen werden immer schneller und deutlicher, sein Kopf wird hochrot.

Leon will nicht, er bleibt stehen. Hinter ihm hupt schon das nächste Auto und vor ihm fuchtelt der Fährbedienstete aufgeregt und flucht: »En Schwob im Porsche. Schaffe mers noch?«

»Dubel«, schimpft Leon den Schiffsbediensteten, gibt Gas und fährt hinter den verdammten Mercedes.

Klaiber und Gerard sitzen noch immer drinnen. Jetzt erst steigen sie aus.

Leon löscht sein Licht und macht sich schnell in seinem Wagen so klein wie möglich. Er sinkt tief in den Sitz. Unter dem Armaturenbrett bremsen die Kniescheiben seinen Tauchgang.

Gerard und Klaiber gehen in die entgegengesetzte Richtung weg. Leon atmet auf. Unvermittelt dreht sich Blondie um. Er verschließt mit der Fernbedienung in der Hand den Wagen. Er schaut auf die Scheinwerfer seines Autos. Die großen Blinklichter der S-Klasse leuchten hell auf. Gerard schaut dem Lichtspiel zu und entdeckt in der kurz erhellten Szene den Porsche. Einen kurzen Augenblick schauen die beiden sich in ihre Gesichter.

Leon rutscht das Herz in die Hose, fasst sich aber schnell und reagiert nach außen so gelassen, wie nur möglich. Er winkt Gerard freudig zu, lacht über sein ganzes Gesicht, steigt aus und geht schnurstracks auf die beiden zu.

»So ein Zufall, Sie hier«, begrüßt er sichtlich überrascht seinen neuen wissenschaftlichen Berater. Dann erst dreht er seinen Kopf Richtung Klaiber. Er tut so, als würde er ihn jetzt erst sehen. Über die breite Motorhaube ruft er ihm zu: »Und Sie auch? Welch ein Zufall!«

»Zufall?«, knirscht dieser unfreundlich.

»Na, Sie können mir ja kaum gefolgt sein«, lacht Leon und schaut auf seinen Porsche, der hinter dem Mercedes steht. »Sonst wäre Ihr Auto ja jetzt hinter meinem.«

»Wir nicht«, antwortet der Titelhändler noch eine Spur unfreundlicher. »Aber wo kommen Sie denn her?«

»Ich war noch Abendessen und habe ein bisschen auf den See geschaut«, nuschelt Leon und dreht den Spieß des Misstrauens schnell um: »Übrigens, ich habe mir überlegt, welche Sicherheit habe ich denn, dass nach der ersten Rate unsere Abmachung von Ihnen eingehalten wird?«

»Meinen Ruf, die Zufriedenheit meiner 500 Kunden und mein Wort.« Klaiber schaltet schnell wieder auf den freundlichen Verkäufer um.

Typischer Verkäuferschleimer, würgt es in Leon, freundlich aber antwortet er: »Na, dann vertraue ich Ihnen eben die mageren 25.000 Euro an.«

Die Fähren zwischen Meersburg und Konstanz sind schnell. Für den Geschmack mancher Touristen zu schnell. Für Leon heute aber nicht schnell genug. Verlegen lächelt er: »Ich muss dringend auf die Toilette.«

Klaiber nickt väterlich: »Nur zu, Herr Doktor Candidus.«

Auch Gerard hat seine alte Offenheit wieder gefunden. Er lächelt liebenswürdig, für Leon schon zu lieb. Gerard macht ihm fast den Eindruck, als wolle er ihm auf die Toilette folgen. Schnell nimmt Leon Reißaus und versichert schon im Weggehen: »Wir sehen uns.« Schließlich will er die Beschattung der beiden noch nicht aufgeben.

Erst als die Lichter des Konstanzer Hafens schon hell und klar vor der Fähre leuchten, kommt Leon aus der Toilette zurück und hält Ausschau nach den beiden Titelhändlern. Er sieht, wie sie sich in ihren Wagen setzen und schleicht sich von hinten an der geparkten Autoschlange entlang zu seinem alten Porsche.

Das Fährpersonal gibt das Zeichen zum Start. Klaiber und Leon fahren einträchtig hintereinander vom Schiff. Zwangsweise folgt er den beiden. Selbst wenn er wollte, er könnte nicht ausscheren. Alle Autos fahren in Kolonne von der Fähranlage in die Stadt. Es ist die einzige Zufahrt in das Zentrum von Konstanz.

Kurz vor der Rheinbrücke zieht Gerard den schweren

Mercedes plötzlich aus der Reihe. Ohne Blinkzeichen oder einem Aufleuchten der Bremslichter bricht der Daimler aus der stadteinwärtsfahrenden Autoschlange aus. Er überquert die durchgezogene Mittellinie und schießt in eine Seitenstraße, bevor Leon folgen kann.

Er bremst scharf ab, hinter ihm hupt das folgende Auto, im Gegenverkehr zeigt sich eine kleine Lücke. Er nützt die Chance, zieht seinen Wagen ebenfalls über die durchgezogene Mittellinie, wendet um 180 Grad und versucht, den Mercedes der Titelhändler wieder einzuholen.

Mit einem Porsche ist es wie mit einem schwarzen Anzug: Man weiß nie, wann man ihn braucht! Mit dieser Weisheit versucht Leon, seinen teuren Spleen vor Freunden immer wieder zu rechtfertigen. Heute bewahrheitet sich diese Behauptung ein weiteres Mal. Seinen einzigen Anzug benötigte er noch am Nachmittag, um bei Klaiber als Versicherungsagent durchzugehen. Seine 260 PS des Turbos braucht er jetzt, um Klaiber einzuholen.

Er tritt kurz das Gaspedal durch, da zeigt die Tachonadel im zweiten Gang schon 80. Mit einem Satz ist er auf der Höhe der Seitenstraße, in die Klaiber gerade abgebogen ist. Auch er biegt in diese Straße ein und tritt noch einmal das Gaspedal kräftig durch. Der Wagen schießt eine für den Fahrer kaum spürbare Steigung hinauf und schon erkennt er, nur ein kurzes Stück vor sich, die Rückleuchten des Mercedes wieder.

Er hält sich weiter in sicherem Abstand zurück. Der Wagen vor ihm biegt rechts ab. Er setzt nach und steht plötzlich vor einer sich automatisch schließenden Schranke. Er bremst scharf ab, die Schranke senkt sich und klinkt in ein Schloss ein. Die öffentliche Straße mündet in eine private Zufahrt. Der Weg führt bergauf zu einem großen, herrschaftlichen Haus. Die Lichter des Mercedes erlöschen davor.

Leon legt den Rückwärtsgang ein. Er fährt seinen Wagen um die Ecke und parkt. Dann steigt er aus und geht zurück. Für Fußgänger ist der Weg nicht gesperrt. Unbedarft schlendert er weiter an der Schranke vorbei. Am Ende der Zufahrt thront eine alte Villa wie eine Trutzburg oben auf dem Hügel. Die Fenster reichen bis zum Erdboden und sind hell erleuchtet. Der viereckige Kasten ähnelt einem feudalen, englischen Anwesen im Kolonialstil der Jahrhundertwende. Dort oben also residiert Prof. Dr. Dr. h. c. Klaiber.

Alle Achtung.

Leon schaut sich in sicherem Abstand um. Er erreicht einen beleuchteten Briefkasten. ›Institut für wissenschaftlichen Transfer‹ steht in Kupfer getrieben darüber. Ein kleiner indirekter Strahler beleuchtet die Buchstaben von unten. Ihr Schatten lässt ihn die Oberzeile kaum entziffern: »Promotionsberatung Prof. Dr. Dr. Klaiber.«

Leon ist jetzt ein Schüler dieses Promotionsberaters. Er hat sein Ziel für heute erreicht und ist mit sich und seiner Arbeit zufrieden. Er hat genügend neue Ansatzpunkte für seine weiteren Recherchen. Ab morgen heißt es, Feuer in die beiden schönen Immobilien zu legen, die er heute nur von außen bestaunen durfte.

Krieg den Palästen!

Und jetzt nichts wie ab auf die Autobahn nach Stuttgart, der Magen knurrt.

Vassillis' Tzaziki ist das beste. Auf fünf Kilogramm Quark raspelt er sieben bis acht Gurken, fünf Bund Dill, Salz, Pfeffer, Olivenöl und dann zehn Zehen Knoblauch. Es schadet auch nicht, wenn mehr Knoblauch drin ist. Leon liebt Tzaziki genau so. Mit Lammfleisch oder auch nur Brot.

Und Ouzo pur aus Wassergläsern.

Nu nix verläppere.

EINE GEFAKTE PROMOTIONSFEIER
... UND DIE ERSTEN HANDFESTEN
DROHUNGEN

Ein Professor im schwarzen Talar steht vor einer großen Schiefertafel in einem Seminarraum einer Universität. Vor ihm steht aufrecht ein gut situierter Herr im grauen Anzug. Der Professor spricht feierlich: »Der Fachbereich Geisteswissenschaft der Universität Konstanz verleiht Herrn Raffa, Freiherr von Müller, aufgrund einer ausgezeichneten Abhandlung ›gloria bona fama bonorum‹ ›Studien zur sittlichen Bedeutung des Ruhmes in der frühchristlichen und mittelalterlichen Welt‹ und des ausgezeichneten Ergebnisses der wissenschaftlichen Gesamtprüfung Titel und Würde des Doktor rerum politicarum.« – Schnitt – Dem Ausgezeichneten stehen vor Rührung Tränen in den Augen. Der Professor überreicht ihm eine Urkunde und setzt ihm einen Doktorhut auf. – Schnitt – In der ersten Reihe der Vorlesungsbank sitzt ein junger, blonder Mann. Dieser klatscht begeistert in die Hände und steht auf: »Ich gratuliere, Herr Doktor Raffa« – »Danke, Gerard, dass Sie mir diesen Moment ermöglicht haben«, antwortet der Gewürdigte überwältigt. – Umschnitt –

In einem kleinen Lieferwagen auf dem Parkplatz der Universität sitzen drei Männer. Zwei von ihnen tragen Kopfhörer. Der eine ist Thomas, der Kollege des BKA. Sie hören die Promotionsfeier mit. Ein Infrarotpunkt ist auf die Scheibe gerichtet, hinter der Dr. Raffa gerade gewürdigt wird. – Schnitt – Thomas lächelt. »Ich denke, wir sollten jetzt zugreifen«, sagt er und gibt über Handy den Einsatzbefehl. – Umschnitt – Uniformierte Polizisten huschen unter das Fenster des Seminarraumes. Andere nehmen vor der Flurtür Aufstellung. – Schnitt – Thomas eilt aus dem Wagen in die Universität. Er tritt in den Raum, in dem die drei Herren die Promotion gerade vornehmen. »Schluss mit der Theateraufführung, meine Herren, ich nehme Sie alle drei fest.« – Schnitt – Die Polizisten lassen drei Handschellen zuschnappen. Der Freiherr steht mit Doktorhut und Urkunde sowie den Handschellen beschämt da. »Ich protestiere«, ruft er laut. »Was fällt Ihnen ein?« – Umschnitt –

»Gratuliere«, sagt die Kommissarin spitz. »Die Zeitungen überschlagen sich.« – Schnitt – Thomas strahlt. Die beiden sitzen im Kommissariat und werten die Tagesmeldungen aus. Die Schlagzeilen sind durchweg positiv. ›Erster Erfolg im Mordfall des toten Professors‹. ›Polizei fackelt mit falschem Doktorvater nicht lange‹. Oder: ›Nach dem Mord, heute schon der Täter‹. – Schnitt – »Es war nicht besonders schwer«, wiegelt Thomas ab. »Gerard kannten wir schon lange. Er hat mit Klaiber eng zusammengearbeitet. Ich habe ihn beschatten lassen, und als sich der Hinweis verdichtete, dass er in den offiziellen Universitätsräumen eine Promotion verkauft hatte, sind wir ihm einfach auf den Fersen geblieben.« – »Und der falsche Professor und die Doktorarbeit?« – »Alles nur gefakt«, lacht er. »Für 50.000 Euro darf der Kunde ein perfektes Theater erwarten. Der will doch selbst an das Schauspiel glauben.« – »Und der Seminarraum?« – »Am Freitagnachmittag stehen in jeder Universität unzählige Räume leer. Wer kümmert sich da schon um drei respektable Herren?« – Umschnitt.

Es gibt auf dem Markt nur drei verschiedene Angebote zum Kauf eines deutschen Doktortitels. Das erste Angebot ist plump. Eine Urkunde wird schlicht gefälscht, der Preis liegt meist nicht mal bei 20.000 Euro. Das ist unter Klaibers Würde.

Er hat lange Zeit das zweite Angebot vertrieben. Es ist richtig teuer, aber wasserfest. Nur ein echter Professor muss als Mitspieler überzeugt werden. Dann muss eine Dissertation von einem Ghostwriter aufgetrieben werden, die später auch im Archiv der Universität Bestand hat. Das war's. Gerard hatte bald dieses System perfektioniert. Er hatte damit eine noch bessere, dritte Idee. Klaiber und er sparen das schöne Geld für die teuren Professoren. Statt ihrer lassen sie einen Schauspieler bei der Promotion im Talar als Professor auftreten. Der Kunde ist angetan, glaubt den Popanz und bezahlt den vollen marktüblichen Preis. Selbstsicher trabt er danach mit seiner gefälschten Urkunde zum Einwohnermeldeamt. Ahnungslos wird dort der Doktortitel einer jeder deutschen Universität jedem Namen zugefügt.

Leon ist klar, so hätte jetzt auch er an seinen Titel gelangen können. Von den veranschlagten 50.000 Euro hätten Klaiber und Gerard keinem anderen etwas abzwacken müssen. Sicher ist allerdings, dass der gekaufte Titel für 50.000 Euro in Wirklichkeit auch nicht mehr wert ist als der für 20.000 Euro. Doch dies alles muss ihn vorerst nicht weiter beschäftigen. Er kann sich beide Angebote nicht leisten. Meist lässt er grade 100 Euro aus dem Geldautomaten und trägt diese direkt in das Bohnenviertel. Da bleibt kein Cent für die Dekoration seines bürgerlichen Namens über.

Am Abend zuvor musste er seine letzten Münzen einem Taxi opfern. Nachts schmeckt Leon Bier und Ouzo in Mengen, am nächsten Tag nur Wasser. Der folgende Morgen beginnt selten so schön, wie der vergangene Abend aufgehört hat. Er stürzt eine ganze Flasche Mineralwasser hinunter. Er rülpst laut und fühlt sich kein bisschen besser. Der Ouzo scheint aufs Neue zu wirken. Aus seinem Mund stinkt es so sehr nach Knoblauch, dass er die eigene Nase über seinem Mund am liebsten abwenden würde. Doch wohin er seine Nase auch dreht, aufdringlich folgt ihr der Mundgeruch. Es gibt kein Entkommen.

Er hatte einmal wieder nicht auf Vassilli gehört, als dieser die Sperrstunde verkündete. Der Grieche griff zu seiner wirkungsvollsten Methode. Um mit seinen Stammgästen nicht lange zu streiten, stellte er ein Glas Peperoni und eine Flasche Ouzo auf die Theke. Jamas.

Nach einer halben Stunde waren sie dann alle gerichtet. Ohne Widerspruch schwankten sie Richtung Ausgang. Kalinichta, Taxi, Bett. Mehr wollte plötzlich selbst Leon nicht mehr.

Seit geraumer Zeit trinkt er eindeutig zu viel. Der Beziehungsknatsch mit Christina setzt ihm mehr zu, als er sich eingesteht. Es ist immer die gleiche Leier. Sie wirft ihm vor, nicht beziehungsfähig zu sein, und will ihn zu einer Paartherapie drängen.

Larifari, weicht er aus. Dazu müssten wir ein Paar sein.

Schließlich ist sie ausgezogen. Aber auch wenn sie noch zusammen wohnen würden: Leon ist für keine Therapie bereit. Warum auch? Er fühlt sich mit sich im Reinen. Alles andere ist für ihn Psychokäse.

Die Auseinandersetzungen mit Christina ermüden ihn. Sie enden fast immer in der gleichen Sackgasse. Sie wirft ihm vor, er drehe ihr das Wort im Mund herum, er beschuldigt sie, Vulgärpsychologie zu betreiben. Diese Dialoge hatte er mit Christina schon so oft, nüchtern und betrunken, durchgekaut. Immer und immer wieder die gleichen Sätze. Die kennt er jetzt schon auswendig, für diese Diskussionen muss man sich nicht mehr treffen.

Sie: »Du hast Angst vor dir selbst.«

Er: »Analysiere doch nicht immer mich.«

»Du willst doch gar nichts kapieren.«

»Sag doch, was du willst, was du selbst willst?«

»Nur einen Mann, der mich versteht.«

»Klar, Frauenversteher verstehen alles, sagen dir aber nie die Wahrheit ins Gesicht.«

»Du läufst dir mit deiner eigenen Klappe selbst davon!«

Leon kann die abgenutzte Langspielplatte alleine abspulen. Deshalb ruft er sie nicht mehr an und geht seinen eigenen Weg. Meistens eben zu Vassilli auf ein Bier, und meistens wird es eines zu viel.

Leon wischt die Gedanken weg. Der dicke Kopf heute reicht ihm. Er ist entschlossen, jetzt voranzugehen. Er will einen Schritt weiterkommen, mit Christina und mit seinem Promotionsberater Klaiber. Das Gespräch mit dem Professor am Bodensee ist bestimmt leichter zu führen, also ruft er dort zuerst an.

»Sekretariat Professor Doktor Klaiber«, haucht eine sanfte Männerstimme in sein Ohr.

Leon sieht Gerard vor sich. Schön, dass er ihm am Telefon die Hand nicht reichen muss, denkt er und verlangt ohne Umschweife den Herrn Professor persönlich.

Die süßliche Stimme am anderen Ende der Leitung bedauert.

»Ich bin heute Nachmittag gegen 15 Uhr bei Ihnen. Sagen Sie Ihrem Professor, der Spaß ist vorbei! Ich komme pünktlich und habe eine dicke Überraschung für ihn. Es ist in seinem Interesse, wenn er mich empfängt.«

»Herr Professor Klaiber ist heute Nachmittag im Hause, aber ob er Zeit für Sie hat, weiß ich nicht.«

Leon droht: »Ich rate es ihm dringend.« Dann legt er einfach auf.

Er holt die ›Stuttgarter Zeitung‹ aus seinem Briefkasten, brät sich Spiegelei mit Zwiebeln, Speck, Paprika und grünen Kräutern und frühstückt. Morgens wie ein König, mittags wie ein Fürst und abends auffahren lassen wie ein Kaiser! Das ist seine Diät, was nicht mehr als Lebensweise bedeutet.

Mit dem Beginn des neuen Tages hatte er heute Morgen schon das meiste geschafft. Aufraffen, aufstehen und mit der Arbeit beginnen. Dazu hat er auch schon ein wichtiges Telefonat geführt und zu allem hin einen festen Termin vereinbart. Heute Nachmittag wird er Klaiber in die Ecke drängen. Er hat keine andere Wahl. Er muss ihn überzeugen, dass er in seinem Dokumentarfilm als Promotionsberater aufzutreten hat. Er kann sich als sauberer Geschäftsmann präsentieren oder auch als windiger Titelhändler. Gleichgültig wie, aber Leon muss ihn drehen können und vor allem interviewen. Ohne Klaiber ist die Geschichte nicht zu erzählen und schon gar nicht zu verkaufen.

25.000 Euro Anzahlung kann er nicht aufbringen. Trotzdem will er eine gefakte Promotion drehen. Dies kann er nur in Zusammenarbeit mit Klaiber erreichen. Er muss ihm reinen Wein einschenken und ihm den Vorteil eines Auftrittes in einer Fernsehdokumentation schmackhaft machen. Wenn er trotzdem partout nicht will, wird er ihm drohen, ihn als Titelhändler bloßzustellen. Dann kann er mit seiner Promotionsberatung einpacken.

Leon ist beruflich in Höchstform, wenn es privat kriselt. Nur nicht an Christina denken, einfach arbeiten, was geht. Diese Story kommt ihm jetzt gerade recht.

Leon fährt die alte Weinsteige trotz Verbotes hinunter. Er wohnt auf halber Höhe, am Südhang des Talkessels. Die Straßenverkehrsordnung verlangt, dass er auf dem Weg hinunter in die Stadt zuerst seine Straße ganz hinaufzufahren habe, um dann über eine andere Straße, die neue Weinsteige, wieder hinunterzugelangen. Ökonomisch wie ökologisch unsinnig, deshalb wählt er den direkten Weg.

Seine Fernsehanstalt liegt fast im Zentrum der Landeshauptstadt. Als Leon vor zehn Jahren in dem Sender angefangen hatte zu arbeiten, gab es nur wenige Stockwerke. In der Zwischenzeit wurde angebaut, ausgebaut und nochmals oben aufgebaut. Nicht für Redakteure und Programmmacher, sondern vor allem für ständig neue Verwaltungsebenen, sogenannte Programm-Manager und Controller.

Er geht in einem Seitenanbau zur Featureabteilung. Die Sekretärin nimmt ihn kaum wahr. Sie sitzt vor dem Monitor ihres PCs und jagt Moorhühner. Er geht hinter ihrem Rücken vorbei in das Zimmer des Redaktionsleiters. Einige Kollegen sind darin versammelt, sie diskutieren über den Fortbestand der Feature- und Dokumentarabteilung. Wieder einmal sollen die Sendeplätze verlegt werden, zum wiederholten Male soll der Generaltitel verändert werden und überhaupt müsse man in Zeiten der wachsenden Programmkonkurrenz die Inhalte neu definieren.

Der Redaktionsleiter schlägt vor: »Wir müssen weg von politischen Inhalten. Wer hat denn nach einem anstrengenden Tag in der Maloche am Abend noch Lust, sich um Probleme aus aller Welt zu kümmern. Das ist doch Redakteursfernsehen der Altachtundsechziger. Unser Problem heute ist doch nicht, dass wir nichts zu essen hätten, unser Problem ist, dass wir alle abnehmen müssen. Das ist unser Thema: ›Bauchspeck? Pfunde weg!‹ Das wollen die Leute heute sehen. Leicht kochen, schlemmen und abnehmen, das sind die Themen von heute. Die Bunte und die Gala haben unsere Themen, legen Sie endlich den Spiegel und die taz weg.«

Ein junger Kollege springt dem Redaktionsleiter engagiert bei. »Ich will nicht wissen, wie bekackt die Welt aussieht. Dieses Betroffenheitsbewusstseinsknackerfernsehen ist out. Die Szene ist hip. Wir müssen die Menschen dort abholen, wo sie sind. Ich fände jetzt eine Reportage geil über die überall im Land plötzlich stattfindenden After-work- und Chill-out-Partys.«

Ein älterer Kollege wirft bedenkentragend in die Runde: »Hip und Party klingt ja schön und gut. Aber trotzdem müssen wir als Journalisten auch da nach den gesellschaftlichen Zusammenhängen fragen. In dem Begriff ›After-work-Party‹ steckt ja auch das Wort ›Arbeit‹. Also müssen wir genauso zeigen, wie diese jungen Menschen heute ihr Brot verdienen oder eben nicht. Das gehört dann ebenfalls zum Thema.«

Der junge Kollege lacht: »Typisch Fernsehen von gestern! Ich denke, wir sollten uns auf das Wesentliche beschränken und nur dies herauspicken. Und das sind die Partys, die sind geil und bieten schnelle Bilder.«

Leon zieht sich zurück. Er unterbricht die Sekretärin des Redaktionsleiters in ihrer Beschäftigung. Er staunt über ihre hohe Abschussquote. »Gut im Training«, lobt er sie und bittet sie gleichzeitig, die nötigen Formulare für eine neue Story für ihn auszufüllen.

Nach all den Jahren weiß er, wie er seine Anwesenheit im Sender verkürzen kann. Er unterschreibt die nötigen Anträge für die Genehmigung eines Kostenträgers und bittet sie, die Unterschrift bei ihrem Chef einzuholen. Ihn selbst wird er später anrufen und ihm die neue Story verklickern. Glücklicherweise ist sie weder zu inhaltsschwer noch zu politisch noch zu traurig oder gar unhip.

Ciao.

Von Stuttgart bis nach Böblingen ist die Höchstgeschwindigkeit auf 100 Stundenkilometer begrenzt. Leon fährt knapp 120. Ab Herrenberg hat er freie Fahrt. Er jagt schon wieder zum Bodensee. Der 911er ist aus vierter Hand. Meistens macht er ihm mehr Sorgen als Freude. Eine Inspektion kostet so viel, wie er vor Jahren für sein gesamtes erstes Auto bezahlt hat. Aber schon damals war sein Traum ein Porsche. Er musste sich diesen Traum erfüllen. Mit dem mageren Redakteursgehalt eines Lokalschreibers ergatterte er seinen Traumwagen bei einer Versteigerung. Der Vorbesitzer, wie vermutlich alle drei anderen auch, hatte sich finanziell übernommen. Entschieden ist das Schicksal des Wagens noch nicht. Eine sichere Zukunft hat der Porsche auch bei ihm nicht. Wenn auch aus vierter Hand, mit 150.000 Kilometern war der Wagen damals ein Schnäppchen. Doch schon längst ist jetzt aus dem Schnäppchen eine Sparbüchse geworden. Aber er hält wie ein Kind vor dem Weltspartag zu seinem Sparschwein. Ausreden statt sauberer Kostenrechnung lassen ihn die Treue zu dem kostspieligen Vergnügen auch noch billig rechnen: »Wenn ich die Karre jetzt verkaufe, bekomme ich doch nie mehr das, was ich da schon reingesteckt habe.«

An dieser Aussage ist nichts falsch. Ihr kann niemand

widersprechen. Manchmal glaubt er die Schlussfolgerung selbst.

Er will sie auf keinen Fall hinterfragen.

Leon fährt in Konstanz direkt vor die Schranke zu Klaibers Anwesen. Er schaut in das runde Auge einer Überwachungskamera. Er drückt den Klingelknopf, automatisch öffnet sich die Absperrung. Man erwartet ihn.

Er gibt Gas, Kies knirscht unter den Reifen seines Wagens. Er ist unruhig, nervös. Trotzdem fährt er vor.

Klaiber ist nicht allein. Dicke teure Schlitten stehen auf dem Parkplatz. Der Porsche passt dazu, wenn auch nicht das Baujahr.

Gerard kommt aus der hohen, schweren Doppeltür des Eingangs.

Leon ahnt Böses. Sakradie, warum trifft er sich mit Klaiber nicht wieder in einer öffentlichen Gaststätte? Warum war er heute Morgen so neugierig auf diese Villa und diktierte den Treffpunkt hinter diese Mauern?

Gerard begrüßt ihn überschwänglich. Er umarmt ihn.

Ihm ist die Nähe zuwider. Er riecht süßliches Parfum. Trotzdem beruhigt ihn die überschwängliche Freundlichkeit. Sie scheinen ihn noch immer als Kunden zu betrachten.

Gerard schiebt Leon in den Eingangssaal.

Leon ist baff. Der viereckige Kasten ist innen aufgeteilt wie ein Schloss. Ein großer Empfangssaal mit mannshohem, offenem Kamin. Schwere Teppiche und alte Waffen hängen an den Wänden. Der Raum selbst ist über vier Meter hoch. Stuck und Wandmalereien prangen rundum.

Gerard führt Leon direkt in ein Besprechungszimmer. Er geht vor ihm her. Seine Arschbacken tanzen auffallend in einer engen Wildlederhose. Von links nach rechts und zurück, im sanften Wiegegang.

»Nicht schlecht«, staunt Leon.

Gerard dreht sich um und strahlt ihn an: »Nicht wahr?«

Leon lächelt gequält. Warum kann er diesen Typen nicht ausstehen? Doch nicht, weil er offensichtlich schwul ist? Leon hat viele Freunde von der anderen Seite des Ufers. Viele sind ihm lieber als stumpfsinnige Machos. Aber so schleimig wie ›Schärahr‹? Da schmieren alle anderen seiner Bekannten ab.

»Wir werden uns noch näher kennenlernen«, flötet dieser in weichsten Molltönen, als hätte er seine Gedanken erraten.

Leon fühlt sich ertappt. Er spürt die Röte auf seinen Wangen, ärgert sich und gibt deshalb derb zurück: »Ich stehe nicht auf Ärsche.« Gerard tut, als hätte er diesen Satz nicht gehört.

Der Besprechungsraum liegt zum See hin. Vom Fenster aus ist in den Konstanzer Trichter zu sehen. Erste Freizeitboote haben ihre weißen Segel gehisst. Die Sieben Churfirsten stehen gegenüber majestätisch inmitten des schweizerischen Alpenmassivs. Obwohl es schon Ende April ist, liegt noch immer Schnee auf den Gipfeln.

Klaiber sitzt im Gegenlicht vor der Fensterfront hinter einem großen, runden Eichentisch. Er schaut nicht einmal auf, als Leon und Gerard vor ihm stehen.

Als wäre er noch immer alleine in seinem Zimmer, zieht er an einer dicken Zigarre und lässt den Rauch genussvoll aus dem geöffneten Rachen entweichen. Vertieft studiert er einige Papiere auf seinem Tisch.

»Setzen Sie sich doch, mein Lieber«, schleimt Gerard. Gleichzeitig fährt Leon der Stuhl mit voller Wucht in die Kniekehlen, sodass er auf die Sitzfläche knallt.

»Damit du weißt, was ich von deinem Arsch halte«, zischt Gerard, plötzlich gar nicht mehr freundlich.

Leon zwingt sich, gelassen zu bleiben und wartet ab.

Klaiber, ihm gegenüber, bleibt die Ruhe in Person.

Gerard geht gemessenen Schrittes durch den großen Saal zurück zum Eingang. Dort dreht er sich um und bleibt stehen.

»Hat unser Gast etwas mitgebracht?« Klaiber fragt wie nebenbei und schaut, während er spricht, nicht einmal hoch zu ihm oder Gerard.

Leon will etwas sagen, doch Gerard ist schneller: »Wir haben ihn noch nicht gecheckt«, flötet er honigsüß.

»Natürlich habe ich Ihnen etwas mitgebracht, Herr Professor, deshalb bin ich ja hier«, mischt sich Leon ein.

Klaiber bleibt stumm und gibt Gerard ein Zeichen, worauf sich dieser umdreht und die Tür öffnet. Zwei kräftige Männer haben offensichtlich davor gewartet. Entschlossen drängen sie in den Raum. Sie sehen aus wie aus einem angestaubten Unterweltfilm der 8oer-Jahre. Vorne kurz, hinten lang, so trugen zur damaligen Zeit nicht nur Provinzzuhälter ihre Frisuren. Der Körperbau verrät die sorglose Einnahme von muskelaufbauenden Präparaten. Diese Typen brauchen keine Kampfhunde an der Leine, sie sehen selbst aus wie aggressive Kampfmaschinen.

Leon will schnell etwas sagen, um Zeit zu gewinnen, um die beiden Herren in ihrem Vorhaben zu bremsen. Doch zu spät. Sie stehen schon neben ihm und beginnen mit ihrem Job. Sie reißen ihn von seinem Stuhl hoch und knallen ihn mit dem Kopf vornüber an die nächste Wandfläche. Mit geübten Griffen tasten sie ihn ab. Flink und gewissenhaft vom Scheitel bis zur Sohle, im Schritt besonders fies und hart. Dann schleudern sie ihn wieder herum, knallen seinen Rücken an die Wand und hecheln ihn an.

Leon registriert die Arbeitskleidung der beiden Herren. Bunte, breite Hemdkragen, Knöpfe bis zum Bauchansatz geöffnet, Goldkettchen. Seinen Kommentar dazu schluckt er in dieser Situation lieber hinunter.

»Clean«, erklären die beiden ihrem Chef.

Leon steht noch immer an der Wand, einer der beiden Typen hält ihn an der Gurgel fest. Kaum bewegt er sich, wird der Griff härter. Er bleibt bewegungslos stehen, bis Klaiber seinen Kampfhunden ein Zeichen gibt und ihm selbst befiehlt, sich wieder zu setzen.

Er schluckt mühsam den im Mund angesammelten Speichel hinunter. Der Kehlkopf schmerzt. Er könnte sich selbst in den Allerwertesten treten. Warum nur ist er, ohne Vorsichtsmaßnahmen zu treffen, hier hergekommen? Niemand weiß, wo er ist. Wie konnte er so bescheuert sein? Himmelarsch und Zwirn.

Klaiber schaut ihn jetzt zum ersten Mal an: »Warum belügen Sie uns so schamlos?« Er spielt den Enttäuschten und Gekränkten, ist aber nicht unfreundlich.

Wie viel weiß er?, fragt sich Leon und sagt sicherheitshalber kein Wort. Er will erst hören, was Klaiber in Erfahrung gebracht hat und nun von ihm will.

»Warum schleichen Sie sich auf diese krumme Tour bei uns ein? Wir wissen, dass Sie kein Versicherungsagent sind. Lächerlich, Ihr Schauspiel. Also, was wollen Sie von uns?«

Leon schaut betreten. Er sitzt vor Klaiber wie auf einem Arme-Sünder-Bänkchen. Eigentlich wollte er doch heute den Weihnachtsmann spielen. Er wollte Klaiber mit seiner Offenbarung als Journalist überraschen. Er wollte den Überraschungseffekt nutzen und Klaiber in die Ecke treiben. Jetzt sitzt er selbst in der Zwickmühle.

»Meine Geduld hat Grenzen, Sie sind mir eine Erklärung schuldig«, drängt Klaiber.

»Woher wissen Sie?«, stellt Leon kleinlaut die Gegenfrage.

»Ich bitte Sie«, Klaiber mimt die Rolle des verständnisvollen älteren Freundes. »Ein Anruf bei guten Bekannten, und ich habe Ihren gesamten Lebenslauf vor mir liegen.«

»Dauerte aber lange«, spöttelt Leon frech.

»Nicht zu lange«, rechtfertigt Klaiber seine Zuträger und stellt fest: »Heute ist dies nun unwesentlich. Kommen wir zu Sache: Was wollen Sie?«

»Nur die Story, eine kleine Geschichte über Ihren Job.«

»Es gibt keine Geschichte, nicht eine Zeile, über mich gleich gar nicht. Passen Sie gut auf, wir lassen uns das Geschäft nicht von einem hergelaufenen Griffelspitzer vermasseln.«

»Sie sind auf dem besten Weg dazu«, provoziert Leon. »Sie sollten mich und die Presse nicht als Ihren Feind sehen, sondern vielmehr als eine natürliche Interessengemeinschaft.«

Klaiber lächelt freundlich: »Schön, dass Sie noch zu Scherzen aufgelegt sind. Aber Sie sind auf dem Holzweg, mein Lieber. Fackeln wir nicht lange drum herum. Wir wissen seit gestern, wer Sie sind. Und mit ›wir‹ meine ich nicht nur mich. Sie haben sich zu weit vorgewagt. Man kennt Sie. Sie haben jetzt nur noch zwei Möglichkeiten: Entweder Sie vergessen die ganze Geschichte – und das soll nicht Ihr Nachteil sein – oder es wird Ihnen Unangenehmes widerfahren – und das wäre eindeutig zu Ihrem Nachteil. Ich möchte in diesem Fall lieber nicht in Ihrer Haut stecken und könnte dann auch für nichts mehr garantieren. Nicht ich habe Angst vor Ihnen, sondern andere mit viel gewichtigeren Interessen. Es gibt Menschen, die fürchten die Öffentlichkeit bei diesem Thema. Und deren Angst macht sie unberechenbar.«

»Sie meinen, andere Titelhändler fürchten die Öffentlichkeit. Andere mit noch höheren Umsätzen als Sie?« Leon versucht, das Beste aus seiner Situation zu machen. Er sitzt einem der größten Titelhändler und Promotionsberater gegenüber. Er recherchiert zu dem Fachgebiet. Also fragt er ihn auch aus: »Gibt es Kollegen von Ihnen, die bisher mehr Kunden als Sie beliefert haben?«

»Ich muss Sie eindringlich warnen.« Klaiber klingt ernsthaft besorgt. »Die lassen nicht mit sich spaßen, wissen Sie! Es geht da wirklich um mehr, als Sie denken. Also kommen Sie, halsen Sie sich keinen unnötigen Ärger auf. Machen Sie doch lieber eine schöne Reisereportage, von mir aus hier am Bodensee oder sonst wo, es soll Ihr Schaden nicht sein.«

»Daran habe ich auch schon gedacht«, lächelt Leon. Ein bunter Strauß schönster Bilder vom Bodensee, Tipps zum Essen und Trinken aus der Region. Da freuen sich alle Interviewpartner über seinen Besuch. Vor überschüssigen Kräften aggressiver Bodyguards bräuchte er sich dann nicht mehr zu fürchten.

Aber da kennen die Herren Leon nicht. Jetzt, wo er endlich eine Geschichte hat, die Story seines Lebens, da gibt er nicht auf: »Mit meinem Doktortitel wird es ja wohl vorerst nichts werden«, lacht er kumpelhaft, »aber angenommen, ich würde trotzdem einen kleinen Film über Ihre Branche drehen, wären Sie denn dann für ein Interview bereit?«

Die Gesichtzüge des Promotionsberaters entgleisen. Aus der freundlichen Sie-verstehen-mich-doch-Grimasse wird ein ablehnender Ich-warne-Sie-Sturkopf. Die Augen hinter dem Oval der Porschedesignbrille werden schmal wie ein Schlitz, die Löcher der Nasenflügel dagegen weit wie zwei Mauselöcher. Er schiebt seinen schlaksigen Oberkörper über die breite Schreibtischfläche des Holztisches zu Leon. Mit mahlendem Unterkiefer und drohendem Unterton appelliert er: »Ich warne Sie! Verstehen Sie denn nicht, was Sie tun?« In der Stimme ist kein Ton mehr von einer Drohung zu vernehmen. Trotz der formidablen Position, in der Klaiber scheint, fleht er Leon jetzt an: »Ich bitte Sie, lassen Sie die Finger von der Geschichte.«

»Ich verstehe wirklich nicht.« Mit dieser Antwort lügt Leon nicht einmal. Er ist überzeugt, mit jedem Interviewpartner einen Weg zu finden, der diesem nicht schadet. Er glaubt, selbst für die Titelhändler ein gutes Argument für den Film zu haben. Sie alle investieren viel Geld in Annoncen der verschiedensten Sonntagszeitungen. Bei ihm bekommen sie die gewünschte Öffentlichkeit umsonst. Er bietet kostenlose Werbung sogar im Fernsehen. Ein Köder, den er Klaiber nur schmackhaft machen muss.

»Wenn wir einen Film über den Titelhandel in Deutschland drehen, was denken Sie, was dann passiert?« Leon legt eine kleine rhetorische Pause ein, um danach sein Argument treffsicher zu platzieren: »Ich sage es Ihnen: Jeder gute Händler wie Sie, der auch noch mit 500 glücklichen Kunden angeben kann, wird sich am nächsten Tag vor weiteren Anfragen nicht mehr retten können. Ich schaffe Ihnen die Plattform, für die Sie wöchentlich zurzeit noch viel Geld ausgeben müssen. Ich müsste eigentlich Prozente von Ihnen für jeden neuen Kunden kassieren.«

Klaiber zieht seinen Oberkörper über die Tischplatte zurück in seinen Schreibtischstuhl, die Unterarme folgen und fallen auf die Stuhllehnen. Verzweifelt stöhnt er: »Sie wollen einfach nicht verstehen.«

Leon triumphiert. So leicht kann er überzeugen! Er kapiert nur nicht, warum der Mann ihm gegenüber noch immer so griesgrämig aus der Wäsche schaut. Was will er denn angeblich nicht verstehen?

Klaiber nickt erschöpft in die Richtung der beiden Wachhunde. Über ihr Gesicht huscht ein siegesgewisses Lächeln. Sie packen Leon wieder mit eisernem Griff, reißen ihn von seinem Stuhl und führen ihn mit brutaler Gewalt durch den Raum.

Er will sich wehren, doch die beiden langen nur noch beherzter zu. Gerard steht an der Tür, lächelt süßlich wie immer und öffnet einen der Flügel. Er lässt sie an sich vorbei und folgt ihnen in sicherem Abstand.

Kaum stehen sie mit Leon im Eingangssaal, dreht ihm einer der beiden mithilfe des Polizeigriffs den rechten Arm auf den Rücken. Er reißt ihn gleichzeitig von hinten an den Haaren und zerrt seinen Kopf in den Nacken. Der andere versetzt ihm, wie abgesprochen, parallel zwei wüste Magenschläge unterhalb der Gürtellinie.

Leon geht zu Boden und fällt auf die kühlen Fliesen.

Doch als ob die beiden Typen nur schlechte Krimis sehen würden, in denen Raubeine wie sie ständig auftauchen, treten sie Leon mit den Schuhen in das Gesicht, die Nieren und die Eier. Kräftig, abwechselnd und immerzu: Magen, Nieren und Eier.

»Gute Arbeit«, lobt sie Gerard schließlich und befiehlt:

»Schmeißt ihn raus!« Er tritt an den in sich zusammengekauerten Journalisten heran. Schmerzgekrümmt liegt dieser auf dem Boden vor ihm. Gerard lächelt unverändert freundlich.

Leon röchelt und versucht Luft zu schnappen. Schmerz, Atemnot und Todesangst stehen ihm ins Gesicht geschrieben.

Gerard gibt ein Zeichen.

Die beiden Schläger bücken sich, packen ihn am Kragen und an den Beinen und schleppen ihn vor die Villa.

Gerard hält die Porschetür auf. Die beiden quetschen Leon hinter das Lenkrad.

»Hau ab«, rät Gerard mit sanfter und leiser Stimme.

Leons Magen rebelliert. Noch immer fehlt ihm Sauerstoff. Er versucht durchzuatmen, doch der Körper will nicht. Er nimmt nichts mehr auf, er spuckt nur aus, zunächst nur wenig, dann über seine Hände am Lenkrad.

Gerard schlägt angewidert die Wagentür zu und dreht sich ab.

Leon kotzt einen Schwall in seinen eigenen Schoß.

Einer der Schläger haut mit der Faust auf sein Autodach und brüllt: »Fahr los!«

Mit zitternder Hand steckt er den Schlüssel in das Zündschloss. Er startet und fährt langsam die Auffahrt hinunter.

Die Schranke ist geöffnet. Er ist erleichtert. Tränen füllen seine Augen.

Nicht ein aufmunternder Spruch fällt ihm mehr ein.

Nichts.

Leon weiß nicht, wohin. Wichtig ist weg! Er sieht ein Hinweisschild: ›Strandbad Hörnle‹. Dorthin steuert er langsam seinen Porsche im vierten Gang mit 60.

Keine Schranke und kein Eintrittshäuschen verwehren ihm den Zugang zum See. Er fährt bis zum Ufer, dort steigt er aus, sieht an sich herunter und würgt schon wieder.

Erschöpft lässt er sich ins Gras sinken. Es ist ihm zum Flennen. Noch immer versucht er, seine Atmung unter Kontrolle zu bekommen. Es ist ihm so sauschlecht wie schon lange nicht mehr. Seine Genitalien tun höllisch weh. Der Schmerz krümmt seinen Körper. Er versucht ihn aufzurichten, wenn die Lunge nach Luft schnappt. Doch kaum hat er ein bisschen Sauerstoff in sich eingesogen, rollt sich seine 1,85 Körperlänge wieder zusammen. Dieses Schauspiel wiederholt sich noch ein paarmal.

Nur langsam kehrt der Überlebensmut wieder zurück. Er dreht sich auf den Rücken und zieht die Ellenbogen an. Er stützt sich auf seine Handflächen und drückt den Oberkörper hoch. Dabei hebt er auch seinen Po und lässt diesen wieder auf die Erde fallen. Immer wieder Arsch hoch und fallen lassen. Es muss für die Fußgänger auf dem Bodenseerundweg bescheuert aussehen, das ist ihm klar. Trotzdem stemmt er sein Becken wieder in den Himmel und lässt es auf die Erde plumpsen. »Gaaanz locker entkrampfen.« Diese Methode hat er von seinen Karatetrainern in seiner Jugend. Seine Eier scheinen ganz oben in den Gedärmen zu stecken. Er muss die Gedärme entkrampfen, die Eier müssen wieder an ihren angestammten Platz zurück.

Langsam beruhigt sich sein Körper und auch er. Er legt sich flach auf die Erde und atmet regelmäßiger. Jetzt fließen die Tränen. Sein Gefühl der Angst und der Schmerzen weicht der Wut und dem Trotz.

Auf der gegenüberliegenden Seeseite schillert Überlingen in der Abendsonne. Es herrscht herrliche Fernsicht. Vor dem Schleier seiner feuchten Augen erkennt er auf dem Bergrücken hinter Überlingen Heiligenberg. Dort in den Höhen des Linzgaus hatte Klaiber gestern zu tun. Gestern wusste dieser noch nicht, dass er ihn anlog, sonst hätte er nicht vor ihm mit seinen besten Verbindungen zu deutschen Universitäten und ihren Professoren geprahlt. Auch später auf der Fähre hatte er seine Tarnung noch nicht gelüftet. Sonst hätten die beiden bei seinem Anblick anders reagiert. Aber in der Zwischenzeit hatte ihnen irgendjemand seine wahre Identität gesteckt. Und nun scheinen ihm gleich mehrere Titelhändler seine Recherchen übel zu nehmen.

Er überlegt. Sein Blick bleibt immer wieder in der Ferne oben in den Bergen hinter Überlingen kleben. Er kann sich in etwa denken, wo die Villa dort steht, zu der ihn Klaiber gestern geführt hatte. Und seit heute spricht Klaiber auch von ›wir‹. Dieses ›wir‹ könnte dort drüben auf der anderen Seeseite liegen.

Klaiber und Gerard ging es gestern doch nicht schnell genug. Sie wollten den Deal mit ihm rasch unter Dach und Fach bringen. Sie hätten am liebsten schon gestern die erste Rate eingestrichen. Irgendjemand hat sie gebremst. Sie wurden gewarnt. Von wem? Von Lena? Hält sie die Fäden in der Hand? Wohl kaum. In der Villa muss gestern eine andere Zusammenkunft stattgefunden haben, während er mit ihr draußen am Zaun flirtete. Sie weiß sicherlich, wen Klaiber mit ›wir‹ gemeint hat.

Vermutlich gehört auch sie dazu. Es ist Zeit für einen weiteren Besuch. Krieg den Palästen, war sein Schlachtruf gestern. Heute hat er erst die Hälfte seiner Arbeit erledigt.

Seine Atmung hat sich inzwischen wieder normalisiert, der Magen beruhigt. Die Eier hängen wieder an ihrem Platz. Er steht vorsichtig auf, stellt glücklich fest, dass seine Knochen noch heil und im Gesicht keine offensichtlichen Verletzungen zu spüren sind. Es ist ihm nur noch immer speiübel.

Er sieht an sich herunter und denkt an seinen Fahrersitz im Wagen. Ein guter deutscher Autobesitzer weiß, was er zu tun hat, hadert er mit seinem Schicksaal. Er öffnet sein verkotztes Hemd, zieht seine Schuhe und Socken aus und watet mit hochgezogener Hose in den kalten See. Dort rubbelt er den Sabber von seinen Klamotten, so gut es eben auf die Schnelle geht, dann putzt er den Sitz in seinem Auto.

Es treibt ihn jetzt in die Villa überm See.

Pass emol uf.

Es ist dunkel geworden. Milde Föhnwinde drücken vom Mittelmeer über die Alpen in den Bodenseeraum. Der See wirkt wie ein flirrender Spiegel, die Lichter der Ufergemeinden vibrieren auf der Wasseroberfläche.

Leon hat sein Tagespensum noch nicht erfüllt. Er ist auf dem Weg zu seinem zweiten Zielort. Seine Klamotten sind nass, der Porsche stinkt noch immer nach seiner eigenen Kotze, an seinen Unterleib denkt er lieber nicht. Auch will er weder an Christina noch an Lena erinnert werden. Seine Genitalien hatten heute genügend aufregende Abenteuer.

Leon steht auf dem Passagierdeck der Autofähre. Die Positionslichter des Hafens von Konstanz verschwinden am Horizont. Das Schloss Mainau gewinnt Backbord an Bedeutung, und auf der anderen Seeseite rückt das hell angestrahlte Meersburger Schloss immer näher.

Er beginnt, den lauen Frühlingsabend an Bord der Fähre zu genießen. Er lässt einen Becher klarer Hühnerfleischbrühe aus einem der Automaten. Vorsichtig schlürft er das heiße Getränk. Nur wenige Fettaugen schauen aus dem Becher. Doch die Wärme beruhigt seine Gedärme.

Langsam fühlt er sich wieder fit.

Leicht nimmt der Porsche die Steigung durch das Waldstück hinauf zu dem mysteriösen Anwesen im Hinterland. Leon hatte sich gestern den Weg genau eingeprägt. Die Stones grölen vom Band ›satisfaction‹. Und Leon ist sich sicher, er wird es Klaiber und vor allem Gerard mit Genugtuung zurückzahlen. Er hat gelernt, Niederlagen schnell zu verarbeiten, besser noch: Er kann Niederlagen in seinem Kopf in Siege verwandeln. Schließlich ist er heute mit einem blauen Auge davongekommen und, ganz objektiv, er hat viel Neues erfahren. Wenn alles gut geht, wird er in wenigen Stunden gleich noch mehr Neuigkeiten wissen. Viel mehr.

Er stellt seinen Wagen an der gleichen Stelle wie am Vortag ab. Er ist zuerst an der Einfahrt vorbeigefahren, als interessiere sie ihn nicht. Vorsichtig schleicht er jetzt zurück zum Einfahrtstor. Es ist stockdunkel. Nicht einmal am Eingang ist Licht.

Er liest auf einem kleinen Messingschild: ›Manaqua Import-Export‹. Mehr steht nicht geschrieben. Er kann mit dem Namen nichts anfangen.

Ein größeres Schild daneben warnt: ›Vorsichtig bissige Hunde‹. Damit kann er was anfangen. Denn Leon fürchtet sich vor abgerichteten Kötern. Deshalb macht er sich sicherheitshalber erneut auf den langen Weg rund um das Anwesen. Wenn es Hunde gibt, sollen sie ihn hören, dann können sie anschlagen, solange er noch vor dem Zaun steht.

Er geht festen Schrittes an dem Zaun entlang. Er verhält sich absichtlich nicht leise. Trotzdem bleibt es auf dem Grundstück still.

Mit jedem weiteren Schritt um das Anwesen fühlt er sich sicherer. Das Schild lügt, hofft er, hier gibt es keine Wachhunde. Er geht an den Zaun und zieht sich hoch. Er denkt an Lena. Ob sie hier wohnt? Ob sie in dem Haus ist? Ob Klaibers Geschäftsfreund hinter den Mauern sitzt?

Bei seinem Besuch heute Nachmittag hatte der Promotionsberater ihm gegenüber zugegeben, dass er nicht alleine agiert. Es schien sogar, als fürchte er sich vor seinen eigenen Kompagnons. Erst jetzt erinnert sich Leon, wie Klaiber ihn bekniete und anflehte, nicht mehr weiterzurecherchieren. Zuerst hatte er nur von ›uns‹ und ›wir‹ gesprochen. Doch ganz plötzlich warnte er vor ›denen‹. »Die verstehen keinen Spaß«, hatte er gedroht. Dabei wurde es ihm ganz heiß. Leon hatte bei Klaiber auf der Stirn Schweißperlen gesehen.

Wer sind ›die‹? Eine Handelsgruppe, ein Verkaufsverband der Titelhändler? Ein Großlieferant? Wer steht hinter Klaiber? Hinter dem Zaun verbirgt sich vielleicht die Antwort. Leon zerrt im Vorübergehen immer wieder an ihm.

Warum war Lena gestern so geheimnisvoll? Sie hatte offensichtlich etwas zu verbergen. Sie hatte sich auf kein vernünftiges Gespräch eingelassen. Jede Frage von ihm wehrte sie ab.

Das Anwesen liegt völlig im Dunkeln. Es ist weit und breit niemand zu sehen, kein Licht leuchtet.

Er packt den obersten Draht des Zaunes, versucht sich darüberzuschwingen, reißt dabei den Pfosten fast um und erschrickt selbst über seinen eigenen Lärm.

Doch auf dem Anwesen bleibt es still.

Er versucht es nochmals. Er drückt den Draht am Pfosten hinunter. Der Lärm ist ihm jetzt gleichgültig. Er hievt seine fast 90 Kilo über die restliche Barriere und rennt vorsichtig, immer im Schutz einiger Bäume und Hecken, Richtung Haus.

Plötzlich flammen Scheinwerfer auf, ein Lichtkegel blendet ihn.

Er hechtet hinter einen Baum. Er liegt im feuchten Gras, bleibt regungslos in Deckung.

Sein Herz rast.

Nach wenigen Sekunden schon geht das Licht wieder aus.

Jetzt ist es wieder stockdunkel. Nichts ist zu hören, er vernimmt nur seinen erhöhten Pulsschlag.

Wohin soll er?

Nach ein paar Minuten traut er sich wieder hinter dem schützenden Baum hervor. Ganz vorsichtig.

Nichts geschieht.

Er rennt hinter das nächste Gestrüpp. Das Licht geht wieder an. Er bleibt stehen, nach wenigen Sekunden erlischt es wieder.

Er fürchtet sich noch ein bisschen vor den angedrohten Hunden, aber sie sind weder zu hören noch zu sehen.

Er wiederholt das gleiche Spiel: Rennen, Licht an; stehen bleiben, Licht aus.

Er tippt auf einen Bewegungsmelder, eine Freundlichkeit des Hausherren für Besucher im Dunkeln. Okay, also ganz ruhig weitergehen. Er spricht sich selbst Mut zu, gibt sich die Einsatzbefehle selbst.

Er fasst sich und geht aufrecht weiter.

Er ist jetzt auf der Terrasse der Villa angekommen.

Er geht um das Haus herum. Heruntergelassene Rollläden.

Ganz offensichtlich ist niemand da.

Leon weiß nicht, ob er sich darüber freuen soll. Was

soll er jetzt hier? Leon ist Journalist. Er braucht Informationen. Dazu benötigt er Informanten. Lieber ein paar Schläge in die Fresse, aber wenigstens Infos, die er später verwenden kann. Aber so? Was kann er hier ausrichten? Soll er etwa einbrechen? Dieses Handwerk hat ihm kein Redakteur während seines Zeitungs-Volontariats beigebracht. Er schaut an der Hauswand hoch, sucht ein Fenster, einen möglichen Einlass. Plötzlich scheppert es direkt hinter ihm, fürchterlich laut. Er erschrickt und springt nach vorn. Das Licht geht wieder an. Er dreht sich herum und begreift erst jetzt, dass er selbst den Lärm verursacht hat. Er ist gegen eine Mülltonne gestoßen, sie liegt vor ihm auf dem Boden.

Die Tonne ist grün.

Grüne Tonnen stinken nicht. Er öffnet den Deckel, stapelweise quillt Papier heraus.

Er greift hinein und zerrt an ein paar Fetzen.

Computerzeitschriften und einige andere Magazine sind am Stück zu haben. Briefe dagegen gibt es nur in Streifen. Sie mussten wohl den Weg durch einen Schredder gegangen sein.

Leon zieht einen weiteren Papierbund hervor. Er findet darin einige Briefe unversehrt. Sicherlich sind sie ohne Wert und Bedeutung für ihn, befürchtet er. Trotzdem sortiert er die lesbaren Schriftstücke heraus. Er legt die wenigen größeren Papiere auf die Seite. Dann leert er die gesamte Tonne aus. Schnell und von der Angst getrieben, jemand könnte ihm seinen Fund vielleicht wieder abspenstig machen, rafft er alle größeren Papierstücke zusammen.

Ständig geht das Licht an und aus.

Jetzt aber braucht er es hell. Er springt immer wieder vom Boden auf, winkt mit beiden Armen in die Luft, bis das Licht wieder angeht, wirft sich wieder zu den Papieren am Boden und puzzelt weiter.

Herrgottnochmal, der Stapel wächst.

Kleingeschreddertes, mit dem er nichts mehr anzufangen weiß, stopft er wieder in die Tonne zurück.

Endlich geschafft!

Er klemmt sich die Papiere unter den Arm und rennt, wie Dieter Baumann zu seinen besten Olympiazeiten, quer durch den Garten, über den Zaun und weg.

Auch im Auto hat er noch keine Ruhe. Er ist zu aufgeregt, fühlt sich wie ein Lottospieler mit dem Hauptgewinn in der Hand, der aber noch nicht weiß, wo er ihn einlösen kann. Er startet sofort und braust los Richtung Stadt zu Licht und Menschen.

Er will seinen Schatz in Sicherheit wissen.

Erst in Überlingen in einer hell erleuchteten Straße hält er an. Unter dem Lichtkegel einer Straßenleuchte parkt er. Aufgeregt greift er sich die Papiere und liest. Die Adresse der Briefe ist nicht immer die der ominösen Villa im Wald. Eine ganz andere Anschrift fällt ihm ins Auge. Sie ist weit weg, auf der anderen Seite des Atlantiks:

›Prof. Dr. Dr. Thanner
Universidad Fernandez de Orticho,
Guatemala City.‹

Prof. Dr. Dr. Thanner? Leon kann mit diesem Namen wenig anfangen. Er hat ihn noch nie gehört. Die Anhäufung der akademischen Titel beeindruckt ihn nicht mehr. Im Gegenteil: Mit der Verbindung zu einer Hochschule in Mittelamerika ist hinter diesen Ehrengraden nur Bluff zu vermuten. Die Adresse riecht nach einem weiteren Titelhandelsstützpunkt.

Eine andere Anschrift verstärkt diesen Verdacht. Auf

einem Briefkuvert wird Prof. Thanner als Direktor der
›Universidad‹« in Guatemala angeschrieben.

Weitere verschiedene Formen der Anschriften findet er
noch auf Werbeprospekten und einigen Zeitschriften. Hier
aber ist nach dem Namen Thanners auch die Adresse von
dem Haus im Wald über dem Bodensee angegeben. Also
gehört die Villa wohl diesem wissenschaftlich hochdeko-
rierten Herrn.

Die Anschrift der Firma ›Manaqua Import-Export‹ ist
ebenfalls die des ominösen Hauses im Wald oberhalb Owin-
gens. In Verbindung mit dieser Firma gibt sich Thanner als
Sicherheitsingenieur aus.

Ein anderer Brief gibt schließlich einen Hinweis auf die
Zusammenarbeit von Klaiber und Thanner. Leon fischt ihn
aus all den zerfledderten Papierfetzen hervor. Der Absen-
der ist ein großer Pharmakonzern aus Frankfurt. Er lädt zu
einem Ärztekongress ein: ›Es wäre uns eine Ehre, Sie, Prof.
Dr. Dr. Klaiber und Prof. Dr. Dr. Thanner zu unserer Fach-
tagung in Baden-Baden begrüßen zu dürfen.‹

Bingo! Leon ist auf der richtigen Fährte. Nach Klaiber
scheint er nun einen weiteren professionellen Titelhändler am
Wickel zu haben. Professor Doktor Doktor und was noch
alles Thanner. Er scheint ein besonders kapitaler Hecht in
dem Tümpel der Titelschieber zu sein. Er besitzt vermutlich
sogar eine eigene Universität in Guatemala. Dadurch muss er
die Kaufsumme für die Titelurkunden nicht mit irgendwelchen Eingeborenen teilen. Keine schlechte Geschäftsidee.

Die Universität in Guatemala kann sich Leon lebhaft vorstellen. Ein Postfach oder ein Briefkasten, mehr sicher nicht.
Um Urkunden weiterzureichen, reicht dies aus. Rationalisierung geht meist auf Kosten der Armen. Die Einfälle der
Titelhändler scheinen grenzenlos.

Die Tiefschläge von Klaibers Bodyguards sind vergessen. Leon fühlt sich wie der Tagessieger. Gelassen und ohne Eile fährt er nach Stuttgart. Nur dieser widerliche Gestank in seinem Wagen erinnert ihn noch an die unfreundliche Verabschiedung in Klaibers Villa und an Gerard.

Saubueb dreckiger!

Wenige Tage später schon ist sich Leon nicht mehr sicher, wer der wirkliche Tagessieger war, als er Klaiber besucht hatte. Klaibers ängstliches Flehen, die Recherchen abzubrechen, hatte er schon fast vergessen. In seinem Visier ist nur noch Thanner. Ihn muss er kennenlernen. Ein Titelhändler mit einer eigenen Universität, diese Story toppt seine Reportage. Damit hat er die Geschichte zumindest als Fernseh-Dokumentation so gut wie verkauft. Aber nur, wenn er diesem Thanner beikommt. Seit Tagen versucht er, Hintergrundinformationen über die fragliche Owinger Firma ›Manaqua Import-Export‹ zu bekommen.

Doch von heute auf morgen ändert sich die gesamte Story. Aus der Dokumentation zum Thema ›Titelhandel in Deutschland‹ wird ein Thriller.

Klaiber ist ermordet!

»Die verstehen keinen Spaß!« Dieser Satz geht Leon nicht mehr aus dem Kopf. Klaiber hatte ihn so eindringlich gewarnt. Ohnmächtige Wut hatte sich in seinem Gesicht gespiegelt und vor allem Angst.

Jetzt ist er tot.

Der Mord hat mit den Hintermännern des Titelhandels zu tun, davon ist Leon überzeugt. Hätte er Klaiber noch retten können? Hätte er nur auf ihn hören müssen?

Hätte er seine Recherchen unterbrechen sollen?

Er hat in den vergangen Tagen ständig versucht, Prof.

Thanner zu erreichen. Unter der Firmenanschrift ›Manaqua Import-Export‹ war ein Telefonanschluss registriert.
Nicht unter dem Namen Thanner, auch nicht unter irgendeiner Hochschuleinrichtung aus Guatemala. Also hat Leon
eben immer wieder bei der Import-Export Firma angerufen. Doch nie wurde abgenommen.

Thanner scheint ein träger Sturkopf zu sein. Er erträgt
seit Tagen stoisch die Anfragen von Leon auf dem Anrufbeantworter. Leon lässt häppchenweise sein Insiderwis-
sen auf dem Band erkennen. Schließlich hat er ihm illegalen Titelhandel unterstellt und gedroht, ihn öffentlich im
Fernsehen zu denunzieren.

Doch Thanner zeigt sich nicht beeindruckt. Er meldet
sich einfach nicht zurück.

Leon droht und warnt. Doch auf ein Echo wartet er
vergeblich.

Nach dem Mord an Klaiber unterstellt er Thanner, der
Mörder zu sein. Er diktiert auf das Band des Anrufbeant-
worters: »Sie haben Klaiber auf dem Gewissen. Er hatte
Angst vor Ihnen. Ich werde der Polizei Beweise vorlegen.«

Doch Thanner schweigt.

Himmel Arsch und Zwirn!

50 MILLIONEN IN ZEHN JAHREN
... VON BETRÜGERISCHEN
DOKTORENSCHMIEDEN IM APPENZELL

Feuerfunken sprühen. Schweißstäbe brennen sich in dicken Stahl. Menschen mit dunklen Visieren vor den Gesichtern drücken die elektronischen Dioden tief in ausgearbeitete Furchen. – Schnitt – Die Kommissarin schaut dem Schweißertrupp des BKA aus Wiesbaden zu. Er ist auf Verlangen von Thomas an den Bodensee angerückt und versucht, den großen, eingebauten Safe im Keller der Villa von Prof. Klaiber zu öffnen. – Schnitt – Schließlich brechen die Männer ein Loch in die Safewand. – Schnitt – Die Kommissarin greift als Erste neugierig in den Safe und zieht einen Packen Papiere hervor. Laut lacht sie auf: »Jetzt können wir uns unsere Dienstgrade an den Hut stecken. Hier haben wir Blankoformulare, mit denen wir uns akademische Grade verleihen können.« In der Hand hält sie Urkunden verschiedener Universitäten. Alle sind aus dem Ausland. Viele aus den Staaten, aus Michigan, Chicago oder Los Angeles. Eine heißt ›D. Martin Luther Universität‹, eine andere nur ›Church University‹. Verschiedene Titel stehen auf den Urkunden. Zum Beispiel: ›Dr. divinity‹. Die fortführende Zeile ist gestrichelt. Klaiber musste nur noch den Namen seiner Kunden einsetzen. – Schnitt – ›Divinity heißt Göttlichkeit, kann auch mit Theologie übersetzt werden‹, weiß Thomas. – Schnitt – Die Kommissarin ist zum Scherzen aufgelegt: »Einen Titel vom Papst verliehen, das kann doch selbst bei uns nicht verboten sein.« – Schnitt – Jetzt öffnen die Männer die Tür des Safes. Die Kommissarin zieht verschiedene Leitzordner heraus. Der Assistent blättert sofort darin: »Potzblitz«, *staunt er.* »Das sind Summen.« *– Die Kommissarin und er machen sich sofort über die Unterlagen her. Banküberweisungen, Geldtransfers, Einzahlungsbelege. – Umschnitt –*

Der Oberstaatsanwalt sitzt hinter seinem großen Schreibtisch. Er lobt Thomas für seinen raschen Erfolg. Dieser gibt sich geschmeichelt. »Wir hatten die beiden schon lange im Visier, vielleicht hätten wir schon früher zuschlagen sollen, bevor der Mord an Klaiber passiert ist. Doch wer konnte schon ahnen, dass Gerard seinen Chef beerben will.« *– Umschnitt –*

Die Augen der Kommissarin werden schmal wie chinesische Schlitze. Sie schaut zuerst Thomas an, dann den Oberstaatsanwalt. – Schnitt – Dieser nickt bedächtig mit seinem Kopf. – Schnitt – Die Kommissarin fährt energisch und laut dazwischen: »Ich glaube nicht, dass wir mit Gerard den Mörder haben, das macht keinen Sinn. Nach Ihrer Theorie müssten sich alle Ganoven gegenseitig selbst umbringen, um sich anschließend zu beerben. Und mehr als Theorie haben Sie offensichtlich nicht vorzuweisen.« *– Schnitt auf den Staatsanwalt. – Er spricht sehr fürsorglich:* »Liebe Frau Kommissarin, beschleicht Sie weibliche Eifersucht auf den männlichen Erfolg Ihres Kollegen?« *– Die Kommissarin wird rot im Gesicht und will auffahren. Der Kollege des BKA ist schneller und legt beruhigend seine Hand auf ihren Arm. Er hält sie zurück und sagt beschwichtigend:* »Unsinn! Ich denke, liebe Frau Kollegin, wir gehen den Fall nochmals gemeinsam durch. Aber die Fakten sind erdrückend. Gerard hat kein Alibi.« *–* »Trotzdem«, *wirft sie unwillig ein,* »Gerard hätte den Antritt seiner Erbschaft sehr schlecht

geplant gehabt. Er konnte ja nicht einmal den Safe öffnen.
Im Übrigen haben wir darin Bargeld in nicht unerheblicher
Höhe gefunden und die Kontenbewegungen der vergange-
nen zehn Jahre nachvollzogen. Rund 50 Millionen Euro hat
Klaiber umgesetzt. Stellen Sie sich diese Summe vor, da ist
genug zu teilen.« – Schnitt – Der Oberstaatsanwalt bleibt
stur. Er will eine schnelle Lösung des Mordfalles: »Ich bitte
Sie, Frau Kollegin, und dies ist eine Anweisung: Setzen Sie
sich mit unserem Kollegen des BKA zusammen, vertrauen
Sie auf die Kompetenz der Wiesbadener Behörde. Thomas
ist schon länger den Titelhändlern auf der Spur. Sie müs-
sen nur den Mordfall abschließen. Alles andere ist nicht in
Ihrem Verantwortungsbereich. Ich erwarte von Ihnen ein
abschließendes Ergebnis. Wir müssen diese für uns alle pein-
liche Angelegenheit so schnell wie möglich vom Tisch schaf-
fen.« – Umschnitt –

In einer Ecke spielt ein Trio leise Jazzmusik. In der
Kneipe der Konstanzer Altstadt sitzt ein gemischtes Publi-
kum. Die Einrichtung ist aus den frühen 70er-Jahren. Zwei
Rotweingläser stoßen an, Thomas und die Kommissarin
schauen sich in die Augen. Er raspelt Süßholz: »Der Alte
war schlicht unverschämt. Du hast mit deinen Bedenken
vollkommen recht. Trotzdem finde ich schön, dass sich nach
so langer Zeit unsere Wege wieder kreuzen. Ich habe dich
nie vergessen. Es war mit dir die schönste Zeit in meinem
Leben.« – Der Gram der Kommissarin im Gesicht legt sich.
Sie strahlt ihn an, sie tanzen eng aneinandergeschmiegt.
Zurück an ihrem Platz stoßen sie wieder mit ihren Wein-
gläsern an. Sie sagt »Thomas« zu ihm, er küsst sie und
schließlich fahren sie gemeinsam zu ihm nach Hause. –
Umschnitt.

Leon will sich eine Zigarette anzünden, da fällt ihm ein, er raucht ja gar nicht mehr. Zumindest ist dies sein fester Vorsatz. Aber jetzt würde der Glimmstängel guttun, zumindest würde er ihm in dieser verzwickten Situation helfen, Luft zu holen. Das Anzünden der Zigarette verschafft Zeit, um zu überlegen, und diese Zeit braucht er jetzt: Wer will schon im Freitagabendkrimi dieses Verwaltungschinesisch hören: Nostrifizierung! Doch der Kollege des BKA muss der Kommissarin das ›Gesetz zur Führung akademischer Grade‹, das in Deutschland seit 1939 gilt, erklären. Es regelt die Anerkennung der im Ausland erworbenen Titel zu Hause.

Im Ausland kennt man kein ähnliches Gesetz. In Spanien soll sich ›profesor‹ nennen wer will, in Italien ist jeder Kunde auf dem Markt ›Dottore‹ und in Österreich scheint jede Frau und jeder Mann quasi per Geburt schon akademisch geadelt.

In Deutschland nicht. Hier zählen Titel und akademische Ehrengrade wie früher Eichenlaub und Schwerter. Solche verdienstvollen Ehren kann man nicht einfach quasi per Import aus irgendeinem anderen Land einführen. Deshalb lohnt sich der Titelhandel auch nur in Deutschland. Die restriktive Titelverleihung macht diese Auszeichnungen erst begehrt, ermöglicht einen Schwarzmarkt und hohe Preise.

Viele Titelhändler kümmert dieses Nostrifizierungsgesetz nicht. Sie verkaufen jeden Titel einer x-beliebigen ausländischen Universität in Deutschland und gaukeln dem Kunden vor, ihn überall führen zu dürfen. Auf eine offizielle Anerkennung pfeifen sie.

Wer sich lange genug selbst Doktor nennt, wird irgendwann auch von seinen Mitmenschen so tituliert. Ihr scheinheiliger Tipp: Schreiben Sie Ihren Titel auf jede Visitenkarte und Briefbogen, und auch auf den Mülleimer und schon bald wird Sie jeder ehrfürchtig Frau oder Herr Doktor nennen. So schnell ist selbst eine verbotene, importierte Promotion eingedeutscht. Wer fragt schon seinen Versicherungsagenten: »Verzeihen Sie, Herr Doktor, an welcher Universität haben Sie denn promoviert?«

Den ersten amtlichen falschen Herrn Doktor findet Leon zufällig in der Schweiz. Der Mann ›promovierte‹ an einer Hochschule bei St. Gallen und führt seither seinen Doktortitel auf der anderen Seite der Deutsch-Schweizer-Grenze in Konstanz, trotz des Nostrifizierungsgesetzes, das ihm das Tragen des Schweizer Titels in Deutschland eindeutig verbietet.

Er ist ein angesehener Bankdirektor. Sein Name: Ferdinand Meier. Leon findet den Namen Ferdinand so schlecht nicht. Meier, na ja, aber mit diesem Nachnamen haben sich schon viele andere auch arrangieren müssen. Dabei hatte der Bankdirektor schon die kleinen ›eier‹ zu einem weltläufigen ›eyer‹ gewandelt, Meyer mit ›y‹. Mit dem Vornamen Ferdinand klingt das Meyer nach der Änderung wohl jetzt in den Ohren des ehrenwerten Mannes adeliger.

Doch für den Bankdirektor ist es noch nicht genug gewesen. Aristokratisch sah mit dem ›y‹ der Nachname nach der Änderung aus, aber ihm fehlte noch ein Ritterschlag vor dem Namen. Ein ›von‹ oder ›zu‹ beweist vererbtes blaues Blut. Ein ›Dr.‹ steht für Intelligenz. Allein ein akademischer Grad verleiht dem Besitzer den Glanz der klugen Weitsicht. Doktor Ferdinand Meyer (mit ›ey‹), Bankdirektor, das stellt was dar.

Heute nicht mehr.

Leon entlarvte den falschen Doktor der Konstanzer See-
bank. Dabei war es gar nicht seine Absicht. Es wurde ein
Skandal in dem beschaulichen Touristenstädtchen. Der falsche Doktor tut Leon im Nachhinein leid. Was hatte dieser
schon verbrochen? Er hatte lediglich das Pech, seine Unterlagen gerade in diesem Ordner stecken zu haben, den Leon
erwischte. Er las ›Bankdirektor‹ und wusste, keine schlechte
Geschichte, Abgeordneter im Bundestag oder gar ein Mitglied der Regierung wäre ihm sicher lieber gewesen. Aber
es war nicht viel Zeit, und Leon musste zugreifen; irgend-
welche Unterlagen, einen Namen aus dem Ordner, der vor
ihm stand.

Zu dem Ordner kommt Leon wie die Jungfrau zum Kind.
Er ist auf Recherche in der Schweiz. Klaiber ist tot, von ihm
kann er nichts mehr erfahren. Gerard ist wie vom Erdboden
verschluckt, und Thanner meldet sich noch immer nicht.
Leon ruft fast täglich an, quasselt den Anrufbeantworter
voll und schreibt ihm auch. Reaktionen null. Prof. Dr. Dr.
Thanner bleibt in Deckung, als gäbe es seine verzweifelten
Versuche, ihn zu erreichen, nicht.
Leon ist gewohnt, dicke Bretter zu bohren. Er gibt nicht
auf. Ständig ist er auf der Suche nach neuen Wegen und
Zugängen in die Szene der Titelverkäufer. Die ›Welt am
Sonntag‹ ist zu seiner Lieblingslektüre geworden. Jedes
Wochenende stößt er auf neue Namen. Prof. Thanner aller-
dings sieht er trotz zielgerichteter Suche nie, auch kein Wort
in den vielen Anzeigen von einer ›Universidad Fernandez
de Orticho‹ aus Guatemala oder irgendwo ein Eintrag über
das mysteriöse Import-Exportgeschäft ›Manaqua‹.
Die Spesen für ihn reichen nicht bis über den Ozean.
Guatemala muss er vorerst zu den Akten legen, den ver-

mutlichen Briefkasten kann er nicht besichtigen. Aber bis in die Schweiz reicht die genehmigte Handkasse seines Fernsehsenders. Und in dem sauberen Alpenstaat scheint das Geschäft mit billigen Titeln zu blühen. Fast wöchentlich eine Anzeige der ›Freien Universität Herisau‹, der ›Albert-Einstein-Universität‹ in Zürich, des ›Oxford College of Applied Science‹, oder des ›Hochschulvereins in Zürich‹.

Es gibt viel zu tun. Alle fraglichen Hochschulen kann er nicht abklappern, er muss sich informieren, wem die Universitäten gehören, wie sie strukturiert sind und vor allem, wie sie arbeiten beziehungsweise welche Prüfungsanforderungen sie stellen. Er schreibt an alle. Er bewirbt sich, wie schon zuvor bei Klaiber, anonym. Seine Briefvorlagen als Versicherungsagent sind im Computer gespeichert, unermüdlich verschickt er sie als kleiner Möchtegerndoktor.

Unter anderem bewirbt er sich auch an der ›Freien Universität Teufen‹: Korrekt mit Anschreiben, Bewerbungsschreiben, bisherigen Zeugnissen und Lebenslauf. Die Unterlagen unterscheiden sich kaum von einer anständigen Bewerbung an einer deutschen Universität. Schließlich ist das alles kein Spaß. Er will einen ordentlichen Doktorhut und benimmt sich deshalb auch so.

In dem Antwortschreiben beweist die Hochschulverwaltung Teufen ebenso bürokratische Gewissenhaftigkeit. Vordrucke, Formulare, Nachfragen, alles hat seine Ordnung. Zu den Anmeldeformularen sind noch teuerste Werbeunterlagen beigelegt. Ein Hochglanzprospekt zeigt den Campus. Zweisprachig begrüßt der Direktor Prof. Dr. Dr. Hürlimann. Unter mindestens drei akademischen Graden geht bei seinen neuen Bekannten gar nichts mehr. Der Mercedesverkäufer fährt schließlich auch nicht im Fiat Panda vor.

Das Studienangebot der Alma Mater der Teufener Universität fällt bescheidener aus. Erläuterungen zur Gründung und Zweck der Hochschule sollen unsichere Kandidaten beruhigen: ›Die Freie Universität Teufen ist eine Aktiengesellschaft für Forschung und Bildung in der Schweiz. Ihr Ziel und Zweck besteht darin, diejenigen Fachleute zu fördern, welche bis heute keine Möglichkeit hatten, ein Hochschulstudium zu absolvieren oder abzuschließen, sich jedoch autodidaktisch geschult und weitergebildet haben oder in leitende Positionen aufgestiegen sind. Wer sich in seinem Beruf hochgearbeitet hat, soll jetzt auch sein Wissen in einer Dissertation bestätigen lassen. Die Freie Universität Teufen erkennt das bestehende Wissen und Können sowie die praktische Berufserfahrung an.

Mögliche Abschlüsse: Die Freie Universität Teufen unterliegt nicht den starren Strukturen einer traditionellen Promotionsordnung. Der Kandidat ist deshalb auch in der Wahl seiner Thematik frei. Es besteht keine Veröffentlichungspflicht. Eine große Anzahl Dissertationen von deutschen und österreichischen Studenten, welche an der Universität erfolgreich studiert haben, können eingesehen werden.

Das Rigorosum, welches aber nicht mündlich sein muss, führt zur Promotion.

Preisliste Doktorat, 20.000 sFr, Master of Business Administration 12.800 sFr, Professor nach Absprache mit der Universitätsleitung, Master of Arts 7.800 sFr, Diplomstudiengänge 6.800 sFr zzgl. Immatrikulationsgebühren: 2.800 sFr.‹

Leon ist beeindruckt. Das ist für ihn Schweizer Perfektion. Ein klares Angebot. Schwarz auf weiß, mit exakter Leistung und Preisangabe. Hier könnte selbst der Otto-Versand in Sachen Marketing noch lernen. Die Aufmachung der Unterlagen beeindruckt, die zugeschickte Mappe gibt richtig was her. Die breite Palette des Vorlesungsverzeichnisses verspricht Unterricht in allen Fachbereichen: Betriebswirtschaft, Philosophie, Psychologie, Kunst und sogar Schauspiel.

In dem zuletzt aufgeführten Fach traut Leon auch den Schweizer Titelhändlern wahre Autorität zu. Sicherlich die einzige professionelle Sparte, die diese fraglichen Professoren alle beherrschen, denkt er. Prof. Dr. Dr. Hürlimann ist bestimmt ein so galanter Schauspieler, wie es Dr. Klaiber war, oder eben auch Dr. Brinkmann. Auf diese Unterrichtsstunde freut er sich. Endlich ein Lehrfach im Angebot einer Universität, in dem vielleicht auch er mitmachen kann.

Gesang würde ihm sonst auch noch zusagen. Doch die Sekretärin verneint schon am Telefon: »Skusi, döt got nöt!« Schade, denn seit seinen Volksschuljahren hat er gerade in diesem Fach starken Nachholbedarf. Im Schulfach ›Singen‹ war sein alter Lehrer oft verzweifelt, lange bevor der Stimmbruch in seinem Jahrgang einsetzte. Und keine seiner bisherigen Freundinnen hatten ihn nach einer gemeinsamen Dusche für einen Grand-Prix vorgeschlagen; unabhängig vom Stand ihrer Verliebtheitsskala. Keine!

Und jetzt ein Dr. sing.? Den Schweizern wollte er es zutrauen.

Cheibelöhli.

Professor Dr. Dr. Armin Hürlimann gibt Leon am Telefon einen Vorstellungstermin. Leon drängt auf eine schnelle Abwicklung. Er habe es eilig, er behauptet, in seiner Firma stünden personelle Veränderungen an. Er spult die alte Leier ab. Er ist Versicherungsmakler und so weiter. Doch jetzt steht vor ihm eine ganz große Chance: Er kann Abteilungsleiter werden. Das heißt Festanstellung, Innendienst, Sekretärin, Firmenwagen, alles. Allerdings, sein Vorgänger ist schon Dr. und ein Mitbewerber hat auch die begehrten zwei Buchstaben und den kleinen Punkt vor seinem Namen stehen.

»Jo nu net so schüüch, warte Se nu net uf de Samichlaus, chumme Sie zu ner Schnupperleer, no guat des älles ganz gli.«

Leon ist sprachlos, er muss die paar Worte, die er versteht, erst sortieren: Er solle nicht schüchtern sein und nicht auf den Nikolaus warten. Verstanden hat er auch, dass er in die Schweiz kommen soll. Gut angehört hat sich: ›Dann geht das alles ganz gleich.‹

»Sind Sie no dra?«, die typische Frage der Schweizer während eines Telefonates, die sich offensichtlich noch immer nicht mit der Technik des miteinander Redens, ohne sich zu sehen, arrangiert haben.

»Jo, jo, nu net hudle«, verfällt Leon in seinen Schwarzwälder Dialekt, der als Grenznachbar so fern nicht klingt.

Im fröhlichsten, breiten schweizer Verkäuferseelenton lockt Professor Hürlimann unbekümmert weiter. »Chumme Se doch vobie, morn isch Dunschtig, des dät basse.«

Leon ordnet schnell die paar Worte: ›Morgen ist Donnerstag, das würde passen.‹ Stimmt, denkt er, schließlich ist es sein Job, was anderes hat er gerade eh nicht zu tun.

Trotzdem, Vorsicht! Im Hinterkopf warnt bei jeder Terminzusage der Gedanke an den Kampf vor der morgendlichen Schlacht des Aufstehens, und die Anfahrtszeit will auch noch einkalkuliert sein: »Ich bin so gegen 15 Uhr bei Ihnen.«

»Grad rächt, uf widerlose.«

Am nächsten Tag fällt Leon das Aufstehen leicht. Er ist voller Erwartung und Vorfreude auf Professor Hürlimann. Der Chaibelöhle scheint es faustdick hinter den Ohren zu haben. Leon hatte gestern noch ein bisschen recherchiert. Die Doktorenschmiede in Teufen scheint gut im Geschäft zu sein. Vor allem die süddeutschen Möchtegerndoktoren nützen die kurzen Wege zur vermeintlichen Hochschule schnell hinter der Grenze.

Auf dem Weg nach St. Gallen fährt Leon bei der Polizei in Konstanz vorbei. Bevor ein findiger Kriminalist seine Unterlagen als Allianz-Vertreter in Klaibers Hinterlassenschaft findet, ist es besser, so denkt er, von sich aus auf die Ermittler der Mordkommission zuzugehen. Vielleicht erfährt er ja auch etwas Neues über die Ermittlungen zu Klaibers Tod, ein Detail, das der Pressestelle unwichtig erscheint.

Das Kommissariat ist in einem postmodernen Neubau untergebracht. Viele Behörden beherbergt das neue Verwaltungszentrum. An der Pforte will man ihn zunächst zur Mordkommission gar nicht vorlassen. »Da könnte ja jeder kommen«, versperrt ihm ein uniformierter Beamter den Weg.

Leon macht klar, dass er nicht ein jeder ist. Er will als Zeuge zu einem Mordfall aussagen. Aber bitte, er kann es auch sein lassen: »Wenn Sie es verantworten können, warten wir, bis ich vorgeladen werde.«

Unwillig telefoniert der Beamte schließlich doch mit dem Vorzimmer der Mordkommission.

»Wo muss man denn hier die Gebühr bezahlen für den Antrag zum Antrag für eine freiwillige Zeugenaussage?«, motzt Leon.

Endlich wird er von einer Mitarbeiterin der Mordkommission abgeholt und durch unzählige Gänge des Gebäudes gelotst. Das Mädchen hat lange, fettige Haare und wackelt mit einem viel zu breiten Hinterteil vor ihm durch das Labyrinth. Im Aufzug stehen sie sich gegenüber, ohne ein Wort zu verlieren. Die Sympathieskala der beiden schwankt um den Gefrierpunkt.

In einem langen, schmucklosen Flur hält sie ihm schließlich eine Tür auf. Sie deutet ihm an, er solle hineingehen. Sie folgt ihm.

In dem kahlen Besprechungszimmer steht in der Mitte ein graublauer Metalltisch. Obenauf liegen ein Stenoblock mit unbeschriebenen Seiten und ein Bleistift. Die Fläche selbst ist verkratzt.

Sie bittet ihn, Platz zu nehmen. Sie selbst setzt sich an das Tischende, nimmt den Block zu sich und sagt: »Also, legen Sie los.«

»So nicht!«, stellt Leon sich stur.

Sie sitzt vor ihm, als hätte sie nur für einen kurzen Sprung Zeit und kritzelt unlustig das Datum auf das leere Blatt Papier.

Er schaut ihr zu, sagt kein Wort. So hat er sich das Gespräch nicht vorgestellt. Er möchte für seine Aussagen auch ein paar Informationen von der Polizei zurückerhalten. Für solch einen Deal aber, das scheint für ihn klar, ist das Fräulein Hilfssheriff die falsche Adresse. »Ich würde mich schon gerne mit dem leitenden Kommissar unterhalten«, weicht er aus. »Schließlich habe ich ein paar wichtige Informationen, und ich wiederhole mich nicht gerne.«

Eine leichte Röte der Empörung steigt in das blasse Gesicht der jungen Mitarbeiterin: »Ich bin Kriminalassistentin und in den Fall voll involviert.«

»Meine Zeit ist begrenzt.«

»Eben, und gerade jetzt werden Sie nun warten müssen.«

»Ich will Sie nicht brüskieren, aber ich bin Journalist und recherchiere in dem Fall Klaiber schon lange. Ich bin mir deshalb sicher, dass meine Aussagen auch Ihren Kommissar interessieren.«

»Noch ist es keine Aussage, noch wollen Sie uns etwas erzählen, ob dies dann eine Aussage wert ist, entscheiden wir. Und jetzt warten Sie!« Energisch und verbittert lässt die junge Polizistin ihn in dem Raum zurück. Laut fällt die Tür hinter ihr ins Schloss.

Die Rache des Fräulein Assistentin steht im Raum: ›Und jetzt warten Sie!‹ Nach zehn Minuten aber hat Leon von dieser Anweisung die Nase voll. Er geht aus dem Zimmer und macht sich auf die Suche nach dem Büro des Kommissars. Er geht den langen Flur, den sie gekommen sind, wieder zurück und liest die Türschilder. Schließlich bleibt er vor einer angelehnten Tür stehen. Auf dem Schild daneben steht ein Name und darunter: ›Kommissar Schön‹.

In dem Raum ist es ruhig, er hört keine Stimmen. Entschlossen klopft er kurz an und schiebt den Türflügel auch schon auf, ohne eine Aufforderung abzuwarten. Das Zimmer ist klein. Gegenüber der Tür liest ein Mann hinter einem Schreibtisch eine Zeitung. Leon schmunzelt. Volltreffer, weiß er. Das Blatt ist die ›Welt am Sonntag‹.

Leon geht einfach in das Zimmer hinein und tritt an den Schreibtisch heran. Frech fragt er: »Suchen Sie einen Doktorvater, Herr Schön?«

»Wer sind Sie?« Der Kommissar schaut neugierig und interessiert auf.

Leons Blick schweift durch den Raum. Er sieht zwei Welten auf 15 Quadratmetern vereint. Das Zimmer des kühlen Neubaus und die Möbel der verstaubten 70er-Jahre.

Die Wände sind weiß getüncht, der Boden ist mit einem Hightechteppich, besonders strapazierfähig, ausgelegt. Darauf stehen alte, verkratzte Holzrollschränke, die eher senffarben als braun sind. Ein ebenso senfhellbraunfarbener Holzschreibtisch, dessen dunkle Macken auf der Oberfläche von einem langen Leben zeugen.

Man sieht auf den ersten Blick, diese Möbel wurden schon viel hin und her bewegt. Sie alle passen aber zusammen und bilden doch eine Einheit, wie in einem Museum, das den Blick in die Epoche einer fernen Zeit ermöglicht. Ebenso die schwarze Schreibtischlampe mit einem auffallend großen, runden Chromschirm.

Der Mann hinter dem Schreibtisch sieht aus, als hätte ihn ein Bühnenbildner passend in das Ensemble dekoriert. Er stammt wie die Möbel aus einer vergangenen Zeit. Der ›Alte‹ mit Erik Ode oder der ganz alte ›Derrick‹, das müssen seine Kollegen gewesen sein. Vielschreiber der Endlosabendserien des ZDF wie Herbert Reinicker würden ihn schon nach dem ersten Casting sofort verpflichten.

Mit seinen Möbeln scheint auch der Kommissar alt geworden zu sein. Er sieht heute noch so aus, wie die Menschen damals wohl aussehen wollten: Die Haare sind vermutlich mit Birkenwasser befeuchtet und mit Wellaform gescheitelt. Sie sind tief schwarz, nur wenige graue Strähnen sind zu sehen.

Der Anzug ist farblos, sitzt aber nach Maß, obwohl er offensichtlich von der Stange ist. Das weiße Hemd zeigt gestärkte Bügelfalten, die Krawatte ist unauffällig und der Knoten schmal gebunden.

Seine Augen aber sind hellwach.

Der Kommissar wirkt auf Leon wie ein alter Bekannter. Kein Wunder, hat er doch die alten Herbert-Reinicker-Filme in jungen Jahren alle gesehen. Das, so dachte er damals mit Sehnsucht, muss die Welt jenseits der Schwarzwaldberge sein. Jahre später, mitten in Konstanz, steht er jetzt selbst da.

Gelassen sitzt der Bodensee-Derrick in seinem Stuhl, sein Gesichtsausdruck ist freundlich. Ein vertrauenswürdiger Herr. Um seine Lippen spielt ein leichtes schalkhaftes Lächeln.

Leon dagegen grinst breit. Er sieht unter dem Schreibtisch die Cowboystiefel des Kommissars: Spitz geformter Westernstile. Also doch nicht ganz ZDF-Format. Eher ein kleiner John Wayne, wenigstens unter dem Tisch, wo es niemand sehen soll. Das macht ihm den grauen Kriminalbeamten sympathisch. »Ermitteln Sie im Mordfall Klaiber?«

»Ja, aber wenn Sie der Journalist sind, von dem ich schon gehört habe, dass da einer in unserem Hause herumspringt, dann muss ich Sie an die Pressestelle verweisen. «

»Ich bin zwar Journalist, aber ich will ja nichts von Ihnen wissen«, lügt Leon. »Im Gegenteil, Herr Kommissar, ich will Ihnen etwas erzählen, das für Sie sicher nicht unwichtig ist.«

»Und was ist für mich nicht unwichtig?« Der Kommissar winkt ihn näher und deutet auf einen Besucherstuhl vor seinem Tisch.

Leon Dold stellt sich jetzt mit seinem Namen erstmal ordentlich vor, dann erzählt er Kommissar Schön seine Geschichte: »Ich kannte Klaiber schon länger, ich habe mich als angeblichen Kunden bei ihm eingeschlichen.« Leon plaudert kurz von den beiden Treffen mit dem Titelhändler, erwähnt aber mit keinem Wort Prof. Dr. Dr. Thanner auf der anderen Seite des Sees.

Thanner, diesen Typen will er sich erst selbst vornehmen. Er hat ihn aufgespürt, und er ist ihm auf den Fersen. Er wird ihn schon noch stellen, er ist für Leon der Schlüssel zu seiner Story, nachdem Klaiber wegen Tod nun ausfällt. Und vermutlich hat Thanner auch mit dem Mord zu tun, aber das ist noch ungewiss, warum also sollte er der Polizei von ihm erzählen? Und er will auch auf keinen Fall, dass die Polizei ihm in seinen Recherchen herumpfuscht. Schließlich zeigten sich die Konstanzer Beamten ihm gegenüber bisher auch nicht gerade hilfsbereit – von wegen Freund und Helfer.

Der Kommissar hört den Ausführungen von Leon zu und macht sich einige Notizen. Er fragt Leon nach der Liechtensteiner Adresse und den Namen der deutschen Hochschulen, bei denen er, dank Klaiber, promovieren hätte können. Leon gibt die Liechtensteiner Adresse preis, die Namen der Hochschulen nicht: »Wir waren in unseren Verhandlungen noch nicht so weit«, weicht er aus.

»Arbeitete Klaiber alleine, oder hatte er Hintermänner?«, will der Kommissar schließlich noch wissen.

»Ich denke schon, dass er das Geschäft alleine betrieb, zumindest habe ich nur immer mit ihm alleine verhandelt«, lügt Leon hemmungslos und sagt von Gerard kein Wort. Zwar kann er sich eigentlich nicht vorstellen, dass die Polizei den ›wissenschaftlichen Assistenten‹ Klaibers nicht schon lange vernommen hat, aber wenn nicht, warum soll er ihn verpfeifen? Seit der Mordnacht hat er ihn nicht mehr gesehen. Er versucht ihn ständig zu erreichen, doch Fehlanzeige. Wie vom Erdboden verschluckt, hat sich der Blondschopf vom Acker gemacht. Vielleicht ist deshalb die Polizei tatsächlich noch nicht auf ihn gestoßen, oder aber der Kommissar spielt mit gezinkten Karten und lässt ihn nicht in sein Blatt sehen.

»Haben Sie noch weitere Adressen aus dem Titelhandelsmilieu?«

Leon hat das einseitige Spiel satt. Der Kommissar fragt, und er antwortet. So stellt er sich die Zusammenarbeit nicht vor. Schließlich hat auch er seinen Job zu machen und auch er braucht Fakten. Deshalb dreht er den Spieß jetzt um: »Nein, ich kenne keine weiteren Titelhändler, aber Sie müssen nun doch fast alle falschen Doktoren Deutschlands kennen?«

»Warum?«, knurrt der Kommissar unwillig, ungewohnt, Fragen gestellt zu bekommen.

»Sie müssen doch in den Unterlagen des Toten eine Kundenliste gefunden haben?«, bohrt Leon, er will endlich wissen, was die Polizei in den Händen hat.

»Wir stehen noch ganz am Anfang unserer Untersuchungen«, weicht der Kommissar beharrlich aus.

»Haben Sie einen Kunden Klaibers im Verdacht?«

»Wir werden sie durchgehen müssen.«

»Sind es viele?«

»Was heißt schon viele?«

Offensichtlich hat der Derrickverschnitt vom Bodensee keine Lust, auch nur eine einzige Frage des Fernsehfuzzis zu beantworten. Er zeigt sich als alter Fuchs in seinem Metier. John Wayne-Stil hin oder her, jetzt ist Schluss mit lustig. Leon will nicht mit leeren Händen aus dem Kommissariat gehen. Er versucht, dem Kommissar ein bisschen Feuer unter den Stuhl zu legen: »Nach dem Gespräch muss ich feststellen, dass die Mordkommission in dem Fall Klaiber noch immer im Dunkeln tappt?«

Der Kommissar lächelt.

»Sie haben bisher keinen Tatverdächtigen?«

Der Kommissar wiegt seinen Kopf.

»Sie haben noch nicht einmal ein Motiv für den Mord?«

Der Kommissar zeigt sich weiter amüsiert. Er wiegelt ab, lächelt verbindlich und lässt zwischen jeder Antwort erkennen: Junge, halt mich und die Polizei ruhig für dumm, erfahren wirst du hier nichts! Amtlich und sachlich stellt er schließlich fest: »Im Übrigen haben wir hier ein Gespräch geführt, aus dem ich Ihnen nicht erlauben kann zu zitieren. Nehmen Sie sich in Acht! Fragen mit zitierfähigen Antworten für die Öffentlichkeit besorgen Sie sich bitte in der Pressestelle.«

Der Kommissar zeigt ihm, was er in seinen vielen Amtsjahren gelernt hat. Für ihn ist das Gespräch beendet. Zum Ende hat er noch einen für Pressevertreter immer wieder gern verwendeten Satz übrig: »Wir werden Sie auf dem Laufenden halten. Vielen Dank für Ihren freundlichen Besuch!«

Leon schenkt sich die weitere Fragerei. Sein Feuer hat irgendwie nicht gezündet. Er schüttelt dem Kommissar artig die Hand und verspricht ihm eine gute Zusammenarbeit.

Glufemichel!, denkt er.

Leon hatte nach dem Mord an Professor Doktor Doktor honoris causa Klaiber einen kleinen Bericht in der Abendschau ausgestrahlt. Darin spekulierte er über die Hintergründe. Er gab in dem Bericht der Polizei zu erkennen, dass er sich in der Titelhändlerszene bestens auskennt. Er wollte die Aufmerksamkeit der Beamten auf sich lenken. Er wollte der Polizei anbieten, ihr Komplize zu sein und Infos auszutauschen. Doch nach dem Gespräch in der Mordkommission ist ihm klar: Die wollen nicht!

Jede Behörde hat heute ihre Pressestelle. Diese Abteilungen wurden nicht eingerichtet, um den Pressevertretern die Arbeit zu erleichtern. Im Gegenteil! Die Pressestellen verhindern jeden Informationsaustausch, dafür sind sie da. Der Kommissar darf nur mit Leon reden, wenn er sich zuvor mit der Pressestelle abgesprochen hat. Kein Angestellter oder Beamter darf heute noch ohne Genehmigung auch nur ein Wort mit einem Journalisten wechseln, ohne den Pressestellenonkel oder die -tante bei sich zu haben.

Die Lage ändert sich erst dann, wenn die Behörde einen Erfolg verkünden will. Dann werden die Pressevertreter freundlich geladen. Mit Sekt und Kanapees wird zur Pressekonferenz gelockt. Die Pressesprecher sind dann in ihrem Element. Sie begrüßen und verteilen Wortmeldungen. Erfolgreiche Meldungen dürfen aber auch selten sie selbst verkünden. Dafür gibt es dann den Abteilungsleiter, den Direktor oder den Dienststellenchef. Positives verkündet der Häuptling immer selbst, Negatives muss der Pressesprecher verschweigen. Trotzdem heißt er Sprecher.

Jetzt erst recht!, denkt Leon nach seinem Besuch bei der Konstanzer Kripo und setzt seinen Trotzkopf in Gang. Er schwört sich, ab sofort die Klappe zu halten. Der Kommissar Schön solle ihm noch einmal kommen. Er wird den Fall auf eigene Faust recherchieren. Er glaubt dem Kommissar sowieso nicht, dass sie in Klaibers Büro keine weiteren Hinweise gefunden hätten. Schließlich war er selbst schon in der Villa, auch in dem Arbeitszimmer. Bei dem Gedanken daran schmerzen ihn seine Genitalien noch immer. Umsonst sollen diese Schläge damals nicht gewesen sein.

Sein nächster Termin ist bei Prof. Hürlimann in Teufen um 15 Uhr. Bis er sich danach wieder über Konstanz auf den Heimweg machen kann, wird es dunkel sein. Grad recht, grinst er. Wenn die Polizei nichts bei Klaiber gefunden hat, dann werde ich mich eben heute Nacht einmal im Büro unseres toten Freundes selbst umschauen müssen ...

An dem Morgen, als Klaiber tot in Konstanz aufgefunden wurde, hat ihn eine Kollegin des Südkuriers informiert. Susanne arbeitet schon seit 20 Jahren in der Redaktion der Lokalzeitung. Sie weiß alles, was sich in der Stadt abspielt. Nur von dem Promotionsberater Klaiber selbst hatte sie noch nichts gehört. Leon hatte ihr von seinen Recherchen erzählt und wollte von ihr Neuigkeiten aus erster Hand. Doch Klaibers Klienten waren deutschlandweit verteilt. Lokale Geschäfte waren nicht sein Metier.

Als der Tote in seinem Wagen in Konstanz gefunden wird, gehen die Meldungen über die Journalistenhandys am See wie ein Lauffeuer. Susanne ahnt schnell den Zusammenhang mit seiner Story. Sie ruft schon am frühen Morgen um 8 Uhr in Stuttgart an. Sie erzählt ihm von dem toten Professor Klaiber, der noch immer vor der Staatsanwaltschaft in seinem Blut liegen soll, erschossen: »Das ist doch dein Titelhändler, oder?«

Er benötigt morgens viel Zeit, bis er in der Wirklichkeit ankommt. An diesem Morgen nicht. Es geht alles anders, viel schneller, als er jemals zu träumen gewagt hätte. Klaiber, sein Kronzeuge, ist tot! Er springt in seine Jeans, verzichtet sogar auf Kaffee oder ein Brötchen und sitzt auch schon in seinem Auto, wieder einmal Richtung See, über die Autobahn A 81.

Die Polizei ist an jenem Morgen noch ganz am Anfang ihrer Ermittlungen. Ein Mord in Konstanz, direkt vor der Staatsanwaltschaft, das ist eine Sensation in dem sonst eher beschaulich wirkenden Bodenseestädtchen. Außer Leon sind noch andere Fernsehreporter mit ihren Teams vor Ort, Hörfunkreportagewagen und die schreibenden Kollegen der bunten Blätter.

Der Staatsanwalt genießt den Presserummel, endlich steht er mit einem richtigen Fall im Mittelpunkt. Guter Auftritt, medienstarke PR, und er selbst wird vielleicht auch endlich im fernen Ministerium in Stuttgart wahrgenommen. Ganz neue Karrierechancen. Ein sonniger Tag. Wäre da nicht Leon.

Er sitzt mit seinen Pressekollegen im großen Besprechungszimmer der Polizeidirektion. Der lokale Fernsehsender hat einige schwache Funzeln aufgebaut, sie sollen das Podium erhellen. Hinter dem angestrahlten Tisch an der Stirnseite des Saales sitzen die Vertreter der verschiedenen Polizeidienststellen, des städtischen Amtes für öffentliche Ordnung, ein Kriminalkommissar und der Oberstaatsanwalt. Umständlich und ausführlich schildern sie nichts. Zumindest nichts Neues. Die meisten der Pressekollegen hatten schon am Morgen den Mercedes, noch mit dem toten Titelhändler, gesehen. Und auch der Name und seine vielen Titel kannten bis zum Beginn der Sitzung alle Anwesenden.

»Sie sagen, der Tote heißt Professor Doktor Doktor Klaiber?« Leon steht auf und stellt aus dem Pult der Kollegen seine Fragen. »Woher wissen Sie das?«

»Wo war er habilitiert, wo hat er promoviert?« – » Sie sagen, der Tote kommt aus Liechtenstein, hatte er dort eine Wohnung oder nur eine Briefkastenfirma?« – »Wo wohnte der Herr Klaiber denn nun wirklich, in Liechtenstein oder hier in Konstanz?«

Seine gezielten Fragen verunsichern die Teilnehmer der Veranstaltung und vor allem den Staatsanwalt. Dieser versucht zu klären: »Wo der Tote einst promovierte, diese Frage ist vorerst wohl weniger relevant, zu seiner Professur kann ich Ihnen keine Angaben machen. Zur zweiten Frage: Der Tote hat einen gemeldeten Wohnsitz in Liechtenstein und auch hier in Konstanz, den Erstwohnsitz müssen wir noch ermitteln. Auch Ihre dritte Frage kann ich Ihnen nur vage beantworten: Sicher aber ist, der Ermordete nutzte beide Wohnsitze.« Der Staatsanwalt blickt zu dem Kommissar, dieser zuckt unwissend mit seinen Schultern, daraufhin relativiert er die eben gemachten Aussagen schnell wieder: »Oder sagen wir so: Wir gehen davon aus.« Einige Journalisten lachen.

Der Staatsanwalt schaut grimmig. Er will sich nicht stören lassen. Er redet stoisch in das Stimmengewirr. »Hier in Konstanz hatte Professor Klaiber ständig beruflich zu tun, so viel wissen wir. Auch ein Büro hat seine Firma hier angemeldet, sie ist im wissenschaftlichen Bereich tätig. Aus Liechtenstein liegen uns noch keine Ermittlungsergebnisse vor.«

Der Staatsanwalt schlingert hörbar. Seine Stimme wird leiser. Die Sätze dehnen sich. Mit detailgenauen Fragen hatte er nicht gerechnet. Der Pressesprecher übersieht die Hand von Leon, der sich zu Nachfragen meldet. Er lässt jetzt schnell andere Journalisten zu Wort kommen. Leon ist es recht, er hatte sich eh schon zu weit aus dem Fenster gelehnt. Nur kein Aufsehen. Warum soll er hier vor seinen Kollegen seinen Wissensvorsprung offenbaren? Sollen sie doch schreiben, was sie wollen, die Hintergründe sind seine Exklusivstory.

Aber verunsichert ist er doch über die ausweichenden Antworten des Staatsanwaltes. Kein Hinweis zu Klaibers Tätigkeit als Titelhändler. Weiß die Polizei denn tatsächlich noch immer nicht, wen sie da erschossen frei Haus geliefert bekam? Kaum anzunehmen. Warum aber flüchtet der Staatsanwalt in die Formel ›im wissenschaftlichen Bereich tätig?‹ Lachhaft. Da muss sich ja der tote Klaiber in seiner Zinkwanne noch gebogen haben.

In seinem Kurzbericht in der Abendschau am gleichen Tag hält Leon seine Informationen zurück. Ein Mord ist selbst im Musterländle keine Sensation mehr. Solange nicht heraus ist, dass der Tote einer der erfolgreichsten deutschen Titelhändler war, ist die Nachricht keinen längeren Filmbeitrag wert. Ein ›Einsdreißiger‹ reicht da aus, oder gar nur eine ›NiF‹, die Nachricht-im-Film. Kein Zusatz an Information, nur eine kurze Aufzählung weniger Fakten. Den Tatort, den Wagen, Männer der Spurensicherung, Absperrungen und ein O-Ton aus der PK. Klappe.

Was bringt es Leon, darüber hinaus den Klugscheißer zu mimen? Lieber lässt er seine Trümpfe im Ärmel. Er will schließlich die Kollegen Journalisten nicht auf seine eigene, heiße Fährte setzen. Solange die Polizei den Ahnungslosen spielt, sieht auch er für sich keinen Zugzwang. Erst, wenn er den Mord und das Geschäft Klaibers, die Titelhändlerintrigen und Professor Thanner, gekaufte Doktoren und deutsche Universitäten, erst, wenn er sie alle unter einem Hut hat, dann will er seine Geschichte platzieren. Bis dahin heißt es für ihn: Wasser halten.

Nach dem Gespräch mit dem Kommissar in Konstanz glaubt Leon, dass die Kripo tatsächlich noch immer nicht weiß, in welche Richtung ihre Ermittlungen gehen sollen.

Vier Tage nach dem Mord hätte der Kommissar doch mehr aus dem Titelhändlermilieu wissen und ihn dazu ausfragen müssen. Dass er Gerard nicht erwähnt hat, in Ordnung. Aber Fragen nach Mittätern auf dem Titelmarkt, Konkurrenten, Anspielungen auf Thanner, dies alles hätte er versuchen müssen. Doch nichts von alledem. Entweder ist die Mordkommission in Konstanz unterbesetzt, oder der Kommissar heißt zwar Schön, ist aber schön vorsichtig und er will sich auf keinen Fall in die Karten sehen lassen.

Druff pfiffe, denkt Leon, sein Plan steht fest. Er fährt in Konstanz über die Grenze nach Kreuzlingen und nimmt die Straße am See entlang bis nach Rohrschach. Erst dort biegt er ab in das Schweizer Hinterland und fährt nach St. Gallen beziehungsweise Teufen. In die Stadt Teufen kommt man von St. Gallen über einen kleinen Alpenpass durch ein Seitental der Ebenalb. Schon als Leon seinen Porsche durch die scharfen Kurven hinunter ins Tal lenkt, sucht er mit seinen Augen nach einem auffallend großen Gebäudekomplex.

Der ihm zugeschickte Prospekt der Universität zeigt einen schicken, modernen Hightechbau: viel Glas, ein bisschen Metall und eine mehrstöckige glänzende Fassade. Dieser Bauklotz kann sich nicht in der Altstadt mit seinen niedrigen, gebückten Fachwerkhäusern der alten Thurgauer Baukunst verstecken, denkt Leon. In dieser Gegend wurden früher nur wenige Stockwerke hoch gebaut. Die Angst vor dicken Schneelasten ließ keine Architektenträume in den Himmel sprießen. Der neue Prestigebau der Universität müsste also alles überragen. Von weither müsste die Glasfassade als Mekka der Wissenschaft sichtbar sein, vermutet Leon.

Doch kein Hochhaus ist in Sicht. Also muss er sich in dem kleinen Städtchen durchfragen: »Wissen Sie, wo hier die Universität ist?«

Gopfridstutz, die Teufener Bürger sehen Leon an, als spräche er eine andere Sprache. »En Universität in eusere Stadt? I weiss nöd.«

Leon dagegen weiß, er hat nichts anderes erwartet.

»Was söllet mier do ha, e Universität? Ach was, do müend Sie scho uf Züri fahre.«

Leon fragt nach der Hirtenstraße, dort soll laut Prospekt die Hochschule schließlich residieren.

Doch selbst diese Straße kennen die Bürger Teufens nicht. Dieses weltweit anerkannte Institut ist in der eigenen Stadt unbekannt, und die Straße und Campus scheinen auch nicht gerade der Intreff zu sein.

Er ruft in der Universität an und lässt sich den Weg erklären. »Wieder raus aus der Kleinstadt, dann zwei Seitenstraßen weiter, eine Stichstraße hinauf und dort, bevor der Wald beginnt.«

Leon merkt sich die Beschreibung und fährt los. Schon bald wird die Fahrt für ihn in seinem Porsche zu einer Hindernisrallye. Der tiefergelegte Sportwagen taugt, um in Stuttgart rund um den Feuersee zu flanieren. Aber die Teufener Hirtenstraße ist dort, wo heute noch Hirten ihre Kühe weiden lassen. Ganz am Ende eines unbefestigten Feldweges, auf freier Flur, steht ein einsames Haus. Leon muss auf dem Weg dorthin vorsichtig die Spur halten, um mit dem Frontspoiler nicht jeden Grasbüschel zu mähen. Jetzt sieht er aber endlich die fotografierte Glasfläche des Hauses. Geschickt aufgenommen, täuschen die Werbeunterlagen ein Hochhaus mit großer Glasfassade vor. Tatsächlich steht er vor einem Vierfamilienhaus mit angebautem Wintergarten. Er parkt vor einer Garageneinfahrt neben Kinderfahrrädern.

Er steigt aus und vergleicht den Prospekt in seinen Händen mit der Ansicht des Hauses vor sich. Kein Zweifel, das gleiche Gebäude. Fotografiert aus einer Kinderperspektive mit extremem Froschauge. Aus dem schmucken Familienwohnhaus ist optisch ein stattlicher Gebäudekomplex geworden.

›Hochschule und Freie Universität Appenzell‹. Ein Messingschild prangt stolz am Eingang. Daneben ein einfaches Klingelbrett mit vier Namen: ›Bürgi‹, ›Bieri‹, ›Hürlimann‹ und ›Universität‹.

Der angesehenen Hochschule scheint in dem einfachen Wohnhaus ein kleines Apartment auszureichen. Er klingelt, der Türöffner summt, er drückt die Haustür auf, unschlüssig steht er im Treppenhaus. In einer Ecke stehen Skier und Schlitten. Gegenüber öffnet sich eine Wohnungstür.

»Kchömet Sie ine«, sagt eine junge Frau. Sie begrüßt ihn, lässt ihn an sich vorbei und bittet ihn, im Flur auf einem Stuhl Platz zu nehmen. Sie selbst geht hinter einen Schreibtisch, der ebenfalls in dem Flur steht, drückt auf den Knopf einer Sprechanlage und meldet ihn bei Professor Doktor Hürlimann an.

Er befiehlt über die Gegensprechanlage: »En kchline Moment, kchum gli söll warte.«

Würschtle!, denkt Leon und hat auch schon für Hürlimann eine Schublade geöffnet. Kategorisiert und abgeheftet unter ›schwer verständlicher O-Ton-Geber‹ und Angeber, also Fach zwei. Er glaubt nicht, dass der Löhle Wichtigeres zu tun hätte, als ihm für einen wertlosen Titel viel Geld abzuknöpfen.

Nachdem der erste Bluff, die großspurige Aufmachung

in dem Prospekt, schon wie eine Seifenblase geplatzt ist, jetzt der zweite Bluff: Terminprobleme. Leon ist nicht enttäuscht, dass von dem großen, im Prospekt versprochenen Universitätskomplex nur noch eine Dreizimmerwohnung übrig bleibt. Die Universität mit ihrem Rektor verspricht nach diesem Empfang noch weitere ›Sensationen‹, auf die er sich freut.

In der Schweiz wundert sich Leon immer wieder, wie sein Vorurteil bestätigt wird. Nach außen hui, hinter den Kulissen pfui. Die Landschaft und auch die Städte sind immer herausgeputzt, als wäre jeder Tag Nationalfeiertag. Das Gras ist saftig grün, die Berge schneeweiß und die roten Flaggen mit dem weißen Kreuz sind sauber gewaschen und korrekt gebügelt. Aber hinter der Kulisse wird Schwarzgeld geschoben wie sonst wohl in keinem anderen europäischen Land. Schmutziges Geld, von Diktatoren mit Blut an den Fingern, verstecken die Schweizer Tresore und vermehren das fragliche Kapital, Fränkli um Fränkli, auf den verschiedensten geheimen Nummerlikonten.

Auch die Sekretärin vor ihm wirkt wie die Unschuld vom Lande. Sie ist braun gelockt, sommersprossig auf der Nase, adrett im Kleidchen. Sie ist züchtig angezogen, ihre Bluse ist bis zum Hals zugeknöpft, und sie trägt über dem obersten Knopf eine Brosche irgendeiner heiligen Jungfrau. Ihre braunen Augen unterstreichen den Eindruck der Unschuld.

Doch Leon ist sich sicher, sie weiß, was für ein Schauspiel in diesem Komödienstadel täglich geboten wird. So unschuldig, wie sie aussieht, kann sie gar nicht sein, da helfen auch keine noch so braunen Rehaugen.

Das Unschuldskitz residiert hinter einem großen Schreibtisch. Der schmale Flur wirkt dadurch noch enger, er taugt beim besten Willen nicht als Foyer einer weltläufigen Universität. Hinter ihr künden farbenprächtige Urkunden von hohen akademischen Ehren. Universitätsauszeichnungen aus mittelamerikanischen und südamerikanischen Landen. Mehrere Urkunden hängen nebeneinander. Leon steht auf und betrachtet sie. Sie sollen amtliche Authentizität vorgaukeln. Allerdings sind sie doch sehr bunt. Grelle Farben, kitschige Blumen und viele amtliche Stempel mit Amtskordel und staatlichen Wappen zieren die Din A 4-Bögen. Eine Doktorenurkunde aus Bolivien ist in deutscher Sprache ausgestellt: ›Hiermit verleihen wir die Doktorenwürde Herrn Armin Hürlimann, Fachbereich Betriebswirtschaft und Mathematik.‹

Leon liest aufmerksam die Auszeichnungen. Für die farbenfrohen Indios scheinen sie sehr authentisch zu sein. Für deutsche Augen wirken sie wie von Kinderhand gebastelt. Damit hängen sie für ihn hier am richtigen Ort. Die Universität mit den Skiern und Schlitten im Treppenhaus wirkt bisher tatsächlich wie ein Kindergarten. Frech frotzelt er zur Sekretärin: »Und Sie, Fräulein, mit welchem Titel darf ich Sie ansprechen?«

Die Blässe ihrer Wangen weicht einem sanften Rotton. »I?, i bin nur d'Sekretärin, i bin kchei Lehrerin«

»Immerhin die Professoren- und Doktorensekretärin.« Leon lässt seinen Tonfall, dem Schweizer Dialekt angepasst, hart plätschern und zieht die letzten Silben in die Länge. Er hört sich selbst, es ist ihm kurz peinlich, er will das Mädchen nicht nachäffen, aber nicht nur ihr Dialekt wirkt auf ihn verführerisch. Und umso stärker er die schüchterne Röte auf ihren Wangen wahrnimmt, umso unschuldiger kommt sie ihm tatsächlich vor.

»Doktorensekretärin, wie meinet Sie das?«

Leon schaut ihr ins Gesicht. Jetzt ist die Röte bis zum Haaransatz gestiegen, am Hals quellen rote Pusteln. Das Mädchen scheint wirklich eine zu ehrliche Haut für dieses Ganovengeschäft zu sein.

»Ich lasse bitten!« Prof. Hürlimann krächzt mitten hinein in das Gespräch über den miserablen Lautsprecher auf ihrem Schreibtisch.

Leon bricht den kurzen Flirt ab und springt sofort auf. So, wie sein Mundwerk ihm manchmal einfach davonläuft, so laufen jetzt auch plötzlich seine Beine ungesteuert los. Er geht zur nächst liegenden Tür, ohne zu zögern öffnet er sie.

Bevor ihn die Sekretärin zurückrufen kann, steht er in einem dunklen Zimmer. Er bedient ganz selbstverständlich den Lichtschalter und sieht in der Ecke ein Kinderhochbett mit zwei Liegeflächen. An die Wand gegenüber ist ein Harry-Potter-Plakat gepinnt und auf dem Boden liegen unaufgeräumte Spielsachen.

Die Sekretärin ist auf die plötzliche Aktion nicht vorbereitet. Sie reagiert trotzdem schnell, springt hinter ihrem Schreibtisch auf und ist mit wenigen Schritten ebenfalls in dem Kinderzimmer. Sie baut sich vor Leon auf und schreit mit fast panischer Stimme: »Nei, nei, nit do dinne. Sie müend di ander Tür ne!« Dabei drängt sie Leon aus dem Zimmer in den Flur zurück.

»Früh übt sich, wer Doktor werden will«, stichelt er.

»Das do sind Privatrüüm«, maßregelt die Sekretärin ernst.

»Für Ihre Kinder?«

Das Gesicht des Mädchens ist jetzt feuerrot. Ängstlich versucht sie, Leon weiter durch den Flur zu bugsieren.

Er setzt ungerührt noch einen obenauf: »Habe ich gerade

den Betriebskindergarten gesehen? Zwei Kinderbetten, das spricht nicht für einen großen Mitarbeiterstab.«

Die Sekretärin ist außer sich. Sie öffnet den Mund, aber kein Wort kommt aus ihr heraus. Ihre Lippen schwellen an, die braunen Augen funkeln gefährlich, sie schnaubt durch die Nase.

Das aber stachelt Leon nur auf. Er reizt sie weiter: »Das habe ich nie geglaubt. Böse Menschen sagen, in der Schweiz seien die Kühe hübscher als die Mädchen. Jetzt weiß ich, dass das nicht stimmt, besonders dann nicht, wenn sie wütend sind.« Leon lächelt das Mädchen spöttisch an und macht gelassen auf dem Absatz kehrt. Er öffnet die nächste Tür, auf die die Sekretärin noch immer, ohne etwas sagen zu können, deutet. Am Türrahmen ein stiller Wegweiser: ›Seminarraum III‹.

Dieses Zimmer ist wie ein Schulzimmer ausstaffiert. Eine grüne Tafel steht an der Stirnwand, mehrere Schulbänke stehen U-förmig in der Mitte des Raumes. Entlang der Wände stehen Regale, vollgestopft mit Fachbüchern: ›Betriebswirtschaftslehre I‹, ›Management und Betriebsstrukturen‹, ›Wirtschaftsmathematik‹ usw.

Auf der anderen Seite des Seminarraumes öffnet sich in dem Moment, in dem Leon eintritt, eine weitere Tür. Ein Mann erscheint: »Professor Hürlimann«, stellt sich dieser vor und geht überaus freundlich, mit ausgestreckter Hand, auf Leon zu.

Auch Leon nennt artig seinen Namen, reicht seine Hand und folgt Armin Hürlimann in den Raum, aus dem er gerade getreten ist.

Professor Hürlimann legt ein überzeugendes Auftreten an den Tag. Er sieht aus wie ein richtiger Professor aus dem Bilderbuch. Circa 60 Jahre alt, groß gewachsen, schlank, durchtrainiert, grau meliertes volles Haar, streng zurückgekämmt und ein braun gebranntes, längliches Gesicht: Alles in allem ein gut aussehender Frauenarzttyp mit auffallend sportlicher Note.

Nur kein Neid, ist Leon großzügig, sein eigenes Gesicht wird auch immer länger. Allerdings nicht, weil die Wangen dünner, sondern weil das Stirnhaar weniger wird, sofern man bei ihm noch von Stirnhaar sprechen kann. Aber was soll's, tröstet er sich, ein schönes Gesicht braucht Platz.

Armin Hürlimann spielt seine Professoren-Rolle eloquent. Er bewegt sich souverän und völlig relaxt. Er ist in seinem Element, ganz der Mann von Welt.

Auch Leon ist mit sich und der Welt um ihn zufrieden. Er ist sich sicher, dass er den Weg in diese Universität gefunden hat, verleiht seiner Story eine realsatirische Nuance mehr. Er spürt, dass er hier für seine Geschichte fündig geworden ist. Wenn er den Bluff des Prospektes zeigt, dann Blende und anschließend einen realen Schwenk über das Wohnhaus, da weiß er schon die Lacher der Fernsehzuschauer auf seiner Seite. Er wird wiederkommen, diesen Bluff genüsslich drehen. In seiner jetzt endgültig geplanten Dokumentation wird Teufen eine Hauptrolle bekommen. Im Drehbuch für seinen Thriller noch nicht.

Aber jetzt packt er erst einmal Hürlimann an den Hörnern. Er geht schon in der ersten Runde gleich in die Vollen: »Wirklich eine große Universität, der Sie hier vorstehen. Mit Betriebskindergarten und Kinderhort, äußerst sozial für Ihre vielen Lehrkräfte.«

Direktor Hürlimann hat sich gerade bequem in seinem Ledersessel hinter dem Schreibtisch eingerichtet. Nun schaut er überrascht auf. Ein Schatten zieht in Sekundenschnelle über das freundliche Gesicht. Leon sieht, wie es hinter der Stirn arbeitet. Aber Hürlimann reagiert spontan und nach außen völlig gelassen und freundlich: »Ja, die Leistungsfähigkeit einer Universität braucht keine repräsentativen Räume, Kinder sind die Zukunft der Gesellschaft.«

Gut pariert, jetzt heißt es nachsetzen, bilanziert Leon. Wenn er in der ersten Runde den Professor gleich mit einem Überraschungsangriff aus der Reserve lockt, wird ihm dieser im ersten Affekt vielleicht am meisten erzählen. In der zweiten Runde, das weiß er aus vielen Recherchegesprächen und Interviews, sind die Gesprächspartner konzentrierter und weniger geschwätzig. Deshalb gleich noch die nächste Unterstellung: »Die Gesellschaft braucht Kinder und eine richtige Universität richtige Professoren. Aber Sie? Sie sind ja kein echter Professor, oder?«

»Aber natürlich, was denn sonst? Natürlich bin ich Professor! Professor für Betriebswirtschaftslehre, und ich lehre fast alle kaufmännischen Fachbereiche hier an unserer Hochschule.«

»An welcher Hochschule haben Sie denn habilitiert? Von welcher Universität wurden Sie denn zum Professor berufen?«

»Hier an der Freien Universität Teufen natürlich, die Universität Teufen hat mich auch zum Professor berufen.«

»Der ist gut«, prustet Leon los.

»Wer ist gut?« Die verbindliche Stimme des Rektors lässt langsam an demonstrativer Selbstsicherheit nach. In dem Gesicht weicht der aufgesetzten Freundlichkeit die angestrengte Verteidigung: »Jetzt ist genug gealbert, was wollen Sie? Sie haben sich hier zu einem Beratungsgespräch zur Promotion gemeldet, also, was kann ich für Sie tun?«

»Ja, ich möchte ein Beratungsgespräch, ob zur Promotion oder auch Habilitation, das weiß ich noch nicht.« Leon legt nun geschäftlichen Ernst in seine Stimme. Er gibt sich weiter als ehrlichen Interessent an einem akademischen Grad aus. Er bleibt bei der Version des Versicherungsagenten mit Imageproblemen.

Entwarnung spiegelt sich im Gesicht Hürlimanns. Entspannt lehnt er sich wieder in seinen Ledersessel zurück. Leon hört förmlich die Luft, die der Herr Professor ablässt: »Nun, Sie haben ja unsere Unterlagen erhalten, also, auf welchem Fachgebiet haben Sie ein Wissen vorzuweisen?« Ohne eine Antwort abzuwarten, spult Hürlimann sein Studienangebot herunter: »Gleichgültig, für welches Thema Sie sich entscheiden, in diesem Gebiet schreiben Sie ihre Arbeit in einem oder mehreren Semestern, je nachdem, wie lange Sie brauchen. Selbstverständlich erhalten Sie von uns jede Unterstützung. Sie bekommen einen Tutor, wir bieten in Ihrem Fachbereich Vorlesungen an und wir erarbeiten mit Ihnen ein wissenschaftliches Werk, das danach von einem Gremium unserer Universität bewertet wird.«

Leon hört interessiert zu, fragt hie und da höflich nach, notiert sich wie ein braver Schüler alles, was der Herr Professor vom Stapel lässt und zieht schließlich Bilanz: »Hört sich überzeugend an. Aber ist denn Ihr Gremium auch anerkannt? Beziehungsweise der Titel? Kann ich mich dann auch öffentlich Doktor nennen?«

Hürlimann rafft sich aus seinem Sessel auf, lehnt seinen Oberkörper über die Schreibtischplatte. Den Kopf auf seinem langen Hals schiebt er bis auf die andere Seite des Tisches, fast bis vor die Nase von Leon. Verschwörerisch, krächzend wie ein Papagei, betont er jede Silbe: »Der Titel ist Doktor und der Titel *wird* nicht erst anerkannt. Dieser Titel *ist* anerkannt!«

Leon schaut mit großen Augen Hürlimann an. Er zieht seinen Kopf aus dem Mundgeruchsbereich seines Gegenübers zurück. Dieser hängt noch immer über der Schreibtischplatte und stößt mit seinem Schädel nach. Hürlimann will jetzt keinen Abstand. Er glaubt sich am bedeutendsten Punkt seiner Ausführungen. Er sucht die körperliche Nähe der Komplizenschaft. Und noch langsamer und jede Silbe noch stärker betonend versichert er, nun fast flüsternd: »Wir sind eine ordentliche Universität, deren Arbeit allgemein anerkannt ist!«

Leon erinnert diese Flüstersprache an politische Rhetorik. Wenn Plattitüden betont werden, um Wichtigkeit zu demonstrieren, wird langsam gesprochen und leise geflüstert.

»Ist Ihre Universität auch in Deutschland anerkannt?«

»Natürlich auch in Deutschland, gerade dort. In Deutschland, Österreich, Frankreich oder sonst wo auf der Welt, überall, das ist gesetzlich geregelt.«

»Überall, klar, nur eben nicht in Deutschland.«

Hürlimann zieht seinen schlaksigen Oberkörper irritiert über die Schreibtischplatte zurück. Für ihn ist gesagt, was gesagt werden musste. »In Deutschland müssen Sie ein kleines ›sc Punkt ind Punkt‹ hinter Ihren Doktor schreiben. Das stört ja auch nicht weiter, im Gegenteil. Der Dr Punkt, med Punkt, oder Dr Punkt soz Punkt tut dies ja genauso. In der Umgangsansprache fällt der kleine Einschub weg, auf der Visitenkarte können Sie es vermerken oder eben nicht, wie auch der Dr Punkt med Punkt. Sie können den Dr Punkt selbst als Namen ohne Zusatz in Ihren Ausweis eintragen lassen, wenn Sie zum Beispiel in einer kleinen Gemeinde gemeldet sind, gar kein Problem. Dies haben genügend andere deutsche Absolventen auch schon getan.«

Leon staunt: »›Dr. med.‹ heißt Doktor der Medizin, ›Dr.

soz.‹ heißt Doktor der Soziologie. Aber bitte, was heißt denn ›Dr. sc. ind.‹?«

»Dr Punkt sc Punkt ind Punkt steht für ›Doktor der industriellen Wissenschaften‹, das ist der offizielle Abschluss, den Sie bei uns erlangen können. Aber wen wird dies schon interessieren?«

»Wenn ich mich bei der Allianz für den Innendienst bewerbe, werden die sich nicht nur um meine Zukunft kümmern, sondern auch von meiner Vergangenheit wissen wollen. Dann muss ich schon sagen können, wo ich meinen Doktor gemacht habe, und was der Zusatz bedeutet.«

»Dann können Sie mit Stolz auf unser Institut verweisen und auf unsere und Ihre wissenschaftlichen Leistungen. Damit müssen Sie nicht hinter dem Berg halten, im Gegenteil, jeder akademische Grad ist auch eine Auszeichnung.«

Leon blickt zweifelnd. Unsicher schüttelt er seinen Kopf: »Ich muss da schon auf Nummer sicher gehen können, ich will mich mit meinen Bewerbungsunterlagen nicht blamieren.«

Hürlimann lächelt jovial und sucht in einer Schublade seines Schreibtisches nach einem Papier: »Gerade habe ich zufällig einen Zeitungsartikel gelesen, in Ihrer ›Frankfurter Allgemeinen Zeitung‹, die ist doch bei Ihnen anerkannt und seriös?«

Leon nickt.

Hürlimann tut so, als hätte er den Zeitungsartikel achtlos weggelegt und müsse ihn noch suchen. Schließlich fingert er eine abgegriffene Zeitungsseite hervor, die wohl schon öfter als Verkaufsargument gedient haben muss. Er reicht sie Leon über den Schreibtisch.

Leon nimmt das Blatt und liest: ›Die Führung von ausländischen Graden in Originalform aus den Mitgliedsstaaten der EG, Österreich und der Schweiz … ist aufgrund eines Beschlusses der Kultusministerkonferenz allgemein genehmigt.‹

Tatsächlich bestätigt der Bericht in der ›Frankfurter Allgemeinen Zeitung‹ die Behauptung des Titelhändlers.

Leon wundert sich nicht und weiß trotzdem, der Bericht ist falsch. ›Was heute in der Zeitung steht, hängt morgen im Klo‹, eine schnell zitierte Entschuldigung schludriger Kollegen. Vermutlich musste einer von ihnen den Artikel in Eile in das Blatt hieven. Dabei ging leider ein wichtiger Zusatz verloren. Der Beschluss der Kultusministerkonferenz bezieht sich lediglich auf staatliche Hochschulen. Die ›Universität Teufen‹ aber ist eine private Einrichtung. Professor Hürlimann nutzt den Schnitzer des Kollegen in der angesehenen ›Frankfurter Allgemeinen Zeitung‹ in seiner Argumentationskette als Beweis.

Für Leon aber lediglich ein weiterer Beleg, dass er doch nur den eigenen Artikeln glauben sollte. Er sieht seine These bestätigt, dass in jeder Branche höchstens 30 Prozent ihren Job gut machen. Ob Mediziner, Handwerker oder Journalisten. Einzige Ausnahme sind die Lehrer. 30 Prozent gute Lehrer, das hält er für ein Gerücht. Den Schülern wäre es zu wünschen. Aber auch sie müssen sich mit mindestens 70 Prozent schlechten Lehrern quälen, da ist er sich sicher.

Professor Hürlimann strahlt. Der Artikel ist für ihn Gold wert. Ihm ist es grad recht, dass auch unter Journalisten Blindgänger agieren. Zufrieden legt er den Artikel sorgfältig wieder in seine Schublade. Leon gibt sich geschlagen und mimt den überzeugten Kunden: »Wie oft muss ich denn zu den Vorlesungen hierher kommen?«

»Wir sind eine Fern-Uni, wie Sie ja schon an unserer baulichen Größe bemerkt haben. Das heißt also, es liegt ganz an Ihnen, wie Sie Ihre wissenschaftlichen Arbeiten gestalten wollen. Fax und Telefon oder E-Mail, wir stehen Ihnen jederzeit zur Verfügung.«

Good boy and bad boy. Leon liebt dieses Spiel in seinen Recherchegesprächen. Eine harmlose Frage an Hürlimann, und der Verkäufer in ihm leckt Blut. Dann wieder eine kritische Frage zur Universität, und er ist verunsichert.

Good boy: »Hört sich wirklich überzeugend an, Herr Professor. Wie lange wird es denn dauern, bis ich promovieren kann?«

Hürlimann strahlt, das Geschäft geht voran. 20.000 Schweizer Franken winken: »Je nachdem, wie wir Ihre Arbeit gestalten. Wenn Sie auf Ihrem Fachgebiet ein alter Hase sind, diktieren Sie Ihr Wissen auf ein kleines Band, unser Tutor wird es mit Ihnen in eine wissenschaftliche Form bringen und bereits in drei Monaten könnten wir dann Ihr Werk bewerten.«

Leon nickt sichtlich erfreut, setzt dann aber zu einem Haken an, bad boy: »Haben Sie auch so studiert?«

»Nein, natürlich nicht. Ich habe lange international wissenschaftlich gearbeitet. Schauen Sie«, und dabei rekelt er sich wohlig in seinem Ledersessel und zeigt auf die Wand hinter sich: »Ich war in Asien wie auch in Amerika an mehreren Hochschulen und Universitäten zu Studienzwecken und wissenschaftlicher Forschung, bis ich Heimweh nach unserer schönen Schweiz bekam. Dann erst habe ich vor ein paar Jahren den Ruf der Universität Teufen angenommen.«

»Südamerika, nicht in den Staaten Nordamerikas«, korrigiert Leon den Professor. Noch ist es bad boys turn. Er steht auf und geht zur Wand hinter Hürlimann, um die Urkunden genauer zu studieren: »Bolivien, Ecuador, nicht gerade die feinsten Adressen, seit Consul Weyer seine Geschäfte genau in diesen Staaten betrieb?«

Hürlimann dreht sich gelassen mitsamt seinem Stuhl zu Leon. »Man tut den Ländern unrecht, die Zeiten haben sich geändert. Globalisierung, Verhältnismäßigkeit, Gleichheit auf internationalem Standard, da sollte man als Europäer längst nicht mehr von oben herab auf die Universitäten in den Drittländern sehen.«

Good boy: »Typisch deutsch«, entschuldigt sich Leon.

Professor Hürlimann winkt ab. Er weiß sich als Verkäufer gemein zu machen mit dem Kunden. Er lächelt nachsichtig. »Das ist auch typisch für die Schweizer. Auch ich habe erst vor Ort lernen müssen, dass ich es da nicht nur mit dummen, Bananen pflückenden Indios zu tun habe.«

Bad boy Leon, er vergleicht die Teufener Freie Universität mit anderen fraglichen Freien Universitäten: »Die ›Albert-Einstein Universität Zürich‹ hat ebenfalls einen guten Namen, das Angebot klingt auch dort verlockend, und auch in Herisau soll es noch eine Freie Universität geben«, Leon spricht plötzlich sehr langsam und wägt jedes Wort bedächtig ab.

Hürlimann reißt seine Arme hoch und hebt die Hände wie ein Stopp eines Verkehrsschutzmannes Leon vor das Gesicht: »Ich möchte nicht über andere Universitäten urteilen, schauen Sie sich einfach unser Angebot gut an, und dann entscheiden Sie, wo Sie studieren wollen.«

Leon geht wieder um den Schreibtisch zu seinem Stuhl zurück und erzählt wie nebenbei von seinem Pech in Deutschland. »In Konstanz ist ja leider gerade eine dumme Geschichte passiert. Sie haben bestimmt von dem Mord an Professor Klaiber gehört. Dabei war ich gerade mit ihm handelseinig.« Er sieht, dass der Professor auf den Namen seines deutschen Kollegen reagiert. Leon unterbricht seine Erzählung, um Hürlimann Zeit zu geben zu antworten.

Hürlimann wird unter seiner Bräune sichtbar blass. Er versucht, seinen Stimmungswandel zu verschleiern. »Deutschland ist für uns hier in Teufen weit weg. Ich kenne den Herrn Klaiber, oder wie der Kollege Professor heißt, nicht. Aber meines Wissens können Sie in Deutschland einen solchen akademischen Titel nicht so leicht erwerben wie bei uns.«

»Erwerben ist gut«, provoziert Leon.

Hürlimann rappelt sich aus seiner bequemen Position hoch. Aufrecht sitzt er jetzt hinter seinem Schreibtisch. Die wenigen Sekunden Zeit nutzt er, um sich wieder zu fangen: »Ja, erwerben sagt man bei uns in der Schweiz. Nennen Sie es meinetwegen, wie Sie wollen.«

»Kaufen!« Leon beugt sich zu Hürlimann über den Schreibtisch und wiederholt: »Kaufen!«

»Kaufen, was kaufen?«

»Titel kaufen!«

Hürlimann springt aus seinem Stuhl auf, dieser kracht gegen die Wand. Von der Sonnenstudiobräune in seinem Gesicht ist nun gar nichts mehr zu sehen. Seine lange Hakennase schiebt er wieder knapp vor Leons Gesicht: »Was wollen Sie? Bei uns studieren, oder was haben Sie vor?«

»Man kauft keine Katze im Sack«, weicht Leon aus und zieht seine eigene Nase aus dem Gesicht des plötzlich laut werdenden Professors.

Dieser brüllt: »Schiiss doch d'Wand aa!« Er lässt alle bisher aufgesetzten Höflichkeiten fahren. »Worauf wollen Sie denn überhaupt hinaus?«

Leon ist klar, er ist an dem kritischen Punkt des Gespräches angelangt, an dem sich entscheiden wird, wie es weiter verläuft. Hürlimann ist erregt, verunsichert und dadurch jetzt auch verletzbar. Wenn Leon mehr erfahren will, ist die Allianz-Mär hinderlich. Deshalb weg damit, er lässt die Tarnung fallen. Wende um 180 Grad und mit voller Kraft hart am Wind voraus: »Ich will wissen, wer Klaiber umgebracht hat«, sagt er und schiebt persönliche Gründe vor, »wir kannten uns gut, ich werde seinen Mörder finden.«

Leon selbst ist Klaiber eigentlich gleichgültig. Aber die Suche nach einem Mörder soll den angeschlagenen Professor jetzt noch mehr in Bedrängnis bringen. Und Hürlimann reagiert tatsächlich betroffen. Er weiß nicht, was Leon vorhat. Er fühlt sich in dieser Situation überfahren. Er dreht und wendet sich, bis er schließlich seinen Schreibtischstuhl wieder zu sich heranzieht und seinen Arsch hineinsetzt. »Gottverdurri, was wollen Sie von mir?« Hürlimann schüttelt matt seinen Kopf. Sein ganzer Körper signalisiert Anspannung. Von der anfangs demonstrierten Gelassenheit des großen Wissenschaftlers ist nichts mehr da.

Leon wartet. Nur jetzt nicht Hürlimann vor eigenen Fehlern schützen. Jedes gesagte Wort würde ihm jetzt aus der Klemme helfen. Er sieht, wie der Professor angestrengt überlegt, was er tun soll.

Leon schweigt unerbittlich.

»Kehren Sie doch in Deutschland vor ihrer eigenen Haustür, da haben Sie genügend Mist.« Blinde Vorwärtsverteidigung. Hürlimann kann die Ruhe nicht ertragen.

Leon auch nicht, aber er zwingt sich, die Klappe zu halten. Er hat Hürlimann gesagt, was er von seiner Universität denkt, er hat ihn angegriffen, jetzt soll er reden. Er muss sich verteidigen, damit nicht im Raum stehen bleibt, was

Leon ihm unterschwellig schon unterstellt hat: den Mord an Klaiber.

Hürlimann nutzt die Zeit, sich wieder zu fangen. Hörbar beruhigt weist er jeden Zusammenhang seiner Universität mit Klaiber von sich. »Fragen Sie doch Klaibers Kunden oder Geschäftspartner oder besser noch: seine Agenten.«

Bingo!, freut sich Leon. Hürlimann scheint sich bestens auszukennen. Klaibers Agenten, das klingt nach professionellem Vertrieb. Damit steht fest, dass sich die Titelhändler grenzüberschreitend kennen und vermutlich auch Kunden zuführen. Klaiber hatte ihm selbst gegenüber einmal die Möglichkeit einer Promotion in der Schweiz erwähnt. Sicherlich hatte er dabei auch an die Universität in Teufen gedacht.

Hürlimann greift mit der rechten Hand in eine Schreibtischschublade.

Leon will ihn hindern, springt von seinem Stuhl hoch. Doch Hürlimann hat die Hand schon wieder über der Tischfläche. In ihr ist eine Tablette. Leon bremst sein Gewicht mit beiden Händen auf dem Schreibtisch ab.

Hürlimann bekommt die schnelle Bewegung gar nicht mit. Er scheint wie abwesend. Sein Gesicht ist plötzlich um Jahre gealtert. Er geht auf einen Schrank an der Stirnseite seines Büros zu und öffnet eine Tür. In dem Schrank ist ein Waschbecken eingebaut. Hürlimann sucht ein Glas.

Leon lässt sich die Chance nicht entgehen.

Hürlimann steht mit dem Rücken zu dem Raum. Er sucht noch immer ein Gefäß, um seine Tablette hinunterzuspülen.

Leon tut, als wolle er bei der Suche helfen und öffnet kurzentschlossen eine andere Schranktür.

»Frollein Begree!« Der Professor ruft seine Vorzimmerdame. Er schaut sich noch immer nicht um, sondern geht in Richtung ihrer Tür.

Leon dagegen hat schon die erste Schranktür geöffnet und zieht ein Hängeregister heraus. Die Ordner des Registers sind beschriftet mit Namen. Der Reiter der ersten Mappe trägt die Buchstaben ›M‹ bis ›O‹.

Hürlimann hört, wie das Hängeregister in seiner Schiene herausgefahren wird. Er dreht sich um und erblickt Leon vor dem geöffneten Schrank.

Leon sieht Hürlimann auf sich zukommen und greift schnell mit der linken Hand in eines der Register.

Hürlimann steht jetzt direkt vor Leon. Er atmet schwer.

Leon hält ihn mit der rechten Hand zurück. Seine linke Hand zieht einen Schnellhefter aus dem Ordner: ›Meyer, Ferdinand. Dr. sc. ind. Bankdirektor, Konstanz‹, steht auf dem Aktendeckel.

Hürlimann ist jetzt mit einer Hand nicht mehr zurückzuhalten. Er will Leon die Papiere abnehmen und ihn vom Schrank drängen. Seine Augen flattern, sein Oberkörper drückt auf Leon, seine Nase schlägt geierartig Leon ins Gesicht und die Arme umschlingen ihn wie die eines Tintenfisches. Gemeinsam fallen sie in den geöffneten Schrank.

Leon drückt sich mit den Füßen von der Schrankwand wieder in den Raum zurück. Der Professor hängt an ihm wie eine Klette. Der alte Mann tut ihm leid, aber nur kurz, dann rammt er ihm eine Faust in die Magengrube.

Hürlimann lässt sofort los. Sein Oberkörper ist gekrümmt, er verschränkt beide Arme vor seinem Magen.

Leon bedauert den Schlag und reicht ihm den Ordner.

»Unverschämt«, zischt Hürlimann wütend und reißt die

Unterlagen an sich. »Wer sind Sie, was wollen Sie? Verschwinden Sie!« Mit zischenden Lauten spuckt er Leon Speichel ins Gesicht. Seine Augen funkeln gefährlich durch die dicke Hornbrille. Erneut macht er einen Schritt auf Leon zu und steht wieder ganz nahe vor ihm.

Leon wischt mit einem Taschentuch die Spucke aus seinem Gesicht. Er spielt den Gelassenen: »Ich bin ein Freund Klaibers, das sagte ich doch schon. Aber warum sind Sie denn plötzlich so aufgeregt, wenn Sie nichts mit dem Mord an ihm zu tun haben?«

Hürlimanns Augen flackern noch immer.

Fräulein Begree öffnet die Tür, in der Hand hält sie ein Glas Wasser. Sie sieht die beiden wie zwei Kampfhähne sich gegenüberstehen. Irritiert bleibt sie im Türrahmen stehen.

Hürlimann lässt von Leon ab. Er geht zu der Sekretärin, nimmt das Glas aus ihrer Hand und schickt sie wieder hinaus. Er will die Tablette endlich schlucken, wie es ihm sein Arzt bei Aufregungen verschrieben hat. Doch die Pille hat sich in seiner feuchten Handfläche schon fast aufgelöst. Mit den Zähnen schabt er die Reste von der Innenhaut seiner Handfläche.

»So nervös? Dann bin ich bei Ihnen ja auf der richtigen Fährte!« Leon bohrt erbarmungslos weiter.

»Ich bin natürlich nervös«, fährt es aus dem Professor. Doch die aggressive Haltung baut sich langsam ab, nachdem er die Tablette hinuntergewürgt hat. »Ich kannte Klaiber sehr gut, er hat uns manchmal Interessenten vermittelt. Aber hören Sie, bei uns ist das anders, als er Ihnen vermutlich erzählt hat. Wir sind eine angesehene Hochschule und legen größten Wert auf unseren Ruf.«

»Dann sollten Sie mir jetzt einfach erzählen, was Sie über

Klaiber wissen. Über Ihre Hochschule unterhalten wir uns danach.«

»Ich habe Ihnen gar nichts zu erzählen. Fragen Sie doch die, mit denen Klaiber zusammengearbeitet hat. Ich weiß gar nicht, was Sie bei mir wollen. Fragen Sie doch auf der anderen Seeseite nach. Hier in der Schweiz hatte Klaiber keine Feinde, da bin ich sicher.«

»Auf der anderen Seite des Sees? Da liegt Friedrichshafen, Meersburg und Überlingen. Ein bisschen konkreter sollten Sie mir schon sagen, wo ich Ihrer Meinung nach nach dem Mörder suchen soll.«

Hürlimann schaut plötzlich teilnahmslos an Leon vorbei. Die Tablette zeigt Wirkung. Seine Pupillen haben sich stabilisiert, die Augen fixieren konstant einen Punkt, doch er scheint abwesend.

»So nicht!«, brüllt ihn Leon laut an. Er baut sich in voller Größe vor ihm auf. Er misst fast 1,90, ist kräftig und sportlich gebaut.

Hürlimann ist zwar auch kein Zwerg, aber seine Haltung ist geknickt. Er ist nicht mehr Herr der Lage und weiß den Gast noch immer nicht einzuschätzen.

Leon geht auf die Schranktür zu, aus der er zuvor die Mappe von Dr. Ferdinand Meyer genommen hatte. Seelenruhig nimmt er die Tür und öffnet sie erneut.

Hürlimann schaut wie entgeistert zu.

Leon greift zum zweiten Mal in den Schrank, zieht das Hängeregister heraus und legt seine Hand über die angeordneten Register.

»Nein, bitte nicht, das können Sie doch nicht tun!« Der Professor meldet sich schnell wieder im aktiven Leben zurück. In seinem Gesicht macht sich Entsetzen, aber auch Kapitulation breit.

Leon spürt, jetzt ist der saubere Universitätsleiter am Ende. Er wird ihm gleich alles beichten, was er wissen will. Leon muss ihn nur noch ein bisschen unter Druck setzen. Auffordernd blickt er Hürlimann ins Gesicht. Doch der verharrt regungslos und stumm.

Leon zieht seinen Arm aus dem Schrank zurück und hält einen zweiten Ordner in seiner Hand. »Sie sagen, Klaiber hatte keine Feinde in der Schweiz, aber in Deutschland. Warum sind Sie sich da so sicher?«

Hürlimann schweigt.

Leon nimmt den Hefter in seine Hand und droht: »Soll ich alle Ihre bisherigen Kunden in diesem Ordner erst durchgehen? Oder erzählen Sie mir gleich etwas. Zum Beispiel die Geschichte von Professor Thanner. Sie kennen doch diesen Herrn auf der anderen Seite des Sees?«

»Natürlich, wer nicht?«, gibt Hürlimann kleinlaut zu.

»Ja! Das reicht nicht, also, weiter.« Leon greift zur nächsten Akte in dem Hängeregister. »Ich kann hier alle Ihre sauberen Kunden hochgehen lassen, dann ist der Teufel los und Ihre Bude dicht. Also, erzähl!«

»An Thanner kommen Sie nicht ran, den packt niemand, und Sie schon gar nicht. Selbst Klaiber hat sich übernommen.«

»Klaiber hat sich übernommen?« Leon steckt die Akten in seiner Hand wieder in den Ordner im Schrank zurück. Ein offensichtliches Friedensangebot. »Klaiber und Thanner waren doch Freunde, die arbeiteten doch zusammen?«

»Waren, das ist gut«, versucht Hürlimann zu lachen, aber sein Krächzen erstickt im Hals, »arbeiteten zusammen, ja arbeiteten.« Hürlimann betont die letzten beiden Silben, um die Vergangenheitsform zu unterstreichen. »Aber seit einem Jahr war da Funkstille. Früher hatte Klaiber für

Thanner gearbeitet, aber fragen Sie ihn das doch einfach selbst, ich halte mich da lieber raus. Bitte!« Die Augen hinter der dicken Hornbrille verformen sich zum unterwürfigen Dackelblick. Unverhohlen zeigt er Angst. Angst vor Thanner, ahnt Leon.

Leon bedauert den alten Herrn Professor, jetzt, wo er ihn kleingemacht hat. Gerade noch war er der smarte Hauptdarsteller im Komödienstadel. Er spielte die Professorenrolle perfekt. Zum Ende des dritten Aktes steht nun nur noch ein ängstlicher Laiendarsteller auf der Bühne. Mit der Angst des alten Herrn kann Leon nicht umgehen. Er empfindet nur noch Mitleid für ihn. Dabei kann er dem Mann noch nicht helfen. Noch hat er nicht alles gesagt, was er weiß.

Hürlimanns Hände zittern. Erst jetzt ergreift ihn Panik. Er hat nicht Angst vor Leon, er hat Angst vor Thanner. Leon ist sich sicher. Thanner, immer wieder Thanner. Warum nur meldet sich dieser Mann nicht? Thanner ist der Schlüssel für die Story. Hürlimann ist nur eine Randfigur. Er kann nur noch als Informant dienen, aber selbst dazu scheint er jetzt nicht mehr in der Lage. Die Angst vor Thanner macht ihn mundtot und hysterisch. Die Augen von Hürlimann beginnen schon wieder, hinter der Hornbrille zu flackern.

Leon ergreift erbarmungslos die Chance: »Wenn Sie mir mehr über Thanner erzählen, vergesse ich Ihren Dr. Meyer und Ihren Schrank«, erpresst er den nervlich völlig fertigen Universitätsleiter. »Wenn nicht, schließe ich Ihre saubere Universität.«

Doch Prof. Armin Hürlimann scheint ihn nicht zu hören. Er stiert blass vor sich hin, die Pupillen flackern. Für ihn, dies signalisiert er deutlich, scheint das Gespräch beendet zu sein. Er sitzt wie ein Häufchen Elend in dem plötzlich viel zu groß wirkenden Ledersessel. Kleinlaut nuschelt er: »Dann schließen Sie halt meine Universität, aber mit Thanner lege ich mich nicht an.«

Leon will ihm noch eine Chance geben. Was hat er davon, wenn die Universität Teufen zum Teufel geht, wenn sich Dr. Meyer nicht mehr Dr. Meyer nennen darf und wenn die Unschuld vom Lande sich einen neuen Job in einem anderen Vorzimmer suchen muss? Viel wichtiger sind ihm weitere Informationen.

»Glauben Sie mir, ich mache Ihren Laden dicht, das ist kein Problem für mich. DDie Geschichte mit Ihrem falschen Doktor in Konstanz und dann noch Bankdirektor, die reicht. Wenn das bekannt wird, macht in Zukunft ganz Deutschland einen großen Bogen um Ihre Doktorenschmiede.«

Doch Hürlimann bleibt stur. Er reagiert einfach nicht. Unbewegt sitzt er in seinem Sessel. Nur seine Pupillen tanzen.

Leon lässt jetzt seine Hosen runter: »Hören Sie, Herr Direktor, ich bin Journalist, ein Bericht im Deutschen Fernsehen über Ihre Geschäfte, und Sie wären die längste Zeit Rektor dieser Universität gewesen. Also, ich kann Ihnen helfen, und ich tue es auch gerne. Aber erzählen Sie mir, wie Klaiber und Thanner zusammengearbeitet haben.«

»Euses Grosci cha nüme guet laufe. Mer stossed's drum im Rollstuel ummenand. – Wissen Sie, was das heißt?«, fragt Hürlimann müde und zermürbt. »Wenn das Spiel aus ist, ist es aus! Ich muss mich nicht von jedem rumstoßen lassen. Grad gleichgültig, ob von Ihnen oder von Thanner. Uff wiederluege.«

»Rutschen Sie mir den Buckel runter«, verabschiedet sich

Leon von dem angeblichen Professor Hürlimann und rät ihm zum Schluss: »Verziehen Sie sich rechtzeitig, bevor hier die Hölle los ist. Wissen Sie, was ich Ihnen rate? Uf guet schwyzerdytsch, damit mi voschtosch: Ziä Fäde!«

Leon fährt von St. Gallen zurück nach Stuttgart. Konstanz liegt auf seinem Weg, und dort steht Klaibers Villa. Als er Klaiber besucht hatte, hatte er nicht den Eindruck gewonnen, als wohne noch irgendjemand zusätzlich in dem Haus. Seine beiden Schläger werden sicherlich nach dem Tod ihres Herrn auf der Suche nach einem neuen Boss sein und Gerard vermutlich ebenso.

Er überquert bei Kreuzlingen die Grenze, fährt in Konstanz über die alte Rheinbrücke und biegt zielsicher ins Musikerviertel ab. Er traut sich aber nicht, direkt bis vor die Auffahrt von Klaiber zu fahren. Er stellt seinen Porsche auf dem Parkplatz des Spielcasinos ab und geht an der Seepromenade entlang zum Anwesen des Toten.

Der Besuch bei Hürlimann hat ihm Mut gemacht. So macht ihm sein Job Spaß. Die Geschichte geht voran. Er wird Hürlimann in seiner Dokumentation Platz einräumen. Mit laufender Kamera wird er den Mann nochmals besuchen. Dafür darf er dann noch einmal seinen Schmarren mit ›Dr Punkt sc Punkt ind Punkt‹ vor großem Publikum erläutern.

Auch über Klaiber und Thanner hatte er Neues erfahren. Der Besuch in Teufen hat sich gelohnt, er ist jetzt schlauer: Klaiber hat für Thanner gearbeitet, das steht nun fest. Beide hatten Streit, vor einem Jahr müssen sie sich als Partner getrennt haben, das sagt Hürlimann. Über den Grund allerdings schweigt er sich aus. Liegt da das Motiv für den Mord? Und warum ist Klaiber trotz des Streits dann noch zu Thanner gefahren? Hängt der Mord mit den Titelgeschäften des Toten überhaupt direkt zusammen?

Er bleibt kurz stehen. Er schaut über den Konstanzer Trichter hinüber ins schweizerische Thurgau. Er genießt die Stille und Ruhe des Abends. Ein paar Blesshühner dümpeln auf den Wellen des Sees. Der Mond spiegelt sich im Wasser. Die Nacht ist so klar, dass sich die Bergspitzen der Alpen hell gegen das Dunkel des Himmels abheben.

Leon denkt unwillkürlich an Christina. Wäre der Augenblick jetzt mit ihr schöner, oder ist er doch lieber allein? Seit Tagen schon hat sie sich in ihre Wohnung zurückgezogen. Nur wenige Wochen, nachdem sie sich kennengelernt hatten, war sie mit wehenden Fahnen zu ihm gezogen. Er hatte noch gebremst, doch sie gab Vollgas. Allerdings hatte sie ihre Wohnung bis heute nicht aufgegeben. Bei aller anfänglichen Euphorie, nach wenigen Monaten schon hängt nun der Segen schief. Ihre Begründungen: »Wenn zwei Menschen mit solch einem prallen Leben aufeinanderstoßen, dann muss man erst einmal sondieren.«

»Entweder wir haben uns sondiert, oder wir sollten uns aussortieren«, antwortete Leon bei der letzten Auseinandersetzung.

»Du und deine Rhetorik!« Ihr ständiger Vorwurf auf seine Antworten.

Er schließt spätestens zu diesem Zeitpunkt der Auseinandersetzung seine Ohren. Eine Kunst, die er sich schon in frühen Jahren angeeignet hat. So wie alle Menschen die Augen schließen können, kann er die Ohren verschließen. Der Vorteil, man sieht nicht, dass er abgeschaltet hat, selbst nicht Christina.

Aber ihm ist auch klar, dass, wenn er die Ohren immer öfter schließt, bald das gesamte Kapitel Christina geschlossen ist. Am liebsten würde er sie jetzt anrufen. Oder lieber doch nicht?

Wieder so ein Moment, in dem Leon froh ist, einen zeitaufwendigen Job zu haben. Es ist kurz nach 22 Uhr, und er hat noch zu tun. Der Besuch in Klaibers Villa steht an.

Keine Zeit für Meidlefusseler.

Klaibers Anwesen steht in dem Konstanzer Musikerviertel, eine stinkvornehme Adresse. Nicht weil in diesem Stadtteil jemals Mozart, Beethoven oder Strauß gewohnt hätten, sondern der Straßennamen wegen heißt das Viertel so.

Dabei wohnten in dieser Nobelecke der alten Konzilstadt schon wirklich bedeutende Menschen. Zum Beispiel der Erfinder des Druckknopfes, ein gewisser Herr Prym. Sein Name steht heute noch auf jedem Druckknopf und auf der alten Villa, hinter der Klaiber residiert hatte.

Leons Gedanken springen. Er unterhält sich mit sich selbst, manchmal so schnell, dass er sich beeilen muss, seinen immer neuen aufkommenden Hirngespinsten nachzujagen. Immer neue Geistesblitze bestimmen die Geschichten in seinem Hirn. Er kann ihnen meist nur kurz nachhängen, manchmal flüchtig sortieren, bevor auch schon wieder ein neuer Gedanke den alten verdrängt. Von Christina zur Villa Prym, von Thanner zu Klaiber und jetzt wieder Hürlimann.

Leon entscheidet, sich jetzt erst einmal um einfachere Dinge zu kümmern. Das Beziehungsproblem Christina stellt er hintenan. Thanner, Klaiber und Hürlimann, diese drei Männer werden schlussendlich leichter zu verstehen sein als diese eine Frau.

Thanner und Hürlimann vertreten jeweils eine Universität. Sie können akademische Titel verleihen. Klaiber akquirierte für die beiden. Über ihn flossen die Einnahmen. Für wen war er noch tätig? War Klaiber lediglich ein moderner Handelsreisender in Sachen Titelerwerb?

Während Leon versucht, die Verbindungen Klaibers in einem Puzzle zusammenzufügen, tragen ihn seine Füße die schmale Auffahrt hinauf zur Eingangspforte der alten Villa. Er sieht schon fast den Eingang, erinnert sich wieder an seine letzte Verabschiedung aus diesem Haus und reißt sich zusammen. Er muss sich jetzt auf sein Vorhaben konzentrieren. Schnell verlässt er den Kiesweg. Vorsichtig versteckt er sich hinter einem Gebüsch.

Gebückt geht er langsam über den Rasen, blickt immer wieder hoch zu dem herrschaftlichen Anwesen. Der alte Kasten liegt im völligen Dunkel. Immer enger zieht Leon seinen Kreis um das Gebäude. Es regt sich nichts. Weder Bewegungsmelder noch Alarmanlage.

Leon wird mutiger und geht jetzt über den Parkplatz auf die Terrasse. Vorsichtig schielt er um die Ecke durch eines der Fenster. Er hält beide Hände an das Glas und drückt seinen Kopf an die Scheibe. Er späht hinein, erkennt nichts, es ist stockdunkel in dem Raum.

Ein paar Möwen krächzen unten am See.

Leon geht ein Fenster weiter und noch eines. In jedes versucht er zu spähen. Schließlich ist er sich sicher: Im Haus ist keine Menschenseele.

Verstohlen schaut er sich um. Die Nachbarhäuser sind weit weg, der alte Prym ist schon lange tot.

Neidvoll denkt er an die Ermittler der unzähligen Vorabendserien im Fernsehen. Die haben immer einen Glasschneider mit dabei. Manche überwinden verschlossene Türen auch mit einer Scheckkarte. Vielleicht muss aber diese gedeckt sein. Trotz Serviceoffensive seiner Hausbank hat ihm noch keine der vielen Bankmäuschen erklärt, wie die Karte in solchen Fällen einzusetzen sei. Und auch im Fernsehen geht es immer ganz schnell und meist hinter vorgehaltener Hand. Die können uns viel erzählen, denkt er.

Kurz entschlossen dreht sich Leon um. Er schaut geradeaus über die Terrasse, die Luft ist rein. Er stößt seinen rechten, angewinkelten Ellenbogen kräftig nach hinten in das Glas der Verandatür. Ein schneller Entschluss und schon hat er die Tat ausgeführt: Die Glasscherben klirren. Einbruch!

Leons Herz schlägt spürbar schneller. Über Gemeinderatssitzungen zu berichten, wie er es früher bei seiner Heimatzeitung getan hat, war auch kein schlechter Job. Über Straftaten hat er damals höchstens aus dem Gerichtssaal geschrieben. In der Volontärszeit stand ›Einbruch‹ nicht auf dem Ausbildungsplan.

Doch jetzt ist es passiert. Die Scheibe ist in Höhe des Türgriffes eingeschlagen. Er hat mit solch einer Entschlossenheit den Ellenbogen durch das Glas getrieben, dass er mit einem Schlag beide Scheiben des Doppelfensters durchbrochen hatte. Alle Achtung, das imponiert ihm selbst. Die Blessuren an seiner Lederjacke übersieht er.

Die Verandatür aus Glas ist mit putzigen Holzlättchen unterteilt in mehrere kleine Quadrate. Den zerstörten Rahmen reinigt Leon, damit er unverletzt mit seiner Hand durchgreifen kann.

In der Ferne schlägt ein Hund an. Leon unterdrückt die aufkeimende Angst. Trotzdem pocht sein Herz laut wie selten. Ganz wohl ist es ihm nicht, aber er fühlt sich als Rächer der Entrechteten.

Er greift mit der rechten Hand durch den Flügel zum

Türgriff innen und öffnet die Scheibe. Die Tür und den Rahmen verbindet ein kleines Stück Papier, das Siegel der Staatsanwaltschaft! Zu spät, es gibt jetzt kein Zurück mehr. Leon stößt den Flügel auf, mit einem kräftigen Stoß zerreißt das Siegel. Er zwängt sich in den Raum.

Im Haus ist es ruhig, keine Alarmanlage, kein Geräusch. Leon denkt an Klaiber. Dieser liegt friedlich im Kühlraum der Gerichtsmedizin. Sicher ist es auch dort still.

Leon schließt hinter sich ganz leise die Tür. Langsam wird er in seinen Bewegungen ungezwungener. Aber noch rührt er sich kaum, geht sehr vorsichtig, lauscht immer wieder in die Stille und bemüht seine Augen, um sich Stück für Stück in dem Raum zurechtzufinden. Draußen ist es relativ hell, der Mond scheint, und auch im Haus ist es nicht wirklich dunkel. Leon traut sich trotzdem nicht, das Licht anzuknipsen, aber er wird immer mutiger.

Er erkennt inmitten des Zimmers einen großen runden Tisch. An der Wand steht ein alter, riesiger Wohnzimmerschrank, mindestens aus dem vergangenen Jahrhundert. Langsam geht er an diesem vorbei. Er will aus dem Raum, da stolpert er über ein kleines Tischchen. Es scheppert und klirrt. Mit einer ungeschickten Handbewegung greift er ein und wirft dabei gleich noch mehrere Flaschen um. Laut fallen sie, wie beim Kegeln alle Neune, ineinander.

Prost, denkt Leon, die feinen Digestivs. Sie haben sicherlich alle zu Recht den Namen ›Edelbrände‹ getragen. Doch jetzt ist es selbst ihm nicht danach.

Manche Flaschen rollen von der Tischfläche auf den Boden. Dort scheppern und klirren sie nochmals aufeinander.

Leon ist zur Flucht bereit. Angespannt horcht er in das Haus. Sein ganzer Körper ist in Alarmbereitschaft, um sofort Richtung Verandatür zu springen und abzuhauen. Doch es tut sich nichts.

Stille, Leere, Ruhe in der Villa.

Leon atmet erleichtert auf. Jetzt muss er keine Rücksicht mehr nehmen, von diesem Lärm wäre selbst der tote Klaiber erwacht. Unbeschwert geht er jetzt in den Flur, sucht den Lichtschalter und erleuchtet mithilfe der Stadtwerke Konstanz das Haus. Er ist sich sicher: In diesem Gebäude ist niemand.

Trotzdem will Leon nicht lange bleiben. Aber das Arbeitszimmer will er auf jeden Fall gründlich durchsuchen. Das Archiv des toten Klaiber ist ihm schon einige Angstzustände wert.

Leon geht durch den Empfangsraum, den er sofort erkennt, zielgerichtet in das Arbeitszimmer. Er blickt in das Zimmer, in dem Klaiber ihn erst vor wenigen Tagen empfangen hat. Er steht vor einem totalen Chaos.

Entweder die Polizei oder die Mörder hatten sich ausgetobt. Von guter Kinderstube zeugt die Hinterlassenschaft für beide Tätergruppen nicht. Gleichgültig, ob Polizei oder Kollegen Titelhändler. Die Schubladen des Schreibtisches und Sekretärs sind aufgerissen und ihre Inhalte zum Teil in Stapeln, zum Teil lose auf dem Boden verteilt. Leon steigt über die Aktenberge und schnüffelt wahllos in den Papieren auf dem Boden. Schließlich geht er hinter den schweren Schreibtisch Klaibers und setzt sich auf den großen ledernen Stuhl.

So schnell ändern sich die Machtverhältnisse, denkt Leon und hätte nun gerne Klaiber auf dem Stühlchen auf der anderen Seite des Tisches vor sich sitzen, so, wie er einst selbst da saß. Gerne hätte er dann auch die beiden Wachhunde bei sich, träumt Leon, bevor ihn die Angst wieder zur Eile mahnt.

Mit der Wut auf Klaiber und der Angst vor den Bodyguards macht Leon voran. Er knipst die Schreibtischlampe an, blättert die Papierstapel vor sich durch. Die Kontoauszüge und andere Abrechnungen liegen schön säuberlich zusammengefasst auf dem Tisch. Offensichtlich sind sie von der Polizei sortiert und ausgewertet worden.

Leon staunt. Er pfeift leise durch die Zähne.

Sapperlot, denkt er, ihm wird schon bei dem Anblick der Summe schwindlig. Wer hat jetzt wohl Zugriff auf diese Konten? Die glücklichen Verwandten und Erben? Von einer Familie in Klaibers Umgebung hatte er bisher noch nichts gesehen oder gehört. Auch im Büro findet Leon keine Hinweise auf Frau oder Kinder. Kein Bild auf dem Schreibtisch, kein persönlicher Hinweis.

Nichts.

Ein Motiv allerdings mehr, das Leon in seinen Gedanken zu berücksichtigen hat. Der Mörder, ein Erbe von Klaiber? Bei dem Millionenvermögen denkbar.

Leon schaut sich in dem Büro von Klaiber um. Mit der Zeit gewinnt er innerliche Ruhe und Sicherheit. Wer will auch jetzt noch kurz vor Mitternacht in das Haus des Toten kommen? Die Polizei hat längst Feierabend, Gerard hat sicherlich schon geholt, was er braucht, und die beiden Wachhunde suchen vermutlich ein neues Herrchen.

Leon wuchtet sich aus dem Schreibtischsessel und geht zu dem einzigen Schrank im Zimmer. Der alte, schwere Eichenkasten hat mehrere Türen. Alle sind sperrangelweit geöffnet. Auch ihr Inhalt liegt davor auf dem Boden. In wachsender Seelenruhe geht Leon die Stapel durch. Unterlagen von Universitäten auf der ganzen Welt. Korrespondenz in Spanisch und Englisch. Stapelweise die Sonntagszeitungen mit Anzeigen von Klaiber und auch Kollegen. Das alles kennt er. Wirklich Neues ist nicht dabei. Er träumt von Namen und Anschriften alter Kunden und vor allem natürlich von Namen deutscher Universitäten oder deren Professoren. Schließlich hatte Klaiber diese Kontakte, er hatte sie Leon gegenüber selbst an jenem Abend in der Autobahnraststätte beim zweiten Verkaufsgespräch bestätigt.

Leon lässt den Blick weiter durch das Arbeitszimmer schweifen. Der Raum wirkt heute auf ihn viel kleiner. Platz für Unterlagen bietet er wenig. Archivschränke, tippt Leon, mit abgeschlossenen Geschäften stehen im Keller.

In der Zwischenzeit hat er die Ruhe weg. Er ist in diesem Haus sicher ungestört und kann sich Zeit nehmen bis morgen früh. Ohne Rücksicht auf Lärm und Geräusche geht er zurück in den Empfangsraum. Trotzdem löscht er die Lichter im Erdgeschoss, dafür knipst er sofort sämtliche Leuchten im Keller an. Von hier aus dringt das Licht nicht einmal nach außen. Also kein Grund zur Eile.

Der lange Gang im Untergeschoss ist für einen Keller teuer ausstaffiert. Dunkelroter Teppichboden, große, gemalte Bilder an den Wänden und wie schon im Obergeschoss, alte, wertvolle Holztüren mit kunstgeschmiedeten Klinken.

Hinter der ersten Tür ein Partyraum, eingerichtet wie in den 70er-Jahren: Holztheke mit Nut-und-Federn, Barhocker mit Tierfell bezogen, schmiedeeiserne Leuchten, Waffen an den Wänden und natürlich Playmate-Girls.

Leon geht auf eine Bilderwand zu. Kleine Fotos sind zu einer Collage zusammengesetzt. Sie zeigen Klaiber mit dem Ministerpräsidenten, Klaiber mit Doktorhut, Klaiber mit schwarzem Talar und Doktorhut sowie fünf honorige Männer, die alle ein Zeugnis und Doktorhut in der Hand halten. Die gestandenen Mannsbilder freuen sich wie Kinder. Stolz zeigen sie ihre Urkunden in die Kamera.

Daneben ein Bild mit Klaiber und Lena.

Steig mer in d'Täsch! Leon greift zu dem Bild. Er betrachtet es eingehend.

Neben Klaiber und Lena steht ein weiterer Mann. Beide legen ihre Arme über Lenas Schulter.

Leon nimmt das Bild von der Wand. Er betrachtet Lena. Er sieht in ihr Gesicht, in ihre Augen und sieht ihr Lachen. Er erinnert sich an den Abend, hoch über dem See bei Überlingen. Auch damals hatte sie dieses Lachen in ihren Augen. Selbstsicher, ein bisschen von oben herab und doch mit einer humorvollen Wärme. Leon haben seither diese Augen nicht mehr losgelassen. Plötzlich ist ihm klar, er muss Lena wiedersehen. Allerdings hat er jetzt andere Motive. Nicht umsonst hängt die schöne Frau inmitten der Titelhändlergalerie. Sie steht auf der anderen Seite. Er, Leon, will den Mord an Klaiber aufklären. Er will seine Story. Nur wegen ein paar schöner Möpse unter einer Bluse kann er jetzt nicht die Geschichte fallen lassen.

Unwillkürlich schaut er Lena auf dem Bild in seiner Hand wieder an. Sie ist größer als die beiden Herren neben ihr. Sie überragt Klaiber wenig. Der andere reicht ihr gerade bis zu ihren Brüsten. Keine schlechten Aussichten, denkt Leon und mustert Lenas Figur.

Vielleicht steckt sie doch nicht ganz so tief in der Geschichte? Einen Mord traut er ihr jedenfalls nicht zu. Nicht einmal eine Mittäterschaft. Aber Mitwisser? Das würde ja genügen, zumindest, um Neues von ihr zu erfahren. Leon redet sich ein, Lena treffen zu müssen. Sie ist der Schlüssel, sie kann ihm die Türen öffnen und vielleicht endlich Thanner zu einem Treffen bewegen. Am besten, er fährt morgen einfach wieder hin. Lena war an jenem Abend mehr als sympathisch, und meist beruhen Sympathien auf Gegenseitigkeit, hofft er; ich muss sie aufs Kreuz legen, grinst er bei der Zweideutigkeit seines Gedankens.

Plötzlich kommt in Leon wieder innere Unruhe auf. Es wird ihm klar, wo er sich befindet. Er lauscht, hört nichts und zwingt sich wieder zur Gelassenheit. Trotzdem entschließt er sich, jetzt schneller vorwärtszumachen, die anderen Räume warten noch. Er sucht schließlich Ordnerschränke und keine Familienalben der Titelhändlersippschaft. Schnell steckt er das Foto in seine Tasche. Sein Blick streift noch einmal durch den Raum, gleichzeitig geht er rückwärts Richtung Tür.

Plötzlich klopft es hinter ihm.

Leon fährt, wie von einer Tarantel gestochen, herum. Er steht nur etwa zwei Meter vor dem Ausgang des Partyraumes. Doch sehen kann er gar nichts. Er stiert in ein grelles, beißendes Licht. Tausend Gedanken fegen durch seinen Kopf: Den neben ihm stehenden Barhocker in den Türrahmen schleudern, hinter die Theke springen oder versuchen, die Tür zuzuschlagen. Doch jeder Gedanke blitzt nur kurz in seinem Schädel auf, gleichzeitig ist er auch schon wieder verworfen. Die Entschlossenheit zur Umsetzung fehlt in seinem Kopf. Die Kraft in seinem Körper wird nicht abgerufen. Unbeweglich bleibt er stehen, von dem Lichtkegel geblendet, völlig gelähmt: Verzockt!

Ohne zu überlegen, was er nun noch tun könnte, setzt er sich, nach außen völlig gelassen, auf einen Barhocker.

»Nehmen Sie die Hände hoch«, herrscht ihn eine Männerstimme rau an.

Die Stimme klingt nicht böse. Leon kann sie nicht einordnen, aber sie ist vertrauenserweckend. Schläge verheißen sie nicht, hofft er und bleibt cool: »Kommen Sie doch herein, nehmen Sie Platz.«

»Wenn ich zu Ihnen sage, Hände hoch, dann meine ich das auch so.«

Leon hebt die Arme an und überlegt. Die Stimme hatte er heute schon gehört.

»Höher, wird's bald!«

Leon streckt die Arme höher, die Hände berühren sich über seinem Kopf.

Jetzt erst kommt das Licht näher. Leon erkennt nur einen Schatten, dann endlich das Gesicht. Erleichtert atmet er aus, die Anspannung lässt nach, er nimmt die Hände wieder runter.

»Was soll das?«, wird die Stimme von Kommissar Schön wieder schroff, »nehmen Sie meine Waffe nicht ernst?«

»Nein, eigentlich nicht, Sie werden doch nicht auf einen kleinen wehrlosen Journalisten schießen, der nur mit einem Bleistift bewaffnet ist?«

»Weiß man es?«

»Klaro«, macht Leon einen auf alten Kumpel.

»Wer Dienstsiegel verletzt, sich unberechtigt Zugang in staatlich verschlossene Räume verschafft und in fremde Häuser einbricht, hat jede Glaubwürdigkeit verspielt.« Der Kommissar der Konstanzer Mordkommission baut sich vor Leon auf.

Bullshit, denkt Leon und weiß nicht, was er sagen soll. Wie nimmt er jetzt den alten Herrn am besten? Freundlich und untertänig, rät er sich selbst und setzt vorsichtshalber einen unterwürfigen Dackelblick auf. Jetzt zu sagen, es sei schon aufgebrochen gewesen, bringt nichts, überlegt Leon. Die Spurensicherung würde die Lüge schnell entlarven, dann stünde er noch beschissener vor dem Kommissar da. Er muss den Bruch zugeben, schließlich war es ja kein klassischer Einbruch wegen Vorteilsnahme: »Ich weiß, das ist nicht okay, aber ich habe mit Klaiber noch eine Rechnung offen.«

»Klaiber ist tot. Die Staatsanwaltschaft hat das Haus versiegelt. Wissen Sie, was das ist, ein amtliches Siegel?«

»Ja, schon, ich hatte das Siegel nicht gesehen.«

»Ha, haben Sie Angst vor einer Strafanzeige? Zumindest scheinen Sie zu wissen, welch schweres Delikt ein Siegelbruch darstellt.«

»Die Tatausführung war nicht verbunden mit der Tateinheit des Vorsatzes«, versucht Leon sich im Juristendeutsch zu verteidigen. Vielleicht führt das Geplänkel auf Polizeiniveau zu einem ersten Frieden, hofft er.

Doch der Kommissar lässt sich auf keine Diskussion ein. Dafür ist er schon viel zu lange im Dienst. Er ist der Chef in der Runde, er hat Leon beim Einbruch ertappt, und das Verhör leitet nun er. Basta: »Was haben Sie hier gesucht?«

»Ich suche, wie Sie, die Drahtzieher des Mordes. Es lässt mir keine Ruhe, schließlich bin ich ja auch in Gefahr.«

Der Kommissar zieht seine Stirn in zweifelnde Falten.

Eine Chance für Leon. Er legt nach. Er behauptet, dass er bedroht worden sei. Er erzählt, dass Klaiber ihn gewarnt habe. Er stünde auf einer Liste der Titelhändler. Aber erst jetzt, nach dem Mord an Klaiber, nehme er die Warnungen ernst.

Die Zeit des Erzählens verschafft Leon Luft, seine Gedanken zu ordnen. Er muss die Verhörsituation ändern, am besten wenden. Er will erfahren, was die Polizei über Thanner weiß. Die Chance, jetzt den Kommissar richtig zu nehmen, ist günstig. Heute Mittag im Kommissariat wirkte der Mann wie eine nicht einzunehmende Bastion, geschützt hinter seinem Schreibtisch. Jetzt steht Leon ihm hier im Keller an einer Theke gegenüber auf gleicher Höhe vis-à-vis.

Während er dem Kommissar die gesamte Story des Titel-handels erzählt, sucht sein Gehirn nach einem Ausweg. Sabbeln kann er, ohne zu denken. Rotlicht im Studio, wer überlegt sich da heute noch, was er sagt. Immer schön reden, auch heiße Luft wabert. Wahre Talker talken und denken nicht. Die Kerners oder Beckmanns machen es wöchentlich vor. Rhabarber, Rhabarber. Effi bei Beckmann, Verona bei Kerner oder gar auch Kerner bei Beckmann, Talker talken mit Talkern. Ein klarer Gedanke? Wichtig ist alleine Schwall über Schwall. Nur keine Pausen! Leon nutzt seine Schwallzeit zur Konstruktion einer Ausrede. Dann legt er das Bild von Lena mit Klaiber und dem zweiten Mann auf die Theke. Ohne bisher über Thanner etwas gesagt zu haben, deutet er auf Thanner: »Hinter Klaiber stand eine große Figur aus dem Milieu der Titelhändlerszene. Dieser Mann heißt Thanner. Er«, und dabei tippt der Zeigefinger immer wieder auf den kleinen Dicken neben Lena, »er weiß mehr!«

In dem Moment, in dem er dem Kommissar Thanner unter die Nase reibt, schaut er ihm genau ins Gesicht. Kennt er ihn? Ist es überhaupt Thanner? Der Kommissar, hofft Leon, wird es ihm gleich verraten. Er hält inne, wartet ab.

Der Polizist zündet sich eine Zigarette an, inhaliert tief und bläst den Rauch in einer langen weißen Fahne über das Foto: »Ja, da haben Sie mir nichts Neues gesagt. Aber ich suche keine weiteren Titelhändler, ich suche den Mörder von Klaiber. Das ist mein Job. Mit diesem Herrn hier«, und nun zeigt der Kommissar mit seinem Finger auf den schwergewichtigen Mann, »befasst sich das BKA.«

Leon sieht sich jetzt an der Reihe, seine Stirn in fragende Falten zu legen.

»Ja, so ist das«, bedauert der Kommissar seine Einlassung säuerlich. »Das BKA hat den Fall an sich genommen, uns sind die Hände gebunden. Wir haben einen Mörder zu finden. Wir haben uns ausschließlich auf die Aufklärung des Mordes zu konzentrieren, sollen aber die Titelhändler außen vor lassen. Das Thema Titelhandel ist in anderen Händen. Wir bräuchten neue Erkenntnisse, die den Mord dem Titelhandelsmilieu zuweisen, um gegen weitere Titelhändler zu ermitteln.«

»Das verstehe ich nicht, vielleicht hängt doch beides zusammen?«

»Vielleicht, ich denke das auch, aber Dienstanweisung ist Dienstanweisung. Ich kann nur in die von Ihnen angedeutete Richtung weiterermitteln, wenn ich neue Verdachtsmomente in diese Richtung habe.« Plötzlich huscht ein hoffnungsfrohes Lächeln über das Gesicht des Kommissars: »Mit Ihnen hätte ich dies! Einbruch, Dienstsiegelverletzung, Widerstand gegen die Staatsgewalt, das alles wegen einer Doktorenurkunde, da lässt sich einiges daraus machen!«

Leon schluckt: »Wegen einer Doktorenurkunde?«

»Ihre Bewerbungsschreiben an Klaiber liegen uns vor«, triumphiert der Kommissar und lacht hämisch.

»Und was hat das mit Widerstand und Dienstsiegelverletzung zu tun?«

Der Kommissar lacht noch immer: »Ich bitte Sie! Natürlich haben Sie sich strafbar gemacht, das ist Ihnen doch klar. Ihr sauberes journalistisches Mäntelchen ist ein bisschen beschmutzt.«

»Was soll das heißen?«

»Anzeige, Nachforschungen und Ermittlungen! Kennen Sie doch alles. Das Weitere entscheidet dann der Staatsanwalt, später. Erst viel später!«

»Ein anderer Vorschlag.« Leon spürt die Sympathien

des Kommissars und will sie nutzen. »Wer weiß von unserem Treffen?«

»Sie haben einen Alarm ausgelöst, die Alarmanlage des Hauses haben wir mit der Polizeiwache verbunden, dies hier ist ein amtlicher Vorgang, da beißt keine Maus den Faden ab, ich wurde von der Dienststelle alarmiert, draußen steht eine Streife.«

»Warten Sie, ich gebe Ihnen einen Tipp, der ihre Ermittlungen im Fall Klaiber vorantreibt, und der Sie wieder in die Richtung Titelhandel ermitteln lässt. Sie sind somit wieder im Rennen, trotz BKA, und geben mir dafür ein paar Infos über Thanner. Ich halte Sie danach auf dem Laufenden, was mit Thanner weiter passiert, und Sie mich, was im Fall Klaiber passiert.«

Der Kommissar hat die Ermittlungen Richtung Titelhandel nicht freiwillig aufgegeben. Das BKA ist für jeden aufrechten Landesbeamten vor Ort ein Graus: Wichtigtuer, Karrieristen und Radfahrer.

Leon streut Salz in die Wunde: »BKA, was wissen die schon? Dann können Sie gleich alle Ermittlungen hier am See einstellen, wenn diese Herren den Fall aufnehmen, um ihn dann irgendwann in Wiesbaden oder Berlin wieder abzuschließen.«

»Und Sie? Was wissen Sie?« Der Kommissar beißt an.

»Ich kann Ihnen eine illegale Doktorenschmiede ganz in der Nähe nennen. Dazu illegale Würdenträger mit illegalen Titeln. Eine gute Geschichte mit Betrügern und Betrogenen. Zu allem hin, die Story spielt hier in Ihrer schönen Stadt. Die Damen und Herren gehören zu den oberen Zehntausend Ihrer Schafe.«

»Macht nur Ärger, ich will den Mörder.« Der Kommissar schüttelt verneinend seinen Kopf.

Leon schätzte schon bei seinem Besuch am Nachmittag den Leiter der Mordkommission als einen aufrechten Polizisten ein. Auf Nebenkriegsschauplätze lässt er sich nicht locken. Doch Leon hat nicht die geringste Lust, wegen der Verletzung des Siegels Ärger zu bekommen. Dienstsiegelverletzung, das kann teuer werden. Der Köder muss dem Kommissar schmackhafter serviert werden. Leon malt aus: »Der illegale Doktortitelträger in Konstanz ist ein angesehener Bankhausdirektor. Aber das Beste daran ist: Klaiber hat dem Mann den Titel verkauft. In Bankierskreisen stellten sich daraufhin plötzlich Fragen zu dem Titel des Kollegen. Der Schwindel flog hinter vorgehaltener Hand auf, jetzt ist der falsche Doktor der Blamierte«, lügt Leon.

Die Garnitur findet gefallen. Der Kommissar hört aufmerksam zu. Leon greift noch tiefer in seine Trickkiste. Fantasiereich spinnt er weiter: »Der Bankhausdirektor stellte daraufhin Klaiber zur Rede. Dieser wollte von dem Geschwätz nichts wissen. Der Direktor reagierte sauer und drohte: Wenn er auffliegen würde, würde Klaiber auch seinen Teil davon abbekommen. Sicher ist, für den Bankhausdirektor wäre die Entlarvung wie eine öffentliche Hinrichtung!«

Leon beobachtet den Kommissar. Bei dem Wort ›Hinrichtung‹ bremst er seinen Redeschwall.

Der Kommissar zündet sich erneut eine Zigarette an und scheint nachzudenken.

Leon ist aufgeregt. Wenn der Kommissar anbeißt, hat er ein Problem weniger. Er greift ebenfalls zu dem Zigarettenpäckchen des Kommissars auf der Theke und nimmt sich eine, ohne ihn zu fragen. Den Filter bricht er von dem Stängel und zündet ihn an. Jetzt ist er in seinem Element.

Der Kommissar zögert noch.

Leon greift wieder in sein Spinnrad: »Der Bankdirektor erfuhr in der Zwischenzeit, dass Klaiber schon lange mit Titeln handelt. Er ist nicht der Einzige, den Klaiber über den Tisch gezogen hat. Und die Polizei? Sie lässt Klaiber gewähren. Deshalb hat der Direktor den hingerichteten Klaiber der Staatsanwaltschaft vor die Tür stellen lassen. Hinrichtung und weitere Ausführung hat natürlich nicht der Direktor begangen, der hat sicherlich nicht nur ein Alibi, sondern auch einen Auftragskiller. So sieht der Einschuss doch auch aus, oder?«

Geschickt setzt Leon sein ›oder?‹ an das Ende der vielen aus der Luft gegriffenen Behauptungen. Der Kommissar antwortet mit »Ja«. Dann drückt er seine erst halb aufgerauchte Zigarette auf der Thekenoberfläche aus. Er überlegt angestrengt: »Was von Ihrer These hält bei Tageslicht betrachtet?«

»Das meiste kann ich beweisen, den Titel hat der Mann drüben im Appenzell gekauft. Klaiber ist dort so etwas wie Chefverkäufer gewesen. Diese Unterlagen finden Sie in einem Schrank in der ›Freien Universität Teufen‹. Der Rektor der dortigen Doktorenschmiede heißt Hürlimann, er wird Ihnen dies alles bestätigen. Ich denke, Sie sollten dem Herrn Dr. Meyer zur Aufklärung des Mordes an Klaiber einige Fragen stellen.«

»Sie wissen, dass Sie uns heute Morgen schon dieses Material zur Aufklärung des Mordes hätten vorlegen müssen?«

»Da hatte ich das Material noch nicht. Ich habe doch erst heute Nachmittag die Universität Teufen und Herrn Hürlimann besucht.«

»Und was wollen Sie jetzt von mir dafür?«

»Geben Sie mir einige Hinweise zu Professor Thanner.

Sie dürfen nicht an ihn ran, ich schon, wenn ich weiß, wie. So könnten wir doch beide den Abend als erfolgreich verbuchen. Und versprochen, ich halte Sie auf dem Laufenden«, versucht Leon jetzt den Handel abzuschließen. Ihm ist wieder wohler, und er verspürt Oberwasser.

Laugelefuchser.

Zwei Tage später meldet die Polizei Konstanz einen Erfolg in der Mordsache Klaiber. Der Mörder ist noch nicht gefasst, aber eine heiße Spur ist gefunden. Dabei sind die Beamten in bester Zusammenarbeit zwischen den Behörden in Deutschland und der Schweiz einer Doktorenschmiede im Appenzell auf die Schliche gekommen. Der ermordete Herr Klaiber nannte sich zwar Professor und Doktor, doch die vorgeschriebenen akademischen Prüfungen dafür hat er nie abgelegt. Er hat ferner mit akademischen Titeln gehandelt. In der angrenzenden Schweiz wurden die falschen Promotionsurkunden ausgegeben. Vor allem deutsche Bürger besorgten sich dort die begehrten Doktorgrade.

Bei einer Pressekonferenz erläutert der Kommissar stolz, der ungesetzliche Titelverkauf in Deutschland habe einen schweren Schlag erlitten, seine Beamten würden mehrere illegale akademische Würdenträger in den nächsten Tagen und Wochen noch entlarven. Er rate allen falschen Damen und Herren Doktoren, sich sofort selbst zu stellen. Der ermordete Professor Doktor Doktor honoris causa Klaiber habe in Teufen als Vermittler gearbeitet, erklärt der Kommissar. Ein Konstanzer Bankdirektor sei auch einer seiner Kunden gewesen, aber der Mörder sei er definitiv nicht. Gerne wolle er dies öffentlich nochmals betonen, um der Bank und vor allem der Person des Direktors nicht weiter Schaden zuzufügen. Das Alibi sei überprüft, und auch sonst gebe es keine Anhaltspunkte für den Mord. Schließlich sei dieser Titelkauf auch schon vor fünf Jahren über die Bühne gegangen.

Die Bank selbst legt nur eine schriftliche Presseerklärung vor. Darin teilt sie mit, Herr Ferdinand Meyer habe alle seine Geschäfte als Direktor vorerst niedergelegt und sei beurlaubt. Im Übrigen habe er seinen Doktorentitel in der Schweiz während einer Promotion rechtmäßig erworben. Ihm sei bis heute nicht bekannt gewesen, dass eine Verwaltungsvorschrift das Führen des Schweizer Titels in Deutschland verbietet. Im Anhang findet sich eine Grafik der Bank aus den Geschäftsberichten der vergangenen zehn Jahre. Mit Ferdinand Meyer an der Spitze hatte das Bankhaus seine Umsätze vervielfacht.

In dem kleinen Bodenseestädtchen Konstanz dauert es lange, bis die Neugierde jedes Bürgers zufriedengestellt ist. Bankdirektor Ferdinand Meyer ist das Gespött der Bürger. Er tut Leon leid, er ist nur ein ganz kleiner Wicht in dem Geschäft, das Leon endlich die Story seines Lebens bieten soll.

Ferdinand Meyer, wer ist das schon gegen Prof. Dr. Dr. Ing. Thanner, der Titelimpresario Deutschlands.

Ran an den Speck, jetzt ist dieser fragliche Import-Export-Händler im Hinterland des Bodensees fällig, schwört sich Leon.

HONORIGE PROFESSOREN IN DER FRAUENKLINIK
... UND ZWEI MAFIOSI IM AUSSENDIENST

Die Kommissarin sitzt im Büro und geht mit ihrem Assistenten lange Listen durch. Der Assistent sagt: »Wir haben alle Namen aus Klaibers Erbschaft zusammengetragen, die wir in irgendwelchen Unterlagen gefunden haben. Dabei gibt es eine Liste von Ärzten aus unserer Gegend, die alle in einem ähnlichen Zeitraum hohe Summen an Klaiber überwiesen haben. Interessant ist, dass wir fünf herausgefischt haben, die eine Erstüberweisung mit Doktor und dann ihrem Namen unterschrieben haben. Die zweite Überweisung, wenige Monate später, mit Professor und ihrem Namen.« – Die Kommissarin schaut amüsiert zu ihrem Assistenten auf: »Seit ich den Safe von Klaiber gesehen habe, schockt mich in dieser Beziehung wirklich nichts mehr, und von einem akademischen hohen Tier lass ich mich so schnell auch nicht mehr blenden.« – Der Assistent sucht in seinen Unterlagen und liest vor: »In wenigen Monaten zum Professor aufgestiegen sind nach Klaibers Liste: Prof. Dr. med. Simon, Prof. Dr. med. Stoppeler, Prof. Dr. med. Hillebrandt und Prof. Dr. med. Gann.« – Die Kommissarin hustet unvermittelt los. Sie hat sich verschluckt. Sie versucht, ihren Hustenanfall zu unterdrücken. Sie will unbedingt reden. Sie setzt immer wieder an, hat schon einen roten Kopf, hebt ihre Arme hoch, der Assistent läuft schnell zu ihr, klopft ihr auf den Rücken und sie bekommt endlich heraus, was sie fragen will: »Wie? Simon und Gann? Wo praktizieren die?« – Der Assistent schaut seine Abteilungsleiterin besorgt an, doch sie scheint sich erholt zu haben. Er geht zu seinem Schreibtisch zurück und fischt ein Blatt Papier aus seinem Stapel: »Die arbeiten wohl beide in der Frauenklinik am Zähringerplatz.« – Schnitt auf die Kommissarin. Ihre rote Farbe im Gesicht verliert sich, sie wird kreidebleich: »Professor Doktor Gann, das ist mein Frauenarzt.« – Umschnitt –

Thomas sitzt im Zimmer des Oberstaatsanwaltes. Er raucht lässig eine Zigarette, der Staatsanwalt eine dicke Zigarre. Die beiden scheinen sich einig. Thomas sagt: »Die Logik spricht gegen Gerard. Eine Beziehungstat ist auszuschließen. Klaiber lebte völlig zurückgezogen und nur für seine Geschäfte. Niemand kam ihm näher als dieser blonde Franzose. Wenn es der Kollegin noch an Beweisen fehlt, kann ich mich gerne tiefer in den Fall einklinken. Dazu benötigt es lediglich eine Anforderung von Ihnen an meine Dienststelle in Wiesbaden.« – »Ich will der Kollegin keine Vorschriften machen, aber ich verstehe Ihr Anliegen und schätze den Fall ebenso ein wie Sie.« – Schnitt – Es klopft an die Tür, der Oberstaatsanwalt bittet herein, die Kommissarin tritt ins Zimmer: »Guten Tag, meine Herren«, sagt sie konsterniert. »Eine interne Dienstbesprechung?«, provoziert sie. – »Nein«, sagt der Oberstaatsanwalt, »aber gut, dass Sie dazustoßen. Sie sind doch sicher derselben Meinung, dass wir uns im Falle Gerard entscheiden müssen.« Der Oberstaatsanwalt schaut hilfesuchend zu Thomas. – Schnitt – Dieser springt vorsichtig argumentierend ein: »Ich sehe weit und breit keinen anderen möglichen Täter, also müssen wir ihm jetzt endgültig auf den Zahn fühlen und dann, glaube ich, ist der Fall abgeschlossen.« – Die Kommissarin bleibt trotz Aufforderung, sich zu setzen, stehen. Sie geht langsamen Schrittes durch den Raum *des Oberstaatsanwaltes. Dann dreht sie sich zu den beiden Herren und setzt an: »Wir sind gerade die Listen der Kunden von Klaiber durchgegangen. Wir haben interessante Namen von Titelkäufern gefunden.« – »Der Oberstaatsanwalt fährt ihr in die Parade: »Mich interessieren keine kleinen Titelaufkäufer, ich will den Mörder! Sie verwechseln Ihre Aufgabe in diesem Hause. Sie sind Leiterin der Mordkommission, und in dieser Eigenschaft haben Sie mir einen Mörder zu liefern!« – Die Kommissarin ist über die Heftigkeit der Worte ihres Vorgesetzten erschreckt. Sie schaut zu Thomas. – Schnitt – Thomas schaut zu dem Staatsanwalt. – Schnitt – Die Kommissarin setzt sich jetzt doch auf den freien Stuhl und fragt resigniert: »Welche Beweise liegen denn gegen Gerard vor?« – Thomas sagt: »Wir müssen sie suchen, aber ich bin sicher, wir werden sie finden.« – Die Kommissarin schaut ihn an: »Dann lassen wir ihn frei. Erstens haben wir vonseiten der Mordkommission bis jetzt nichts, aber auch gar nichts gegen ihn in der Hand, und zweitens glaube ich, dass er uns in Freiheit mehr nützt. Wir sollten ihn rund um die Uhr beschatten lassen.« – Umschnitt.*

Fette, klatschende Regentropfen prallen auf die Scheiben. Leon schaut hinaus, der Winter kehrt zurück. Oben vor seinem Fenster in Degerloch gehen die Regentropfen fast in Schnee über, unten in der Stuttgarter City regnet es in Bindfäden. Normalerweise kann er den sich um seine eigene Achse selbst drehenden Mercedesstern über dem Bahnhofsturm leicht erkennen. Bei dem Regen jetzt sieht er kaum den Rathausturm vor seiner Nase. Die dunklen Wolken über der Stadt lassen den Abend früh anbrechen. Höchste Zeit, seine Hausaufgaben zu erledigen, denkt Leon.

Das Schreiben des Drehbuchs geht nicht so richtig voran. Kein Wunder, weiß er doch selbst noch nicht, wie er Gerard in Wahrheit einzuordnen hat. Er tappt noch immer im Dunkeln. Drehbuch und Wirklichkeit stimmen in diesem Punkt voll überein.

Es gibt keinen Hinweis, wer der Mörder tatsächlich ist. Nur diffuse Ahnungen im Nebel.

Leon ruft hin und wieder den Kommissar in Konstanz an, doch dieser redet sich mit dem Hinweis auf seine Kollegen des BKA heraus. Von Wiesbaden würden seine Ermittlungen eher torpediert, statt unterstützt, sagt er. Warum, wüsste er nicht. Alle Ermittlungen im Falle Thanner bleiben ihm untersagt. Das BKA bremst, er bekommt alte Dossiers vorgelegt, mehr nicht. Als Leiter der Mordkommission soll er sich lediglich um den Mord an Klaiber kümmern, dabei alles andere außen vor lassen.

Die Gespräche mit dem Kommissar fallen immer magerer aus. Viel Neues erzählt der Bodensee-Maigret Leon nicht. Er klingt aber glaubwürdig und frustriert. Im letzten Telefonat gesteht er: »Die lassen mich am ausgestreckten Arm verhungern, ich bin weg vom Informationsfluss, und mein Chef deckt die Anweisungen von oben. Ich erfahre hier nichts Neues.«

Wie du mir, so ich dir, revanchiert sich Leon und verrät auch dem Kommissar nichts Aktuelles mehr über seine Recherchen. ›Eine faire Zusammenarbeit darf keine Einbahnstraße sein‹, dies predigte lange ein Kanzler in Deutschland. Mit dieser Weisheit schaffte der Mann immerhin 16 Jahre Kanzlerschaft. Die längste Dienstzeit aller bundesdeutschen Regierungschefs. Im Nachhinein betrachtet sind einige der Leitsätze der Politik aus dieser Zeit doch nicht so quer, gesteht ihm Leon heute zu. Und was damals zum

Erfolg führte, kann heute so falsch nicht sein, attestiert er dem Altkanzler mit dem milden Blick in die Geschichte seiner eigenen Jugend.

In seinem Arbeitszimmer, auf dem Boden verteilt, liegen alle Unterlagen, die er seit der Recherche ›Titelhandel‹ gesammelt hat. Von der erhöhten Perspektive des Schreibtischstuhles aus betrachtet er das Material. Das Paket ›Thanner‹ ist äußerst dünn gegenüber manch anderen Papierstapeln wie ›Klaiber‹ oder ›Freie Universität Teufen‹.

Unsicher rollt er langsam mit seinem Schreibtischstuhl zu dem lichten Häufchen ›Thanner‹. Er beugt sich hinunter und nimmt die wenigen Unterlagen in die Hand, die er bisher über diesen Mann sammeln konnte. Am Schreibtisch sortiert er die Blätter. Vielleicht hat er irgendeinen Anhaltspunkt übersehen? Vielleicht findet sich in diesen vor dem Schredder bewahrten Papieren doch noch ein kleiner Hinweis, mit dem er den Titelgangster überraschen könnte?

Seit Tagen bombardiert er den Telefonanrufbeantworter in Thanners Büro. Er hat die Nummer in seiner Festnetzleitung wie auch in seinem Handy gespeichert. Morgens, mittags und abends drückt er die Wahlwiederholungstaste. Es klingelt zehnmal durch, dann geht der Anrufbeantworter an. ›Hier ist der Apparat …‹. Dann die gewählte Telefonnummer, danach unvermittelt der Piep und das Ende.

Keine Sau nimmt ab. Nicht Thanner und auch nicht Lena.

Er hat das Foto des Trios, Klaiber, Lena und Thanner, das er aus dem Partyraum mitgehen ließ, an die Wand über seinem Schreibtisch gepinnt. Lena lächelt ihn seither an, doch das Telefon abnehmen tut auch das ›Mädchen für alles‹ nicht.

Er hat um Rückruf gebeten, er hat gefleht und schließlich gedroht. Doch Thanner ist nicht zu bewegen. Der Mann scheint wie vom Erdboden verschluckt. Vielleicht sollte er sich auf die Lauer legen? Tag und Nacht vor der Villa einfach warten. Ein Blick aus dem Fenster in das Aprilwetter lässt ihn schnell wieder die Nase in seine Unterlagen auf dem Schreibtisch stecken.

Xaver, Xundheit, Xelzbrot, Xeicht. Unter den Papieren aus der grünen Tonne hatte er eine Zeitschrift gefischt, die er erst jetzt genauer betrachtet. Die ›Universidad de Orticho‹ hat ein Hochglanzmagazin vom Feinsten. In spanischer und englischer Sprache erzählen Studenten und Lehrer Geschichten und Neuigkeiten aus ihrem Leben an der Universität. Dazwischen fette Werbung im Vierfarbdruck von großen internationalen Firmen wie ›Hewlett Packard‹ oder ›IBM‹. Für eine Schule, die es nach Leons Meinung gar nicht gibt, ganz schön fantasiereich. Oder sollte es die Hochschule tatsächlich geben? Oder ist eben alles nur gut getarnte Show für die kaufinteressierten Professoren in Old Germany? So langsam dämmert es ihm, dass Thanners Konsortium nach außen auf einer gigantischen Show für Leichtgläubige fußt. Aber doch nicht er! Er lässt sich doch nicht so leicht für dumm verkaufen.

In den Papieren findet Leon schließlich erneut die Einladung zum Ärztekongress nach Baden-Baden: ›Ein Gewinn für Ihre Patienten: Das Arzneimittelbudget‹. Der Termin ist schon morgen. Leon liest das Anschreiben. Es ist adressiert an Prof. Dr. Dr. Thanner und Prof. Dr. Dr. Klaiber gleichzeitig. Warum werden die beiden gemeinsam zu einem Ärztetag eingeladen? Beide sind weder Ärzte noch echte Doktoren oder gar Professoren.

Wenn du glaubst, es geht nichts mehr, kommt von

irgendwo ein Lichtlein her. Leon nimmt dankbar den Faden auf. Vielleicht führt ihn diese Einladung schon morgen zu Thanner? Er schnappt sich das Telefon und ruft bei dem Veranstalter des Ärztekongresses, einem Pharmakonzern in Frankfurt, an. Er lässt sich mit der Pressestelle verbinden. Hier stellt er sich kurz als Journalist vor: »Ich weiß, ich bin spät dran, aber ich bekomme gerade den Auftrag, über Ihren Ärztetag morgen in Baden-Baden zu berichten. Kann ich mich dafür noch akkreditieren?«

»Aber selbstverständlich, das ist zwar eine hochkarätige Veranstaltung, aber Fachjournalisten mit profunden medizinischen Kenntnissen sind uns immer willkommen.«

»Vielen Dank«, pariert er, plötzlich zum medizinischen Fachjournalisten aufgestiegen. »Ich gehe davon aus, dass morgen auch nur Fachreferate gehalten werden. Sie verstehen schon, es gibt ja langsam so viele Verkaufsveranstaltungen.«

»Aber ich bitte Sie, Sie werden unseren Konzern doch nicht zu den schwarzen Schafen der Branche zählen?«

»Gibt es die überhaupt?«, fragt Leon scheinheilig und lacht dazu.

»Ich verstehe Sie nicht?«

»Die schwarzen Schafe«, beruhigt Leon.

Die junge Frauenstimme am anderen Ende der Leitung weiß den Scherz nicht so recht einzuordnen, nimmt aber die Daten von Leon auf. Schließlich verspricht sie ihm, die Akkreditierung und Presseunterlagen persönlich am Empfang zu übergeben: »Bis morgen also, es ist uns eine Ehre.«

So hört es Leon gerne, da könnte sich doch Lena ein Beispiel nehmen. Einfach das Telefon abnehmen und freundlich einen Termin zwischen ihrem Chef und ihm vereinbaren. Aber vielleicht verschafft er sich ja morgen nun selbst die Audienz in Baden-Baden bei der grauen Eminenz vom Bodensee. Vielleicht trifft er morgen schon Thanner im Kreise der erlauchten Mediziner. Das wäre der Hammer, das würde seine Geschichte endlich voranbringen.

Er schaut das Foto mit Lena an der Pinnwand nochmals genau an. Dieses Mal betrachtet er aber nicht Lena, sondern Thanner. Er muss ihn sich genau einprägen. Er muss ihn morgen erkennen, obwohl er ihn zuvor noch nie gesehen hat.

Leon frühstückt ausgiebig. Ein kross gebratenes Spiegelei, saftigen Schinken mit Meerrettich, kräftigen französischen Ziegenkäse und ein Marmeladenbrot, dazu mehrere Tassen Kaffee. Er sitzt fast nackt am Frühstückstisch. Es ist wieder einmal Anzugstag. Sein einziger Schwarzer muss aus dem Schrank, dieser darf nicht verkleckert werden. Das ist der unerträglichste Umstand für Leon bei dieser Story. So oft wie in den vergangenen Wochen musste er sich schon lange nicht mehr in seinen Anzug zwängen. Bei den gespielten Vorstellungsgesprächen als Versicherungsagent, bei den Titelhändlern oder heute beim Besuch des Ärztekongresses in Baden-Baden. Der Anzug kommt dieser Tage zum Tragen.

In Wahrheit nervt Leon weniger der Anzug, sondern die Enge in Hose und Jacke. Früher futterte Leon die Speisekarten hoch und runter, trotzdem setzte er kein Gramm Fett an. Heute kann Leon immer noch essen wie damals, nur seine Figur ist nicht mehr fat-resistent.

»Jetzt wirscht en Ma«, hatte seine Mutter bei seinem letzten Besuch zu Hause gesagt. Dieser Satz sitzt bis heute noch in seinem Gedächtnis. Sie hätte genauso gut sagen können:

»Jetzt wirscht fett!« Vielen Dank auch. Schließlich trägt sie eine gehörige Portion Mitschuld. Typisch dafür genau jener Tag, an dem sie ihn zum Manne schlug. Zuerst diese Feststellung und gleichzeitig ein kleines Schlachtfest: Frische Bratwürste und fette Bratkartoffeln, kross, fast schon schwarz gebraten.

Es kommt ihm vor, als würde seine Mutter die Fresssucht ihres Sohnes zur Verstärkung der Abhängigkeit nutzen. Wie ein Drogendealer rationiert sie die Verteilung des Stoffes. Die Bratwürste mit grobem Brät schwimmen im eigenen Fett, darin dünstet sie Gemüsezwiebeln. Zu den Bratwürsten gibt es Bratkartoffeln, diese sind im Schweineschmalz mit kleinen Speckwürfelchen braun gebraten. Grüne Bohnen werden ebenfalls in einer Pfanne mit Speck und Schweineschmalz dunkel geröstet.

Auf der anderen Seite: Bratwürste nur in Wasser gekocht? Ohne braune Zwiebeln? Statt knusprigbrauner Bratkartoffeln farblose Pellkartoffeln? Bohnen einfallslos gedünstet? Nein danke, das alles kann Leon auf der anderen Seite der Kalorienbilanz gestohlen bleiben. Das weiß seine Mutter natürlich, schließlich hat sie ihm gezeigt, wie eine Frau beziehungsweise ein Mann kocht. Und im Fett sind die Geschmacksträger! Das hat sie ihn gelehrt. Diese Weisheit hat er im wahrsten Sinne des Wortes in sich hineingefressen.

Seine Mutter kocht heute noch wie zu den guten alten Zeiten, als noch niemand mit Diättabellen in der Küche hantierte. Und wem es zu fett ist, dem hilft ein Schwarzwälder Kirsch, zumindest soll einer nach dem Essen noch nie geschadet haben, das behauptet sein Vater. Und sein Sohn glaubt ihm dies gerne.

Bevor Leon nach Baden-Baden fährt, schaut er in seinem Sender in der Fernsehredaktion vorbei. Er denkt, es könne von Vorteil sein, wenn er mit einem Kamerateam vor Ort wäre. Vielleicht trifft er auf Thanner, dann könnte er ihn, vor laufender Kamera, mit seinen Fragen überrumpeln.

Um 10 Uhr ist Redaktionssitzung der aktuellen Redaktion. Der Chef vom Dienst sitzt über der Tagesplanung für die Abendsendung. Eine Handvoll Redakteure und Reporter sind um ihn versammelt. Vor allem die freien Mitarbeiter sitzen wie hungrige Tiere vor seinem Schreibtisch. Die Tageseinsätze werden verteilt wie leckere Happen. Ein aktueller Reportereinsatz bringt den höchsten Tagessatz. Die Produktion eines kleinen Nachrichtenfilmes ist etwas schwächer bezahlt, eine Wortmeldung, fünfmal umgeschrieben, bringt noch weniger.

Der aktuelle Aufmacher steht fest. Seit Monaten sorgt der FlowTex-Skandal für den Tageseinstieg. Manfred Schmieder, der ehemalige Geschäftsführer, ist als Betrüger verurteilt. Doch langsam sickern weitere Details durch. Staatsbeamte der Oberfinanzdirektion Karlsruhe sollen schon längst von den Betrügereien gewusst haben, trotzdem aber hielten sie dicht. ›Mitwisserschaft‹, klagen jetzt die Banken, die erhebliche Millionenverluste abzuschreiben haben. Ob BW-Bank, L-Bank oder Volksbank Karlsruhe, sie alle haben mehrstellige Millionenbeträge dem Unternehmen als Kredit gewährt. Eine Staatshaftungsklage wollen diese Banken heute gemeinsam einreichen. Mehr als 60 geschädigte Banken und Leasinggesellschaften haben sich vereint. Den Schaden geben sie mit rund 900 Millionen Euro an.

»Alles nur Wahlkampf«, sagt der landespolitische Redakteur.

Ein freier Mitarbeiter motzt dagegen: »Was heißt Wahlkampf? Die haben doch alle jahrelang den Schmieder hofiert und hochgehalten, obwohl mit der Zeit jeder wusste, dass der Mann ein Betrüger ist und nur Scheingeschäfte ausführte. Irgendjemand muss doch dafür geradestehen.«

Der Chef vom Dienst entscheidet: »Ein O-Ton vom Ministerpräsidenten nach dem Reporterstück.«

Die Sekretärin strahlt: »Hab ich schon so notiert.«

Die Meute lacht.

Der Chef vom Dienst kramt weiter in seiner Unterlagenmappe. »Was ist heute im Land noch angesagt?«, fragt er. »Termine von Ministerien, Einladungen der Industrie und Wirtschaft?«

Leon meldet sich: »In Baden-Baden findet ein Ärztekongress statt. Das aktuelle Thema: ›Ein Gewinn für die Patienten: das Arzneimittelbudget?‹ Die Veranstaltung ist hochkarätig besetzt.«

Seine Kollegen drehen überrascht ihre Köpfe zu ihm. Leon und ein Medizinthema? Der Chef vom Dienst staunt auch und zieht ihn an der Krawatte: »Deinem Outfit nach zu urteilen, scheint dir dein neues Betätigungsfeld gutzutun«, versucht er ihn hochzunehmen. Bisher hat Leon sich nie um ein medizinisches Thema bemüht. Geschichten über sterbenskranke Menschen sind nicht seine Storys. Reporter wie er stehen nicht auf Leid- und Elendthemen aus dem Jammertal. Diese Interviewpartner sind ihm einfach zu sperrig, sie lassen sich nicht tv-gerecht formen. Die Mediziner verstecken sich hinter schwer verständlichem Fachjargon und die Kranken hinter ihren langen Leidensgeschichten. Alles Typen aus Leons dritter Schublade, die er lieber nie öffnet. Alles viel zu aufwendig für schnelles Geld.

Leid- und Elendthemen sind für junge, engagierte Frauen, die in das Medium Fernsehen drängen. Aber gestandene

Alpha-Reporter? Die gehören vor die Kamera. Sie zeigen sich lieber mit Trenchcoat im Bild vor stattlichen Gebäuden.

Aufsager im On, das heißt Birne groß in der Glotze. Dahinter der Landtag, wenn es nicht bis zum Bundestag gereicht hat, vorne das Mikro fest in der Hand. Und dann gedrechselte Sätze, auswendig aufgesagt. Meist nicht mehr als zwei, sonst verhaspeln sie sich. Inhaltlich geben sie oft nichts her. Aber wer fragt schon danach. Wichtig ist: Hey, seht ihr mich? – Ich, die sprechende Lederjacke.

Leon hat in seinen Anfangsjahren als Reporter dieses Spiel mitgemacht. Doch schon bald wollte er nicht mehr zu den Mikrofonhaltern zählen. Worthülsen der Politiker abholen, schön nach der politischen Farbenlehre. Erst schwarz, dann rot, dann gelb und grün. Zwischen die O-Töne je ein Schnittbild. Das heißt einmal Landtag außen, einmal Landtag innen oder die Kollegen bei der Pressekonferenz. Dann das Material schön verpacken, ausstrahlen und jeden Tag aufs Neue.

Im Nachhinein sieht Leon heute auch Vorteile in dem Job des politischen Reporters. Vor allem, wenn er an Leute wie Thanner denkt, dem er seit Tagen nachhecheln muss. Politiker dagegen lassen kein Mikrofon aus. Thanner schon. Er braucht keine Wählerstimmen.

Die Sendung für den Abend steht. Leon ist mit seinem Beitrag an fünfter Stelle vorgesehen. Er soll zum Kongress fahren und recherchieren, was er zum Dauerthema ›Gesundheitsreform‹ von den Fachleuten vor Ort aktuell zusammentragen kann. Am Nachmittag wird ein Kamerateam aus Karlsruhe nachkommen, um die Interviews aufzuzeichnen.

Mag sein, dass das Beste an Stuttgart die Autobahn nach München ist, die nach Baden-Baden jedenfalls ist es nicht. Die Verbindung bis Karlsruhe besteht nur aus Geschwindigkeitsbeschränkungen, Baustellen und meist noch einem Stau bei Pforzheim. Deshalb ist Leon heute ausnahmsweise rechtzeitig unterwegs. Heute trifft er richtige Doktoren und Professoren. Ab Karlsruhe ist die Autobahn sechsspurig. Trotzdem ist die Überholspur blockiert. Das Motto vieler deutscher Autofahrer: Links fahren, rechts wählen. Leon zieht die Lichthupe.

Die Ärzte treffen sich standesgemäß in Baden-Baden im ›Brenners Park-Hotel‹. Leon fährt direkt vor den Haupteingang des alten Gebäudes. In Nobelherbergen, weiß er, muss man sich nicht selbst um Parkplätze kümmern. Von wegen mangelnde Dienstleistungen in Deutschland. Die Welt ist und bleibt eingeteilt in oben und unten. Hier gibt es sogar noch Diener, die jedem Gast seine Kutsche versorgen. Und bevor die Räder seines Porsches richtig stillstehen, steht auch schon ein Zeremonienmeister neben seinem Wagen. Er trägt eine Uniform wie Lakaien zu Kaiserzeiten. Aus seinem Umhang streckt er eine Hand in weißen Handschuhen Leon entgegen.

Dieser steigt aus, lässt den Schlüssel im Zündschloss und drückt dem Mann eine Münze in die Handschuhe. Der Trinkgeldempfänger lüftet leicht seinen übergroßen Zylinder und ruft einen nicht ganz so edel ausstaffierten uniformierten Jungen zu sich. Weiter will Leon dieses Schauspiel nicht beobachten. Ihm ist es peinlich. Hätte er die Karre doch nur selbst um die Ecke gestellt. Jetzt nichts wie weg hier.

Zielstrebig und elegant nimmt er die Stufen ins Foyer des Hotels. Er will sich so cool bewegen, wie das hier alle Menschen tun. Vor fast 200 Jahren wurde der Kasten gebaut. Stars und Sternchen aus Wirtschaft, Politik und Show steigen im ›Brenners‹ ab, nicht nur, wenn sie beim Südwestrundfunk mit Frank Elsner auftreten dürfen. Unter 300 Euro gibt es hier keine Kammer.

Der Frankfurter Pharmakonzern hat das Hotel okkupiert. Schon vor dem Gebäude flattern an den Fahnenmasten die Logos der Pillenhersteller. Im Empfangssaal stehen Hostessen in farblich abgestimmten Kleidchen wie die Unternehmensfarben. Corporate identity.

Leon sieht am Kopfende des Foyers zum Eingang in den Kongresssaal einen kleinen Infostand. Dort muss er gleich hin, dort wird er seine Akkreditierung bekommen. Doch zuerst will er wissen, was die Herren Doktoren zu Mittag speisen. Vielleicht fällt ja auch etwas davon für ihn ab. Prinzipiell ist er unbestechlich. Aber ein gutes Mahl hat er noch nie ausgeschlagen. Zielstrebig marschiert er durch den großen Raum zu einer Informationstafel, die mit schwerem Goldstuck umrandet ist. Dahinter vermutet er das Restaurant, also muss hier wohl die Speisekarte aushängen.

Gell, do glotzscht? S'Äffle aus Baden-Baden, im Werbeprogramm des alten Südwestfunks, hatte recht. Leon staunt, das Wasser läuft ihm alleine beim Lesen des Menüs im Mund zusammen: Schneckensüpple Sureprise, Forellenfilet auf Sauerampferrahm mit Hechtklößchen, Rehbraten Försterinnenart Baden-Baden mit Wacholdersahnesauce, geschabte Spätzle, Waldpilze, Preiselbeeren im Apfelkorb und als Nachspeise ein Kirchwasserbömble mit flambierten Schattenmorellen, dazu Hochzeitsrüble.

Leon gibt zu: Die Leid- und Elendthemen scheinen doch auch spannende Seiten zu haben. Ein Festessen, das ihm ansteht, wenn er zuvor Thanner getroffen hat. Gutes Essen hat für ihn immer oberste Priorität, aber heute steht ganz oben auf seiner Menü-Wunschliste: Thanner.

Am Eingang des Konferenzsaales ist der Tagesablauf des Ärztekongresses ausgedruckt. Es stehen fast nur Professoren auf der Rednerliste. ›Prof. Dr.‹, diese Titelreihe ist unter den angekündigten Dozenten üblich. Nur wenige können sich nicht mit zwei Titeln schmücken. Ihre Namen stehen fast nackt auf der Liste. Nur ein ›Dr.‹ scheint hier nicht standesgemäß.

Die Themen der Referenten sagen Leon wenig. Sie interessieren ihn aber auch nicht. Er hat nur Kopf und Augen für Thanner.

Von der Pressereferentin, mit der er am Abend zuvor gesprochen hatte, lässt er sich seinen Ausweis geben. Er heftet ihn sich an sein Revers und geht in den Saal. Fast 100 Zuhörer lauschen einem Redner, der am Pult vorne monoton sein Fachreferat abliest. Es geht dabei um Schönheitsoperationen und das Absaugen von Fettpölsterchen ohne Operation nach amerikanischer und französischer Schule. Der Mann ist Schönheitschirurg.

Leon schaut an sich hinunter. Er zieht seinen Bauchansatz ein und geht bei diesen Aussichten lieber schnell mit sich zufrieden an den Stuhlreihen entlang. Mit eingezogenem Bauch braucht er solche Ärzte nicht.

Im vorderen Drittel der Zuhörerreihen sieht er reservierte Presseplätze. Es zieht ihn aber nicht dorthin. Er blickt suchend im Saal umher. Er hat sich das Bild von Thanner eingeprägt. Es ist schwer, einen Menschen zu erkennen, den man bisher nur auf einem Bild gesehen hat. Er muss seinen Kopf in alle Richtungen drehen und wenden, um die vielen unbekannten Gesichter genau zu inspizieren. Plötzlich schießen ihm die gesamten sieben Liter Blut seines Körpers in den Schädel. Es wird ihm angst und bange. Schnell dreht er seinen Kopf weg: Nach vorne schauen!, befiehlt er sich streng.

Doch dann muss er sich vergewissern. Vorsichtig dreht er den Kopf wieder Richtung hintere Reihe. Ganz unauffällig versucht er, aus den Winkeln seiner Augen zu schielen: Kein Zweifel, Gerard!

Der Blondschopf unterhält sich mit einem Sitznachbarn. Und jetzt könnte Leon sich auch schon übergeben, so schlecht wird es ihm. Heftiges Magengrimmen setzt ein. Die Erinnerung an den letzten Besuch bei Klaiber. Gerard alleine, das könnte er ganz gut verdauen. Aber der Sitznachbar: Neben Gerard sieht er das bullige Gesicht von einem der Bodyguards Klaibers.

Schnell dreht Leon seinen Kopf wieder nach vorn. Er versucht, sich zu beruhigen. Er presst tief Luft in den Magen, soll der Bauch doch vorstehen. Er wagt kaum mehr, sich zu bewegen. Äußerlich scheint es, als hinge er an den Lippen des Referenten. Laut Tagesordnung spricht ein gewisser Dr. Schönbaum. Er ist Leiter des ›Instituts am Teinachberg‹ für kosmetische Chirurgie in Bad Dürrheim.

Doch Leon interessiert dies jetzt alles herzlich wenig. Er denkt an die Schmerzen seines Körpers an jenem Abend in Konstanz, als Klaiber ihn verabschiedet hatte. Er will von den beiden nicht entdeckt werden. Schnell setzt er sich auf einen freien Stuhl.

Nur langsam fängt er sich. Wie versteinert sitzt er da, aber die Rädchen in seinem Kopf rattern auf Hochtouren. Gerard beim Ärztekongress. Was will der Typ hier? Einen Doktortitel hat in diesem Saal jeder Referent und selbst die Zuhörer.

Hoffentlich sind wenigstens die Universitätsabschlüsse

der Medizinmänner in Deutschland echt, bangt Leon und schaut sich die Auswahl der deutschen Halbgötter im Saal genauer an. Gefälschte Studienabschlüsse unter deutschen Medizinern? Warum nicht? Selbst dies scheint ihm nach den bisherigen Recherchen möglich. Klaiber konnte doch alles besorgen. Wem dieser Herren oder Damen soll man sich im Notfall anvertrauen?

Beifall reißt ihn aus seiner Welt der Fragen ohne Antworten. Dr. Schönbaum hat seine Rede beendet und steigt vom Podium. Leon schaut ihm nach. Er fragt sich, wie komme ich aus dem Saal, ohne von Gerard entdeckt zu werden?

In diesem Augenblick sieht er, wie Gerard sich auf Dr. Schönbaum stürzt. Er reißt die Hand des Mediziners an sich und gratuliert ihm überschwänglich. Alle Achtung, Blondie, der Fachmann weiß bestimmt auch nach diesem Vortrag die passenden und ergänzenden Worte, Respekt!

Gerard redet auf Dr. Schönbaum ein. Für Leon die Chance, sich unbemerkt aus dem Saal zu schleichen. Er steht auf und geht Richtung Ausgang. Er muss an den dreien vorbei, vielleicht kann er im Vorübergehen einige Sequenzen der Unterhaltung erhaschen. Langsam und unauffällig schlendert er aus seiner Stuhlreihe zum Saalende.

Gerard und sein Kompagnon haben den Rücken Leon zugedreht. Gerard hält Dr. Schönbaum fest. Leger hat er seinen rechten Arm über die Schulter des Mediziners gelegt und geleitet ihn aus dem Kongresssaal ins Foyer. Leon folgt unauffällig, immer Ausschau haltend nach dem Bodyguard und vor allem nach Thanner.

Gerard redet heftig auf den kleinen, fast kahlköpfigen Schönheitschirurgen ein. Der Arzt scheint sich über die Worte zu freuen, er strahlt über sein ganzes Gesicht. Leon

sieht, wie Gerard und der Arzt sich im Foyer in eine Leder-
sesselgruppe niederlassen. Der Bodyguard setzt sich dazu.
Beide zeigen sich sehr seriös. Doch auch der teure Anzug
und die seidene Krawatte machen aus Gerards Begleitung
für Leon nicht einen Friedensapostel. Das Outfit der beiden wirkt für ihn, als wären sie dem Laufsteg eines Schla-
gerwettbewerbes von der Schwäbischen Alb entsprungen.
In ihren Boss-Anzügen sind sie in dem geschmackvollen
Hotel platziert wie Papageien in Alaska. Gerard im weißen Anzug, lachsfarbenes Hemd und grelle, gelbgraue Krawatte; der andere im grünen Anzug, gelbes Hemd und rote
Krawatte.

Leon versteckt sich hinter einer Säule der Halle. Wie beiläufig blättert er in einer Broschüre. Er sieht, wie die beiden
einen Diplomatenkoffer öffnen. Blondie übergibt Papiere
an Dr. Schönbaum.

Er traut sich nicht näher an die Sitzgruppe heran. Er
würde zwar gerne hören, was die drei besprechen, aber
er wagt sich nicht aus seiner schützenden Deckung hervor. Das Gespräch unter den Männern scheint herzlich,
das kann Leon erkennen. Schließlich stehen die drei auf
und verabschieden sich.

Gerard und sein Bodyguard gehen zum Ausgang.

Leon schaut ihnen nach. Kleider machen Leute, beweisen auch die beiden. Er schaut beschämt an sich und seinem Anzügle hinunter. Ein bisschen wie ein Konfirma-
tionsjunge, denkt er. Aber sicher besser als die beiden Papageien. Nur in puncto Geld lügt Gerard nicht und auch nicht
sein teurer Anzug. Geld muss er nach Klaibers Tod viel
haben. Alleine wenn es nach den Kontoauszügen des toten
Titelhändlers geht, die er gesehen hat. Dagegen sein eigenes Konto! Wenn es danach ginge, müsste er selbst seinen

alten Anzug abstreifen und ehrlicherweise einen ›Blauen Anton‹ anziehen.

Dr. Schönbaum stöbert in den Unterlagen, die er gerade von Gerard überreicht bekommen hat. Leon schlendert in seine Richtung. Er stellt sich vor ihn hin und spricht ihn unvermittelt an: »Guten Tag, Herr Dr. Schönbaum, ich bin vom regionalen Fernsehen und würde Ihnen gerne einige Fragen zu Ihrem Vortrag stellen.«

»Ja, bitte?«

Leon würde jetzt am liebsten direkt fragen, was denn die beiden Herren gerade mit ihm besprochen hatten. Aber er unterdrückt seine Neugierde und pirscht sich vorsichtig an das Thema: »Ich gratuliere Ihnen zu Ihrem Referat, das wird wohl das Highlight des heutigen Tages sein.«

»Ja, nicht wahr, das haben diese beiden Herren auch gerade gesagt.«

Inhaltlich weiß Leon nicht zu parieren, er hatte den Ausführungen nicht einmal mit einem Ohr zugehört. Deshalb bittet er einfach um das Redemanuskript mit der Begründung, dass er Auszüge daraus in seinem Beitrag zitieren könne.

»Gerne«, sagt Dr. Schönbaum, »ich bin erfreut, dass meine Arbeiten so ein positives Echo finden.«

Nachdem Dr. Schönbaum Gerard und seinen Begleiter schon selbst angesprochen hatte, nimmt Leon den Ball an: »Wer waren denn die beiden Herren, waren sie auch an Ihrem Redemanuskript interessiert?«

Leon ahnt, wie der Blondschopf an Doktorarbeiten herankommt, wie er sie ihm an dem Abend zur Auswahl vorgelegt hatte, als Leon noch hoffnungsfroher Kunde von Klaiber war. Jetzt erklärt sich für ihn der wissenschaftliche Informationsfluss. Schon damals war er über die Qualität und Auswahl der Themen überrascht.

Doch Dr. Schönbaum verneint: »Sie wollten nicht mein Manuskript, sie wollen mich!« Seine zwergenhafte Gestalt wächst zur Größe eines Riesen. Er springt förmlich aus dem Sessel hoch und steht aufrecht und stolz vor Leon. Seine Augen strahlen und funkeln: »Die beiden sind Vertreter einer Universität. Sie haben mich im Auftrag ihres Direktors gebeten, einen Lehrstuhl in meinem Fachgebiet zu übernehmen.«

Gradno, schluckt Leon. »Die haben Ihnen einen Lehrstuhl angeboten?«

»Ja«, bestätigt Dr. Schönbaum feierlich. »Die Herren vertreten eine Universität, die auf dem gleichen Gebiet forscht wie ich. Synergieeffekte, Sie verstehen?«

Noch nicht ganz, denkt Leon, eigentlich überhaupt nicht. Doch seine Zweifel will er dem erfreuten Doktor nicht mitteilen. Vorsichtig hakt er nach: »Sind die Herren auch Wissenschaftler auf Ihrem Fachgebiet?«

»Nein, nein«, gluckst Dr. Schönbaum belustigt, »aber warten Sie.« Er kramt in den Unterlagen, die ihm Gerard überlassen hatte: »Hier habe ich ihre Visitenkarte: Universitätsförderkreis für grenzenlosen und unabhängigen Wissenschaftstransfer e. V., mit Sitz in Überlingen am Bodensee.«

Das Gesicht von Leon wird immer länger. Jetzt versteht er überhaupt nichts mehr. Sakrament, was spielen die beiden für ein Spiel?, fragt er sich. Mit desinteressierter Stimme fragt er den Herrn Professor in spe wie beiläufig: »Wohin wollen die beiden denn Ihr Wissen transferieren?«

»Die Herren haben mir Unterlagen mitgebracht, schauen Sie hier. Die Universität ist in Amerika, in Guatemala City. Das ist sehr interessant für mich, die Wissenschaft ist dort auf einem ganz anderen Stand. Natürlich sind die noch nicht so weit wie wir hier, aber deshalb soll ich ja den jungen Kollegen dort unter die Arme greifen«, erklärt Dr. Schönbaum selbstgefällig, während sein Scheitel anzuschwellen scheint wie der Kamm eines Hahnes kurz vor der Begattung seiner kräftigsten Henne.

Langsam fällt bei Leon der Groschen. Das Puzzle gewinnt an Form: »In der Universidad Fernandez de Orticho?«, tippt er.

»Ja, genau«, strahlt der kleine Eierkopf des Schönheitsdoktors. »Sie kennen diese Universität auch?«

Leon kann sich ein freches Grinsen nicht verkneifen. Er grinst ein bisschen zu breit, aber er kann seinen Wissensvorsprung nicht ganz verhehlen: »Ja, natürlich, ich habe von dieser überaus interessanten Universität schon einmal gehört. Ich denke, Sie werden dort nicht die einzige kluge deutsche Kapazität sein, deren Wissen abgezapft wird.«

Dr. Schönbaums Augen strahlen wie die eines Kindes vor dem Christbaum: »Na, dann stimmt es ja doch.«

»Was stimmt doch?«

»Dass ich dort einen Lehrstuhl bekomme«, sagt der kleine Doktor stolz. »Wissen Sie, das hörte sich so unglaubwürdig an. Die bezahlen mir den Flug und alle Spesen nach Guatemala für einen Vortrag, und anschließend kann ich via Internet den Lehrstuhl von Deutschland aus begleiten.«

»Meinen Glückwunsch«, gratuliert Leon und schüttelt, genauso schleimig wie zuvor Blondie, die Hand des Schönheitschirurgen. Süffisant spricht er die Anrede aus, von der der kleine Doktor sicherlich schon lange träumt: »Gratuliere, Herr Professor!«

»Ja, ja doch, aber noch nicht so laut«, flüstert der Arzt kumpelhaft mit einem Augenzwinkern. »Ehrlich gesagt, verdient habe ich es schon längst. Nur bei der Missgunst der Kollegen hier in Deutschland, die unsere Arbeit immer miesmachen, ist das Erlangen einer Professur auf dem Gebiet der Schönheitschirurgie gar nicht so einfach.«

Donnerwetter! Jetzt erst kapiert Leon die Regeln dieses Spiels. Er kommt aus dem Staunen nicht heraus. So schnell ist aus einem Doktor ein Professor gemacht. Er kann es gar nicht fassen und ist mitgerissen von der Aufgeregtheit des kleinen Dr. Schönbaum. Es ist wohl eine der schönsten Stunden im Leben des fleißigen Chirurgen. Der Mann ist aufgekratzt und voller Vorfreude. In dieser Situation kann man ihm alles, sicher alles verkaufen. Apropos verkaufen. Irgendwann muss der neugebackene Professor doch mit der Wahrheit konfrontiert werden. Dann muss er zahlen! Wann wird er für diesen Titel bluten?, fragt sich Leon.

Der Vertrieb scheint perfekt. So hätte selbst seine Großmutter zur Starverkäuferin mutieren können. Freudig erregt hat Dr. Schönbaum nichts und niemanden hinterfragt. Warum auch? Endlich hat jemand sein Genie erkannt. Das ist der Trick des Geschäftes: Denn, wer fühlt sich nicht unterschätzt? Wer ist nicht eine verkannte Kapazität auf seinem Gebiet, von dem andere noch lernen könnten? Mit Dr. Schönbaum hat Gerard eine gute Nase bewiesen. Der Chirurg hat schon lange nach Anerkennung gelechzt. Ihm hat er einen lange gehegten Traum erfüllt. Eine Genugtuung, die er bisher selbst nicht öffentlich auszusprechen wagte. Endlich die Chance, Professor zu sein! Da soll es bald auf ein paar Auslagen mehr oder weniger nicht ankommen.

Perfide, diese Verlockung, so schätzt Leon den Beginn des Deals ein. Eine Falle, die Rechnung wird nachgereicht, wenn Leon auch noch nicht weiß, wie.

Doch Leon ist auch klar, dass Gerard zu blond ist, um solch eine Geschäftsidee zu entwickeln oder gar alleine umzusetzen. Der eingetragene Verein mit Sitz in Überlingen, das riecht nach Thanner! Dazu passt die Universität in Guatemala, der Herr Direktor sendet seine Späher aus.

Der schöne Titel steht nun im Raum, von einem Preis war noch keine Rede. Warum wird die Summe nicht im Vorfeld festgelegt? Nach seinen Informationen kostet ein Professoren-Titel 30.000 Euro. Auch Klaiber hatte ja diesen Titel im Angebot seines Kataloges. Auch daran erinnert er sich. Ein Festpreis stand in der Liste.

»Müssen Sie eigentlich etwas bezahlen?«, hört Leon plötzlich seine eigene Stimme Dr. Schönbaum fragen. Krottefalsch, jetzt damit den armen Mann zu erschrecken, denkt er gleichzeitig, aber sein Mundwerk war wieder einmal schneller.

Das Strahlemanngesicht des Schönheitschirurgen ist sofort wie ausgeknipst. Seine hellen, funkelnden Augen flackern jetzt dunkel. Erbost zischt er: »Wo denken Sie denn hin? Was glauben Sie überhaupt? Ich werde natürlich bezahlt, mein Wissen, meine jahrelange Arbeit und Forschung, die müssen entlohnt werden. Die haben Wert!«

»Entschuldigen Sie.« Leon hätte sich wegen seiner unüberlegten Worte selbst ohrfeigen können. »Nein, ist doch klar, quatsch«, stottert er, »ich habe nur gemeint, die Errichtung Ihres neuen Lehrstuhls kostet doch Geld.«

Dr. Schönbaum schaut noch immer grimmig, fast beleidigt, als wolle er sagen: ›Was ist jetzt plötzlich mit Ihnen los? Gönnen auch Sie mir meinen Erfolg nicht?‹

Leon lenkt schnell ab. Er hat erfahren, was er wissen wollte. Jetzt braucht er keinen Wirbel. Dr. Schönbaum wird bestimmt bald zugetragen werden, wie das Geld für den Titel zu fließen hat. Die freundschaftliche Beziehung zu dem neu berufenen Professor will er nicht gefährden. Der

Mann muss ihn auf dem Laufenden halten, deshalb verhält er sich schnell wieder konform: »Jetzt hätte ich natürlich erst recht gerne Ihre Rede. Ich würde daraus in meinem Bericht zitieren.« Soll der Pfau doch seine Federn lieben, denkt Leon und poliert am Glanz des kleinen Chirurgen kräftig mit: »Die Nachricht, dass man Sie an eine Fakultät nach Amerika berufen hat, ist der Clou. Wenn ich dies heute Abend berichte, ist das doch eine schöne Werbung für Sie und Ihr Institut.«

Bei der Aussicht auf Medienpräsenz zeigt das Gesicht des kleinen Doktors schnell wieder eitlen Sonnenschein.

Schofseckel, denkt Leon und nimmt Dr. Schönbaum das Redemanuskript ab. Höflich verabschiedet er sich und verlässt dankend die Ärzteschaft in dem Kongresssaal.

Im Foyer des Hotels weint Leon nur kurz dem Rehbraten nach. Aber es ist noch vor 12 Uhr, da hat er noch keinen großen Hunger. Und Appetit hat ihm die Gesellschaft der 200 Ärztevertreter auch nicht gerade bereitet.

Der Portier sieht Leon, winkt dem Autoboy zu und wünscht noch einen schönen Tag. Leon erwidert freundlich den Gruß und geht, immer vorsichtig um sich schauend, aus dem Hotel.

Draußen kommt sein Auto vorgefahren. Gelangweilt von seinem Job steigt der Autobringer cool aus. Ein Porsche imponiert ihm schon lange nicht mehr, schon gar nicht, wenn er über 20 Jahre alt ist. Leon drückt ihm eine Münze in die Hand und schaut, dass er wegkommt. Mit Vollgas fährt er Richtung Lichtentaler Allee. Bei den ersten Parkplätzen hält er an. Endlich frische Luft und hoffentlich weit weg von Gerard und seinem Schläger! Ihnen will er auf keinen Fall begegnen.

Er schnappt sich vom Beifahrersitz seine Mappe, nimmt

ein Blatt Papier heraus und einen Kuli. Jetzt muss er sortieren, was er Neues erfahren hat.

Oben auf das Papier schreibt er: ›Thanner, Vertreter der Universidad de Orticho.‹ Eine Zeile darunter notiert er den Namen des Vereines zur Unterstützung wissenschaftlichen Transfers. Dieser Verein soll sogar ein e. V. sein, also müsste er ja im Vereinsregister in Überlingen geführt werden. Eine Zeile weiter schreibt er ›Klaiber bzw. Gerard‹. Von Gerard gehen die Kontakte direkt zu hoffnungsvollen Professorenanwärtern. Der Aufbau der Pyramide ist klar. Aber wie fließt das Geld von unten, von den frischgeadelten Professoren, nach oben zu Thanner?

Die Reaktion Dr. Schönbaums auf seine Frage war nicht gespielt. Von einem Kauf des Titels war bisher bestimmt nicht die Rede. Die Entrüstung des Chirurgen war echt. Der Mann glaubt an sich und an seine Berufung. Trotzdem wird der Arzt für seinen neuen Professoren-Titel bezahlen müssen, davon ist Leon überzeugt. Gerard wird kassieren. Nur, wie?

Und wie gelangt das Geld dann zu Thanner?

Leon hat keine Lust, sofort nach Stuttgart zurückzufahren. Der Ausflug nach Baden-Baden hatte sich bisher gelohnt. Vielleicht kann er noch mehr erfahren? Soll er später noch einmal zu dem Kongress gehen? Wo ist Gerard jetzt? Wird er noch weitere Mediziner heute zum Professor berufen? Ist er weiter am Akquirieren?

Er beschließt, abzuwarten. Er denkt nochmals über die neuesten Erkenntnisse nach. Vielleicht hat er etwas übersehen, vielleicht etwas, was er heute noch auf dem Kongress klären könnte?

In dem Stadtgarten in Baden-Baden, an der Lichtentaler Allee, scheint die Zeit stehen geblieben zu sein. Leon steigt aus seinem Porsche, der hier in das Bild der Seniorenresidenzen passt. Einst edel, heute ein bisschen verblasst.

Leon geht in ein Café. Am Tisch neben ihm sitzt eine Dame aus besseren Kreisen im vorgerückten Alter. Um ihr weißes Hütchen weht sanft ein transparenter Schleier. Auf ihrem Schoß sitzt ein silbergrauer Pudel. Das Tierchen darf von der Sahnehaube ihres Kakaos schlabbern. Mit der Zunge schleckt das Vieh die weiße Masse aus der Tasse. Keinen Menschen scheint das zu stören. Der Pudel wie auch das Hütchen gehört zum Accessoire der Bäderstadt. Noblesse oblige ist hier angesagt. In diesem Seitental der Oos führen sich die Einwohner noch immer so auf, als stünden sie im Mittelpunkt der Welt wie damals, als vor über 150 Jahren die Reichen der Reichsten in der Sommerhauptstadt Europas Linderung suchten. Preußische, polnische und sogar russische Fürstenhöfe flüchteten vor Krankheiten und Seuchen hierher, um in den Thermen die Kraft klaren Quells zu nutzen. Eine Mischung aus Wasserkur, Waldluft und bald auch schon Glücksspiel gab dem unscheinbaren Ort internationalen Aufschwung.

Wie in einem überdimensionierten Altersheim drehen Rentner beziehungsweise gutsituierte Pensionäre heute ihre Runden. Gemächlich und eher flüsternd, als sich angeregt unterhaltend, gehen sie in Zweiergruppen schleppend durch den Park. Doch plötzlich kommt Bewegung in die Runde. Die Omas und Opas versuchen, ihre Schritte zu beschleunigen. Erste Regentropfen fallen. Heute ist es wieder wärmer geworden, der Regen riecht endlich nach Sommer. Leon schaut in den Himmel. Dicke schwarze Wolken ziehen von Frankreich herüber Richtung Schwarzwaldberge.

Er hat seine Badehose vergessen. Immer wenn er in Baden-Baden ist, geht er in die Caracalla Therme. Aber immer wenn er in Baden-Baden ist, lockt ihn auch das Friedrichsbad. Dort braucht er weder Badehose noch Handtuch. Eine Kreditkarte genügt.

Das Handy fiept. Der Chef vom Dienst der aktuellen Redaktion ist dran. Er will wissen, ob Leon das Kamerateam nun benötigt und ob er den Bericht über den Ärztekongress noch für die heutige Sendung produziert. Leon will abwiegeln. Thanner hatte er nicht gesehen, was soll er da noch mit einem Kamerateam: »Kannste vergessen, das gibt hier nichts her«, sagt er ehrlich.

Nur weil er zu dem Kongress wollte, muss er doch jetzt nicht auch noch einen Bericht absetzen. Aber wie soll er das dem verantwortlichen Redakteur nun erklären? Am Morgen noch dicke Backen, am Mittag kein Luftzug. Doch der Mann muss nun seine Sendung füllen, und Leon hatte sich ihm selbst angeboten: »Okay, ich werde euch eine Meldung schicken, mehr ist hier wirklich nicht drin.« Leon hat während des Gesprächs eine Idee. »Ich werde euch ein Bild von einem Professor namens Dr. Schönbaum überspielen. Das könnt ihr gut als Rücksetzer verwenden. Dazu schicke ich euch eine kurze Wortmeldung.«

Leon grinst hinterhältig. Thanner soll sich an seinem Abendbrot verschlucken. Leon ist entschlossen, die Chance zu nutzen und dem Titelhändler einen Gruß via Fernsehen an den Bodensee zu senden. Wenn seine Überlegungen stimmen, ist Gerard im Auftrag Thanners unterwegs. Gerard sucht neue Kunden. Er, Leon, wird Thanner heute Abend von Gerards Erfolg berichten. Er wird Thanner mit dem Bericht auch zeigen, dass er ihm auf den Fersen ist, dass er den Braten riecht, seine Geschäftspraktiken durchschaut hat. Er muss diesen Mann aus der Deckung zwingen. Dazu ist Leon jedes Mittel recht. Er will ihm zeigen, dass er auf dem Weg ist, ihn zu enttarnen.

Leon nimmt sich die Unterlagen des Instituts der Schönheitsklinik von Dr. Schönbaum vor. Der Arzt hat sich dort im Vorwort selbst groß abbilden lassen. Dieses Passbild scannt er in seinen Laptop ein. In die Bildunterschrift schreibt er: ›Prof. Dr. Schönbaum, Bad Dürrheim‹. Dazu tippt er die Wortmeldung: ›Der Ärztekongress in Baden-Baden war für Veranstalter wie Besucher ein voller Erfolg. Mediziner, die in Wissenschaft und Forschung auf neuestem Gebiet tätig sind, wurden als Referenten gefeiert. Ein Universitätsförderkreis für wissenschaftlichen Transfer lud Dr. Schönbaum zu einer Gastprofessur nach Guatemala ein. Dr. Schönbaum ist Chirurg und Leiter eines Schönheitsinstitutes in Bad Dürrheim. Er hat sich besonders auf dem Sektor des Fettgewebeabbaus einen Namen gemacht. Dabei wird das Fettgewebe in den Problemzonen nicht durch einen chirurgischen Eingriff abgesaugt, sondern ohne Operation neutralisiert. Dr. Schönbaum ist eine weitere deutsche Medizinerkapazität, die mit ihrem Fachwissen eine Professur an der berühmten Universität Fernandez des Orticho in Guatemala erhält.«

Leon verbindet den Laptop mit seinem Handy und sendet die Mail mit dem Porträt des Arztes im Anhang direkt an die Redaktion.

Gell do glotzscht, freut sich Leon. Er selbst würde heute Abend nur zu gerne Thanners Augen sehen, wenn diese Meldung im Fernsehen kommt. Thanner erfährt von ihm exklusiv den Stand der erfolgreichen Tätigkeit seines Außendienstmitarbeiters Gerard. Vor allem der Schlusssatz muss ihn aufhorchen lassen. Die ›Universidad Fernandez de

Orticho‹ in Guatemala kennt in Deutschland kein Schwein. Vermutlich ein kleiner Briefkasten in einer Indiohütte mit Weltruf! Diese Meldung werden auch andere Mediziner sehen. Vor allem alte Kunden Thanners, deutsche Professoren dieser Universität, die sonst lieber im Verborgenen genannt werden.

Krieg den Palästen!

Leon selbst kann sich allerdings an diesem Abend über seinen kleinen Gruß Richtung Bodensee nicht besonders freuen. Der Beitrag schwimmt an ihm vorbei, wie auch das fröhliche, unbeschwerte Statement des Ministerpräsidenten zum FlowTex- Skandal. Die Juristen des Staatsministeriums zweifeln den Inhalt der Klage gar nicht lange an. ›Juristische erhebliche Lücken‹ haben sie aber in der Klageschrift gefunden. Der Ministerpräsident sinngemäß im O-Ton: Die Klage beunruhige ihn nicht, es werde sich sowieso hinziehen, wenn erst einmal die Einzelklagen abgewickelt würden. Das heißt auf gut Deutsch: Bis dahin wird eine neue Sau durch das Land getrieben.

Leon hört den O-Ton vage. Er liegt ziemlich erschöpft auf seinem Bett in Stuttgart. Er registriert nur Bruchteile der Sendung. Sechs Hefeweizen hat er sich schon reingezogen, und noch immer ist sein Körper völlig ausgelaugt. Er ist schon leicht betrunken, dies nimmt er gelassen zur Kenntnis. Gott sei Dank, denkt er. Denn trotz gutem Start hatte der Tag für ihn beschissen geendet.

Nachdem er die Meldung abgesetzt hatte, ging er mit sich und der Welt im Reinen ins Friedrichsbad. Wie ein richtiger Kurgast legt er sich mit Seelenruhe in den ersten Wärmeraum auf eine der Pritschen und döst vor sich hin. Er sinniert an seinem Drehbuch herum und genießt den weiteren

Tagesablauf ohne zusätzliche Termine. Schon am Nachmittag hatte er sein Tagespensum geschafft und war einen großen Schritt in seiner Recherche weitergekommen. Zusätzlich hatte er eine Meldung mit Bild verkauft und somit auch noch Geld verdient. Vor allem aber ist er sicher: Thanner wird sich jetzt bei ihm melden. Er muss anrufen. Vielleicht schon heute Abend, gleich nach den Regionalnachrichten – dachte er noch am Mittag.

In den drei Ruheräumen des Friedrichsbades wird die Lufttemperatur von Raum zu Raum gesteigert. Dieses Bad wurde zwischen 1869 und 1877 im Renaissancestil erbaut. Es gilt heute als eines der schönsten Thermalbadehäuser der Welt. Marmor, Messing, Stuck, schlanke Säulen, Fresken, bemalte Kacheln, die Atmosphäre von unendlicher Freizeit sitzt in jeder Fuge der Mosaiken an den Decken und Wänden. Leon verspürt in diesen Hallen die Muse und Ruhe aus einer Epoche, wie er sie sich für die Reichen des Frühkapitalismus vorstellt.

Auch für die Gäste bleibt hier die Zeit stehen. Er hat das Gefühl, in einem anderen Jahrhundert zu leben. Die Atmosphäre gibt ihm die Illusion, wenn auch nur für kurze Zeit, selbst ein Fürst oder Herzog aus jener Zeit zu sein.

Nach seinem Gang durch die drei Wärmehallen lässt sich Leon massieren. Kurz nur denkt er an die Schläge, die ihm die Leibwächter Klaibers verpasst hatten, als der Masseur seinen Magen bearbeitet. Dann überlässt er seinen Körper wieder genussvoll den Händen des Profis. Ein bisschen Homo ist wohl jeder, entschuldigt er sich selbst, aber der sanfte Herr tut ihm besser als jeder Gedanke an Christina.

Nach der Massage geht Leon in ein Dampfbad. In den frühen Mittagsstunden ist wenig los in den Saunaräumen des alten Friedrichsbades. Leon mag den heißen Dampf um sich und seinen Körper. Er legt sich auf die oberste Bank. Er schließt die Augen und denkt trotz Verdrängungsversuchen schon wieder an Christina und seine Beziehung zu ihr, die ihm irgendwie in den Knochen steckt. Er hat schon ungewöhnlich lange nichts mehr von ihr gehört. Wenn er anruft, ist der Anrufbeantworter angeschaltet, und sie meldet sich nicht zurück. Trotzdem sagt er immer wieder ein liebes Sprüchlein auf und raspelt kräftig Süßholz.

Unbehagen steigt in Leon auf. Eifersucht, gemischt mit Enttäuschung und Trauer oder Wut, er weiß es gerade selbst nicht genau. Er hasst dieses Gefühl. Er will jetzt nicht mehr an sie denken. Langsam fasst seine rechte Hand an sein Glied. Schlaff hängt es da. Schon lange nicht mehr gebraucht, denkt er und nimmt sich vor, endlich ernsthaft mit ihr zu reden. Aber gleichzeitig ist ihm auch klar, manchmal hilft selbst reden nichts mehr.

G'schwätzt isch g'schwätzt.

Leon will nicht mehr weiterdenken, zumindest nicht an Christina. Thanner, das ist sein Job. Er will Christina aus seinem Kopf verscheuchen: Auf, alter Junge, Arsch hoch zu neuen Taten! Diesen Gedanken will er körperlich umsetzen und mit neuer Energie mit seinem Oberkörper in die Sitzposition hochschnellen. Auf halber Höhe spürt er harten Widerstand. Eine Hand fasst ihm um den Hals. Er will die Augen öffnen, sieht aber nur Schwarz. Die Hand ist kräftig, die Finger krallen wie eine Zange in seine Mandeln und drücken die Halsschlagader ab. Fast gleichzeitig werden seine Füße zusammengedrückt und die Beine auf die Bank gepresst. Er schafft es nicht, sich dagegen zu stemmen. Er kommt weder mit dem Oberkörper hoch noch mit den Füßen auf den Boden. Keine Chance, er wird hart auf die Liege gedrückt.

Flach wie ein Brett liegt er auf der oberen Bank, der Griff um den Hals lässt leicht nach, langsam kann er den Kopf Richtung Brust beugen und sich umsehen. Doch was er sieht, entsetzt ihn: Vor seinen Augen ist groß und feist die Fratze von Klaibers Leibwächter.

Leon schmerzt nicht mehr nur der Hals, sondern auch sofort wieder sein Magen.

Der Schläger lockert seinen Griff nur leicht.

Leon erkennt neben seinen Füßen kniend Gerard, der ihm die Fußknöchel auf die Bank drückt. »Hey, Griffelspitzer, haben wir dich nicht schon einmal gewarnt?«, flötet er sanft.

Leon kann nicht antworten. Er würgt, muss nach Luft schnappen, die Hand um seinen Hals drückt fester zu, ihm flimmert es vor den Augen. Das Gesicht des Schlägertypen verzerrt sich zu einer eiskalten Fratze. Leon nimmt seine ganze Kraft zusammen und reißt mit einem Ruck die Beine zu sich hoch.

Gerard kann nicht dagegenhalten, muss loslassen. Er kann der Wucht der Beine mit den bloßen Händen nicht standhalten. Leon ergreift die Chance, tritt mit dem rechten Fuß sofort wieder zurück nach unten. Er trifft mit der Ferse Gerard voll ins Gesicht.

Dieser verliert sein Gleichgewicht und fällt von der oberen Saunabank zwei Stufen tiefer.

Gerards Begleiter greift jetzt schnell wieder fester zu. Er drückt Leon die Halsschlagader fast ab. Er dreht seinen Kopf Richtung Fußende, um nach seinem Komplizen zu sehen. Im gleichen Augenblick zieht Leon sein rechtes Bein wieder hoch und schlägt jetzt das Knie seinem Würger mit voller Wucht auf die Nase. Für einen kurzen Augenblick des Schmerzes entweicht diesem die Kraft in der Hand. Leon nutzt den Bruchteil einer Sekunde, dreht sich weg und rollt sich auf die andere Seite der Bank.

Er ist kurz befreit, liegt aber noch immer vor seinem Angreifer auf dem Rücken. Dieser packt ihn jetzt im Genick und zieht ihn von der Bank. Leon findet keinen Halt, er fällt mit dem Kopf voraus auf den Boden. Er will rufen, schreien, aber er bekommt keinen Laut aus seinem Mund. Der Schläger nutzt die Situation unerbittlich und verpasst ihm mit nacktem Fuß einen Schlag ins Gesicht. Der Hinterkopf kracht gegen den steinernen Fuß einer Bank, dann sieht er Sterne, bunte Farben und er verabschiedet sich von der Welt, die für ihn im Augenblick sowieso nichts Sehenswertes bietet.

Erst viel später kommt Leon wieder zu sich. Mit Backpfeifen holt ihn der Bademeister ins Leben zurück. Leon wehrt sich schwach, dann erkennt er, dass mehre Menschen um ihn stehen. Er sieht zunächst ihre nackten Beine, dann weiße Bademäntel und schließlich übergroße nackte Brüste vor seinen Augen. Langsam erkennt er die neue Situation.

»Sind 'Se hingfalle?«, ist die erste Frage des Bademeisters, den Leon an seinem schneeweißen T-Shirt identifiziert.

Leon nickt müde, nachdem sein Gehirn mühsam die Worte des Mannes zu einer Frage sortiert hatte.

»Ha, wie lang waret Se jetzt wohl in dere Sauna glege?«, forscht unbeirrt der Bademeister weiter.

Leon ist noch benommen, so schnell kann er dem badischen Dialekt nicht folgen. Ihm ist die Situation unangenehm und peinlich. Was soll er auch sagen?

»Wasser«, kommt irgendwann aus seinem Mund. »Bitte, Wasser.«

Leon bekommt Wasser und muss seine gerade gewonnenen Kräfte auch schon aufwenden, um abzuwehren: »Nein, keinen Arzt, nein, vielen Dank, es geht schon wieder viel besser«, beruhigt Leon seine Retter. Dr. Schönbaum würde mir jetzt gerade noch fehlen, denkt er und grinst schon wieder ein ganz kleines bisschen, wenn auch nur ganz hinten auf den letzten Stockzähnen. »Ich muss ausgerutscht sein«, schwindelt er, steht wacklig auf und sucht einen Fluchtweg aus dem Kreis der verschwitzten Körper.

Eingewickelt in warmes Leinen der Tücher des Friedrichsbades, liegt Leon im Ruheraum. Er weiß nicht, wie lange er in der Sauna gelegen hat. Ihm ist es schon wieder kotzübel. Zum zweiten Mal haben ihn die gleichen Typen in die Mangel genommen. Das erste Mal in Konstanz, da wusste er, warum, dieses Mal nicht. Hat Gerard auf eigene Faust gehandelt? Hat er ihn auf Anweisung Thanners verfolgt? Wenn ja, dann müsste der körperlichen Abreibung noch eine mündliche Warnung folgen. Dieser Gedanke stimmte ihn ein kleines bisschen hoffnungsvoller. Thanner hätte ihn demnach endlich wahrgenommen. Ein kleiner Trost und gleichzeitig ein Vorgeschmack.

Jetzt hat der Spaß ein Ende!

Am nächsten Morgen geht es Leon wieder besser. Eine halbe Kiste Weizenbier hatte er sich am Abend noch in den Kopf geschüttet, aber dank des damit einhergehenden Rausches hat er gut geschlafen. Nur der Schädel brummt heute. Aber nicht mehr von den Schlägen. Diese Art Kopfschmerzen, die er heute hat, kennt er. Das beste Rezept: Ruhig im Kissen liegen bleiben und schlafen. Kaum will er seinen Kopf heben, beginnt ein Presslufthammer im Inneren des Schädels zu donnern.

Doch heute hat Leon für lange Therapien keine Zeit. Brummschädel hin oder her, er muss heute zur Ärztekammer. Mitten in der Nacht war ihm diese Idee gekommen. Wenn Thanner seine Vertriebsleute auf Ärztekongressen neue Kunden akquirieren lässt, dann muss doch auch die Ärztekammer etwas über den Titelhandel wissen. Die neue Spur macht ihn neugierig. Trotz dickem Schädel quält er sich aus dem Bett, schmeißt eine Aspirintablette ein und noch eine, dann schnappt er sich das Telefonbuch und sucht die Ärztekammer. Sie residiert in Degerloch, nicht weit von seiner Wohnung.

Es ist zwar erst 9 Uhr, aber er hat einen neuen Faden in der Hand, und die Warnung von Gerard ist ihm noch in schmerzhafter Erinnerung. Er will keine Zeit verlieren, er hat schlecht geschlafen und immer wieder im Traum das Einschussloch in der Stirn des ermordeten Klaiber in seinem eigenen Kopf gesehen. Ob mit dunklem oder hellem Blut, das war ihm in der Zwischenzeit gleichgültig. Gestern, während des Überfalls in der Sauna, hatte er sich schon als neuen Gesellschafter Klaibers gesehen, irgendwo im Nirwana.

Heute hat Leon keine Ruhe mehr. Er muss jetzt seine Chance nutzen, sofort. Er hat sich einen kleinen Vorsprung erarbeitet. Er weiß mehr, als es Thanner recht sein kann. Er könnte sein Geschäft mit Dr. Schönbaum durchkreuzen. Dadurch kann er Thanner zwingen, mit ihm zu reden. Er muss ihn zwingen, Gerard und seine Bluthunde zurückzupfeifen. Leon hat die Schnauze gestrichen voll, er will keine weiteren Schläge mehr einstecken.

Bevor er zur Ärztekammer fährt, versucht er erneut,

Thanner anzurufen. Doch wieder einmal springt nur der Anrufbeantworter an: »Sie haben die Nummer ...«, das weiß Leon selbst, welche Nummer er gewählt hatte. Und weiter hat er heute Morgen auch nichts zu sagen, gar nichts.

Noch nicht.

Leon drückt sich in die tiefen Sitze seines Autos, springt aber schnell wieder heraus. Sicherheitshalber kontrolliert er die Radmuttern. Die sind wie immer verdreckt, keine Spuren einer Bearbeitung. Auch die Motorhaube sowie der Rest des Autos nur verschmutztes Blech, keine Spuren einer Manipulation, die bei dem gleichmäßig verteilten Straßenschmutz sofort auffallen würden. Erst nach dem Check startet er vom Haigst um die Ecke nach Degerloch.

Der Pförtner will ihn ohne Anmeldung nicht einlassen. Leon stellt sich als ein Reporter der Abendschau vor, das zieht immer. Er wird zum Pressereferenten geführt.

Ein junger, alerter Mann empfängt ihn: »Kaffee?«

»Ja, gerne, gute Idee.«

»Was kann ich für Sie tun?«

Leon erzählt von seinem Anliegen. Der Pressereferent schmunzelt: »Ein heißes Eisen, aber wir haben hier alle Ärzte zu vertreten. Einigen ist die Professorenflut ein Dorn im Auge, sagen wir den ordentlichen Professoren. Andere erreichen nur auf dem von Ihnen geschilderten Weg den Titel eines Professors.« Der junge Mann wuchtet sich schwungvoll aus seinem Sitz. Amüsiert schaut er Leon an, dann geht er zu seinem Bücherregal.

»Wissen Sie«, setzt er zu einem kleinen Vortrag an, »dass nach einer Untersuchung fast alle Ärzte zwar einen Doktortitel haben, nur etwa zehn Prozent verzichteten bei dem Studienabschluss auf die Promotion; aber 60 Prozent unserer Mitglieder glauben trotzdem, dass jeder hundertste Kollege einen zweifelhaften Titel führt. Wir schätzen, es sind mehr! Keine Sorge, nicht gefälschte Doktorentitel, aber sagen wir zweifelhafte Professorentitel. Ein fraglicher Doktorentitel unter Medizinern ist sehr unwahrscheinlich. Aber Professoren haben wir einige zu bieten. 70 Prozent der befragten Professorenkollegen gaben in unserer Untersuchung an, dass mit dem Titel ihr Ansehen vor den Patienten steigt.«

»Und damit auch ihr Einkommen?«

»Klar, ein Professor hat eine bessere Auslastung seiner Praxis als ein ganz gewöhnlicher Arzt. Und vor allem: Er rechnet auch höhere Sätze ab.«

Während der Pressereferent noch mehr Statistiken und Umfrageergebnisse zitiert, sucht er sein Bücherregal ab: »Hier ist das Ärztehandbuch«, sagt er mit einem Augenzwinkern und zieht einen blauen Schinken hervor. »Hier müssen alle Kollegen Farbe bekennen, hier drin steht von jedem Kollegen, von welcher Universität er seinen Titel hat.«

Leon nimmt das Buch und blätterte es durch: »Dr. Gültig, Professor der Universität Fernandez de Orticho, Guatemala«, liest er.

»Normalerweise müssen die Ärzte angeben, woher ihr Titel stammt«, erläutert der Referent, »aber nehmen Sie Ihr Beispiel: Dr. Gültig, Prof. – in Klammer – gua. für Guatemala. Aber wer soll schon den Herren nachlaufen und schauen, was sie auf ihren Praxenschildern tatsächlich stehen haben.«

Leon hat die Sympathie des Mannes, ihm scheint es zu gefallen, dass sich jemand dieses leidigen Themas annimmt. Deshalb traut er sich zu fragen: »Sind Ihnen die Kollegen mit ihren falschen Professuren kein Dorn im Auge? Oder warum unternehmen Sie nichts dagegen?«

Der junge Pressereferent lacht bitter: »Die Kammer geht nicht gegen ihre eigenen Mitglieder vor und wenn, wo bitte sollten wir beginnen? Schauen Sie sich doch das Verzeichnis selbst durch.«

Leon blättert weiter und versteht schnell. Ihm fallen fast die Augen aus dem Kopf, ein Prof. (gua.) Universität Fernandez de Orticho jagt den anderen: »Da hat ja fast jeder zweite Arzt seinen Professorentitel aus Guatemala von der Universidad Fernandez de Orticho«, feixt er.

»Eben, und jetzt schauen Sie bei diesem Herrn Professor Gültig, Habererstr. 25. Und hier, Professor Schier, Habererstr. 23. Das nenne ich Nachbarschaftshilfe: Bevor die eine Krähe der anderen ein Auge auspickt, besorgt sie sich auch solch ein Korn. Da schaut der eine Doktor zu seinem Fenster hinaus und sieht den anderen mit einem Professorentitel. Und was macht der Kollege?«

»Er besorgt sich die Adresse und hat jetzt auch einen«, lacht Leon amüsiert. »Chancengleichheit nennt man das. Das Dumme ist nur, bei Professor Schier bin ich in Behandlung!«

»Ja, sehen Sie, Sie auch. Den Kollegen bleibt doch gar nichts weiter übrig, als sich Professor zu nennen. Professor, das muss man heute schon sein, wenn man eine große Praxis oder gar eine Privatklinik hat. Die Patienten wollen Kapazitäten, auch die Patienten der AOK.« Und resigniert fügt er hinzu: »Wir haben von der Kammer aus vor vielen Jahren einmal versucht, diese Professoreninflation zu unterbinden, doch vor Gericht haben wir verloren.«

»Gegen die Titelträgermafia? Vertreten durch Rechtsan-

wälte und einen Herrn Prof. Dr. Thanner?« Leon ist schon
längst klar, dass jeder Professor, der in dem Ärztehandbuch
sein Prof. (gua.) führt, von Thanner vermittelt ist.

»Ja, ja, ein Professor war es und Doktor natürlich auch.
Thanner, das kann schon sein«, versucht sich der Referent
zu erinnern, »das war vor meiner Zeit.«

Leon kopiert die Seiten aus dem Handbuch. Alle Professoren aus Guatemala abzuschreiben, das hätte zu lange
gedauert.

»Sollten Sie noch etwas benötigen, ich stehe Ihnen jederzeit zur Verfügung«, freut sich der Vertreter der Ärztekammer auf den geplanten Fernsehfilm. »Aber bitte, lassen Sie
uns außen vor.«

Zu Hause startet Leon eine Telefonaktion. Jeden der Ärzte
aus dem Handbuch mit ›Prof.‹ und Zusatz ›(gua.)‹ ruft er an.
Freundlich meldet er sich, stellt sich als Journalist vor und
tut wichtig. »Hier ist das Fernsehen, könnte ich den Herrn
Professor dringend sprechen, eine wichtige Geschichte, zu
der wir ihn interviewen möchten.«

Die Professoren lassen meist nicht lange bitten, ihre
Patienten müssen kurz warten, dann melden sich fast alle
durch die Bank weg mit: »Ja, einen schönen guten Tag, hier
spricht Professor ...«, der jeweilige Name folgt.

Leon fackelt nicht lange herum und fragt unverhohlen:
»Herr Professor, Sie lehren in Guatemala, wie kann ich mir
das vorstellen?«

Manche der Herren erzählen von Forschungsaufträgen
an der fernen Universität, einige erzählen mit Stolz in ihrer
Stimme, andere verunsichert. Ein Interview lehnen sie alle
rundweg ab. ›Sie müssen verstehen‹, erklären die Herren
immer gleichlautend, ›so etwas muss von der Ärztekam-

mer genehmigt werden, wir dürfen in eigener Sache nicht werben.‹

Leon macht das Telefonspiel Spaß. Er spürt durch die Leitung, wie sich die Herren in Weiß an der anderen Strippenseite winden und schwitzen. Dieser Anruf passt keinem. Wie kommt ein kleiner Journalist dazu, sie nach ihrem Professorentitel zu fragen.

Der kleine Journalist aber sticht mit wachsender Begeisterung in den Ameisenhaufen. Wichtig für ihn ist, jetzt alle die Professoren in Rage zu versetzen, die ihren Titel aus Guatemala haben. Sie müssen Angst haben und ihren Lieferanten, also Thanner, kontaktieren. Keiner von ihnen lässt sich auf eine lange Diskussion mit ihm ein. Sie alle haben das gleiche Sprüchlein gelernt. Unverdrossen halten sie an ihrer Version fest: ›Wir forschen in Guatemala.‹

Manche Professoren wiederum legen einfach auf. Manche kann Leon noch nach dem Namen des Rektors der ›Universidad Fernandez de Orticho‹ fragen. Sie alle nennen einmütig einen gewissen Professor Zucker. Und Thanner? Nein, den will niemand kennen.

Leon geht in die Küche und macht sich einen Kaffee. Er ist sicher, die Telefonleitung in der Villa am Bodensee läuft jetzt heiß. Gewiss rufen die aufgescheuchten Professoren dort an. Dann muss Thanner reagieren, dann muss er endlich auf Leon zugehen. Wenn nicht, wird er jeden einzelnen Professor mit laufender Kamera besuchen. Endlich hat er einen Hebel in der Hand. Er kann jetzt Thanner drohen. Ein wirklich schöner Morgen, was man doch schon erledigen kann, wenn man nur früh genug aufsteht.

Leon hat am Morgen fast die gesamte Liste der fraglichen Professoren in Süddeutschland abtelefoniert. Nur zwei ließ er aus, Professor Gültig und seinen Nachbarn Professor Schier, der Proktologe. Ein Freund hatte ihm diesen Arzt empfohlen: Professor Schier, Facharzt für den hinteren Teil des Menschen. Leon hat dort ein Problem. Gerade 38 Jahre alt, und schon juckt es ihn ständig in der Falte. Er drückte sich lange vor einem Termin, doch jetzt hat er einen Grund mehr, den Arzt zu besuchen. Kurz entschlossen ruft er an. Er stellt sich als Privatpatient vor und bittet um einen sofortigen Termin: »Ich halte es nicht mehr aus, und im Stuhlgang ist Blut«, macht er Druck.

Nach einer kurzen Rücksprache der Arzthelferin mit dem Herrn Professor darf Leon am Nachmittag kommen. Mutig geht er hin. Der Arzt soll ihn nicht operieren, sondern die Hämorriden sanft mit einem Wundermittel vertreiben. Das Jucken ist tatsächlich immer penetranter geworden. Der Gang zu dem Arzt steht so oder so an.

›Prof. Dr. Schier, Proktologe‹ steht auf der Emailtafel an der Hauswand. Kein Zusatz oder Hinweis, woher die Professur stammt. Leon schielt um die Ecke und sieht das Praxisschild von Dr. Gültig, Internist. Auch er hat groß seinen ›Prof.‹ auf das Schild vor seinen Namen geschrieben, aber ebenfalls ohne den vorgeschriebenen Zusatz. Leon überlegt, wie er die beiden Schilder durch einen Schwenk oder ein Zoom verbinden wird. Dann geht er zu seinem Termin.

Beine breit, Einlauf, schnell auf den Topf und dann zurück auf den Stuhl, grässlich. Professor Schier arbeitet sich mit Plastikhandschuhen in Leon hinein. Ihm treibt es Schweißperlen auf die Stirn. Hitzewellen jagen durch seinen Körper. Endlich die erlösenden Worte: »Sie können sich anziehen.«

Leon springt aus dem Frauenarztstuhl hoch und greift sich seine Hose. Der Professor ist aus dem Behandlungsraum geeilt. Eine Arzthelferin erscheint. Sie strahlt ihn mitfühlend an, er kommt sich ohne Hose hilflos vor. Ein lockerer Spruch wäre jetzt gut, doch wie immer, wenn man einen braucht, ist keiner da.

Leon hat noch immer ein Gefühl, als sei sein Hintern sperrangelweit geöffnet. Trotzdem denkt er an seine Story. Wie beiläufig fragt er die junge Arzthelferin: »Sagen Sie, wo ist unser Herr Doktor eigentlich Professor?«

Die Arzthelferin antwortet unbekümmert: »Wo, weiß ich auch nicht genau, aber mit der Entwicklung der Hämorridensalbe ohne Cortison muss es zu tun haben. Das ist nämlich seine eigene Kreation.«

Die Tür geht auf, Prof. Schier kommt in das Behandlungszimmer zurück. »Hier das Rezept, eine von mir zusammengestellte Salbe, täglich auftragen, morgens nach dem Stuhlgang«, bestimmt er.

»Und für diese Salbe haben Sie in Amerika Ihre Professur bekommen?«

Der Professor schaut ihn überrascht an und fragt scharf: »Wer sagt das?«

»War ja nur eine Frage.«

Die Arzthelferin mischt sich mit hochrotem Kopf ein: »Ich!«

Freundlicher, und als wäre es die nebensächlichste Nebensache der Welt, klärt er auf: »Ja, ja, in Amerika. In Deutschland ist man als Proktologe ja kein Facharzt, die Notwendigkeit für diese Wissenschaft erkennt nur, wer das Problem selbst hat.«

»Stimmt, davon kann ich ein Lied singen. Und in Guatemala ist der Proktologe ein Facharzt?«

Feierabend, der Professor will gerade seinen Kittel öffnen, da macht er hastig die oberen Knöpfe wieder zu. Seine

Lässigkeit ist wie weggeblasen. Er schiebt verunsichert die Goldrandbrille auf sein Nasebein hoch. Im Befehlston bellt er unvermittelt: »Warten Sie hier!«

Leon nutzt die Zeit, seine Hose endlich hochzuziehen, das Hemd hineinzustecken und wieder dazustehen, wie es sich gehört. Die Arzthelferin nimmt die Gelegenheit wahr und verduftet unauffällig.

Leon steht unschlüssig in dem Behandlungsraum, da kommt der Professor zurück. Er ist nicht alleine, in seiner Begleitung ist ein weiterer Weißkittel. »Dr. Stühle«, stellt er seinen Kollegen vor. »Wären Sie so freundlich und würden Sie uns nun bitte sagen, was Sie wollen?«

Leon lächelt, dem vermeintlichen Professor ist die Verunsicherung anzusehen. »Wissen Sie«, setzt Leon an, »es geht nicht nur um Ihren Titel. Hier geht es um Mord und in der Zwischenzeit auch um einen Mordversuch an mir. Es reicht, ich habe die Schnauze voll. Sagen Sie Ihrem Professorenvater Thanner, er möge sich bei mir melden, oder ich lasse Ihre gesamte Professoren-Kollegenschar hochgehen. Ich kenne in der Zwischenzeit wohl alle.« Leon spricht sehr energisch und laut. Die beiden Herren in Weiß stehen verdattert vor ihm. Er nutzt die Situation, um den Druck auf die beiden zu verstärken. Er will jetzt endlich erfahren, wie Thanner abkassiert, was ein solcher Titel kostet und vor allem, wann und wie bezahlt wird. Forsch fragt er: »Wie viel Geld haben Sie denn für Ihren Titel hingeblättert?«

Prof. Schier wird augenscheinlich blass. Er wankt. Er stützt sich an dem Behandlungsstuhl ab und sagt: »Oh Gott, so musste es ja enden.«

Dr. Stühle stützt seinen Praxischef und herrscht Leon an: »Da sehen Sie, was Sie anrichten. Der arme Mann, er kann doch nichts dafür, er wollte doch den Titel gar nicht.«

Leon sieht, wie Prof. Schier vor Angst zittert und Dr. Stühle ihn zu beruhigen versucht. Doch unbarmherzig setzt er nach: »Wie viel haben Sie Thanner bezahlt?«

Der fragliche Professor hat sich auf einen Stuhl gesetzt. Er stützt seinen Kopf in beide Hände und schaut beschämt auf den Boden. Er fleht und jammert: »Was wollen Sie denn gerade von mir, ich wollte den Titel wirklich nie, Thanner hat ihn mir aufgedrängt.«

»Und Sie haben ihn einfach genommen?«

»Ja, das war auch nicht unrecht«, beharrt der alte Herr trotzig.

»Schauen Sie«, mischt sich Dr. Stühle ein, »mein Chef wurde von der Universität in Guatemala förmlich gebeten, den Titel anzunehmen und die Universität damit dort zu unterstützen, quasi als Entwicklungshilfe, wenn Sie verstehen.«

»Ich verstehe schon«, sagt Leon »und was hat Sie diese Entwicklungshilfe gekostet?«

»Jährlich eine Spende nach meinem Gutdünken«, gibt der vermeintliche Professor schließlich kleinlaut zu.

Von wegen, ich verstehe schon, denkt Leon. Er ahnt nur langsam das System. Er setzt sich auf einen Stuhl neben den Professor, der in den vergangenen Minuten sichtbar gealtert ist. Den Anfang der Verleihung eines Titels von Thanners Gnaden hatte er gestern bei Dr. Schönbaum miterlebt. Auch der Beginn der Verleihung an Prof. Schier scheint nach seiner Schilderung nach dem gleichen Muster abgelaufen zu sein. Gerard hatte den Titel dem eitlen Chirurgen umgehangen, ohne diesen lange zu fragen. Und auch die Fortsetzung dürfte nun ebenfalls nach dem gleichen Muster ablaufen, denkt Leon. Erst nach der Titelverleihung wird Geld gefordert. Und selbst dann nicht direkt für den Titel, sondern lediglich eine kaschierte Spende für den Wissenstransfer an die Universität der kleinen Indios. Genial und perfide zugleich. Kein rechtswidriger Titelverkauf, sondern geschicktes Ausnutzen von Eitelkeiten und warmherziger Entwicklungshilfe.

»Was wäre denn passiert, wenn Sie nicht bezahlt hätten?«

Jetzt mischt sich der jüngere Kollege ein: »Nun lassen Sie doch, wie stellen Sie sich denn so was vor? Gestern Professor und heute Hans Dampf? Das geht doch gar nicht. Professor Schier ist da reingerutscht, und jetzt muss er bis zum bitteren Ende durchhalten. Er wollte aussteigen, ich habe ihn überredet weiterzuspenden. Die Patienten würden sich doch sehr wundern, wenn ihr Professor morgen kein Professor mehr wäre. Wie wollten Sie denn das erklären?«

»Das heißt, Sie wurden nicht erpresst?«

»Das ist in diesem Fall doch gar nicht nötig.«

Leon ist fasziniert und abgestoßen zugleich. Ein perfektes System. Ohne Druck, Drohung oder Erpressung, im Gegenteil: Mit Tschindarassabum verschenkt Thanner großzügig die begehrten Titel, danach bittet er kleinlaut um eine milde Gabe.

»Haben Sie an den Universitätsförderkreis in Überlingen gespendet?«

»Ja.«

»Wie viel haben Sie denn bisher ungefähr bezahlt?«

»Jährlich zwischen 5.000 oder auch 15.000 Euro.«

»Und seit wann?«

»Seit mehr als zehn Jahren.«

Leon pfeift anerkennend durch die Zähne. Das macht insgesamt 100.000 bis 150.000 Euro für einen Professorentitel. Und das arme Sparschwein Dr. Schier ließe sich noch lange weiter melken.

Hut ab, Herr Thanner!, geht es Leon durch den Kopf. Bei der Anzahl der Professoren aus Guatemala, die er heute Morgen im Ärztehandbuch alleine für Baden-Württemberg gefunden hatte, ein Millionengeschäft. Ein einmaliger Titelverkauf bringt keinen Bruchteil dieser enormen Summen. Thanner hatte sich eine krisensichere Bank geschaffen. Jahr für Jahr kommen Spenden herein, und er kann sein Leben lang abkassieren.

Was juckt den größten Philosophen die Weltrevolution, wenn er Zahnschmerzen hat? Leon spürt dankbar das Rezept von Prof. Dr. Schier in seiner Jackentasche. Zum Glück hatte er es eingesteckt. Schließlich war er ja nicht nur aus journalistischem Interesse bei dem Proktologen gewesen, sondern aus viel menschlicheren Beweggründen. »Die Apotheke neben der Arztpraxis«, hatte ihm die freundliche Arzthelferin noch empfohlen.

Auf dem Papier des Rezeptblocks steht gedruckt: ›Prof. (gua.) Dr. med. Schier‹.

Brav, denkt Leon, das wird die Ärztekammer freuen.

Die Apothekerin hat die Salben auf Vorrat. Auf der Verpackung sieht Leon dann aber doch wieder stolz den Professorentitel ohne Herkunftsland prangen: ›Nach Prof. Dr. med. Schier‹.

Leon fragt die Apothekerin: »Wissen Sie, was das ›gua.‹ hier auf dem Rezeptblock von Professor Schier zu bedeuten hat, auf der Rezeptur steht es nicht?«

Die Apothekerin lächelt: »Guatemala, dort hat der Herr Professor einen Lehrstuhl.« Und zweideutig fügt sie hinzu: »Sagt er.«

Leon staunt. Jeder scheint von dem Schwindel zu wissen, aber alle medizinisch involvierten Kollegen halten dicht.

Habererstraße 23, die Praxis von Prof. Dr. med. Schier, dieser Besuch hat sich gelohnt. In der Habererstraße 25 ist die Praxis von Prof. Dr. med. Gültig, dieser Besuch steht noch bevor. Wer der beiden Herren Professoren war wohl zuerst der Kunde von Thanner? Die Titelinflation in einer Straße hat den Marktwert nicht gedrückt. Marketing funktioniert massenweise. Auch der Supermarkt steht längst nicht mehr alleine auf der grünen Wiese.

Die Schließmuskeln von Leons Hinterteil haben sich erholt. Die Backen haben wieder die normale Position eingenommen. Er ist gut gelaunt, der Tag heute hat ihn in zweifacher Hinsicht vorangebracht.

»Schmierä und salbä hilft allenthalbä«, wusste schon seine Großmutter.

Leon geht über die Hauptstraße, von der Apotheke aus direkt gegenüber, zu Dr. Gültig beziehungsweise Prof. Dr. med. Gültig.

Eine Arzthelferin öffnet die Tür einen Spaltbreit, dann stellt sie ihren eigenen, fülligen Körper in den Rahmen. Sie versucht, Leon abzuwimmeln: »Nein, auch Privatpatienten empfängt Professor Gültig um diese Uhrzeit nicht mehr.«

»Patienten nicht, aber Journalisten schon«, beharrt Leon.

In den Augen der Arzthelferin bilden sich Fragezeichen.

»Ich komme aus Guatemala, den weiten Weg hierher mache ich doch nicht umsonst, grüßen Sie den Herrn Professor von seinem alten Kollegen Thanner, und jetzt lassen Sie mich schon hinein.«

Die Arzthelferin bleibt wie festbetoniert stehen. »Nein, ich habe Ihnen doch schon gesagt, der Herr Professor will nicht gestört werden, er telefoniert.«

Leon späht über den Kopf der Helferin in den Empfangsraum. Auch sie dreht ihren Kopf um und blickt hinter sich.

»Danke«, sagt Leon, nutzt den Augenblick und drückt sich mit Macht und dem Einsatz seines Körpers an der dicken Frau vorbei.

Auf dem Schreibtisch hinter der Empfangstheke steht die Vermittlungsanlage des Telefons. Ein Licht leuchtet. Kein Zweifel, Prof. Gültig telefoniert auf einer Leitung. Leon geht weiter in die Praxis hinein und hört eine laute, männliche Stimme. Er geht in ihre Richtung und sieht einen Mann im weißen Kittel auf einem Schreibtisch sitzen. Der Mann hat ihm den Rücken zugekehrt und telefoniert aufgeregt. Das Zimmer ist voller Rauch, der Aschenbecher auf dem Tisch quillt über.

»Sie als Arzt rauchen?« Leon platzt einfach in das Gespräch und betritt den Raum.

Professor Dr. Gültig dreht sich abrupt um. Den Telefonhörer behält er in der Hand, mit der Schnur zieht er das Gerät vom Tisch, es scheppert, der Apparat liegt auf dem Boden. Der Arzt hält den Hörer noch immer am Ohr und schaut Leon entsetzt an. »Jetzt ist er bei mir, was soll ich tun – ich muss auflegen«, sagt er leise und zieht den Telefonapparat an der Schnur wieder zu sich hoch.

»Ah, ein kleiner Plausch unter Nachbarn?«, will Leon wissen.

Die Arzthelferin ist hinter ihm hergestürmt und steht

jetzt ebenfalls in dem Arztzimmer. Sie will sich bei ihrem Chef entschuldigen, doch dieser hat schon kapituliert: »Ist schon gut, Fräulein Waible«, beruhigt er, »gehen Sie und machen Sie die Tür bitte zu.«

»War dies Ihr Kollege, Professor Schier, von gegenüber? Hat er von meinem Besuch bei ihm erzählt? Oder mit wem haben Sie gerade gesprochen?«

Der Arzt entwirrt nervös das Telefonkabel und stellt den Apparat schließlich an seinen Platz.

»Welche der Kapazitäten wurde denn zuerst entdeckt? Professor Schier oder Sie?«

»Er.«

»Und von ihm haben Sie dann auch die Adresse von Thanner bekommen?«

»Ja.«

»Und wie viel haben Sie bezahlt?«

»Nichts.« Prof. Gültig ist klein gewachsen, trotzdem versucht er, sich in voller Größe zu zeigen. Seine langen Arme hängen an seinem kurzen Körper wie bei einem Schimpansen. Er hält sie mit geöffneter Handfläche nach oben. »Nichts habe ich bezahlt. Ich denke, mein Kollege hat Sie schon aufgeklärt. Ihr Auftreten ist unverschämt, und Ihre Unterstellungen sind kriminell. Wir haben nichts bezahlt und bezahlen nichts. Wir haben die Titel auch nicht gekauft, sondern uns redlich verdient!«

»Ja, ja, immer schön das gleiche Liedchen singen. Hat Thanner es mit Ihnen eingepaukt, oder war es Klaiber? – Wissen Sie, dass er tot ist?«

Professor Gültig signalisiert laut und mit aufrechter Haltung, dass er in seiner Praxis das Sagen hat: »Ihre Mordgeschichten interessieren mich nicht. Ich kann Sie jederzeit hinauswerfen lassen. Sie nehmen sich einfach viel zu viel heraus.« In verringerter Lautstärke redet er nach einer kurzen Pause weiter. »Ich habe etwas vorzuweisen, ich bin Arzt. Ich habe promoviert an der Universität Tübingen, und ich habe gelehrt und geforscht in Guatemala, das kann man alles nachprüfen und hält vor jedem Gericht stand. Ihre Drohungen sind lächerlich, Ihre Vorwürfe nicht haltbar. Ich warne Sie, übernehmen Sie sich nicht, und jetzt bitte gehen Sie!«

»Glauben Sie doch den Quatsch von Thanner nicht, die Ärztekammer sieht die Führung Ihres Professorentitels sehr kritisch und ohne den Zusatz ›gua.‹, so, wie Sie ihn jetzt auf Ihrem Praxenschild führen, ist es schlicht verboten.«

»Die Universität Fernandez de Orticho ist eine ordentliche Universität in einem souveränen Staat, meinen Titel kann ich dort oder hier führen, grad, wie es mir beliebt«, belehrt Professor Gültig ganz piano weiter. Und nach einer kurzen Pause hebt er die Lautstärke wieder an: »Überlegen Sie, was Sie hier tun, Sie unverschämter Lümmel, ich kenne Ihren Chefredakteur, das hat Folgen für Sie!«

»Woher wissen Sie, dass ich einen Chefredakteur habe?«

»Wir wissen schon längst alles über Sie. Aber es interessiert mich nicht. Ich bin Arzt und auch Professor, ob es Ihnen passt oder nicht. Im Übrigen habe ich auch vom Wissenschaftsministerium die Zulassung auf Anerkennung meiner Lehrtätigkeit in Guatemala erhalten und kann somit jeden Titel meiner Universität auch hier in Deutschland führen!«

Rechtlich hat sich Thanner abgesichert, das hat ihm die Ärztekammer schon bestätigt. Aber Leon kann nicht mehr zurück. Er hat sich mit seinem Auftritt bei den beiden Professoren weit aus dem Fenster gelehnt. Er will, dass einer von ihnen ihn zu Thanner führt. Sein Kopf brummt noch immer von dem Schlag des Vortages. Er hat Angst vor einem weiteren Überfall. Er muss jetzt die Eskalation kanalisieren, bevor Gerard die beiden Bluthunde nochmals auf ihn hetzt.

Unvermittelt streckt er seine Hand aus und stellt sich vor: »Sie müssen entschuldigen, Herr Professor, aber ich weiß doch bald selbst nicht mehr, was ich noch glauben soll. Ich habe Professor Klaiber kennengelernt, und er hat mir von gefälschten Doktorentiteln erzählt. Ein Dr. aus Bolivien mit ›bol.‹ in Klammern, und schon könnte ich diesen Titel hier in Deutschland tragen. Jetzt habe ich im Ärztehandbuch Ihren Prof. mit dem Zusatz ›gua.‹ gesehen und dachte ...«

Leon redet langsam, bricht schließlich ab und wartet auf eine Reaktion seines Gegenübers. Der Arzt sieht ihm zum ersten Mal direkt ins Gesicht. Die ausgestreckte Hand ignoriert er. »Da dachten Sie ...? Was dachten Sie? Dass es unter Medizinern gefälschte Doktoren gäbe? So ein Unsinn! Und da Sie das nun nicht bestätigt gefunden haben, dachten Sie, versuchen wir es eben einmal mit den Professoren? Irgendwie wird sich schon eine Geschichte zusammenflicken lassen. Ich sage Ihnen, vergessen Sie die Story, machen Sie sich nicht unglücklich.«

Leon wiegt seinen Kopf. Er widerspricht nicht.

Prof. Gültig ist erleichtert. Er hat den Angriff abgewehrt, zufrieden greift er zu einer weiteren Zigarette.

»Aber Klaiber hatte Doktorentitel in seinem Angebot, er verkaufte tatsächlich Universitätsabschlüsse!« Leon versucht, das Gespräch am Laufen zu halten. Wenn mit Gültig nicht über den Professorentitel zu reden ist, vielleicht petzt er gerne etwas anderes aus.

Und tatsächlich, die Miene des kleinen Arztes wird freundlicher. Das neue Thema schmeckt ihm schon viel besser: »Kein Mediziner kauft einen Universitätsabschluss, glauben Sie mir. Einen Dr. med. gibt es nicht zu kaufen, das ist ganz unmöglich. Es stimmt, ich habe auch schon von solch einem Titelhandel gehört. Aber ich bitte Sie, das betrifft keinen Arzt, sondern Scharlatane. Schauen Sie doch nur, was sich heute alles auf dem Gesundheitssektor tummelt. Heilpraktiker ohne Universitätsabschluss, die nennen sich gerne Doktor und führen dann solch einen Titel aus Asien oder sonst woher ein.«

»Kennen Sie solch einen Heilpraktiker, Herr Professor Gültig?«, schleimt Leon. »Kennen Sie solch einen Fall? Das spricht sich doch in Ihren Kreisen herum?«

Der kleine Arzt gewinnt weiter an Statur. Er misst keine 1,65, und doch scheint sein Körper ständig zu wachsen. Leon könnte ihm ohne Mühe auf den Kopf spucken. Die wenigen Haare sind blond gefärbt und über eine verdeckte Glatze, vom linken bis zum rechten Ohr, gezogen.

Leon bückt sich auf die Augenhöhe des Professors. Er sieht sie hinterhältig glänzen. Sehr schön, der lässt sich kaufen, ahnt Leon und wird deutlicher: »Ich würde gerne den Nachmittag heute bei Ihnen und Ihrem Kollegen vergessen. Aber irgendetwas bräuchte ich schon. Einen Namen nur, und wir haben uns nie gesehen.«

»Ich gebe Ihnen zwei, wenn Sie mich und Prof. Schier dafür aus dem Spiel lassen.« Jetzt funkeln die Augen des kleinen Arztes böse.

»Okay, für zwei falsche Doktoren.«

»Ein Heilpraktiker mit einem fraglichen Titel«, korrigiert Prof. Gültig spitz. Sein verräterisches Lächeln weitet sich über sein Vollmondgesicht: »Ein kleiner Angeber, der gerade einmal Bademeister war und sich heute mit einem Professorentitel schmückt und sich dazu auch noch als Doktor ausgibt. Ich habe ihn kennengelernt, ein abscheulicher Typ.«

»Hört sich sehr interessant an, und der zweite Fall?«

»Ein Dummkopf. Ein Apotheker, der drei Professorentitel haben soll. Eine Geschichte, von der ich zufällig gehört habe. Stellen Sie sich vor: Drei! Das gibt es doch gar nicht.«

Der Tag ist gut, und Leon ist glücklich. Plötzlich ist der Knoten durchgeschlagen. Mit den beiden eben besuchten Professoren kann er Thanner in die Knie zwingen, und mit den beiden neuen fraglichen Titelträgern kriegt seine Geschichte Pfiff und Witz. Schnell willigt er ein: »Sie können sich auf mich verlassen, ich war nie hier und auch die Namen, die Sie mir jetzt gleich sagen werden, habe ich nicht von Ihnen, okay?«

»Ernst Lakkermann, der kommt aus Saarbrücken, an dem werden Sie ihre Freude haben. Der hat gerade einmal die Volksschule geschafft, und jetzt nennt er sich Doktor. Der dreifache Professor muss in Köln wohnen, er heißt Wilhelm Ach und ist Apotheker.« Prof. Gültig nennt die Namen, ohne mit der Wimper zu zucken.

Leon kennt die Pappenheimer. Kein Informant gibt ohne Gegenleistung sein Wissen preis. »Warum liefern Sie mir gerade diese beiden Namen?«

»Weil Sie mich und meinen Kollegen in Ruhe lassen sollen, und weil diese beiden es nicht verdient haben, einen Titel unserer Universität zu tragen. Ich denke, wir sind uns da einig.«

»Ah ja, Professoren der ›Universidad Fernandez de Orticho‹. Rührend, Ihr Ehrenkodex«, lächelt Leon dem Professor frech ins Gesicht.

Thanner ist er immer noch nicht näher gekommen. Deshalb geht er, bevor er sich verabschiedet, noch einmal ganz dicht an den Professor heran. Er drückt seinen langen, rechten Zeigefinger dem Doktor auf die Brust und warnt: »Sagen Sie Thanner, wenn er sich nicht bald bei mir meldet, dann wird es für viele weitere Ihrer Kollegen noch sehr ungemütlich werden. Ich glaube nicht, dass er eine Liste der exklusiven guatemaltekischen Professoren veröffentlicht sehen will. Sagen Sie ihm das!«

Ein guter Abtritt, denkt Leon und will gehen. Er dreht sich um und sieht an einer Wand Bilder kleiner Latinokinder. Schwarze Lockenköpfe und große schwarze Augen. »Süß«, schmunzelt er, »schön, dass in einer globalisierten Welt die Reichen bei den Armen billig einkaufen können.«

Professor Gültig will protestieren, aber Leon kommt ihm zuvor. Er wedelt mit der Hand vor dem Gesicht des kleinen Doktors, um den Zigarettenrauch zu vertreiben: »Richten Sie ihrem Dekan Thanner, oder was er auch immer für Sie sein mag, aus: Wenn mir etwas passiert oder seine Schlägertrupps mir noch einmal auflauern, dann kann er seine Kundenkartei in der Zeitung lesen, dafür habe ich schon gesorgt. Los, rufen Sie schon an und bestellen Sie ihm das.«

Prof. Gültig bleibt gelassen. Regungslos schaut er Leon an.

Leon ist im Begriff zu gehen, aber die Angst hält ihn zurück. Er befürchtet, dass er nochmals zum Ziel der beiden Bluthunde werden könnte. Thanner muss die beiden zurückpfeifen. Mit Gültig ist ihm Leon so nah wie noch nie. Deshalb geht er noch einmal auf den kleinen Arzt zu. Dieser steht noch immer an seinem Schreibtisch. Leon nimmt den Hörer vom Telefon und drückt ihn ihm in die Hand. »Los, rufen Sie Thanner jetzt an, jetzt sofort!«

Der Arzt geht hinter den Schreibtisch, setzt sich auf den Stuhl und wählt. Er horcht in die Muschel, legt schließlich auf und sagt: »Besetzt.«

Leon nimmt den Telefonhörer von der Gabel, drückt die Wahlwiederholung und liest eine Handynummer auf dem Display. Diese Nummer schreibt er sich auf. Jetzt erst verlässt er den fragwürdigen Prof. Dr. Gültig.

Mit den beiden neuen Adressen in der Tasche und der Handynummer Thanners ist Prof. Gültig für Leon ausgelutscht, mehr ist nicht zu holen, aber es ist viel mehr, als er erwarten durfte.

Nach vielen weiteren Versuchen, an diesem Abend Thanner telefonisch zu erreichen, hat Leon sich entschlossen, abzuwarten. Selbst die neue Handynummer half ihm nicht weiter. Er will jetzt abschalten, Thanner vergessen und die beiden Gorillas verdrängen. Er will jetzt endlich wieder seinen Feierabend genießen.

Nach Hause gehen will er dafür nicht. Er fährt schnell den Wagen vor die Wohnung, bringt die Unterlagen in sein Arbeitszimmer und dann nichts wie Downtown ins Bohnenviertel. Doch der Anrufbeantworter gibt Signal. Leon hört ihn ab. Überraschenderweise hatte sich Christina gemeldet. Er zögert, überlegt und ruft schließlich bei ihr zu Hause an. Sie zeigt sich hocherfreut, dass er sich meldet, und lockt ihn. »Ich bin ja schon eifersüchtig auf deinen Job.«

Typisch Frau, denkt er, immer schön die Tatsachen verdrehen. Schließlich war sie diejenige, die tagelang nicht zu erreichen war, und nicht er. Doch einen Streit will er jetzt vermeiden, nachdem sie ihn zum Abendessen eingeladen hat.

Bevor er zu ihr fährt, besorgt er sich über die Auskunft noch schnell die beiden Telefonnummern von Prof. Lakkermann, Saarbrücken, und Prof. Ach, Köln.

Beide Herren Professoren geben sich gebauchpinselt. Leon stellt sich vor als ein Reporter vom Fernsehen, der für eine Porträtreihe Menschen sucht, die Ungewöhnliches leisten.

Er sei Professor, ei klar, aber auch Heilpraktiker, ja, das stimme, bestätigt Lakkermann. Nein, gegen einen Besuch vom Fernsehen habe er natürlich nichts einzuwenden. Gerne werde er über seinen Forschungsbereich reden.

Und auch Prof. Ach ist im kölnischen Dialekt sehr angetan von einem Interview mit dem Fernsehen: »Kütt ett denn dann ooch bei uns zuhuss?««, haspelt er aufgeregt.

Zwei Professoren mit Charakter, denkt Leon und hat schnell mit beiden einen ersten Besuchstermin verabredet: Morgen Vormittag in Saarbrücken, am Nachmittag in Köln.

Der Tag war sehr erfolgreich, und auch der Abend beginnt vielversprechend, denkt Leon und fährt in den Stuttgarter Westen zu Christina. Ihm ist es recht, dass er heute nicht auf seinen bekannten Pfaden wandelt. Irgendwie hat er kalte Füße. Sollte ihm Gerard auflauern, würde er ihn im Bohnenviertel schnell ausfindig machen.

Im Stuttgarter Westen dagegen erwartet ihn eine freudige Überraschung: Christina hat gekocht. Das tat sie fast nie. Leon freut sich riesig. Erst jetzt spürt er seinen Hunger. Allerdings beim ersten Bissen schon wäre es Leon recht gewesen, sie wäre sich treu geblieben, und er hätte sie auf eine langweilige Pizza um die Ecke eingeladen.

»Pesce an Spaghetti«, hatte Christina vollmundig angekündigt. Dann serviert sie Spaghetti mit Büchsenfisch-Mus übergossen. Leon erinnert sich sofort an den Geschmack: Dosenfisch in Senfsauce. Katholisches Banausenbrauchtum. Nichts als Fisch am Freitag, auch wenn Schwarzwaldbauern davon nun wirklich keine Ahnung hatten. Langweilige, tote, geschmacklose Fische in Tomaten-, Meerrettich- oder eben Senfpampe, je nach Belieben. Der Geschmack selbst ist immer konsequent fischfrei. Der Inhalt der Dosen anonym. Keine Gräten, keine Augen, kein vorwurfsvoller Blick.

Leon atmet nach den ersten Bissen schwer durch. Den vorwurfsvollen Blick sieht er nun in ihren Augen.

Ein Verbrechen an den Meerestieren, denkt er. Früher wurde bei Leon zu Hause der Inhalt auf das Brot geschmiert und kalt gegessen. Christina aber versucht, mit dem geschmacklosen Inhalt einen Durchbruch zu einer warmen Gourmetspeise zu schaffen. Sie mischt den in einer grauenvollen Senfsauce geschmacklich totgeschlagenen Kabeljau unter die Spaghetti. Selbst die Jungen Wilden Köche hätten sich sicherlich während der Zubereitung dieses Gerichtes ihre Philosophie nochmals überlegt. Kutteln und Austern, davon hatte auch Leon schon gehört, doch Dosenfisch und Spaghetti?

In jedem Gastroführer würde sie für diese Kreation sicherlich eine Erwähnung bekommen. ›Unkonventionelle Köche und außergewöhnliche Versuche‹ könnte man die Reihe nennen, denkt Leon freundlich, obwohl sich in seinem Magen schon ernsthafter Widerspruch regt. Trotzdem beginnt er mit seiner Kritik leise und lobt die Spaghetti: »Super al dente.«

Christina freut sich und will offensichtlich strahlend mehr von ihm hören. Erwartungsvoll fordert sie ihn auf.

Wenn es denn sein muss, es geht auch konkreter, denkt er und sagt deutlich: »Manchen Frauen gehört das Kochen einfach verboten. Du gehörst dazu.«

»Ich habe nur wegen dir den Fisch dazu gemacht, mir würde eine Tomatensoße genügen.«

»Mir in Zukunft auch. Am besten nur Spaghetti blanco, ohne jede Zutaten. Wenn du dir arg Mühe geben willst, vielleicht noch mit Olivenöl, Knoblauch und Peperoni. Aber bitte: Mehr nie mehr!«

»Das ist ja neu: Du musst doch sonst immer Fleisch haben.«

Leon nickt, da muss man schlucken. Wein versöhnt. Er will heute keinen Streit. Er nimmt einen kräftigen Hieb, ein Muscadet aus dem Loire-Tal, süffig und trocken, prickelnd und anregend. Wenigstens passt der! Leon nimmt noch einen weiteren kräftigen Schluck und zieht dann Christina zu sich auf seinen Schoß. Statt eines kulinarischen Verrisses flüstert er ihr nun lieber verführerische Komplimente ins Ohr.

Betrunken vögeln, das können sie beide. So haben sich Christina und Leon kennengelernt, und seit Wochen trieben sie es nur noch in diesem Zustand. Aber heute ist es für Leon anders. Er schläft mit ihr nicht unbeschwert. Am Alkohol liegt es nicht. Während sie miteinander schlafen, wird ihm klar, es ist zum letzten Mal! Er schämt sich und will seine Gedanken verjagen. Er schaut sie an und sieht plötzlich Lena vor sich. Er denkt an Klaiber, Thanner und wieder an Lena.

Seine Gedanken sind weit weg.

Christina spürt die Distanz. Unvermittelt versichert sie ihm, in der vergangenen Nacht nur mit einer Freundin unterwegs gewesen zu sein.

Leon wird hellhörig. Warum sagt sie ihm das? Warum ist es ihr gerade jetzt wichtig? Er will lieber nichts weiter von ihr hören. Er glaubt ihr nicht, und er glaubt auch längst nicht mehr an seine eigenen Worte, die er ihr gerade selbst noch ins Ohr geflüstert hatte. Er ist für jede Auseinandersetzung zu müde. Er fühlt sich feige und stellt sich bald schlafend.

Er träumt von Lena.

Am nächsten Morgen wacht er mit einem schalen Gefühl auf. Christina schlummert noch. Er schleicht aus dem Schlafzimmer und packt seine Sachen zusammen. Sie ruft ihm etwas nach. Er antwortet schon in der Tür: »Ich hole Brötchen.«

Leon zieht die Wohnungstür zu und weiß, das war seine letzte Lüge, er kommt nicht zurück.

Frische Brötchen holt er trotzdem. Mit ihnen fährt er in seine eigene Wohnung. Der Anrufbeantworter ist ungenutzt, aber im Faxgerät liegt eine Nachricht. Leon greift nach ihr und stockt. Endlich! Thanner hat einen Termin gesetzt: ›Melden Sie sich heute, Punkt 13 Uhr. Ich erwarte Ihren Anruf.‹

Du lugebeitliger Lumpenseckel.

TRÄGE POLIZISTEN
... UND EINE KARRIERE ZUM PROF. DR. BADEMEISTER

Zwei Mitarbeiter der Kripo sitzen in einem Wagen und beschatten Gerard, der vor ihnen herfährt. Es ist schon dunkel, sodass sie in sicherem Abstand den Rücklichtern vor ihnen folgen können. Sie stehen über Funk in Kontakt mit der Kommissarin. – Schnitt – Die Kommissarin hält ihren Telefonhörer eingeklemmt zwischen hochgezogener Schulter und Ohr. Sie hört, wie einer der Kollegen ihr sagt: »Wir folgen Gerard seit etwa 20 Minuten. Er ist auf dem Weg Richtung Überlingen.« *Die Kommissarin schneidet nebenbei Zwiebeln. Sie bekommt feuchte Augen. Sie wischt sich eine Träne von der Wange, nimmt den Hörer jetzt in die Hand und sagt:* »Haltet mich auf dem Laufenden, gebt mir Bescheid, wo er hinfährt.« *– Schnitt – Die Kommissarin schaut auf ihren Esstisch, er ist feierlich eingedeckt, drei Kerzen flackern. – Umschnitt –*

Gerard hält vor einer Parkeinfahrt an. Er gibt kurz Lichthupe, das schwere Eisentor öffnet sich. – Schnitt – Die beiden Kripobeamten schauen sich unschlüssig an. Der Fahrer gibt Gas und fährt an der Einfahrt vorbei. – Schnitt – Gerard fährt in die Parkeinfahrt, man sieht seine Scheinwerfer, wie sie nach etwa 100 Metern erlöschen. – Schnitt – Einer der Polizisten steigt aus dem Wagen, nimmt ein Fernglas und späht zu der Villa in dem Park. Er sieht, wie das Hoflicht angeht und Gerard in dem Haus verschwindet. – Schnitt – Die beiden Polizisten fahren mit ihrem Wagen zu der Parkeinfahrt. Dort lesen sie: ›Manaqua Import-Export‹. – Schnitt – Einer von ihnen schnappt das Funktelefon und ruft an. – Umschnitt –

Die Kommissarin will gerade in ein kleines Fischstückchen beißen, da klingelt das Telefon. Sie schaut auf zu ihrem Gegenüber und lächelt: »Unser Job.« – Schnitt – Gegenüber sitzt Thomas, er hält seine Hände hoch und gibt sich geschlagen. – Schnitt – Die Kommissarin hört kurz zu, dann bedankt sie sich und legt den Hörer wieder auf die Gabel. – Schnitt – Sie stößt mit Thomas und dem Rotwein an und sagt: »Gerard funktioniert. Er hat uns nach Überlingen geführt, mehr weiß ich noch nicht.« – Schnitt – Thomas ist hellhörig geworden. Er legt sein Messer weg und fährt mit der rechten Hand über sein Gesicht. – Sie fragt: »Was ist?« – Er: »Nichts.« – »Was sagt dir Manuaqua Import-Export?« – Er lächelt wissend, nimmt einen Schluck Wein und setzt an: »In Überlingen wohnt ein weiterer Titelhändler. Er heißt Thanner. Er nennt seine Firma ›Manaqua Import-Export‹. Er ist in Kontakt mit einer Universität in Guatemala. Wir gehen davon aus, dass er auch mit anderen Universitäten in Mittelamerika zusammenarbeitet.« – Die Kommissarin legt ihr Besteck ganz auf die Seite. Sie schluckt. Wütend sagt sie: »Warum erfahre ich das nicht, warum weißt du davon, warum sagst du es mir so ganz en passant?« – »Erstens hat Thanner mit Klaiber nichts zu tun, und zweitens bin ich auch nur ein kleines Licht beim BKA, oder was denkst du?« – »Als wenn irgendjemand hier interessieren würde, was ich denke! Ich bin doch der Arsch in diesem Spiel. Klaiber und Thanner haben nichts gemeinsam, so ein Unsinn, aber was ist mit Gerard? Der sitzt jetzt bei diesem Thanner und bespricht sich mit ihm, bevor ich mit ihm geredet habe. Geht man so beim BKA vor? Sind das eure neu-

esten Ermittlungsmethoden?« Die Kommissarin ist stink-
sauer. – Schnitt – Thomas steht auf. Er geht zur Garderobe
und fischt aus seiner Mantelinnentasche ein Papier. »Das
ist das Dossier über Thanner. Ich habe es auch gerade erst
von Wiesbaden zugestellt bekommen. Lies es selbst! Ver-
dammte Scheiße, wir müssen uns doch nicht auf der unters-
ten Ebene gegenseitig anmachen, weil die da oben anders
ticken!« – Sie schaut ihn an, nimmt das Papier und setzt sich
auf einen Sessel. – Er setzt sich zu ihr und sagt: »Lass deine
zwei Leute ab sofort Thanner beschatten. Ich denke, das ist
klüger, als auf Gerard zu setzen.« – Sie lächelt ihn warm
an: »Bist du jetzt auch der Meinung, dass Gerard nicht der
Mörder ist?« – Er lächelt zurück, legt seinen Arm um ihre
Schultern und sagt: »Du warst schon immer die Klügere von
uns beiden.« – Umschnitt.

Ein Blick durchs Schlüsselloch in das Schlafzimmer der
ermittelnden Kommissare oder eben Kommissarinnen ist
in jedem Tatort gefragt. Bitte, sollen sie haben, denkt Leon.
Ihm selbst ist das weiche Beziehungsgesabbere meist schnell
zu viel. Er steht mehr auf einen straighten Krimi, der ihm
einen Blick in die Welt der Verbrechen ermöglicht. Auf der
anderen Seite ist es leichter, eine schöne Liebesgeschichte
zu erfinden. Sie selbst zu erleben, ist dagegen manchmal
eine Qual. An gestern Nacht will er da lieber gar nicht
denken.

Er ist auf dem Weg nach Saarbrücken. Prof. Dr. Lakkermann erwartet ihn. Der Heilpraktiker ist stolz, einen Journalisten zu empfangen, und dann auch noch vom Deutschen
Fernsehen. Der Mann ist Autodidakt, hochintelligent und
durch und durch Mediziner; so hat er sich zumindest am
Telefon gegeben. Nach der Beschreibung von Prof. Gül-

tig ist er in Wirklichkeit ein Aufschneider, der nichts auf dem Kasten hat. Doch welcher der Herren Professoren, die er in den vergangenen Tagen kennengelernt hat, war denn kein Aufschneider? An Minderwertigkeit müssen sie alle irgendwie leiden.

Leon dagegen fühlt sich heute saugut. Langsam hat er die Karten in der Hand. Sein ganzes Interesse gilt jetzt Thanner. Alles, was er zurzeit unternimmt, tut er nur, um ihn aus der Reserve zu locken und um möglichst viel über ihn zu erfahren. Heute Mittag um 13 Uhr wird er mit ihm zum ersten Mal sprechen. Bisher hat Thanner ihm imponiert. Er hat seinen Titelhandel geradezu genial organisiert. Wenn nur die Hälfte der Geschichte stimmt, wie sie Prof. Schier darstellt, dann steht Thanner ein Heer von potenten Kunden zum Abschöpfen bereit, wie es nur die Ölkonzerne kennen. Unerschöpfliche Quellen der Eitelkeiten werden enorme Mitgliedsbeiträge bis zum St. Nimmerleinstag sprudeln lassen. Thanner besitzt damit die Lizenz zum Gelddrucken.

Angst macht Leon nur noch immer Blondie. Arbeitet er jetzt mit Thanner zusammen? Ist Thanner der Mord an Klaiber zuzutrauen? Gerard und seinen beiden Unsympathen bestimmt, das hatte er in der Sauna in Baden-Baden am eigenen Körper leidvoll erfahren müssen. Die Fratze des Schlägers hat sich unauslöschlich in sein Hirn eingegraben. Immer wieder hat er dieses fiese Gesicht und den Einschuss auf Klaibers Stirn vor seinen Augen. Die Recherche steuert nun einem ersten Break entgegen. Ab heute Mittag kann sich die Geschichte für ihn endlich leichter gestalten. Er muss Thanner zur Zusammenarbeit überreden.

Bei Karlsruhe fährt Leon auf die Autobahn hinüber in die Pfalz. Von dort führt eine fast leere Schnellstraße nach Saarbrücken. Der Sprit ist bezahlt. Er hat in der Zwischenzeit einen richtigen Kostenträger in seinem Sender erhalten. Er könnte, so gesehen, hemmungslos das Gaspedal bedienen. Nur manchmal bremst ihn das schlechte Gewissen und die Angst vor weiteren Punkten in Flensburg. Doch ab 200 ist dafür keine Zeit mehr. Immer wieder zuckelt ein Mittelklassewagen mit 180 vor ihm auf der Überholspur. Als Ökologe schmerzt ihn unnötiges Abbremsen, das ist reine Energievergeudung!

›Prof. Dr. (sal.) Dr. h. c. Lakkermann‹. Inmitten der teuren Fußgängerzone der saarländischen Landeshauptstadt prangt dieser Titel. Er steht auf einem eingerahmten stillen Portier neben den Namen richtiger Ärzte. Das Schild unterscheidet sich nicht von allen anderen medizinischen Praxen in ganz Deutschland. Es ist auf weißem Email mit schwarzen Buchstaben gedruckt. Darunter in kleiner Schrift, fast bescheiden: ›Heilpraktiker‹, sowie noch einige Therapiezusatzangebote aus der Kiste der Alternativszene und natürlich die Sprechstundenzeiten.

Im Obergeschoss sitzen die Ärzte, im Erdgeschoss bietet eine Modeboutique Dessous an. ›Dekoratives Korsagen-Bustier mit Rosenranken-Dekor, dazu String-Slip und Strumpfgürtel‹. Leon liest die Werbeschriften, sieht die Mieder und Büstenhalter und denkt an Christina. Schön ist seine Aktion heute Morgen wahrlich nicht gewesen, aber für ihn war da kein anderer Weg mehr gangbar. Jetzt schämt er sich für seinen schlappen Abgang. Er wird sich der Auseinandersetzung noch stellen müssen. Er hätte gestern nicht zu ihr gehen dürfen, das hätte ihm viel erspart, den faden Nachgeschmack einer unehrlichen Liebesnacht und vor allem den Nachgeschmack des Fischgerichtes.

Er lässt die Büstenhalter und Stringtangas im Schaufenster hängen, geht zu den Aufzügen und sucht nach der Praxis des falschen Professors. Im zweiten Stock gegenüber einer Zahnarztpraxis nochmals in fetten Lettern die gleiche Litanei der akademischen Auszeichnungen des Heilpraktikers auf einer weiteren Tafel. Leon mag es nicht mehr lesen.

Er klingelt, eine Praxishelferin öffnet die Tür: »Ei, der Herr Professor kommt sofort, wenn Sie solange im Wartezimmer Platz nehmen könnten«, singt das Mädchen wie einst Hilde, die Frau des saarländischen Provinzkomikers Heinz Becker. Leon erinnert sich an das Komikerpaar. Was hat er sich über sie schon amüsiert, jetzt steht die Satire saarländischer Sprache leibhaftig vor ihm.

Er geht an dem Hildeersatz vorbei in die Praxis. Der Flur ist zum Warteraum umgestaltet. An einer langen Wand sind Stühle aufgereiht. Er will sich setzen, bleibt dann aber doch stehen. Neugierig betrachtet er die vielen internationalen Urkunden und Auszeichnungen, die an den Wänden hängen. Er sucht die Professoren-Urkunde der ›Universidad Fernandez de Ortichoc. Vergeblich, diese Auszeichnung ist nicht zu finden. Dafür kündet eine andere Urkunde von der Berufung zum ›profesor‹ des Ernesto Lakkermann. Sie ist ausgestellt an der Universität Cochabamba in Bolivien. Mit roten, gelben und grünen Farben der bolivianischen Flagge, mit ebenso bunten Kordeln und indianischen Schriftzeichen ist die Urkunde verziert. Sie hängt hinter Glas in einem dunklen Holzrahmen an der Stirnseite des Warteraumes. Darüber ist ein stolzer Indianerkopfschmuck an die Wand drapiert, darunter ein abgenutzter, lederner Cowboyhut.

»Der Herr Professor lässt Sie jetzt bitten«, singt das saarländische Wesen Leon in die Ohren und er folgt ihrem luftigen, leicht wabernden Po, der sich unter dem weißen Schurz abzeichnet.

»Professor Lakkermann«, stellt sich laut ein rundlicher Mann selbst vor. Der Knilch misst höchstens 1,65, hat aber einen Schädel, der für einen Zweimetermann proportional noch zu umfangreich wäre. In seiner Stirn hängt eine schwarze, fette Haartolle, die mit Pomade gestylt ist. Diese Locke wirft er gekonnt mit einem kurzen, zackigen Kopfruck nach hinten, während er Leon mit seinem Körper entgegeneiert. Durch seine viel zu kurzen Arme scheint es, als übe er sich in der Kunst des Trockenkraulens. Der Professor schlendert mehr mit ihnen, als dass er sich auf seinen Füßen bewegt. Trotzdem schafft er es bis zu Leon. Strahlend und überfreundlich begrüßt er ihn wie einen alten Studienkollegen.

Leon hat seine anfängliche Scheu vor solchen Akademikern schon längst verloren. Ohne Umschweife fragt er, was er wissen will: »Professor Lakkermann, Sie haben Ihren Titel von Herrn Thanner gekauft?«

Lakkermanns Gesicht bleibt unverändert freundlich. Das Doppelkinn zuckt kaum merkbar und der ganze Kopf wirft zum wiederholten Male kurz und entschlossen die widerspenstige Locke aus der Stirn: »Was soll das?«, fragt er gelassen. »Ich denke, Sie wollen von mir etwas über meine Heilkraft erfahren, also lassen Sie Thanner aus dem Spiel.«

»Sie kennen ihn also?«

»Ja, was heißt schon kennen, jeder kennt Thanner.«

»Ich nicht, aber ich habe bisher auch keinen Titel von ihm gekauft.«

»Sehen Sie«, antwortet Lakkermann freundlich, »und ich auch nicht. Also lassen wir doch dieses Thema.«

»Nicht ganz«, beharrt Leon. »Ich weiß, dass Sie einen Titel von Thanner haben, einen Professorentitel der ›Universidad Fernandez de Orticho‹ aus Guatemala, und dass Sie

Mitglied seiner ehrenwerten Gesellschaft des Universitäts-förderkreises mit Sitz in Überlingen am Bodensee sind.«

»Nein, da täuschen Sie sich gewaltig«, bleibt Lakkermann stur und eiert mit seinem unförmigen Körper aus dem Besprechungszimmer in das Wartezimmer, aus dem Leon gerade gekommen war.

»Hier, hier«, hört er ihn von nebenan rufen und schon steht der kleine Heilpraktiker auch wieder vor Leon. In der Hand hält er die Urkunde, über die jeder Besucher im Warteraum stolpern muss.

»Hier ist meine Ernennung. Ich bin Professor in medizinischer Heilkunde in Bolivien. An der Universität in Cochabamba habe ich einen ordentlichen Lehrstuhl«, triumphiert der kleine Mann ganz groß. »Und dass Sie das auch gleich wissen, in San Salvador habe ich promoviert. Und das mit Thanner ist eine ganz alte Geschichte. Uralt, die können Sie vergessen.«

»Ich werde die Geschichte gerne vergessen, wenn Sie mir eine bessere erzählen. Wo zum Beispiel haben Sie denn Medizin studiert, bevor Sie promovierten. Ich nehme an, in Ecuador oder Uruguay, oder war es Paraguay?«

»Studiert?«, lacht der kleine Heilpraktiker. »Studiert habe ich hier, an verschiedenen Universitäten und Hochschulen. Ich habe hier studiert, in Bolivien und auch in El Salvador. Studieren kann man überall, was soll das?«

»Man schon, aber Sie? Studieren hier? Hier in Saarbrücken oder wo?«

»Ja, warum denn nicht?«, beharrt Lakkermann.

Leon grinst: »Ohne Abitur?«

Lakkermanns Gesicht zeigt plötzlich ernsthafte Anzeichen eines überhöhten Blutdruckes. Wütend bellt er: »Abitur, was soll das, das hilft einem guten Mediziner gar nichts.

Ich brauche kein Abitur, nicht als Arzt, der den Menschen hilft, fragen Sie meine Patienten. Ich kann gar nicht alle aufnehmen, die zu mir kommen wollen. Ich habe mehr Ahnung von Heilkräften, als mancher studierter Lackaffe hier in Deutschland. Die Inkas wussten schon, was Heilkunde ist, als die Europäer noch massenweise an der Pest starben und die Schuld den Hexen gaben. Gute Mediziner brauchen keine preußische Schulpflicht.«

Lakkermann schreit seine Argumente aus seinem kräftigen, kleinen Körper. Der Kopf auf dem Hals des kleinwüchsigen Mannes will sich auf die Augenhöhe des Ansprechpartners recken. Doch zwischen Rumpf und Schädel ist kein Spielraum. Dem Hals fehlt jedes Maß.

Leon schiebt den Mann aus dem Weg und geht zum Schreibtisch. Ein Rezeptblock liegt obenauf. Er greift ihn sich und fragt:»Dürfen Sie solche Rezepte ausstellen? Sieht ja täuschend echt aus?«

Lakkermann stoppt seinen Redeschwall. Ohne größere medizinische Kenntnisse weiß Leon, jetzt ist der Heilpraktiker kurz vor dem Ende der Höchstleistung des eigenen Blutdruckes angelangt. Der Kopf hat das dunkelste Rot aller Bordeauxtöne angenommen. Das Doppelkinn dagegen ist weiß wie Milch. Die Kontraste bekämpfen sich. Der Schädel schlägt im Sekundentakt ruckartig in alle Himmelsrichtungen aus:»Rezepte, Rezepte, was heißt denn das? Ich produziere Medizin selbst, da braucht es keine Chemiegiganten wie Bayer oder La Roche. Mein Wissen hat sich Hunderte von Jahren bewährt. Die Medizinmänner der Indianer haben mehr medizinische Kräfte als das ganze Rudel der arroganten Medizinmänner des Abendlandes zusammen.« Die Stimme überschlägt sich in höchsten Tönen. Rumpelstilzchen kann dagegen nur ein schlechtes Abbild des eifrigen Kämpfers für indianische Kultur gewesen sein.

Erschreckt erscheint der Kopf der Praxishelferin zwischen Tür und Angel. Sie will etwas sagen, öffnet den Mund, schüttelt ihre blonde Mähne und verschwindet wieder.

Leon lässt sich nicht beirren, er hat das Rezeptbuch des Heilpraktikers noch immer in der Hand. Laut liest er vor: »Prof. Dr. san Dr. h. c. E. F. Lakkermann, Universität Tecnologica, Cochabamba. Direktor des internationalen Forschungsinstituts für Naturheilverfahren und Homöopathie.«

»Ja«, giftet Lakkermann. »Und nun, was habe ich mit Guatemala und Thanner zu tun?«

Leon schaut den erregten Professor an. Provokant lächelt er. »Professor, Professor Lakkermann! Kann es sein, dass Sie zwei Professorentitel haben, einen in Guatemala und einen in Bolivien, gratuliere!«

»Nein, den aus Guatemala führe ich nicht mehr«, platzt es aus ihm heraus.

»Also, gut, richtig ist trotzdem, dass Sie – nach Ihrem Verständnis – zwei Professorentitel führen dürften?«

»Und wenn schon, was geht Sie das an, was wollen Sie denn überhaupt von mir?«

»Die Patienten, die zu Ihnen kommen, glauben doch, Sie seien ein echter Doktor, von Professor ganz zu schweigen. Doktor oder Arzt, das ist doch für viele das Gleiche. Alte Medizinerweisheit: Ein Doktorhut tut dem Umsatz gut! Sie bescheißen doch damit das alte Mütterchen von der Straße, zumindest gaukeln Sie ihr etwas vor, oder nicht?«

»Quatsch!« Langsam beruhigt sich Lakkermann. Er scheint sich jetzt eingestellt zu haben auf die altbekannten Vorwürfe. Diese hauen ihn schon lange nicht mehr um.

»Wer zu mir kommt, der will zu mir, zu Ernst Lakkermann! Und nicht zu einem Herrn Doktor oder Professor. Das bin ich halt auch, aber weder ich noch meine Patienten machen sich da was draus.«

»Sie wohl schon«, beharrt Leon, »sonst würden Sie doch Ihre fragwürdigen Titel nicht überall hinkritzeln?«

»Nein, aber stolz darauf darf ich doch sein, schauen Sie sich einmal meine Karriere an.«

»Nur zu, auf die bin ich gespannt, deshalb bin ich ja hier, Herr Professor ohne Abitur.«

»Nur kein Neid«, schmunzelt Lakkermann schelmisch, »das ist alles von der Polizei und der Staatsanwaltschaft geprüft. Doktor darf ich mich nennen, aber schriftlich muss ich den Zusatz ›sal Punkt‹ hinter dem ›Dr‹ führen, weil ich an der Universidad de Pedro Alvarado in San Salvador promoviert habe. Ich kann aber darauf auch verzichten, Dr Punkt Klammer auf sal Punkt, Klammer zu, das habe ich gar nicht nötig. Ich habe ja schließlich noch einen weiteren Doktor. Denn in San Salvador haben sie mir auch den Dr. h. c., also honoris causa, verliehen. Ich habe mich zuerst dagegen wehren wollen, aber schließlich bestand der Dekan der dortigen Universität darauf. Wissen Sie, ich arbeite dort viel im Wissenschaftstransfer Europa-Südamerika, und das alles unentgeltlich. Dafür wollte mich die Universität ehren. Das konnte ich dann doch nicht ablehnen, das wäre dort drüben als sehr unhöflich empfunden worden.«

Leon nickt dem stolzen Doktor aufmunternd zu, innerlich schüttelt er sich. Nicht zu fassen, vor ihm scheint der weitaus bessere Heinz Becker, oder das clevere Modell eines kleinen Thanners zu sitzen, eine Geschäftskopie.

»Wissen Sie«, Lakkermann spricht nun in vertrauter Tonlage, »ich war jahrelang Helfer beim Roten Kreuz, dann war ich Bademeister und Masseur, die Medizin wurde immer mehr zu meinem Hobby. Und«, prahlt er weiter, »ich hatte Erfolg. Leute, die Rückenschmerzen hatten, denen kein normaler Arzt mehr helfen konnte, wurden von mir geheilt. Aber auch ich habe dafür einiges lernen müssen, und deshalb war ich in San Salvador, weil die mich dort auch mit meinem Hauptschulabschluss studieren ließen.«

»Zapptiloscht, eine tolle Karriere, vom Bademeister zum Professor, von diesem Clou spricht man in der Branche. Und Ihr erster Mentor, Dekan oder eben Professor, war Thanner, und Ihr erster Ruf kam aus Guatemala. Stimmt doch?«

Lakkermann legt die bolivianische Urkunde weg und setzt sich hinter seinen Schreibtisch.

»In der Zwischenzeit sind Sie nun selbst Professor in Bolivien und benötigen Thanner nicht mehr, auch richtig?«

»Verkürzt, das Wesentliche gestrichen und ein bisschen Unwahres dazugefügt, typisch Journalist.« Lakkermann nimmt, friedlich gestimmt, Leons logisch zusammengefügte Ergebnisse mit gutmütiger Stimme an.

Dieser aber zieht seinen nächsten Pfeil aus dem Köcher. Zwei und zwei zusammengezählt, dann ist doch eines klar: Warum sollte Lakkermann auf Dauer nur der kleine Thanner sein wollen? Der Bademeister hatte das Geschäftsprinzip für sich erkannt und sich zum Wissenschaftstransformator hochgebildet. Also, warum denn das Geld auf der Straße liegen lassen und nicht auch anderen den gleichen Service bieten?

Der verschwörerische Ton, den der bolivianische Professor selbst angeschlagen hatte, gefällt Leon. Er behält ihn bei und lässt en passant das zweite Ergebnis des Gespräches fallen: »Professor hin oder her, auf jeden Fall sind Sie klug, Herr Lakkermann. Sie haben als Käufer gesehen, wie das Geschäft geht, und jetzt betreiben Sie es selbst, gerade so, wie es Ihnen einst Ihr großer Mentor Thanner in Guatemala vorgemacht hat. Sie könnten mir doch jetzt auch einen Titel Ihrer Universität aus Cochabamba verkaufen?«

»Ei«, kontert Lakkermann hinterlistig, »verkaufe kann ma so net saage. Vermitteln, das, das jaa, das scho.«

»Und«, hakt Leon nach, »kommen Sie da nicht Ihrem alten Freund Thanner in die Quere? Dem machen Sie doch nun Konkurrenz, und da hat bekanntlich jede Freundschaft ein Ende, oder?«

»Lieber net, so darf man des nit seehe, bloß net.« Der Sturm zwischen den beiden Gesprächspartnern ist vorbei. Lakkermann saarländert wieder ungezwungen und souverän in seiner eigenen Praxis. »Aber alle Kunden kann der ja au nit befriedige, sonst platzt der ja noch.«

Die Äuglein des Heilpraktikers werden immer kleiner. Das Schlitzohr spiegelt hinter seiner Brille den Knitz. Für Leon der richtige Augenblick, nun wieder ein bisschen tiefer zu bohren. »Vorsichtig, Herr Lakkermann, sonst geht es Ihnen vielleicht wie einem Ihrer Kollegen in Konstanz.«

Lakkermann lächelt wissend: »Sie meinen Klaiber? – Näh, der ist doch ein Busenfreund von Thanner. Die haben den Markt unter sich aufgeteilt, da gibt es keine Eifersüchteleien.«

»Wer hat ihn dann auf dem Gewissen?«

Lakkermann lacht laut. »Sie glauben doch net Thanner? Dass ich net lach, unser Gentleman ein Mörder? Das können Sie vergessen, Thanner macht seine Geschäfte anders. Näh, näh, Mord, der doch nich, der hat so was doch gar net nötig, der macht sich seine Hände net schmutzig.«

»Sie kannten Klaiber also. Wer glauben Sie, hat ihn umgebracht?«

Lakkermann zieht seine Achseln hoch, bis fast über beide Ohren. Für den kleinwüchsigen Heilpraktiker ohne Hals eine einfache Übung. »Da müssen Sie andere fragen. Vielleicht seine Frau, oder wen auch immer, was weiß ich? Aber sicher ist, Thanner net! Klaiber hatte doch noch paar ganz andere Geschäfte am Laufen, die Thanner nichts angingen.«

Endlich Butter bei die Fische, denkt Leon. Der kleine Zwerg vor ihm weiß mehr, als er preisgibt. Leon geht drohend auf ihn zu. Er beugt seinen Oberkörper über den kleinen Indianerkundler, schaut ihm tief in die Augen und knirscht: »Warum deckt ein Würstchen seinen Metzger? Spuck aus, was du weißt, oder ich hetz dir die Polizei in deinen Laden.«

Lakkermann gluckst vergnügt. Die Drohung scheint ihm am Arsch vorbeizugehen. »Ha, die Polizei? Die war schon öfter hier, was soll das? Und jetzt gehen Sie bitte!«

Leon schaut auf die Uhr: 12.45 Uhr. Selten hält er Termine so exakt ein, aber den nächsten, den will er auf jeden Fall pünktlich erreichen: Punkt 13 Uhr! Nur noch schnell eine Frage. »Was für Geschäfte trieb Klaiber an Thanner vorbei?«

»Vorbei hab ich net g'sagt, sondern ohne ihn. Diese Geschäfte hätte Thanner nie gemacht. Wir schaffen Beziehungen zu anerkannten Universitäten in anderen Ländern. Dort können Sie vielleicht Professor werden. Diesen Titel dürfen Sie hier führen. Punkt. Das ist alles legal und sauber. Von Klaiber hat man da schon andere Dinge gehört, die waren eben net so sauber.«

»Sie meinen seine Beziehungen zu deutschen Universitäten?«

»Ich weiß nur eines: Thanner findet diese Geschäfte net gut und ich auch net. Ich denke aber, ich habe Ihnen nun genug erzählt.«

»Wenn ich noch weitere Fragen habe, komme ich wieder, wir sehen uns bestimmt noch einmal«, grinst Leon und weiß, dass er bei seinem nächsten Besuch ein Kamerateam dabeihaben wird. Das medizinische Wunderkind der Bademeisterzunft läuft ihm nicht weg, also verabschiedet er sich freundlich bei ihm, jedoch nicht, ohne noch eine Bitte loszuwerden: »Haben Sie ein Vorlesungsverzeichnis für Ihre Seminare in Bolivien bei der Hand, Herr Professor?«

Schelmisch muss nun selbst der heilbringende Professor schmunzeln: »Dieses Semester habe ich dafür leider keine Zeit, aber vielleicht nächstes Jahr wieder?«

Leon lacht: »Und dies alles sagen Sie mir so auch in die Kamera, wenn ich wiederkomme?«

»Ei natürlich«, strahlt Prof. (gua.) Prof. (bol.) Dr. (sal.) Dr. h. c. E. W. Lakkermann. »Net alles ganz so, aber ähnlich, wir werden uns einigen.«

Das befürchtet auch Leon. Gaga-Fernsehen. Je bescheuerter die Menschen heute sind, umso schneller schaffen sie sich auf dem visuellen Marktplatz Gehör. Wer früher noch als Betrüger in das Gefängnis überführt wurde, wird heute in Talkshows gefeiert. Vom Bademeister über den Professor zum Fernsehstar.

Alles super!

Im Auto wartet Leon ungeduldig. 13.05 Uhr will er Thanner anrufen, keine Minute früher. Er zwingt sich Nachrichten zu hören: Joschka Fischer, der ehemalige Außenminister der Bundesrepublik Deutschland, wurde am Morgen in Princeton als Professor berufen. Leon schmunzelt. Auch der ehemalige Spontiminister hat, wie jeder weiß, kein Abitur gemacht. Trotzdem ist der Schulabbrecher längst vielfacher Dr. h. c. und nun auch noch Professor. Im hintersten Stübchen seines Erinnerungsvermögens hört er seine Oma sagen: »Vornehm geht die Welt zugrunde.« Und Opas Affenland, sonst auf Borneo und Celebest vermutet, ist auch nicht mehr weit. Während Lakkermann für seinen Dr. h. c. eigenes Geld hinblättern musste, können Politiker meist einen Scheck des Finanzministers weiterreichen. Umsonst jedenfalls bekommen auch sie keinen Dr. h. c. Und eine anschließende Professur nach der schweren Last als Staatswürdenträger ist auf Wunsch auch immer machbar.

13.05 Uhr, Leon greift zum Handy und wählt.

»Die Firma Import-Export, was kann ich für Sie tun?«

Leon räuspert sich. Er muss nochmals schlucken. Ihre Stimme hat er nicht vergessen: Lena! Ihm ist es plötzlich ganz heiß. Bestimmt hat er jetzt einen knallroten Kopf. Gut, dass sie ihn nicht sieht. Ganz cool bleiben, nicht zu erkennen geben, ganz einfach verbinden lassen: »Einen schönen guten Tag, Professor Thanner erwartet meinen Anruf.«

»Einen Augenblick bitte.«

Lena, das Freizeichen und dann endlich er: »Thanner hier, ich will Sie treffen«, kurz und prägnant bellt, wie aus einer Pistole scharf geschossen, eine dunkle Männerstimme.

»Okay«, erwidert Leon nach außen völlig gelassen und fragt kurz und ebenso bündig: »Wann und wo?«

»Kommen Sie alleine, ohne Aufzeichnungsgerät!« Die Stimme blafft im Befehlston wie auf einem Kasernenhof.

»In Ordnung«, meldet Leon soldatisch zurück.

»Morgen, 12 Uhr?«

»Kein Problem.«

»Wir treffen uns in Überlingen-Lippertsreute im Landgasthof Adler, kennen Sie den?«

»Ja«, lügt Leon, um das Gespräch schnell zu beenden.
Er hat endlich mit Thanner einen Termin! Schon morgen,
mehr gibt es für ihn heute nicht mehr zu gewinnen. Er
wünscht sich morgen 12 Uhr schnell herbei. Lippertsreute,
oder wie das Kaff heißt, er hat sich den Namen notiert, er
wird es schon finden.

»Abgemacht, 12 Uhr«, wiederholt Thanner bestimmend,
»Sie erkennen mich an der Klubjacke unserer Universität:
Blaue Jacke, goldenes Siegel, goldene Knöpfe.« Klick! Und
schon ist das Gespräch beendet.

Klubjacke?, fragt sich Leon. Keine echte Universität, aber
eine Hochschulzeitschrift, Internetauftritt und jetzt auch
noch einen Klub mit eigener Jacke. Er hängt sein Handy
in die Freisprechanlage. Morgen um diese Zeit wird er dem
Titelimpresario gegenübersitzen und vielleicht am Abend
dann schon Lena?

Maidlefusseler!

Die Frühlingssonne schafft sich Platz durch leichte, dünne
Schafswölkchen. Leon drückt sich in den Ledersitz seines
Porsches, öffnet das Schiebedach und blinzelt in den wär-
menden Planeten. Er will jetzt nicht an Christina denken.
Jetzt nicht, wo ihm die Scheiße gerade bergauf läuft. Jeder
Tag birgt neue Erkenntnisse. Die Geschichte war zu Beginn
sehr sperrig. Jetzt kommt er mit seiner Recherche plötzlich
schnell voran. Nach jedem Gespräch ist er einen großen
Schritt weiter in der ominösen Titelhändlerszene. Von seinen Erfolgserlebnissen getrieben, heute Morgen erst Lakkermann, jetzt Thanner, steht plötzlich eine andere Hürde
vor ihm. Lena!

Vielleicht jetzt, jetzt in diesem Augenblick, wo er weiß, wie er sie erreichen kann. In dieser Minute sitzt sie an ihrem Schreibtisch in Thanners Büro. Die Sonne scheint plötzlich noch kräftiger, er lässt sich von ihr leiten, nimmt seinen ganzen Mut zusammen und drückt beherzt die Wahlwiederholungstaste. Das Freizeichen ertönt, eine Wolke schiebt sich vor die Sonne, Leon ist verunsichert, legt schnell wieder auf.

Trielnas.

Peinlich, wenn sie seine Nummer auf dem Display erkannt hat. Aber der Anruf wäre noch zu früh, noch hat sie seine Stimme von eben im Ohr. Und er will nicht, dass sie ihn sofort als den Journalisten erkennt, der ihrem Chef nachspürt. Vielleicht später ein Anruf aus dem Hotel in Köln, mit einer ganz anderen Telefonnummer, vielleicht lädt er sie dann zu einem Glas Wein ein. Morgen schließlich ist er wieder einmal zufällig in der Gegend. Sie darf auf keinen Fall erfahren, was er von ihr will. Schließlich weiß er es selbst nicht.

Noch zwei Stunden hat Leon Zeit, bis er in Köln von dem nächsten fragwürdigen Professor erwartet wird. In Ruhe beißt er noch in eines seiner am Morgen belegten Brötchen. Es ist nicht der Geiz, der den Schwaben gerne nachgesagt wird, warum er belegte Brote mit auf seine Reisen nimmt, sondern der Respekt vor seinem Magen. Raststättenessen, ob entlang der deutschen Autobahnen oder im ICE, sind ihm ein Graus. Immer mehr Mc Donalds schaffen keine Esskultur. Auch die belegten Brötchen in den Zellophantüten der Autobahnraststätten bedauert er. Die blassen Schrippen haben sicherlich nie einen echten Bäcker gesehen, dafür werden sie nur kurz von einem Informatiker an einem lauwarmen Backofen vorbeigeführt und dann mit einem Belag beschmiert, der nur einen Vorteil kennt: Gleichgültig, ob die Brötchen mit Wurst oder Käse belegt sind, sie schmecken alle gleich fad.

Trotzdem trinkt er danach in einer der Raststätten einen Espresso und ein Glas Wasser, verzichtet hartnäckig auf die Zigarette, geht pinkeln und für 100 Euro tanken. Zwei Stunden später ist er in Köln.

Er betritt die Apotheke, die ihm Prof. Gültig genannt hat, und sucht in einem Selbstbedienungsregal nach Pfefferminzbonbons. Er lässt sich Zeit und beobachtet den Apotheker und seine Kunden. Prof. Wilhelm K. Ach hat fast keine Zähne mehr im Mund, nichtsdestotrotz diesen ständig geöffnet. Er schnauft und schnappt nach Luft wie ein lahmer Hund nach dem letzten Sprint in seinem Leben. Mund auf, Zunge raus, Speichel triefend.

Trotzdem findet er den Mann höchst amüsant. Der alte Herr begrüßt fast jeden Kunden persönlich. Er selbst kennt sie beinahe alle beim Namen und sie ihn auch. »Guten Tag, Herr Professor!«, diese Anrede erfüllt ihn sichtbar mit Freude. Dann übergibt er die Kunden an eine der vier Apothekenhelferinnen, die ihm zur Seite stehen. Sie laufen in das Lager und stellen die Rezepte der Kunden zusammen. Bezahlen müssen sie anschließend bei ihm. Und freundlich verabschieden sie sich wieder mit einem ehrerbietenden: »Auf Wiedersehen, Herr Professor.« Der gesamte Ablauf scheint rund um Prof. Ach inszeniert, sodass kein Kunde sich um die Begrüßung oder Verabschiedung bei ihm persönlich drücken kann.

Mit einer Tüte Fisherman's Friend in der Hand geht Leon an die Kasse.

»2,20 Euro«, sagt Prof. Ach und nimmt ein Stofftaschentuch aus der Hosentasche, um sich den feuchten Mund zu betupfen.

»Wenig für einen Professorentitel.«

»Wie bitte?«

»Ach so, ja, ich habe mich noch nicht vorgestellt, wir haben gestern telefoniert, ich komme aus Stuttgart wegen Ihres Professorentitels.«

»Ich dachte, Sie kommen wegen mir, nicht wegen meines Titels.« Der Apotheker versucht zu lachen, aus dem zahnlosen Mund dringt aber eher ein klägliches Hüsteln.

»Ob wegen des Titels oder wegen Ihnen, Sie sind mein richtiger Ansprechpartner.«

»Kann schon sein, junger Mann, kommt darauf an, was Sie wollen, was kann ich denn für Sie tun?«

»Ich würde mich mit Ihnen gerne über die ›Universidad Fernandez de Orticho‹ und ihre Professur dort unterhalten.«

»Tja, wat wollen Sie denn da wissen?«

»Seit wann Sie Ihre Professur dort haben, wann Sie Ihre Vorlesungen halten, wie Sie Ihren Lehrstuhl dort bedienen und so weiter, ist doch schließlich ganz interessant für einen Laien, oder nicht?« Nebenbei legt Leon drei Euro neben die Kasse, steckt die Fishermans ein und wartet auf das Wechselgeld.

Prof. Ach schmatzt und züngelt wie eine Schlange, viel mehr kommt aber nicht aus seinem Mund, und auch das Wechselgeld kommt nicht zurück. Leon bohrt unverdrossen weiter, die Kundschaft in dem Verkaufsraum stört ihn wenig. »Was ist nu, Herr Professor, wollen Sie mir nicht endlich Ihr Spezialgebiet verraten?« – »Wann haben Sie denn Ihre nächste Vorlesung in Guatemala?«

Irgendwann gesteht der Apotheker schließlich, dass er

noch nie in Guatemala oder gar an der Universität ›Fernandez de Orticho‹ war: »Ich zeichne meine Vorträge auf eine Videokassette auf. Diese wird dann dort im Plenum vorgespielt. Und die Studenten können davon sogar eine Kopie erwerben.«

»Sie haben bestimmt solch eine Kassette hier?«

»Gerade nicht griffbereit.«

Leon redet plötzlich schnell und ohne Punkt und Komma. Die Aussprache ist bestimmt nicht ganz perfekt, aber es hört sich doch spanisch an: »Sopes amb espàrecs i ous Fava pelada pagesa Rap amb salsa d'ametlla?«

Er schaut den Herrn Professor fragend ins Gesicht. Dieser greift in seine Hosentasche, holt das Stofftuch zum wiederholten Male heraus und schnäuzt sich unbeholfen die Nase. Leon kann keinen spanischen Satz. Aber er bemüht sich in jedem Land, in dem er ist, wenigstens die Speisekarte zu verstehen. Schließlich will er wissen, ob er auf einen dicken Fisch oder auf knuspriges Fleisch wartet. Dies gilt für ihn als Tourist auf Mallorca, sollte aber erst recht für einen Hochschullehrer in Guatemala gelten.

»Sopes amb espàrecs i ous, Fava pelada pagesa, Rap amb salsa d'ametlla?«, wiederholt er langsam die spanischen Gerichte, die er sich während des letzten Mallorcabesuches eingebläut hatte. Suppe mit Spargel und Ei, Eintopf mit dicken Bohnen nach Bauernart, Seeteufel in Mandelsoße.

»Signor profesor, das ist Spanisch. In welcher Sprache halten Sie denn Ihre wissenschaftlichen Vorträge für die kleinen Indios in Guatemala?«

Der Apotheker steckt sein Taschentuch umständlich in seine Hosentasche zurück. Der Mund öffnet sich, dann schließt Professor Ach ihn wieder. Schließlich sagt er triumphierend: »Das wird in Guatemala übersetzt!«

Für seinen Thriller kann Leon mit dem alten Herrn wenig anfangen. Was soll der zahnlose eitle Apotheker mit dem Mord an Klaiber schon zu tun haben? Als Clown in seinem Dokumentarfilm ist er gar nicht schlecht. Mit diesem hoffärtigen Kasper Prof. Ach ist ihm in der Unterhaltungsabteilung ein Grimmepreis sicher. Für mehr aber taugt der alte Mann mit seinem verrotzten Stofftaschentuch nicht.

Warum aber hatte Dr. Gültig gerade ihn geoutet? Lakkermann, diesen eitlen Heilpraktiker, den mochte der Internist in Stuttgart nicht, das ist nachzuvollziehen. Ein Bademeister, der so schlau sein will wie ein echter deutscher Mediziner, das geht nicht an. Aber ein alter Apotheker? Was hatte er getan, dass Gültig ihn ihm ausliefert und der Lächerlichkeit preisgibt? Mischt er noch mit in dem Verein zur Förderung der guatemaltekischen ›Universidad Fernandez de Orticho‹? Steht er dort Gültig im Weg? Aber wie soll das möglich sein?

Leon ist ratlos. Er weiß nicht, ob sein Gegenüber ihn überhaupt ernst nimmt. Die Kunden kommen und gehen, und nur so nebenbei reagiert Prof. Ach auf seine Fragen. Viel wichtiger scheint ihm zu sein, dass er jeden Gruß seiner Kundschaft huldvoll entgegennehmen kann.

»Wie kamen Sie denn an Thanner ran?«, lässt sich Leon nicht abweisen.

Prof. Ach schnalzt dreimal mit der Zunge, bevor er Leon ansieht. Dann sammelt er allen Speichel in seinem Mund zusammen, tupft mit seinem Stofftaschentuch die Spucke um seine Lippen ab und antwortet: »Was habe ich mit Thanner zu tun, der geht mich doch gar nichts an.«

»Ich weiß nicht, Sie haben doch Ihren Titel bei ihm gekauft – oder wie sonst wurden Sie Professor in Guatemala?«

»Nö«, schmatzt Ach stur, »ich habe gar nichts gekauft. Ich habe meinen Titel verliehen bekommen, wie es sich gehört.« Während des Gesprächs mit Leon ist der Körper des älteren Herrn in sich zusammengesackt, die Arme hängen schlaff an den Seiten, außer, wenn er mit der rechten Hand das Taschentuch wieder einmal zum Munde führt.

Die Ladentür geht auf, eine ältere Dame betritt die Apotheke, Professor Achs Körper nimmt Haltung an.

»Guten Tag, Herr Professor«, grüßt sie respektvoll.

Plötzlich steht der alte Mann stramm. Aufrecht fragt er nach dem Wohlbefinden der Kundin. Er nennt sie beim Namen und legt ihr, ohne das Rezept genauer gelesen zu haben, die gewünschte Medizin auf die Ladentheke. Die Kundin bedankt sich und wünscht, bevor sie geht: »Einen schönen guten Tag, Herr Professor Ach.«

Dann klingelt die Ladentür.

»Das gefällt Ihnen, Herr Professor Ach«, frotzelt Leon.

Der Apotheker lächelt. Seine Zunge schnalzt, seine Lippen verbinden beide Ohrläppchen von der linken Gesichtshälfte bis zur rechten. Hinter der dicken Hornbrille blitzt Schalk auf. Er winkt Leon, ihm zu folgen und geht in einen Raum hinter der Ladentheke. »Kommen Sie, junger Mann, dann zeige ich Ihnen, was Sie interessiert.«

Leon folgt dem weißen Kittel des alten Mannes. Der Apotheker dreht sich in dem Hinterzimmer um, knipst einen Lichtschalter an, die Neonröhren flackern auf und stolz zeigt die rechte Hand des alten Mannes auf eine Wand. »Schauen Sie sich diese Urkunden genau an, was also bitte soll ich von Thanner wollen? Nein, nein, das habe ich gar nicht nötig!«

Die Neonröhren halten jetzt das grelle Licht. Leon sieht

in ihrem Schein drei Urkunden nebeneinander in goldenen Aluminiumrahmen. Ein Name auf der ersten springt ihm sofort ins Auge: ›Universidad Fernandez de Orticho Considerando: Que el Prof. Wilhelm Ach.‹

»Gratuliere«, sagt Leon und deutet auf den Professor.

Die Urkunde selbst ist unterzeichnet von einem Prof. Dr. Ernesto Zucker, Rektor der Universidad, also nicht Thanner. In einem Zusatz, ab dem unteren Drittel der Urkunde, wird auch gleich das korrekte Führen des Titels für Deutschland erläutert: ›Republica Federal de Alemania, el Titulo de Profesor Visitante de la Universidad Fernandes de Orticho‹.

»Ein Exportschlager der Universität, wenn Ihnen in Guatemala schon erklärt wird, wie der Titel in Deutschland zu führen ist: ›Profesor Visitante‹. Warum geben Sie diesen Zusatz nicht an?«

Der Apotheker winkt ab und deutet auf die beiden weiteren Urkunden: »Lesen Sie.«

Leon liest. ›Universiatea Don Cluj-Napoca‹. Cluj-Napoca hieß früher Klausenburg und liegt in Rumänien. Die Urkunde wurde 1996 ausgestellt. Der Universitätsname in Verbindung mit dem Städtenamen klingt offiziell, doch dass das ehemalige Klausenburg in Rumänien heute noch eine staatliche, offizielle Universität besitzt, bezweifelt Leon. Klar ist ihm, diese Universität ist eine der weiteren Titelschmieden in den Ostländern, die seit dem Fall des Eisernen Vorhangs drüben wie Pilze aus dem Boden schießen, ob in Polen, Ungarn oder eben Rumänien. Ernst zu nehmen ist keine dieser privaten Hochschulen. Meist ist der Rektor ein deutscher Titelhändler, der in einer großzügigen Altbauwohnung residiert.

Die dritte Urkunde ist noch offensichtlicher wertlos. Sie wurde ausgestellt 1997 von der ›First-Thai-European

University Chiang Mai.‹ Der Name, und auch der weitere Text in englischer Sprache, deutet schon auf das Klientel. Internationale Kunden sollen lesen können, was sie kaufen. Von dem Leiter der fernen Universität hatte Leon schon gehört. Prof. Dr. Dr. Schläger, der Mann stammt aus Essen und hat in Thailand ein ›Ausbildungsinstitut‹, das staatlich anerkannt sein soll. Von hier aus verteilt er, nach saftigen Geldüberweisungen, akademische Titel.

Die drei Urkunden des Apothekers zeigen auf skurrile Art und Weise gleichzeitig ihre Wertlosigkeit. Wilhelm Ach könnte sich genauso gut ohne diese drei Urkunden im Hinterzimmer vorne im Ladenlokal Professor nennen lassen. Denn wer diese Titel nebeneinander vereint prangen sieht, weiß von der inflationären Sinnlosigkeit.

Doch für Ach scheint nun in dreifacher Ausfertigung bestätigt zu sein, was ihm nicht auf einen Blick zuzutrauen ist. Er hat es jetzt schwarz auf weiß, in großen antiquierten Lettern und kann es jeden Tag selbst lesen: ›Professor Wilhelm Ach‹.

Dreimal!

»Also, was wollen Sie nun noch von mir mit diesem Thanner? Ich habe meine Verdienste weltweit anerkannt bekommen. Ich brauche keinen Professorentitel von *einer* Universität, ich habe *drei*!«

Leon schluckt. Der Mann spielt Kölner Jeck. Den darf er nicht für voll nehmen. Ein Kameraschwenk über die drei Urkunden und jeder Zuschauer weiß: Der tickt doch nicht ganz sauber.

Doch der dreifache Professor Wilhelm Ach steht stolz und aufrecht neben ihm. Sein Gesicht strahlt noch breiter, seine Augen funkeln noch heller: »Meine wissenschaftlichen Arbeiten finden überall Anerkennung, da brauche ich

keinen Thanner, ich könnte noch eine vierte Professorenstelle annehmen, wenn ich Zeit hätte. Gerade erst wurde
ich gefragt, ob ich nicht noch meine Arbeiten an eine Universität in Russland schicken könnte. Aber ich habe so viel
zu tun.«

»Nur zu, Herr Professor, Rationalisierung ist gefragt.
Nur führen dürfen Sie alle Ihre Professorentitel hier in
Deutschland ja nicht.«

»Warum nicht, natürlich kann ich das, wer will mir das
verbieten?«

Leon staunt. Die Sammelleidenschaft dieses Mannes ist
für ihn nicht nachvollziehbar. Was hat er denn davon? Die
Kunden nennen ihn Professor, er ist anerkannt in seinem
Kiez, und er glaubt selbst an sich. Leon sucht Titelhändler
und Hochstapler. Prof. Prof. Prof. Ach gehört dazu nicht.
Oder doch?

»Können Sie mir denn auch einen Titel zukommen lassen, wenn Sie so viele haben?«

Prof. Ach ist echauffiert. »Nein!«, sagt er treuherzig und
lispelt freundlich, »sehen Sie, nun sind Sie auch neidisch wie
viele. Mir wurden die Titel verliehen. Was hätte ich denn
tun sollen, hätte ich sie ablehnen sollen? Warum auch?«
Der Mann bleibt seiner Version treu. Bestimmt glaubt er
schon längst selbst daran.

So wertlos die Urkunden sind, so sicher ist Leon, dass
der eitle Apotheker dafür blechen musste. Thanner und
Kollegen haben kein Papier zu verschenken. Die Preisliste
von Klaiber war deutlich. Drei Professorentitel der billigs-
ten Kategorie machen zusammen sicherlich rund 100.000
Euro.

»Das muss doch ein Vermögen gekostet haben?«, setzt
Leon nach und zeigt auf die Urkunden: »Guatemala jähr-

lich eine saftige Spende, für den Titel aus Rumänien vielleicht 30.000 Euro, und Thailand ebenso viel?«

Prof. Achs unaufhörliches Lächeln lässt langsam nach. Er scheint müde, diesem Journalisten immer und immer wieder das Gleiche erklären zu müssen. »Gekostet hat mich jede Urkunde Arbeit und Mühen, aber das mache ich ja gerne. Warum also soll ich denn Geld bezahlt haben müssen, warum nur? Aber, Sie haben recht, verdient habe ich daran auch nichts.«

Leon ist am Ende: »Den Quatsch können Sie einem Richter erzählen, und vom Finanzamt bin ich auch nicht, und Thanner ist nicht von der Heilsarmee, also, was haben Sie für den Titel in Guatemala bezahlt? Ich weiß, dass Sie den Titel von ihm haben.«

Das freundliche Lächeln weicht nun endgültig aus dem Gesicht des Apothekers. Mit der Zunge wischt er sich den Speichel von seinen Lippen. Die rechte Hand weist den Weg nach vorne in den Verkaufsraum. Leon folgt ihr und geht vor, Ach hinterher. Im Laden geht er an ihm vorbei, schnurstracks zur Ladentür. Er öffnet sie mit der linken Hand und zeigt mit dem Zeigefinger der rechten Hand den Weg hinaus ins Freie.

»Ein Rauswurf?«, fragt Leon.

»Ich wüsste nicht, was wir noch zu besprechen haben«, antwortet der alte Apotheker gelassen.

»Vielleicht Ihre Beziehung zu einem gewissen Herrn Klaiber«, setzt Leon nochmals an.

»Auf Wiedersehen.« Prof. Ach komplimentiert mit seinem Taschentuch in der Hand Leon auf die Straße hinaus. Im Gegenlicht sieht dieser feine Wassertröpfchen vor dem Mund des alten Herrn in der Luft tanzen. Gebeugt geht er durch die feuchte Wolke.

»Na denn tschüs, Herr Professor Professor Professor«, sagt er dennoch freundlich und schüttelt dem wackeren Akademiker die Hand. »Ich komme wieder, muss leider sein, das nächste Mal aber mit Kamera. Und dann können Sie mir das Wechselgeld für die Fisherman's noch auszahlen, okay?«

Bevor Dr. Ach antworten kann, ist Leon unter den Passanten in der Fußgängerzone verschwunden.

Wenn es einen Mann in Köln gibt, der alles über Titelhändler weiß, dann Max, denkt Leon. Max betreibt in der Ehrenbergstraße ein kleines Telefongeschäft. ›Max, der Lügenbaron‹, so nennt er sich selbst. Er könnte sich auch Dr. Max nennen, kein Problem, oder Professor. Max lügt sowieso. In der Szene ist er dadurch bekannt wie ein bunter Hund. Im Fernsehen war er schon in fast allen Talkshows. In Sat 1 hat er gelogen, er hätte seine Zukünftige tagelang von einem Detektiv beschatten lassen, bevor er ihr das Jawort gab. Bei RTL saß er als Unternehmer in einer Nachrichtensendung und behauptete, gegen krankgemeldete Angestellte mit Detektiven zu ermitteln. In der ARD gab er sich in einem seriösen Kulturmagazin als Kunstfälscher aus und im ZDF als Berater und Abhörspezialist für den Verfassungsschutz.

›Lügen‹ klingt nicht so schön wie ›faken‹. Deshalb heißt der Spaß in der Welt der Fernsehschaffenden ›Fake‹.

Leon versteht diesen Spaß oder Fake nicht. Als er Max kennenlernte, recherchierte er über ihn. Er hatte behauptet, in über 50 Fernsehsendungen unbemerkt gelogen zu haben, zum Teil im Auftrag der Redaktion für viel Geld. Leon recherchierte mühevoll, bei elf offiziellen Lügenauftritten war Schluss, mehr gab es nicht. Und so viel Geld für Max, wie er selbst behauptete, floss offensichtlich auch nicht. Noch eine Lüge mehr, die bei genauem Hinsehen platzte wie eine Seifenblase.

Darauf angesprochen, lacht Max und spielt die Wahrheit in das Unfassbare. »Was weißt du schon, Junge. Zuschauer, Redakteure, Moderatoren, das ist doch alles nur Show, bei uns in Kölle iss dat janze Johr övver Karneval.«

Fasnacht dauert in Süddeutschland bis Aschermittwoch, dann ist aber auch wieder gut. Zum Fernsehen wollte Leon, nicht zum Zirkus. Doch mit dem dreifachen Professor in der Apotheke der Südstadt hatte Köln sich wieder einmal als Hochburg der deutschen Komiker bewiesen. Bestimmt kennt Max den Jeckenkollegen. Er will ihn fragen, vor allem nach Möglichkeiten, in Köln einen Titel zu kaufen. Wenn dies möglich ist, weiß er es.

Der Lügenbold sitzt mit seinem Struwwelkopf alleine in seinem Telefonladen. »Nichts los, der Handyboom ist am Ende«, begrüßt er Leon.

»Gelogen«, sagt dieser und drückt auf den elektrischen Kassenknopf. Ratatata, die Geldschublade fährt heraus. Scheine stellen sich auf.

Max läuft schnell zur Kasse und schiebt die Schublade zurück: »Okay, aber es war wirklich schon besser.«

»Reicht es noch für einen Kaffee?«, fragt Leon, und der kleine Lügenbaron verschwindet im Nebenraum.

Leon folgt ihm und lässt sich auf ein kurzes Geplänkel ein: »Ja, wir werden dicker.« – »Danke, es geht ganz gut.« – »Was machen die Frauen?« – »Was treibst du gerade?«

Endlich geht es zur Sache. Leon erzählt von seiner Geschichte, dem Mord an Klaiber, Thanners Geschäftsprinzip und von Prof. Ach.

»Ett Wilhelmsche«, lacht Max. »Ävver«, sagt er plötz-

lich gehetzt und beschäftigt, »verjiss den, isch hann dir noch
jett vill Besseres, den ollen Dr. Kamehl, der iss ett für disch,
kumm ens mit.«

Max rennt aus dem Laden, hängt ein Schildchen an die
Tür: ›Bin sofort zurück‹, sperrt ab und prescht zu Fuß die
Straße hinunter. Fast jeden zweiten Passanten begrüßt er
euphorisch, als hätten sie sich schon jahrelang nicht mehr
gesehen, trotzdem keine Zeit. Schließlich verschwindet er
hinter einer Ladentür.

Leon muss sich beeilen, trotz kurzer Beine und vieler
Bekannter springt Max durch die Straße wie der Mann ohne
Koffer. Er setzt ihm nach, und schon steht er mit ihm in einem
Geschäft voller Pokale und Siegerkränze in der Auslage.
›Pokal-Rolf‹ steht draußen an das Schaufenster gepinselt.

Max baut seinen kleinen, viel zu dicken Körper vor der
Ladentheke auf und ordert: »Hey, Rolf, ich hätte gerne eine
Urkunde für einen Konsul, Doktor oder Professor, oder
watt häss de noch?«

»Nu, watt noch dobei?«, fragt Rolf cool, als wüsste sich
Max in einer Eisdiele nicht zu entscheiden zwischen einem
Schwarzwaldbecher und einem Erdbeertraum. »Du bist
doch schon längst unser schlaues Professorchen.«

Max strahlt, dreht sich zu Leon und stimmt ein Eigen-
loblied an: »Lurens, esu jeht dat he, allett olle Kamelle,
fraach nur misch.«

»Quatsch, lass sehen.« Leon weiß nicht, ob er über den
angekündigten Fund lachen soll oder weinen. Er sieht zwischen den Sporturkunden, den historischen Urkunden und
anderen Leistungsurkunden seine Story schon baden gehen.
Auf der anderen Seite kann hier in Köln doch nicht für ein
paar Euro angeboten werden, wofür andere in der Republik Tausende ausgeben.

Rolf legt einige Blanko-Urkunden vor Leon auf die Ladentheke. Die DIN A4-Papiere sind billige Kopien, die Namen der Universitäten merkbar aus der Gag-Manufaktur. Sie heißen: ›Genie-Terminal‹ oder ›Milchstraßen-Universität‹.

Ihm fällt ein Stein vom Herzen. Das alles hat nicht einmal die leiseste Annäherung an die Qualität der Urkunden, denen er auf der Spur ist. Überlegen zieht er sein Resümee: »Den Quatsch kannst du dir an eurem Karneval auf den Rücken kleben und ›Alaaf‹ rufen, da kräht kein Hahn nach. Ich suche andere Urkunden, echte Titel, mit denen ich nicht in die Bütt gehe, sondern mit denen ich mich auch in jedem Wissenschaftsministerium sehen lassen kann.«

»Quatsch, dafür sind die ja nicht gedacht. Das sind einfach Jux-Titel als kleines Geschenk«, beschwichtigt Rolf, »ävver kütt doch joot, odder?«, kölnert er belustigt, schaut Leon an und spricht in verständlicher Sprache weiter: »Wer weiß, wenn du nur fest daran glaubst, vielleicht hilft es. Max wurde so doch auch Baron, oder Max?«

»Ne, ess klar«, lacht der und bestätigt zum wiederholten Male: »In Kölle am Karneval immer.«

Leon hat gerade keinen Sinn für Scherze und Kölner Karneval. Und Max hatte ihm schließlich auch noch einen anderen Tipp versprochen. »Was ist nun mit dem Kamehl?«, fragt er ihn.

Der kleine Wuschelkopf schaut zuerst an Leon hoch, dann an Rolf. »Ich gehe wieder in meinen Laden zurück. Rolf du machst das schon.« Zack, ist er aus dem Pokalladen verschwunden.

Leon wendet sich Rolf zu. »Es gibt einen Dr. Kamehl. Ich habe schon von ihm gelesen, und Max hat mich jetzt wieder an ihn erinnert. Der Mann wohnt hier. Vergiss deine Kindergartenurkunden, ich will Urkunden, die hier in Deutschland in jedem Ministerium anerkannt werden. Kannst du mich mit diesem ominösen Dr. Kamehl bekannt machen, du kennst ihn ja offensichtlich?«

»Das ist nicht so einfach. Der Mann ist Profi und sucht sich seine Kunden aus, der wartet nicht auf dich.«

»Ich möchte ja nur mit ihm reden.«

Rolf überlegt.

Leon legt einen Hunderteuroschein auf den Tisch: »Mehr kannst du daran nicht verdienen, ich werde keinen Titel kaufen, ich will nur mit dem Typen reden, also gib mir die Adresse und niemand wird erfahren, woher ich sie habe.«

Rolf kritzelt Namen, Straße und Hausnummer auf einen abgerissenen Kassenzettel: ›Prof. Dr. Kamehl, Düsseldorf, Sommerhaldenweg 2‹.

Kamehl wohnt in einem Nobelvorort von Düsseldorf: Hohe Mauern, dichter Baumbestand, alte Villen. Drei Flaggen wehen vor einem Schlösschen. Ihre Herkunft kann Leon nicht identifizieren. Grelle Farben winken in dieser Szene meist für mittel- oder südamerikanische Staaten. In der Auffahrt ein gepflegter alter Jaguar mit ›CC‹-Stander, Corps Consulaire.

Leon stellt sich vor die Ausfahrt. Neben dem schmiedeeisernen Gartentor ist eine Zugglocke angebracht. Darunter ein Kupferschild mit handgetriebenen Buchstaben: ›Prof. Dr. Dr. EC Emil Kamehl, Konsulat Ecuador‹.

Leon zieht die Glocke. Ein Mann mittleren Alters im Pinguinfrack öffnet die Tür: »Sie wünschen?«

»Ich möchte zu Dr. Kamehl«, sagt Leon artig.

»Wen darf ich bitte melden?«

Erst jetzt erkennt Leon die Uniform. Fernsehen bildet

doch. Nur aus der Vorabendserie ›Graf Yoster‹ weiß er, wie stilechte Butler korrekt gekleidet sind. Potzblitz, eine feine Gesellschaft, er zeigt sich beeindruckt, wohnt hier der Düsseldorfer Titelimpresario?

»Äh, ach so, ja«, stammelt Leon, »sagen Sie ihm bitte: ein Freund guter Geschäfte und einen besonderen Gruß aus dem Wissenschaftsministerium.«

Der Butler nickt, sagt: »Sehr wohl!«, schließt die Tür vor Leons Nase und verschwindet.

Leon begutachtet die Fahnen über ihm im Abendwind. Die Recherchen machen ihn langsam zum Spezialisten für südamerikanische Flaggen. Rot-Gelb-Grün für Bolivien, die hat er schon am Morgen bei Lakkermann kennengelernt. Auch Kamehl steht auf diese Farben. Doch daneben weht noch Gelb-Blau-Rot und in der Mitte ein stolzer Anden-Adler mit ausgebreiteten Flügeln über dem Amazonas. Als Konsul von Ecuador will Kamehl mit dieser Flagge wohl seine amtliche Autorität beweisen. Und auch eine dritte Flagge darf er flattern lassen. Das blaue Banner mit den zwölf fünfzackigen Sternen zeigt seine weltoffene Weitsicht als EU-Bürger. Insgesamt lässt das bunte Flaggenensemble den Eingang der alten Villa sehr offiziell erscheinen. Nur öffnet sich das Tor wohl nicht für jeden. Leon wird ungeduldig. Genervt zerrt er nochmals an der Glocke.

Nach ein paar Minuten erst öffnet sich die Tür wieder, und der Butler erscheint: »Professor Doktor Kamehl lässt bitten«, sagt er, ohne eine Miene seines steinernen Gesichts zu verziehen.

Leon geht an dem Butler vorbei in das Haus. Er ist überwältigt. Er weiß zuerst nicht, steht er in einem Empfangsraum oder in einem englischen Museum. Dicke Teppiche liegen auf dem Boden, wertvolle Antiquitäten stehen an den Wänden. In einer alten Vitrine sammeln sich Orden aus aller Herren Länder sowie Bilder mit Staatspräsidenten und Showgrößen. Urkunden und Gemälde zieren die Eingangshalle. Eine steinerne Wendeltreppe führt hinauf in das obere Stockwerk.

»Guten Tag, mein Herr, was kann ich für Sie tun?«

Leon dreht sich um und schaut in einen weiteren Raum, zu dem der Butler gerade zwei Flügeltüren beiseiteschiebt.

»Professor Doktor Kamehl?«, fragt Leon.

»Ja, der bin ich«, antwortet dieser. Er trägt einen dunklen Zweireiher, weißes Hemd und eine weiße Fliege. Sein rundes Gesicht ziert ein kurz gestutzter Vollbart mit überdimensionalem Schnauzer unter der Nase mit gezwirbelten Enden, die fast bis zu den Ohren reichen. Der Mann hat Stil, sieht Leon, sein Outfit passt in die Villa der Gründerzeit, wobei er bestimmt nicht älter als 50 Jahre ist.

»Ich bin Journalist und recherchiere zum Thema Titelhandel«, fällt Leon direkt mit der Tür ins Haus.

»Da sind Sie hier an der falschen Adresse«, antwortet der fragliche Professor freundlich.

»Vielleicht doch nicht«, weicht Leon aus, »vielleicht habe ich mich falsch ausgedrückt: Also sagen wir so, ich suche Menschen, die anderen Menschen zu ihrem Glück verhelfen können, wenn diese meinen, ihr Glück hänge von einem Titel ab.«

Der Gastgeber verzieht unter seinem Bart sein Gesicht zu einem feinen Lächeln: »Ja, vielleicht sind Sie doch richtig, aber warum soll ich mit Ihnen sprechen?«

»Marketing«, antwortet Leon forsch, »schauen Sie, wenn Sie in einer Fernsehdokumentation auftauchen, dann lernen Leute Sie kennen, die Sie sonst nur über teure Anzeigen erreichen können.«

Kamehls Lächeln weitet sich aus: »Fragen Sie.«

»Sind Sie Titelhändler?«, geht Leon wieder beherzt an sein Werk. Gleichzeitig muss er feststellen, dass Dr. Kamehl bisher vielleicht gelächelt haben könnte, aber jetzt tut er es sicher nicht mehr.

»Fragen Sie nie mehr so«, antwortet er streng. Dann räuspert er sich und lächelt doch wieder leutselig: »Ich bin Promotionsberater.«

»Okay, Sie sind kein Titelhändler, Sie sind ein Promotionsberater«, setzt Leon von Neuem an.

»Nein, ich bin nicht *ein* Promotionsberater«, korrigiert er erneut, »ich bin *der* Promotionsberater. Ich habe schon über 1.000 Klienten hier in Deutschland zu ihrer Promotion geführt.«

»Und was kostet eine Promotionsberatung bei Ihnen?«

»Rund 30.000 Euro.«

»Das macht dann bisher ein Einkommen von 30 Millionen Euro? Nicht schlecht«, multipliziert Leon schnell.

»Gut gerechnet, Sie können ja bei mir in Mathematik promovieren«, schlägt der jetzt mit sich zufrieden wirkende Titelhändler genüsslich vor. Er hat sein wohlwollendes Lächeln wieder gefunden. »Aber«, doziert er weiter, »dieses Geld gehört nicht mir, davon muss ich die Studiengebühren, Prüfungsgebühren und so weiter bezahlen.«

»Wie viel?«

»Rund 15.000 Dollar kommen da schon pro Kandidat zusammen.«

»Macht immer noch einen Gewinn von rund 15 Millionen Euro.«

»Es gibt noch mehrere Auslagen, die ich zu tragen habe, von den Reisespesen gar nicht zu reden. Aber sind Sie vom

Finanzamt? Dann müssten wir das Gespräch nun beenden.«

»Nein, bestimmt nicht, aber ich hoffe, ich muss mir keine Sorgen um Sie machen und Ihnen bleibt noch etwas zum Leben? Apropos Reisespesen, können Sie mir auch zum Glück verhelfen, wenn ich in Deutschland promovieren will?«

»Nein, nie und niemals! Das wissen Sie doch, das ist nicht legal. Ich bin bekannt für saubere Geschäfte, ich arbeite mit dem Wissenschaftsministerium Düsseldorf eng zusammen, diese freundschaftliche Verbindung setze ich doch nicht aufs Spiel.«

In diesem Augenblick öffnet sich die Tür hinter Dr. Kamehl. Eine adrette Frau betritt den Raum. Sie ist blond gefärbt, stolz in der Haltung, bieder gekleidet und trägt eine viel zu große Brille auf ihrer blassen Nase.

»Meine Frau«, stellt der Hausherr stolz wie ein Gockel vor, »Professor Doktor Hanitschka Schablinsky.«

Leon schmunzelt und provoziert augenzwinkernd: »Kleine Geschenke erhalten die Freundschaft?«

»Ja, ja«, antwortet Dr. Kamehl irritiert, während Leon der Frau Professorin ehrerbietig die rechte Hand küsst.

»Ihre Titel sind selbstverständlich alle in Deutschland zur Führung amtlich genehmigt?«, fragt Leon direkt die Frau des Titelhändlers, »oder haben Sie die Auszeichnungen selbst aus Ihrer Heimat mitgebracht?«

Sie schaut irritiert.

Prof. Kamehl springt ihr bei: »Mein Schatz, du musst wissen, Journalisten haben wenig Anstand.« Und zu Leon gewandt sagt er: »Ich kann Sie beruhigen, bei uns ist jeder Titel vom Ministerium abgesegnet.«

»Jeder Titel?«, staunt Leon.

»Ja, schließlich bin ich sozusagen der fachliche Berater des Ministeriums, was die Nostrifizierung ausländischer Doktortitel hier in Deutschland angeht.«

»Das Ministerium fragt bei Ihnen nach, was mit Ihrem eigenen Antrag passiert?« Leon ist baff.

Der alerte Titelhändler lächelt selbstgefällig und bittet Leon nun in einen Raum neben der Empfangshalle. Er selbst setzt sich mit seiner blonden Akademiker-Gattin auf eine Couch, Leon nimmt in einem Sessel Platz. Der Butler serviert echten Schottischen Whisky, und Leon fragt unbeirrt noch einmal: »Wie beraten Sie denn nun den Herrn Wissenschaftsminister?«

»Sagen wir so, ich kläre schon im Vorfeld ab, welche Operationen in Deutschland von Erfolg gekrönt sein werden.« Das freundliche Lächeln des Promotionsberaters wandelt sich zu einem Siegerstrahlen. Er nimmt eine Zigarre aus einer silbernen Schatulle, seine Frau springt ihm bei und reicht ihm ein langes brennendes Streichholz. Kamehl dampft genüsslich.

Leon schaut den beiden zu und überlegt: »Das heißt, wenn ich von Ihnen einen Titel beziehe, dann haben Sie schon im Vorfeld die amtliche Garantie in der Tasche, dass ich später meinen Titel hier in Deutschland anerkannt bekomme?«

»Na klar, das macht doch Sinn. Für mich, meine Kunden und für den Staat. Wir ersparen uns beiderseitig teure Gerichtskosten.«

»Vielen Dank«, mehr fällt Leon dazu nicht ein. »Wie haben Sie denn das geschafft?«, staunt er mit ehrlicher Hochachtung.

Kamehl sitzt selbstzufrieden und wohlgefällig auf seiner englischen Ledercouch und lässt sich von Frau Professor neben ihm den dicken Innenschenkel streicheln. »Da hat nicht viel dazugehört, schließlich haben doch so beide Seiten gewonnen, und mit den zuständigen Herren des Ministeriums sind wir eben auch privat befreundet«, grinst er stolz. »Und jetzt«, setzt er nach, »sollten wir das Gespräch beenden.«

»Gerne«, willigt Leon ein, »könnten wir dieses Gespräch in dieser Form aufzeichnen, wenn ich mit einem Kamerateam vorbeikomme?«

»Ich werde es mir überlegen, junger Mann, rufen Sie mich wieder an.«

Seine Frau steht als Erste auf und ruft laut: »Charles, unser Besuch will uns verlassen.«

Leon steht ebenfalls auf, leert noch schnell den leckeren Whisky und fragt im Gehen: »Herr Professor, was ich noch vergessen habe, wo haben Sie Ihren Lehrstuhl?«

»Ach, mein junger Freund, wissen Sie, ich bin schon so lange im Geschäft. Ich bin in Ecuador Dekan für ausländische Studienangelegenheiten an der Universität von Cue. Ich bin Präsident und Gründer der ›Fundacion Dr. Kamehl‹, wir helfen beim Ausbau und der Erweiterung des dortigen akademischen Lehrkrankenhauses der katholischen Universität. Glauben Sie mir, an Titeln mangelt es mir wahrlich nicht.«

»Und was heißt ›EC‹, steht dies nach Ihrem Dr.? Oder vor Ihrem Vornamen als Initialen für weitere Eigennamen?«

»Sehen Sie«, lacht Dr. Kamehl, »legen Sie es aus, wie Sie wollen. Von mir aus Ernst Cornelius?« Vertraut legt Kamehl Leon seinen Arm um die Schultern und führt ihn in das Foyer, wo Charles schon wartet. »Glauben Sie mir, ob Dr. oder Dr. EC, das spielt längst keine Rolle mehr. Ein

Doktorhut steht jedem gut, auch Sie sollten es sich überlegen.«

Leon bedankt sich, verbeugt sich standesgemäß tief vor Frau Professor Schablinsky und lässt sich von Charles vor das Anwesen führen.

Jägerglück. Endlich läuft die Story. So zäh sich die Recherchen zu Beginn gestaltet hatten, so einfach flutscht plötzlich die Geschichte. Jetzt öffnen sich verschlossen geglaubte Türen. Leon hat einen Draht in die Szene gefunden, er hangelt sich daran von Adresse zu Adresse durch. Die anfängliche Scheu ist verschwunden. Er weiß jetzt, wie ›Promotionsberater‹ zu nehmen sind. Die Titelhändlernummer ist so gut wie im Kasten. Morgen endlich noch Thanner, dann kann die Dokumentation abgedreht werden.

Er fährt über die Autobahn zurück nach Köln. In einem Hotelzimmer in der Südstadt ist er einquartiert. Ein paar Kölsch im altehrwürdigen Brauhaus ›Früh‹ gehören für ihn zum Standardrepertoire in der Domstadt. Einen ›Halwen Hahn‹ wie die meisten Touristen bestellt er dort schon lange nicht mehr und wartet dann auf ein halbes Hähnchen. Das auf diese Weise oft versehentlich bestellte halbe Käsebrötchen wäre ihm jetzt auch zu wenig. Stattdessen bestellt er ›Himmel und Äd‹: Apfelkompott mit Kartoffelbrei und Blutwurst. Ein guter Grund vom Köppes, dem Kellner des Brauhauses, anschließend nach einem Schnaps gefragt zu werden.

Einen zweiten genehmigt sich Leon auch noch, doch dann ist Zapfenstreich. Morgen bei Thanner will er fit sein. Die Titelhändlerstory mag stehen, aber sein Drehbuch kommt nicht voran. Der Mord an Klaiber bleibt ungeklärt. Von seinem Polizeikommissar in Konstanz hat er schon lange nichts mehr gehört. Morgen will er auch ihn besuchen. Erst Thanner, dann die Kripo und dann Lena?

It nochere – Lena!

DER GRÖSSTE TITELIMPRESARIO
DEUTSCHLANDS
... DIE SPINNE UND LENA

Die Kommissarin sitzt hinter ihrem Schreibtisch im Büro. Der Assistent kommt hinzu. Er sieht sie und beginnt sofort zu reden: »Du glaubst nicht, wie viel gekaufte Professoren allein in unserem Landkreis hier wirken. Dein Professor Gann ist in bester Gesellschaft. Er ist sogar in einem Verein, man könnte fast sagen, im Verein der gekauften Professoren.« *– Schnitt – Die Kommissarin hört ihm nur mit einem Ohr zu. Sie ist vertieft in ihre Papiere. – Schnitt – Der Assistent spricht weiter:* »Aber Klaiber scheint da nur der Vermittler gewesen zu sein, es muss noch ein anderer Titelhändler bei uns sitzen, ich denke, drüben am See, vermutlich in Überlingen.« *– Schnitt – Jetzt schaut die Kommissarin auf. Sie lächelt und fragt:* »Thanner?« *– Der Assistent ist baff. Er schaut sie an:* »Ja, Thanner«, *bestätigt er.* »Woher weißt du?« – »Gerard hat uns gestern zu ihm geführt, ich lasse ihn seit heute Nacht überwachen.« – »So schnell die Fährte gewechselt?« – »Ja, Thomas hat mir dazu geraten. Das BKA hat ein Dossier über Thanner erstellt, hier, lies es selbst. Der Mann ist der fetteste Fisch, der uns ins Netz gehen könnte. Der hat sogar eine Import-Export-Firma, die seine Titel vertreibt.« – »Und Thomas lässt von seiner Theorie mit Gerard ab?« – »Der ist nicht so, wie du denkst, der hat auch seine Vorgesetzten und seinen Job«, *nimmt sie ihn in Schutz. – Der Assistent lächelt nachsichtig. – Umschnitt.*

Der Oberstaatsanwalt sitzt in seinem Büro. Die Kommissarin klopft an. Er ruft sie herein, sie tritt vor seinen Schreibtisch und bittet um einen Hausdurchsuchungsbefehl bei Thanner. – Schnitt – Der Oberstaatsanwalt lehnt sich in seinem Stuhl zurück. Er schaut die Papiere der Kommissarin gar nicht an. Er fragt: »Wie weit sind Sie mit diesem Gerard?« – Sie beharrt auf ihrem Standpunkt: »Gerard ist nicht der Mörder. Das macht keinen Sinn. Dieser Thanner hat als Konkurrent Klaibers ebenfalls ein Motiv, genauso wie Gerard. Das alleine ist es aber nicht, warum ich ihn besuchen will. Thanner zählt zu den größten Titelhändlern Deutschlands. Er hat auch mit Klaiber zusammengearbeitet. Ich will ihm auf den Zahn fühlen, und zwar schnell und in seinem Büro. Gerard hat ihn gestern besucht. Ich denke, wir kommen mit Thanner weiter.« – Schnitt – »Wo weiter? Wie weiter? Mit den Ermittlungen zum Mord an Klaiber?« – Schnitt – In diesem Augenblick klopft es an die Tür, und schon geht sie auf. Thomas erscheint. Er geht zuerst zu dem Staatsanwalt und reicht ihm zur Begrüßung die Hand. Dann küsst er vor seinen Augen die Kommissarin links und rechts auf die Wange. – Schnitt – Der Oberstaatsanwalt staunt und sagt: »Nana«, mehr nicht. Dann wird sein Gesicht wieder ernst, und zu Thomas gewandt sucht er Unterstützung: »Wir sind im Falle Gerard noch nicht weiter, was denken Sie?« – Thomas schaut die Kommissarin an und fragt: »Hast du noch nicht von gestern Abend erzählt?« – Sie schüttelt unschlüssig den Kopf. – Er stellt sich vor den Schreibtisch des Staatsanwaltes und sagt: »Ich denke, wir haben uns mit Gerard vielleicht verrannt. Die Spur zu Thanner ist heiß. Warum sonst trifft sich Gerard sofort nach seiner Freilassung mit ihm? Ich denke, dass wir falsch informiert waren, als wir davon ausgingen, dass Than-

ner und Klaiber nicht mehr zusammenarbeiten würden. Gerard fungierte vielleicht als Scharnier. Aber dies weiß nur einer: Thanner.« – Umschnitt.

Sein Handy fiept. Leon nutzt es als Wecker. Müde drückt er die Schlummertaste und dreht sich in seinem Bett um. Seine rechte Hand sucht den Einschaltknopf der Fernbedienung für den Fernsehapparat, die auf dem Nachttisch liegt. Er lässt die Augen geschlossen, hört aber im Morgenmagazin einen Reporterbericht von der gestrigen Amtseinführung des frischgebackenen Professors Joschka Fischer an der Universität in Princeton. Dabei zeigen die Kollegen auch einen Film aus dem Archiv. Darin wird dem Schulabbrecher Fischer eine Ehrendoktorwürde verliehen. Der Beitrag lässt ihn schnell die Augen öffnen. Er sieht den ehemaligen Außenminister staatstragend dastehen, korrekt geknöpft in seinem schwarzen, gerade einmal wieder viel zu engen Zweireiher. Ihm gegenüber drei ältere, grauhaarige Herren. Sie haben pelzbesetzte Talare über ihren Schultern hängen, der in der Mitte trägt zusätzlich eine schwere Amtskette vor seiner Brust. Im Auditorium der Universität stehen die Gäste von ihren Stühlen auf. Die Fotoreporter, mit langen Objektiven bewaffnet, drängen sich zu den vier Männern. Der Erste legt dem Sponti-Minister einen schwarzen Talar um, der zweite drückt ihm eine gerollte Urkunde in die Hand, und der dritte setzt ihm einen viereckigen Doktorhut aufs Haupt. Die Gäste applaudieren. Der Hut rutscht Fischer ins Gesicht, und der Quast des Doktorhutes rollt ihm vor seine Augen. Er versucht, sich von ihm zu befreien, schiebt den lästigen Borstenknuddel vor seiner Nase weg, nur für kurze Zeit, dann hängt der Quast wieder direkt vor den Augen. Musiker in Kostümen des Mittelalters spielen Wagner. Von wegen, Karneval nur in Köln.

Joschka Fischer hatte seine Ehrendoktorhüte der verschiedenen Universitäten im Ausland gesammelt. Sein Professorentitel in Amerika ist nur ein vorläufiger Abschluss. Eitelkeit ist auch in alternativen Bewegungen zuhause.

Allerdings ist der schwäbische Ex-Außenminister gegen einen anderen leidenschaftlichen Titelsammler aus Köln ein Waisenknabe. Ein ehemaliger Bürgermeister der Domstadt hat einen wahren Meistertitel im Einsammeln von verliehenen Doktorgraden errungen. Konrad Adenauer, der erste Bundeskanzler der Republik, brachte es auf insgesamt 24 verliehene Dr. h. c.

Leon springt aus dem Bett. Sein Tageslauf beginnt. Er hetzt wie immer der ersten Stunde des neuen Tages nach. Es ist 8 Uhr, um zwölf muss er am Bodensee sein. Er spurtet unter die Dusche, lässt Wasser über den Kopf rieseln: Heiß, kalt, heiß, kalt und springt in die Klamotten. Auf das Frühstück muss er leider verzichten. Der Termin mit Thanner ist zu wichtig, und bis nach Überlingen liegen fast 600 Kilometer vor ihm.

Viertel nach acht sucht er die Ausfahrt aus dem Kölner Süden auf die Schnellstraße Richtung Bonn, dann Koblenz. Er nimmt die linksrheinische Autobahn. Auf ihr ist meist weniger Verkehr, aber leider ist sie gespickt mit unzähligen Geschwindigkeitsbeschränkungen. Die Fahrt erinnert ihn an einen Hindernislauf. Seine Augen suchen ständig am Fahrbahnrand nach Radarfallen. Heute kann er sich beim besten Willen nicht um jede Vorschrift scheren. Deshalb fährt er immer 20 Prozent über der zulässigen Höchstgeschwindigkeit. Das ist seine eigens erstellte Toleranzgrenze: 50 Euro Verwarnungsgeld kalkuliert er ein, nur für weitere Punkte in Flensburg hat er nicht mehr viel Spielraum.

Im Deutschlandfunk hört er die Morgensendung. Aktuelles von 7 bis 9 Uhr. Vielleicht läuft das Programm auch schon ab 6 Uhr. Doch die erste Stunde könnten sie sich seiner Meinung nach schenken. »Wer vor 8 Uhr auf den Beinen ist, der ist nichts, und aus dem wird nichts.« Diesen Satz hatte er einmal von einem früheren Regierungssprecher gehört. Vieles hatte Leon ihm nicht geglaubt, aber diese Aussage schien plausibel. Seither lebt er nach ihr mit der Gewissheit, einem möglichen Karriereschub durch zu frühes Aufstehen niemals im Wege zu stehen.

Nach den Hintergrundberichten, Analysen, Meinungen schließlich die Presseschau. Radio ohne Firlefanz und Klamauk, und das aus Köln. Doch nach 9 Uhr wird es mau im Äther. Der DLF bringt noch einige Berichte aus Europa und aus dem Kirchenressort, aber auch dann darf hier angerufen werden. Hinz und Kunz dürfen sich dann direkt von jedem Stammtisch der Republik melden und ihre Meinung via Funk verbreiten. Aber auf allen anderen Kanälen wird schon seit der Frühe telefoniert und nebenbei die verschiedensten Musikcharts rauf und runter gedudelt. Ein bunter Strauß Beliebiges mit ständig gut gelaunten Moderatoren und Morning-Shows mit Gags, über die Leon nur die Moderatoren selbst lachen hört. Für alle ein bisschen Spaß, für keinen zu viel Information.

Er drückt die CD-Taste. Jan Gabarek liegt auf. Das Tenorsaxophon setzt ein in die sphärischen Klänge der Congas. ›Song For Everyone‹. Er denkt an Christina. Sie hatte sich gestern nicht gemeldet. Er hat es nicht anders erwartet. Er ist seit gestern Morgen das Schwein, er hat jetzt den Gang nach Canossa vor sich, keine Frage. Gott sei Dank nicht heute. Jetzt trifft er zuallererst Thanner und dann, dann vielleicht anschließend Lena.

Gestern hatte er den Anruf hinausgezögert, bis es am Abend zu spät war. Und jetzt ist fast keine Zeit mehr, gleich wird er am Bodensee sein. Er setzt den Blinker und steuert auf den nächst liegenden Parkplatz. Entschlossen blättert er im Speicher seines Handys und drückt die Telefonnummer von Thanners Büro. Vielleicht hat er Glück.

»Import-Export«, meldet sich eine Frauenstimme.

»Jogging-Freizeitsportgruppe Säntisblick. Erinnern Sie sich an mich, Leon, den einsamen Jogger um Ihr schönes Anwesen?«

»Ja«, antwortet die Stimme zögernd.

»Ich wollte mich schon längst bei Ihnen melden. Ich habe den Abend nicht vergessen können und würde Sie gerne heute auf ein Glas Wein einladen.«

»Warum denn das? Sollen wir unsere Begegnung nicht einfach als einen Zufall stehen lassen?«

»Einen schönen Zufall, finden Sie nicht? Ich würde schon gerne den Augenblick des Sonnenuntergangs mit Ihnen nochmals genießen wollen.«

»Lassen Sie sich nicht täuschen von der Romantik der Abendsonne am See. Am lichten Tag betrachtet, sieht hier einiges anders aus.«

»Aber Sie haben mir noch eine Geschichte zu Ihrem Hausberg, dem Säntis, versprochen.«

»Wann denn das?«, Lena lacht.

Das schafft in ihm den Mut, jetzt einen Knoten zu ziehen: »Also, wo treffen wir uns?«

»Auf jeden Fall nicht hier!«

»Dann woanders, wo Sie wollen.«

»Ich habe heute Mittag in Konstanz zu tun, kennen Sie dort den Spanier, das ›Costa del Sol?‹

»Ja«, lügt Leon, »um 20 Uhr?«, schlägt er vor und legt mit einem »Ciao« auf, ohne ihre Antwort abzuwarten.

Jetzt erst räuspert er sich. Ein Frosch steigt in seinem

Hals auf. Ihm wird heiß. Er steigt aus dem Wagen und holt tief Luft. Ein Lkw-Fahrer geht an ihm vorbei. Am liebsten würde er ihm jetzt von seinem erfolgreichen Telefongespräch erzählen. Wow, der Tag fängt gut an! Der Lastwagenkutscher geht in ein Toilettenhäuschen, Leon rauscht mit Vollgas zurück auf die Autobahn.

Es ist kurz nach zwölf, er ist am Autobahnende im äußersten Süden der Republik bei Überlingen angelangt. Fast 600 Kilometer in knapp vier Stunden. Sein Hemd ist am Rücken durchnässt. Leon sieht den See in voller Breite vor sich liegen, doch für Sightseeing ist keine Zeit. Mit der rechten Hand blättert er, während der Fahrt, im Straßenatlas auf dem Beifahrersitz. Überlingen ist schnell zu sehen, es liegt direkt am See. Lippertsreute findet er nicht. Es muss in der Nähe des Anwesens von Thanner sein. Er fährt an den Fahrbahnrand, um den Vorort auf der Karte zu finden. Danach fädelt er sich wieder in die Autoschlange ein.

Direkt an der Landstraße in Richtung des Linzgaus steht das alte Fachwerkhaus. Der ›Landgasthof Adler‹ ist nicht zu übersehen. Doch Leon bemerkt nicht zuerst das herrschaftliche Anwesen, sondern ein kleines Schildchen: ›CC‹. Eine große Mercedeslimousine mit Liechtensteiner Kennzeichen parkt direkt vor ihm. Der Wagen hat Ähnlichkeit mit dem des toten Klaiber. Nur zum ›Corps Consulaire‹, zu dem es auch Prof. Kamehl geschafft hatte, hatte es Klaiber zu Lebzeiten wohl nicht gereicht.

Leon parkt neben der Luxuskarosse. Er steigt aus und schaut neugierig in den Wagen. An der Scheibe klebt eine bunt bedruckte Plakette der ›Universidad Fernandez de Orticho‹. Darunter prangt ein weiterer Aufkleber: ›Universitätsförderkreis für Entwicklungsländer e. V.‹

So gefällt es ihm. Thanner wartet. Es ist zwanzig nach zwölf. Er hat Wochen für diesen Termin gekämpft.

Die Klinke sitzt fest, er muss kräftig drücken und die Tür nach oben ziehen. Der Gastraum dahinter ist aus einem vergangenen Jahrhundert. Abgetretene, dicke Dielen knarren unter seinen Schritten. Die Wände sind vertäfelt mit dunklen Holzkassetten. Jahrzehntealte Kiefertische sind eingedeckt mit glänzendem Silberbesteck. Nur wenige Gäste sitzen in dem Raum. An der Wand gegenüber dem Eingang sitzt ein dicker Mann im mittleren Alter. Er trägt eine dunkelblaue Klubjacke, an der Brusttasche ein aufgesticktes, goldenes Wappen. Vor ihm liegen drei Handys und einige Papiere, in denen er mit einem grünen Füller und roter Tinte schreibt.

Leon tritt zu ihm an den Tisch: »Herr Professor Thanner?«

Der Mann nickt.

Leon reicht ihm die Hand. Thanner nimmt sie nicht wahr, deutet aber mit einer Kopfbewegung an, dass er sich an seinen Tisch setzen solle.

Leon setzt sich ihm gegenüber.

Thanner schreibt einen Satz zu Ende, dann schaut er auf.

Leon sagt kein Wort, er schaut Thanner nur an. Sein Schädel ist mächtig, dunkle volle Haare fallen ihm ins Gesicht. Seine Augen sind hinter einer dunkel getönten Goldrand-Brille im Porsche-Design abgeschirmt. Dicke schwarze Koteletten rahmen die Seiten seines kantigen Kopfes. Vor ihm steht eine Coca-Cola und eine Tasse Cappuccino. Er greift zu Zigaretten, Reynolds Menthol. Aus der vollen Schachtel nimmt er eine heraus und angelt aus seiner Westentasche ein goldenes Feuerzeug. Mit einer viel zu großen Flamme gibt er sich Feuer.

Leon rührt sich nicht. Er lässt diesen Mann auf sich wirken. Er schaut ihm einfach nur zu. Das also ist er: Prof. Dr. Dr. Ing. Thanner, der genialste Titelhändler Deutschlands und vielleicht auch der Mörder von Klaiber.

»Muss ich Sie untersuchen, oder garantieren Sie mir, dass Sie kein Aufzeichnungsgerät bei sich haben?« Thanner bewegt, während er spricht, seine Lippen kaum.

»Ich kann Ihnen garantieren, dass ich meine sieben Sinne immer bei mir habe, und dass ich jedes Wort von Ihnen in meinem Gedächtnis mitschneide.«

Thanners Augen blinzeln belustigt: »Unterschreiben Sie mir bitte dieses Blatt, bevor wir uns unterhalten.«

Leon liest den eigens aufgesetzten Vertrag durch. Er soll bestätigen, dass er von diesem Treffen keine Bilder veröffentlicht, dass er das Gespräch nicht aufzeichnet und dass er kein Wort daraus verwendet beziehungsweise aus dem Gespräch zitiert.

Er greift zu dem grünen Füller von Thanner, legt die Goldfeder an den unteren Teil des Schreibens und streicht den letzten Satz mit der roten Tinte durch. Danach unterschreibt er mit dem gleichen Füller. »Zitieren werde ich vielleicht. Doch wie gesagt, nur aus meinem Gedächtnisprotokoll. Ein Tonbandgerät habe ich bestimmt nicht dabei, und draußen lauert auch keine versteckte Kamera, okay?«

»Sie müssen mich verstehen«, gibt sich der Titelhändler zugänglicher. »Ich kenne Sie nicht und habe keine Ahnung, was Sie von mir wollen. Bevor wir weiterreden, versprechen Sie mir, dass Sie meine Familie, meine Frau und die Kinder aus dem Spiel lassen?«

»Wie süß«, spottet Leon, »der berühmt-berüchtigte Professor Doktor Doktor Thanner sorgt sich um Kinder.«

»Schenken Sie sich Ihren Zynismus«, bellt dieser plötzlich wieder bissig, wie schon am Tag zuvor am Telefon, »was wollen Sie von uns? Wir werden seit Monaten erpresst, haben Sie damit zu tun?«

»Ich bitte Sie, Sie wissen doch, wer ich bin und was ich will. Ich bin Journalist und kein Erpresser.«

»Auch Journalisten brauchen Geld, immerhin wissen Sie schon ziemlich viel über unseren gemeinnützigen Verein«, zeigt er sich verunsichert. »Also, was wollen Sie, Geld?«

»Warum könnte ich Sie erpressen? Bieten Sie Gründe?«

»Sie wären nicht der Erste, der dies glaubt und auch versucht.«

»Ich bitte Sie, ein eingetragener Verein, der für Entwicklungsländer Geld sammelt, wie soll ich Sie erpressen?«

»Sie haben recht und schon viel gelernt, bravo. Unser Verein ist ein Förderkreis für Universitäten in Entwicklungsländern. Eine davon ist auch unsere ›Universidad Fernandez de Orticho‹, aber die kennen Sie ja. Selbstverständlich sind alle unsere Spenden auch gemeinnützig. Aber das wissen Sie sicher auch, Sie haben ja in den vergangenen Tagen unsere Mitglieder befragt. Sie haben sehr gezielt telefoniert und auch Besuche abgestattet.«

»Ich habe mich lediglich bei einigen Professoren erkundigt, wo sie denn lehren und wie solch eine Vorlesung vonstattengeht. Der Herr Professor hier in Deutschland, die Studenten dort im fernen Mittelamerika.«

»Und warum haben Sie bei Ihrer Untersuchung gerade so zielgerichtet unsere Professoren angerufen? Oder haben

Sie einen Rundruf unter allen Professoren Deutschlands gestartet und auch andere belästigt?«

»Unsere, wer sind denn bitte unsere Professoren?«, unterbricht Leon.

»Unsere«, betont Thanner ohne, trotz erhöhter Lautstärke, weiterhin seine Lippen zu bewegen, »unsere Professoren sind alle die Mitglieder unseres Universitätsförderkreises der ›Universidad Fernandez de Orticho‹.«

»Wäre es nun nicht einmal an der Zeit, dass wir mit diesem Märchen Schluss machen? Glauben Sie denn tatsächlich, dass ich Ihnen den Quatsch abnehme und auf die Universität irgendwo auf der anderen Seite des Atlantiks hereinfalle?«

»Darüber reden wir, sobald wir uns einig sind, wohin dieses Gespräch überhaupt führen soll. Also sagen Sie mir endlich, was Sie von uns wollen?« Der fragliche Rektor der noch fraglicheren guatemaltekischen Universität macht auf Leon keinen so selbstsicheren Eindruck, wie erwartet. Er versteckt sich hinter den immer gleichlautenden Aussagen, baut eine undurchlässige Mauer der Antipathie zwischen ihnen auf und überlässt Leon jetzt trotzdem die Bestimmung der Zielrichtung des Gespräches. Ihm soll es recht sein. Er kann mit kriecherischen Umarmungstaktiken weniger gut umgehen. So ist das Verhältnis ehrlich und bleibt distanziert. Er bestimmt den Gesprächsverlauf nach seinen Interessen: »Ich werde eine Reportage über den deutschen Titelhandel drehen, darin kommen natürlich Sie und auch Ihre vermeintlichen Herren Professoren vor.«

»Woher haben Sie die Namen meiner Klienten, die Sie bisher kontaktiert haben?«

Wenn Leon jetzt seinem Gegenüber reinen Wein einschenkt, hat er verloren. Er will Thanner interviewen, ein

Recherchegespräch mit ihm wollte er vor Wochen. Heute will er definitiv wissen, wie sein Verkaufssystem funktioniert und wie eng er mit Klaiber zusammenarbeitete. Soll er doch glauben, Leon habe noch viel mehr an Informationen über seine Organisation. Deshalb beharrt er deutlich: »Ich sagte Ihnen gerade, was ich mache und was ich von Ihnen will, mehr habe ich Ihnen nicht zu erzählen. Es gibt noch immer einen Informantenschutz, Sie verstehen.«

»Was darf ich Ihnen bringen?« Eine freundliche Stimme unterbricht das unterkühlte Gespräch. Leon schaut neben sich. Sein Blick wandert an einer attraktiven Frau empor nach oben in ein strahlendes Gesicht. Die Bedienung lächelt charmant. »Zuerst ein kleiner Aperitif für die beiden Herren?«

Auch der Titelhändler lässt sich von der betont weiblichen Ausstrahlung der Wirtin anstecken. Er spricht plötzlich wieder freundlicher: »Ja, Sie haben recht, bestellen wir etwas«, und an Leon gewandt wird er dazu auch noch großzügig. »Sie sind natürlich mein Gast.«

»In diesem Fall nehmen wir doch einen großen Aperitif, ich hätte gerne ein helles Hefeweizenbier.« Leon hat Durst, selbst der Kaffee war heute Morgen auf der Strecke geblieben.

Thanner bestellt sich eine weitere Cola und noch einen Cappuccino, »aber bitte mit Sahne.«

Leon blättert in der Tageskarte. Er hat Zeit mitgebracht. Nachdem sein Frühstück ausgefallen ist, will er wenigstens jetzt sein Mittagessen genießen. Das Menü ist nach seinem Geschmack: Zuerst traditionelle badische Gerichte schlemmen und dann mit Prof. Thanner endlich die letzten Recherchen besprechen. Der fragliche guatemaltekische Rektor dieser ominösen ›Universidad‹ ist das letzte Glied in der

Kette der Titelhändler, das ihm noch fehlt. Jetzt wird die Sache rund. Das Mittagessen kann er genießen.

Bodenseefische stehen auf jeder Karte rund um den See. Felchen und Kretzer sind selbstverständlich. Leon liest weiter: Saure Nierle, gefüllte Kalbsbrust, Tafelspitz oder Ochsenschwanzragout. Ihm läuft das Wasser im Mund zusammen. Ochsenschwanz in Burgundersoße hatte seine Großmutter früher immer sonntags gekocht. Er erinnert sich an die Festmenüs und an die Gerüche in ihrer großen Bauernküche. Bei Familienfeiern, da zeigte die alte Frau, »wie Großmutter kochte«. Seit fünf Jahren ist sie tot, seither hat er keinen Ochsenschwanz mehr gegessen.

»Meine Mitglieder sind verunsichert, Sie müssen verstehen, es sind angesehene Professoren mit gutem Ruf und Namen.«

Leon fährt aus seinen Gedanken hoch, wischt die Bilder von seiner Oma weg, lächelt Thanner an.

»Können wir uns einigen, dass Sie meine Professoren der ›Universidad Fernandez de Orticho‹ in Zukunft in Ruhe lassen?«, drängt der Titelimpresario von Neuem.

Leon muss sich mit Zwang aus der Welt seiner Erinnerungen verabschieden. Der Ochsenschwanz seiner Oma war etwas Herausragendes in seinem Leben, aber sein Gegenüber dürfte dies weniger interessieren.

»Abgemacht, kein Anruf mehr bei unseren Professoren?«, versucht dieser das Schweigen von Leon als Einverständnis zu deuten.

Doch der ist jetzt wieder ganz bei seiner Recherche: »Zuerst müssen wir einiges klären. Ich habe nicht Lust, noch einmal vermöbelt zu werden. Pfeifen Sie Ihre Bluthunde zurück. Wissen Sie, ein Mordversuch reicht mir.«

Thanner schaut Leon irritiert an.

Dieser legt nach: »Wer versucht, Journalisten umzubringen, ist auch in der Lage, Konkurrenten eine Kugel in den Kopf zu jagen, Herr Professor Thanner, wir sollten darüber reden, was hier Sache ist. Mir reicht es. Wissen Sie, ich bin Journalist und nicht Prügelknabe der Nation, und enden wie Klaiber will ich auch nicht.«

Thanner schnappt nach Luft. Sein Unterkiefer mahlt hörbar. Dann lässt er die Luft wieder ab. Trotzdem bleibt seine Unterlippe weiterhin bewegungslos. »Ich verstehe Sie nicht – wovon reden Sie, junger Mann?«, mimt er den Ahnungslosen.

»Danke für Ihren jungen Mann«, kontert Leon, »aber ich würde gerne auch noch ein bisschen älter werden, wenn Sie gestatten. Ich möchte Ihrem Kollegen Klaiber noch nicht so schnell Gesellschaft leisten.«

»Was soll das? Ich habe mit Klaiber nichts zu tun, was heißt da Kollege?«

»Kollege? Sagt man so nicht unter Titelhändlern? Was waren Sie dann? Konkurrenten?«

»Jetzt reicht es! Ich dachte, Sie wären klüger. Ich habe Ihre Recherchen begleitet. Ich habe jeden Ihrer Schritte verfolgt. Sie jedoch haben nichts kapiert, aber auch gleich gar nichts. Merken Sie sich für immer und ewig, und wehe, wenn Sie jemals etwas anderes behaupten, dann haben Sie mich als Gegner: Ich handle nicht mit Titeln! Kapiert? Ich handle nicht mit Titeln!«

»Und Klaiber, hat er gehandelt? Oder der etwa auch nicht?«

Thanners Gesicht ist gerötet. Seine Augen funkeln gefährlich. Er schaut Leon ins Gesicht, sagt nichts. Leon weiß nicht, ist es jetzt ernst oder spielt der Geschäftsmann nur die Rolle des Unschuldigen. Doch er ist ein Sturkopf, deshalb wiederholt er stoisch und kühl seine Frage: »Was ist nun, geben Sie Antwort. Klaiber, war er auch kein Titelhändler, nein?«

Thanner schnauft schwer, dann ändert er seinen Gesichtsausdruck und spricht leise weiter: »Was Klaiber getan hat, muss – -beziehungsweise musste – er selbst verantworten.«

»Aber er war doch ihr Kompagnon?«

»Sehr richtig, er *war*! Und zwar lange vor seinem Ableben«, antwortet Thanner und betont das ›war‹, als würde man es mit drei ›a‹ und fünf ›r‹ schreiben.

»Ich weiß, er war zwei Tage vor seiner«, und jetzt senkt Leon seine Stimme demonstrativ und spricht das folgende Wort genauso überbetont aus wie zuvor Thanner sein ›war‹: »Hinrichtung noch bei Ihnen.«

Professor Thanner ist ein guter Schauspieler. Seine Gesichtszüge demonstrieren bei Gefahr Gelassenheit. Seine Augen flackern nur dann, wenn er es will. Leon durchschaut diese Mimik schnell. Während seiner Vorwürfe an ihn, Titelhändler zu sein, tat er, als würde es um Leben oder Tod gehen. Jetzt, wo es um den Mord an Klaiber geht, bleibt er äußerlich völlig gelassen. Er steckt den Tiefschlag weg, leugnet den Besuch Klaibers nicht, sondern kontert mit einer Überraschung: »Sie haben gestern Dr. Kamehl besucht, sind Sie deshalb jetzt ein Kollege des Promotionsberaters aus Düsseldorf?«

Jetzt geht Leon die Luft aus, jetzt schnappt er. »Kompliment, gut informiert.« Dabei deutet er leicht eine Verbeugung an.

Thanner lächelt siegessicher. Er verbucht triumphierend den ersten Punkt der Gesprächsrunde für sich.

Leon dagegen steht jetzt auf dem Schlauch. Was weiß

der Typ alles über ihn? Selbstgefällig und selbstsicher sitzt er da. Er hat jeden Schritt von ihm begleitet, sagt er, was heißt das? Hat er ihm Blondie mit seinem Schläger auf den Hals gehetzt? Hat er auch Klaiber auf dem Gewissen? Ist er der Mörder? Ist diesem Mann ihm gegenüber ein Mord zuzutrauen?

Fünf Würfel Zucker schmeißt Thanner in eine Tasse Cappuccino. Der kleine Kaffeelöffel verschwindet in seinen fünf dicken Fingern der rechten Pranke. Er rührt, bis sich alle Würfel restlos aufgelöst haben. Derweil mischt sich die fette Sahne mit der dunklen Brühe. Leon schaut auf die tellergroßen Hände. Sie wirken wie kräftige Zangen.

Die Bedienung kommt. Fröhlich stellt sie sich neben die beiden Herren an den Tisch und fragt im breitesten Bodensee-Dialekt: »So, händ Sie was g'fundä?«

Thanner bestellt Schnitzel mit Pommes und zuvor einen Salat.

Leon vergeht der Appetit. Dafür hat er kein Verständnis. Er betrachtet die Getränke-Kombination: Cola und Cappuccino. Und jetzt noch ›Schni-Po-Sa‹. In diesem Augenblick traut er Thanner einfach alles zu, auch Mord. Gerade Mord! Bei dieser Essenskombination.

Entschuldigend blickt er der Wirtin in ihr freundliches Gesicht. Sie hatte Thanners Bestellung emotionslos notiert, ohne mit der Wimper zu zucken. Also bleibt auch er ungerührt und seinem Hobby treu. Gutes Essen schmeckt auch in schlechter Gesellschaft! Eine alte Bauernweisheit. Trotzig bestellt er sein zusammengestelltes Menü: Zur Vorspeise die Bodenseefischvariation, dazu einen trockenen Weißwein. Sie empfiehlt ihm einen Grauburgunder aus Hagnau. Danach Ochsenschwanz mit einem Rotwein. Auf Anraten der Wirtin ein Bermatinger Spätburgunder. »Wenn Sie scho am See esset, no mond Sie au en Seewein trinkä.« Leon lässt sich von der Frau gern überreden. Appetitlich, denkt er, die Garnitur muss nicht immer auf dem Teller liegen.

»Ich habe hier einige Urteile deutscher Gerichte für Sie zusammengestellt. Alle begründen das rechtmäßige Titelführen unserer Vereinsmitglieder. Keinen unserer Professoren dürfen Sie somit in die Nähe von unrechtmäßigen Ehrenträgern stellen. Ich denke, es ist Ihre journalistische Pflicht, dies sauber zu recherchieren. Sie können von mir noch mehr Gutachten und Urteile bekommen!« Mit diesen Worten legt Thanner ihm einen dicken Stapel Papier auf den Tisch.

»Vielleicht nach dem Essen«, bittet Leon fast flehentlich und schafft Platz vor sich für seine Fischvariationen. Die juristischen Ausarbeitungen legt er auf einen Stuhl neben sich. Die Wirtin lächelt ihm zu. Was für ein Segen, denkt er, doch nicht nur Unsympathen heute beim Mittagstisch.

»Und noch etwas«, redet Thanner unbeirrt weiter auf Leon ein, »unser Verein ist gemeinnützig, und auch dies ist natürlich juristisch geprüft. Das ist in Deutschland gar nicht so einfach, Sie können also sicher sein, bei uns ist alles rechtlich abgesichert und wasserfest.«

»Auch Blondie«, zischt Leon, langsam mürrisch werdend, in den Redeschwall des fraglichen Professors. »Und seine Schläger, das Muskeldoppelpaket, das zuvor für Klaiber gedroschen hat?«

Die Wirtin bringt den Hagnauer.

Thanner mahlt mit seinem Unterkiefer.

Kaum ist sie wieder weg, sagt er: »Sie meinen Gerard, der kann einem doch eher leidtun, der muss sich nun neu orientieren.«

»Was heißt orientieren, er arbeitet doch jetzt für Sie? Oder habe ich in Baden-Baden einiges missverstanden, nur wegen der paar leichten Schläge auf meinen Hinterkopf?«

Die Wirtin stellt vor Leon die ›Fischvariationen mit Nüdeli an Rieslingssoße‹ auf den Tisch. Zwischen Colaglas und Cappuccinotasse stellt sie vor Thanner einen Teller mit gemischtem Salat.

Dieser schaut griesgrämig der Wirtin zu und schweigt. Erst als sie weg ist, sagt er: »Zwei Tollpatsche. Ich bedaure das. Ich habe davon gehört. Zeigen Sie sie an, wenn Sie wollen, oder machen Sie, was Sie denken. Ich habe damit wirklich nichts zu tun. Ich denke aber, wir werden eine Lösung finden.«

»Sie haben damit wirklich nichts zu tun, aber wir werden eine Lösung finden?«, wiederholt Leon den Widerspruch in Thanners Unschuldsplädoyer. »Was heißt, wir? Zahlen Sie mir Schmerzensgeld für zwei Tollpatsche, mit denen Sie wirklich nichts zu tun haben?«

»Vielleicht, warum nicht, ist doch eine schöne Idee«, schmunzelt Thanner und bewegt dabei zum ersten Male beide Lippen gleichzeitig. »Aber lassen Sie uns doch zunächst einmal Ihr Anliegen besprechen.«

Leon schüttelt nachdrücklich seinen Kopf. Er lässt sich nicht kaufen und ist entschlossen, von Thanner jeden Euro, den er ihm bietet, anzunehmen, aber in seiner Währung. Und da zählen für Leon nur Informationen, die zu dem Mörder führen.

Die Fischstücke sind in einer Safransahnesoße mit Riesling angerichtet. Leon überlegt, welche der Filetstücke auf seinem Teller Felchen und welche Kretzer sind.

»Weich und zart das Felchen, kräftiger und würzig der

Kretzer«, klärt ihn die Wirtin auf, als sie sieht, wie er die beiden Fische häppchenweise auf seiner Zunge zergehen lässt.

Leon prostet ihr zu: »Ob die toten Fische auch wirklich aus dem See sind?« Über 60 Prozent der am Bodensee verkauften Felchen sollen aus dunklen Tümpeln irgendwo in Polen oder sonstigen fernen Seen stammen.

»Aus dem See auf jeden Fall«, lacht die Wirtin zweideutig.

»Wie viel wollen Sie?«, platzt Thanner dazwischen.

Leon fällt fast die Gabel aus der Hand: »Wie?«, fragt er. »Wie? Wie viel?«

»Jetzt zieren Sie sich nicht, ich habe Erkundigungen über Sie eingezogen«, legt Thanner plötzlich los. »Sie besitzen nichts: Sie wohnen in Miete, fahren eine alte Karre, wenn auch Porsche, und haben nicht einmal einen festen Job. Also, ich könnte Ihnen da helfen.«

Leons Augen werden rund wie die der Fische vor ihm. Er schluckt die saftigen Weichteile in seinem Mund hinunter. Vom Fisch schmeckt er gerade nicht mehr viel. Ob Felchen oder Kretzer, das ist ihm nun gleichgültig. Sein Hirn ist auf Mittagsruhe programmiert. Es ist die Arbeitszeit für Gaumen und Magen. Er will den Fisch schmecken und soll jetzt auch noch das Angebot von Thanner verdauen. Dazu kommt die fiese Erinnerung an das ständig steigende Soll auf seinem Konto. Das alles macht das Essen nicht gerade schmackhafter. Mit der Einschätzung seiner persönlichen Situation hat Thanner recht. Aber so hinterhältig vom hohen Ross herunter hat ihm dies noch keiner ins Gesicht gesagt. Er weiß selbst, dass er stets abgebrannt ist, das muss er sich nun von einem Verbrecher wie diesem Thanner nicht vorhalten lassen.

»Ich will die Geschichte, mehr nicht«, hört er sich trotzig und bestimmt sagen.

Thanner lacht: »Bei mir gibt es keine Geschichte, bereiten Sie sich auf einen langen Rechtsstreit vor, Ihnen wird die Luft ausgehen.«

»Und die Staatsanwaltschaft?«, provoziert Leon, »die Polizei sucht noch immer einen Mörder.«

»Tut sie das wirklich?«, stellt Thanner arrogant und sehr siegessicher die Ermittlungen der Polizei infrage.

Leon kommt auf seinem Argumentationsweg ins Schleudern. Auch er zweifelt am Ermittlungserfolg der Mordkommission. Er muss heute Nachmittag dringend Kommissar Schön in Konstanz sprechen. Wie wird es ihm in der Zusammenarbeit mit dem BKA ergehen? Was weiß Thanner davon?

Er schiebt den leergeputzten Fischteller zur Seite, nimmt einen letzten Schluck des Weißweines aus dem Glas und schnalzt mit der Zunge. Er stellt sich vor, jetzt ganz langsam und genüsslich noch zwei, drei Gläschen davon zu trinken und dann in einen tiefen Mittagsschlaf zu verfallen, Siesta.

»Das BKA hat den Fall übernommen«, reißt Thanner ihn aus seinem Tagtraum. Er wird sofort hellhörig. Der Schuft weiß Bescheid über die Ermittlungen der Polizei im Mordfall Klaiber. Also hat er tatsächlich mit Klaiber enger zusammengearbeitet, als es ihm nun lieb ist. Sonst wäre ihm dies heute doch alles gleichgültig. Aber warum schützt das BKA diesen Mann?

»Die Burschen aus Wiesbaden sind auf Zack. Die wissen, wo man den Mörder suchen muss. Vielleicht gar nicht hier am Bodensee, deshalb haben sie sich der Sache angenommen. Klaibers Geschäfte waren weltweit verstrickt. Ich habe ihn immer wieder gewarnt: Schuster, bleib bei deinem Leisten, habe ich zu ihm gesagt, und bleibe vor allem korrekt. Schauen Sie mich an«, doziert der erfolgreiche Titelhändler aus seiner Erfolgsstory, »alles, was ich tue, ist rechtlich abgesegnet. Denken Sie daran: kein Titelhandel, keine Gesetzesbrüche!« In den bitterernsten Ausdruck seiner Gesichtszüge mischt sich jetzt Stolz und Schalk. »Nur brüderliche Entwicklungshilfe für arme und lerneifrige Indios. Gemeinnützig – ich denke, Sie haben das jetzt verstanden?«

»Ich weiß, gemeinnützig und steuerlich absetzbar«, antwortet Leon brav.

Thanner strahlt: »Ich bemerke die ersten Lernerfolge auch bei Ihnen.« Sein Schnitzel kommt, tellergroß. Seine Augen leuchten wie die eines kleinen Jungen.

Leon bekommt den Ochsenschwanz serviert in dunkler, kräftiger Burgundersoße. Dazu den Bermatinger Spätburgunder, ein dunkelrot schimmernder Rebensaft.

Thanner schiebt sich ein großes Stück Fleisch in den Mund, kaut zweimal und drückt sich dann zusätzlich noch Pommes in den Rachen. Mit bis zu den Lippen gefülltem Mund fragt er: »Kann ich Ihr Drehbuch für Ihren Dokumentarfilm sehen, bevor Sie sich ans Werk machen?«

Leon fischt sich mit der Gabel ein Ochsenschwanzstück aus dem großen Topf, schabt mit dem Messer die Fleischteile ab und nimmt den Knochen in die Hand, um ihn abzunagen. Er will jetzt keine Fragen hören, er will vor allem nicht antworten. Nicht jetzt! Wenn jemand Fragen stellt, dann ist es er, deshalb ist er zu Thanner gefahren, er hat um das Interview gebettelt. Aber jetzt steht das Essen auf dem Tisch, jetzt will er genießen.

Er konzentriert sich auf den Geschmack der Soße. Sie ist sämig, aber nicht dick. Er schmeckt Thymian, Cayennepfeffer, die Kraft des Ochsenschwanzes verbunden mit dem Aroma eines kräftigen Rotweines. Apropos Rotwein, er schlürft aus dem Glas. Der Bermatinger ist ein Wein aus der Kellerei des Markgrafen Max von Baden und gilt als einer der besten Bodenseeweine. Die Lage ist einige Kilometer im Hinterland, geschützt gelegen im Bermatinger Tal. Der Wein hat eine Fruchtfülle und Dichte, die immer wieder Nachschub verlangt. Leon träumt sich in die Geschmacksvariationen in seinem Gaumen.

Auch Thanner hält endlich den Mund und isst. Er konzentriert sich auf das panierte Schnitzel und die Pommes. Sie sind dunkel geröstet und brechen laut, wenn er hineinbeißt. Trotzdem isst er hastig. Im Rundschlagverfahren putzt er die große Portion weg wie nichts. Mit den letzten Essensresten im Mund beginnt er wieder mit seiner bekannten Leier: »Also, Sie haben verstanden, Sie lassen meine Professoren in Ruhe und ich garantiere Ihnen, dass man auch Sie in Ruhe lässt.«

»Ich glaube, Sie begreifen nicht ganz«, erwidert Leon und nagt hingebungsvoll an einem Ochsenschwanzteil. »Ich werde einen Film über den Titelhandel in Deutschland drehen. In diesem Film wird Ihr, zugegeben, geniales Verkaufskonzept beziehungsweise Förderungsmodell vorgestellt, genauso wie einige Ihrer Herren Professoren. Wenn Sie wollen, können Sie dann ebenfalls in dem Film auftreten. Wenn Sie nicht wollen, auch recht, dann kann ich über Sie im Text sagen, was ich will. Sie haben die Chance, Stellung zu nehmen, ich rate Ihnen, nutzen Sie das Angebot.«

Thanner greift zu einem der drei Handys vor sich auf dem Tisch. Leon hofft, jetzt in Ruhe weiter essen zu können, und widmet sich einem neuen Fleischteil.

Thanner wählt, kommt beim ersten Mal nicht durch, versucht es wieder. Irgendwann ist die Verbindung hergestellt, er spricht in spanischer Sprache, schnell, er beherrscht sie ohne Zweifel. Allerdings bellt er sogar lauter als am Tag zuvor während des Telefongespräches mit ihm. Guatemala ist weit weg, vielleicht glaubt er, er muss viel Organ auf die lange Strecke schicken.

»Gut«, sagt Thanner schließlich wieder an Leon gerichtet und legt das Handy beiseite. »Wir haben einen Professor für Sie ausfindig gemacht. Der Mann steht Ihnen vor der Kamera Rede und Antwort. Er wird Ihnen sagen, welche Aufgaben er an unserer Universität in Guatemala übernommen hat. Er wird Ihnen von seinem Lehrstuhl erzählen, und dann fliegen wir hinüber. Wir wollen, dass Sie unsere Universität sehen und dass Sie Ihren Zuschauern zeigen, was wir mit unserem Fördergeld schon alles erreicht haben. Es handelt sich bei der ›Universidad Fernandez de Orticho‹ nicht um einen Briefkasten oder billigen Karnickelstall im Hinterhof.« Thanner spricht seit seinem Telefongespräch im Plural. Dabei ist er sehr sachlich und überlegt. Er hat sich also mit einem Gremium seiner Organisation abgesprochen. Nach einer kurzen Pause fügt er hinzu: »Wir werden Ihnen entgegenkommen, wo wir können, dafür lassen Sie alle unsere Professoren ab sofort in Ruhe, das ist unsere einzige Bedingung.«

Leon grinst. Er hat einen Etappensieg erreicht. Der Druck auf die kleinen Möchtegern-Professoren in ihren Arztpraxen hat sich gelohnt. Der Proktologe in Stuttgart soll sich doch weiterhin stolz Professor nennen. Wenn Thanner ihm andere Professoren vor die Kamera schiebt, warum nicht? Ihm kann es gleichgültig sein. Er nimmt den letzten Schluck aus dem Römerglas seines Bermatingers und nickt: »In Ordnung«, sagt er, »so könnten wir zusammenkommen.« Der

Dokumentarfilm zum Thema ›Titelhandel‹ wäre nun endgültig im Kasten.

Leon schaut Thanner durch die dunklen Gläser seiner Brille in die Augen. Der Mann hat eine Familie, Kinder und ein gut gehendes Geschäft. Darüber redet er gerne. Doch zum Thema Klaiber weicht er stets aus. Fakt aber ist, die beiden kannten sich besser, als er zugeben will. Leon eröffnet die zweite Runde direkt: »Was machen wir mit dem Mörder von Klaiber?«

Thanners Augen funkeln einen Farbton dunkler. Seine Stirn legt sich in Falten, und seine Hände ballen sich zu Fäusten. Er ist angespannt, das ist nicht gespielt. Die Frage gefällt ihm nicht. »Was hat der schreckliche Mord denn mit Ihrem Film zu tun? Ich warne Sie: Wenn Sie meinen Verein in Zusammenhang mit Klaibers Tod bringen, gilt unsere Abmachung nicht. Wir haben nichts mit dem schrecklichen Mord an Klaiber zu tun. Denken Sie doch einmal: Warum sollten wir die Polizei auf unsere Geschäfte aufmerksam machen? Wir arbeiten hart an der Grenze der Legalität. Es ist alles zwar juristisch abgesichert, aber Unruhe, Polizei und Ermittlungen können wir trotzdem nicht gebrauchen.«

»Wir?«, hakt Leon nach.

»Ja, wir! Sie haben nun doch schon gemerkt, dass wir alle ein gemeinsames Interesse haben, dass wir uns alle kennen und absprechen, dass wir wie eine Familie sind. Also lassen Sie die Kirche im Dorf. Bringen Sie unseren Promotionsberater Dr. Kamehl, der macht das gerne. Dann haben Sie doch Professor Lakkermann und von mir aus auch den alten Professor Ach. Dazu liefere ich Ihnen noch einen angehenden Professor mit Habilitation, der dann, wenn wir in Guatemala sind, seine Ernennung erhält.

Damit haben Sie Ihre Geschichte, oder was wollen Sie noch mehr?«

Leon ist baff. Wer führt in diesem Schmierenstück eigentlich Regie? Er oder Thanner? Woher weiß der Mann am Bodensee von seinen Besuchen bei Lakkermann in Saarbrücken und Ach in Köln? Und wenn er schon erfahren hat, dass er bei ihnen war, warum stellt er sich dann jetzt nicht schützend vor die beiden? Alle anderen Professoren will er beschirmen. Um den Grund zu erfahren, gibt er vor, auf die beiden Herren gerne zu verzichten: »Ich muss Lakkermann und Ach nicht unbedingt vor die Kamera zerren, wenn Sie mir andere Mitglieder Ihres Fördervereins nennen.«

Thanner lacht zum ersten Mal laut und befreit auf und öffnet den Mund tatsächlich mit beiden Lippen: »Nein, nein, die zwei haben wir für Sie bewusst ausgesucht. Beide bezahlen seit Jahren keine Spenden mehr, sie gehören nicht mehr zu unserem Förderkreis, ich denke, die sollten Sie nehmen.«

»Gehöre ich jetzt zu Ihrem Putzkommando des Förderkreises und miste Ihren Stall aus?«

»Sie müssen doch zugeben, für Ihre Zwecke sind die Herren doch geradezu eine Idealbesetzung, was wollen Sie denn mit den anderen langweiligen Dr. med.s?«

»Ich habe keine Lust, Ihr Handwerk zu erledigen.«

»Sie sind auf dem besten Wege, deshalb habe ich doch Professor Gültig die beiden Namen genannt, als Sie ihn besuchten.«

Langsam dämmert es Leon. Dr. Gültig führte ein Telefongespräch, als er ihn in seiner Praxis aufsuchte. Leon hatte geglaubt, Prof. Schier, den er gerade besucht hatte, sei am anderen Ende der Leitung. Aber es muss Thanner gewesen sein. Sicherlich hatte Gültig ihn schnell angerufen, um zu besprechen, wie er sich zu verhalten habe. Dabei müssen die beiden sich dann auf die Schnelle zwei Bauernopfer ausgesucht haben, die sie ihm servierten. Und er war so stolz auf seine erfolgreiche Recherche gewesen.

»Einen Schnaps bitte!«, bestellt Leon auf den Schreck.

Die Wirtin greift in die Auswahl der Flaschen und rät ihm zu einem Ziebärtle, einer wilden Zwetschge, von einem Bodenseeobstbauern gebrannt. Nach den bisherigen guten Erfahrungen mit ihren Tipps stimmt Leon erwartungsvoll zu.

Auch Thanner ordert noch eine Runde für sich: Cola und Cappuccino mit Sahne.

Leon schüttelt sich.

Dem Mann ist nicht zu trauen.

Der Koch des Lokals kommt an ihren Tisch und verbeugt sich: »Hat es Ihnen geschmeckt?«, fragt er beide. Mit seiner barocken Figur beweist der Küchenchef, dass seine Gerichte nahrhaft sind. Leon bestätigt ihm seine Kunst: »Fast so gut wie bei meiner Oma, und ich bin sicher, die wäre mit drei Sternen ausgezeichnet worden, wenn sie sich dem Wettbewerb gestellt hätte.«

»Ich habe fünf Sterne«, lacht der Koch, »und stehe täglich im Wettbewerb.« In diesem Augenblick kommen fünf Kinder wie Orgelpfeifen um die Ecke. Im Gasthaus ›Adler‹ isst die Wirtsfamilie nach guter Wirtshaussitte nach ihren Gästen. Die Kinder haben es gut, denkt Leon, so würde ich mich auch gerne jeden Tag verwöhnen lassen.

Die attraktive Wirtin rechnet vor dem eigenen Mittagstisch noch schnell ab, steuert zielgerichtet auf ihren Tisch zu und reicht die Rechnung Thanner. Grad recht, denkt Leon, trotzdem protestiert er leise. Thanner aber winkt großzügig Leons Einspruch ab und begleicht mit einer goldenen Amex Card.

Angeber, denkt Leon.

Wieder alleine in seinem Porsche fühlt er sich unbeschwert. Er öffnet das Schiebedach und fährt in der milden Frühlingssonne gemütlich durch das Salemer Tal. Das weltberühmte Internat, die Eliteschule ›Schloss Salem‹, liegt in dem alten Salmannsweiler Kloster herrschaftlich vor ihm. Da jagt er gekauften Doktoren- und Professorentiteln nach, und direkt vor seiner Nase werden hinter diesen alten Gemäuern alljährlich ganz legal Abitursnoten auf eine, zugegeben, etwas andere Art, feilgeboten. Die Industriesöhnchen und -töchterchen oder Diplomatenkinder der ganzen Welt werden hier auf ein Leben mit Titeln vorbereitet. Rund 1.000 Schüler werden hier für monatlich rund 2.000 Euro auf internationalen Standard getrimmt. Bereits vor dem Abitur gehen sie zum Teil durchs Leben, als wären sie längst Herr oder Frau Doktor. Einige sind schließlich schon Prinz oder Durchlaucht. Und sie werden sicherlich auch wissen, wie sie bald an einen billigen Doktor-Titel kommen. Ghostwriter und Assistenten kosten, wie alle anderen Dienstleistungen auch, nur Geld.

Das ist jedoch nicht sein Thema. Aber Thanner! War er gerade mit einem Mörder an einem Tisch gesessen? Ist Thanner so raffiniert, wie das Gebilde des Universitätsförderkreises scheint? Muss er nun Gerard noch fürchten?

Er fährt gemächlich wie selten durch das Hinterland des Bodensees. Er genießt den Tag, schließlich hat er noch viel Zeit bis zur Verabredung mit Lena. Er verzichtet auf die Schnellverbindung über den See und lässt die Fähren links liegen. Er fährt rund um den westlichen Arm des Bodensees. Gerne würde er sich jetzt alle seine Geschwindigkeits-unterschreitungen gutschreiben lassen für Zeiten, in denen er ein anderes Mal wieder bei Geschwindigkeitsüberschrei-tungen kontrolliert wird. Er fährt im vierten und auch fünf-ten Gang, doch selten steigt die Tachonadel auf mehr als 80 Stundenkilometer. Er ist mit sich und der Welt um ihn in seltenem Einklang. Ein bisschen kribbelt im Bauch die Spannung vor dem Abend mit Lena. Doch im Job ist zurzeit kein nerviger Stress in Sicht. Die Filmproduktion ist nun ein Selbstläufer. Mit Thanner dürfte nichts mehr schiefge-hen, und privat kommt ihm der Trip nach Guatemala gerade recht. Adieu, Christina, es wird Zeit zu gehen …

In Konstanz fährt er zum Polizeipräsidium. Der Kom-missar ist nicht da. Seine Assistentin winkt spitz ab: »Ich reiche für Ihre Ansprüche ja nicht aus, tut mir leid, viel-leicht haben Sie morgen mehr Glück, heute wird Kommis-sar Schön nicht mehr zu sprechen sein.«

»Und Sie?«, fragt er. »Hatten Sie Glück? Gibt es im Falle Klaiber irgendetwas Neues?«

»Das ist keine Frage von Glück, sondern von harter Ermittlungsarbeit, aber davon verstehen Sie ja wohl weni-ger. Ihnen reichen doch knallharte Schlagzeilen.«

Was gehen ihn die Schlagzeilen seiner Boulevardkolle-gen an? Jeden Schuh lässt er sich nicht überziehen, von der unfreundlichen Kriminalassistentin schon gar nicht. Leon macht auf dem Absatz kehrt und verschwindet.

Er fährt hinüber ins Musikerviertel an der alten Villa von Klaiber vorbei zum Jakobsbad. Dort parkt er seinen Porsche und holt aus dem Kofferraum sein Sportdress. Er schnürt sich die Laufschuhe und joggt los. Seit er versucht, nicht mehr zu rauchen, geht das Laufen leichter. Früher hatte schon nach wenigen Kilometern die Lunge gestreikt.

Manchmal spürte er einen richtigen Schmerz in ihr. Heute nimmt er selbst nach fünf Kilometern noch starke Steigungen leicht. Jetzt tut die Lunge nicht mehr weh, jetzt sind es die Muskeln, die ihn bei Überanstrengung plagen.

Er läuft vom See hinauf auf den Trimmpfad der Stadt. Von dort geht es durch den Wald. Der Kopf wird frei, Leon verarbeitet seine neu gewonnenen Erkenntnisse. Er denkt an Thanner, Lakkermann, Ach, Kamehl und schließlich auch an Christina. Er muss sie noch heute anrufen und um Verzeihung bitten. Sein Abgang war starker Tobak, das weiß auch er. Trotzdem berührt ihn der Gedanke wenig. Diese Liaison ist abgeschlossen. Er will sie nur sauber beenden, das braucht sein eigenes Ego.

Im Jakobsbad krault er ein paar Runden. Aus dem warmen Wasser des Thermalbeckens schaut er auf die kalte, ruhende Oberfläche des Bodensees. Dahinter der märchenhafte Anblick der schneebedeckten Berge des Thurgaus. Dieser mächtige Hintergrund jedes Blickes vom nördlichen Ufer rund um den See begeistert ihn seit seinem ersten Termin in diesem Frühling am See. Damals lebte Klaiber noch.

Auch beim letzten Treffen mit ihm waren die Berge so klar wie heute zu sehen. Aber Leon will sich daran lieber nicht erinnern. Dieser Landstrich hat es ihm angetan. Seit er den gekauften Doktoren- und Professorentiteln nachjagt, nutzt er jede Gelegenheit, um an den See zu fahren. Früher nutzte er Recherchefahrten von Stuttgart aus in Großstädte und Metropolen tagelang oder besser gesagt nächtelang aus. Nur wegen einer Nacht wäre es ihm nie eingefallen, nach Köln zu fahren. Zwei, drei Übernachtungen mehr kann er jederzeit als notwendige Recherche begründen. Doch heute planscht er schon nach einem Tag in Köln wieder im Konstanzer Thermalbecken. Er sieht sich um und fragt sich, was er bei den Pensionären und Hausfrauen eigentlich sucht. Um ihn herum geblümte Bademützen und Rentner.

Schnell verlässt er das Becken. Er duscht kalt, rasiert sich gründlich und putzt in der Badeanstalt sogar die Zähne. Dabei schaut er lange in den Spiegel. Es gibt Männer, die wahrlich besser aussehen als er, vermutlich die Mehrzahl. Aber darüber macht er sich keine Gedanken, nicht einmal vor einem Abend wie heute. Lena hatte ihn bereits gesehen. Und an irgendetwas wird sie bestimmt Gefallen gefunden haben. Er jedenfalls an ihr. Und in einer Stunde sehen sie sich.

Das ›Costa del Sol‹ liegt in der Konstanzer Niederburg. Er hat sich schnell durchgefragt. Das Lokal scheint bekannt, die meisten Sitzplätze liegen in einem riesigen Kellergewölbe. Im Schatten des Landgerichtes versteckt sich eine kleine Terrasse. Der Abend ist lau, Leon setzt sich ins Freie und genießt die letzten Sonnenstrahlen des Tages. Nach außen hin hängt er völlig gelassen auf seinem Stuhl und liest das Lokalblatt.

Kaum sieht er Lena die Terrasse betreten, will er noch cooler wirken. Er lümmelt noch legerer und liest noch intensiver. Erst als sie Schatten auf ihn wirft und vor den letzten Sonnenstrahlen steht, schaut er zu ihr auf.

»Ach, hallo«, sagt er, springt dann aber doch auf, umarmt sie und küsst sie vorsichtig auf die Wangen. Küsschen links, Küsschen rechts, ganz so, wie es seine Art nicht ist.

Sie selbst scheint von seiner unvermittelten Annäherung etwas verunsichert, lächelt und erwidert: »Spontan und sportlich, ganz so, wie ich dich kennengelernt habe.«

»Ein schönes Plätzchen hier, fast so romantisch wie dort,

wo wir uns zum ersten Mal begegnet sind«, nimmt Leon den Faden auf.

»Nur ohne den schönen Ausblick«, erwidert sie.

»Das kann ich jetzt nicht sagen«, charmiert er und sieht endlich wieder in ihre braunen Augen.

»Jetztetle, Senior?« Der Kellner legt zwei Speisekarten auf den Tisch. Oliven und Peperoni, Krabben in Knoblauchsauce, geschmortes Gemüse, Sardellen gegrillt, Nieren in Sherrysauce …

Leon vergisst, dass er erst vor fünf Stunden reichlich gegessen hat. Ihm läuft erneut das Wasser im Mund zusammen.

Fragend schaut er zu Lena. Was wird sie bestellen? Schni-Po-Sa à la Thanner steht auch in der Karte. Doch dies traut er ihr nicht zu. Schließlich hat sie den Spanier selbst vorgeschlagen.

Für ihn heißt Essen gehen immer auch schlemmen und genießen in Gesellschaft. Dazu gehören meist mehrere Speisen und vor allem süffiger Wein. Wer da nicht mithält, hat es schwer, sein Freund zu sein, an Freundin erst gar nicht zu denken.

Vielleicht ist mit ihr ein kleines Gelage möglich, hofft er: »Wollen wir gemeinsam ein paar Tapas bestellen?«

Sie nickt. »Ja, gute Idee. Ich kann mich hier immer schwer entscheiden und bestelle dann meist zu viel. Ich liebe die Königskrabben vom Grill, aber auch die Kutteln sind in einer wirklich genialen Balsamicosoße. Zum Trinken nehme ich einen Rioja rot.«

Das ist Musik in seinen Ohren. Die Frau imponiert ihm, sie scheint zu wissen, was sie will. Er gibt ihre Wünsche an den Kellner weiter und ergänzt die Bestellung mit dem Wunsch nach ein paar Oliven und eingelegten Sardellen in Knoblauchsoße, dabei lässt er sie kaum aus den Augen.

Sie trägt ein leichtes Leinenhemdchen, darüber einen beschwingten Blazer. Dabei lässt sie ein bisschen Einblick in ihr Dekolleté gewähren, aber zu Leons Bedauern nur einen Hauch von Blick. Er erinnert sich, wie ihr Busen beim ersten Treffen prall und fest von innen an das Kleid drückte. Jetzt ist ihr Oberkörper nach vorne über den Tisch gebeugt. Ihre kurzen Haare stehen frech über der Stirn, ein paar Sommersprossen zieren ihre Nase, und ihre rehbraunen Augen scheinen nachdenklich.

»Was denkst du?«, fragt er unvermittelt.

»Ich frage mich, warum du mich angerufen hast«, antwortet sie. »Komm mir jetzt nicht mit irgendeinem Schwulst.«

Als wäre es nur ein ersonnenes Kompliment, sagt Leon feierlich: »Ich habe immer an dich denken müssen.« Dabei lacht er und weiß, dass dies die Wahrheit ist.

Über ihr Gesicht huscht ein kleiner Schatten. Übertrieben vorwurfsvoll mahnt sie: »Darüber macht man keine Witze.«

»Ich weiß«, erwidert er ernst und greift zum Weinglas, das der Kellner gerade auf den Tisch stellt. »Auf unser Wiedersehen.«

»Auf unseren Abend«, lächelt sie.

Leon liebt während der Tischgespräche viele kleine Zwischengerichte. Mit Messer und Gabel bewaffnet, haben seine Hände so immer etwas zu tun. Mit der Serviette kann er sich den Mund zuhalten, wenn er zu viel redet. So hat er das Gespräch immer im Griff.

Es ist zwei Uhr geworden, als sie gemeinsam auf die Fähre Richtung Meersburg fahren. Leon hat, nicht ganz unbeabsichtigt, ein bisschen zu viel getrunken, sodass er sein Auto stehen lassen muss. Brav hat er ›keine Dummheiten‹ versprochen, was immer jeder von ihnen darunter verstehen mag. Lena hat ihm eine Couch bei ihr zu Hause angeboten. Morgen muss sie sowieso wieder nach Konstanz, dann kann sie ihn zu seinem Auto auf die südliche Seeseite mitnehmen.

Auf der Fähre lässt Leon aus einem Automaten eine Hühnerbrühe. Er will bis zu der Couch wieder einigermaßen nüchtern sein für ›eventuelle Dummheiten‹, denkt er. Lena schaut auf die Bugwelle der Fähre. Er tritt neben sie an die Reling, er riecht sie, ihre Nähe, ihren Atem.

Seine Knie werden weich, schnell nippt er an seinem Becher mit der heißen Brühe.

»Wunderschön«, sagt er schließlich und schaut ihr von der Seite ins Gesicht. Ihr Profil ist wie ein Scherenschnitt im Licht des Mondes.

Sie blickt auf die Wasseroberfläche, in der sich das Mondlicht spiegelt.

Vor der Fähre taucht im Dunkeln Meersburg auf. Das Schloss und die alte Burg sind hell erleuchtet.

Er schiebt seinen Arm um ihre Schultern.

Genussvoll schlürft er die Hühnerbrühe. Im Kino wäre jetzt ein Kuss fällig. Doch er ziert sich. Ich kann jetzt nicht Humphrey Bogart spielen. Ich muss meine Suppe austrinken, die wird doch sonst kalt, oder?, rechtfertigt er sein Zögern vor sich selbst.

Wieder im Auto, sind die beiden still. Lena jagt ihren Mini Richtung Überlingen an der Klosterkirche Birnau vorbei. Dann biegt sie ab hoch in die Hügel, der gleiche Weg, den Klaiber damals genommen hatte, als er Lena zum ersten Mal traf.

Leon schweigt noch immer und wartet ab. Lena fährt an Thanners Anwesen vorbei. Der Park liegt im Dunkeln, kein Licht ist zu sehen.

Leon räuspert sich: »Ich dachte schon, du hättest vielleicht noch etwas in deinem Job ›Mädchen für alles‹ zu erledigen.«

»Nein«, antwortet sie plötzlich sehr einsilbig. »Ich wohne hier oben, aber nicht bei Thanner.«

Er spürt, er muss jetzt eine Erklärung auf die erste Frage des Abends finden. Vorsichtig ringt er nach den richtigen Worten: »Ich weiß, du hast mir den ganzen Abend Zeit gegeben, um etwas zu erklären, doch es ist einfach zu schön mit dir, wenn wir das Geschäft außen vor lassen.«

»Red nicht drum rum!«, fordert sie ihn schroff auf. Ihr Tonfall klingt geschäftlich, cool. Und so stellt sie klar: »Welche Rolle spiele ich in deinem Film, sag endlich, was du von mir willst.« Sie mustert ihn kritisch von der Seite. Zur Sache, Schätzchen!, fordert sie ihn ultimativ auf.

Die Situation ist für Leon nicht leicht. Wie und wo soll er anfangen? Er steckt in der Klemme. Was weiß die Frau denn von seinem Film? Darüber hatten sie den ganzen Abend nicht gesprochen.

»Taisersdorf, Endstation«, unterbricht sie sein Schweigen. »Die Beichte wird drinnen abgenommen.«

Er hat von dem Dorf nichts mitbekommen. Jetzt schaut er aus dem Fenster des Minis. Ein paar alte Bauernhäuser sieht er in der Finsternis, eine kleine Kapelle ist zu erkennen und ein großes Gasthaus. Sie selbst stehen vor einem großen Bauernhaus. Lena ist schon vorgegangen und hat das Hoflicht angemacht. Er folgt ihr zögernd.

»Komm herein«, ruft sie, »meine Mutter ist auf Kur, und mehr Menschen wohnen nicht in diesem Haus. Nur noch ein paar Katzen, Mäuse und ganz oben vermutlich ein Marder.«

Er beschleunigt seine Schritte.

Im Haus riecht es nach Kühen. Doch einen Misthaufen hat er vor dem alten Bauernhaus nicht gesehen. Etwas verloren steht er im Flur. Sie geht weiter in die Küche. Aus dem Kühlschrank holt sie sich eine Flasche Sekt. Leon stellt sie mit fragendem Blick ein Bier auf den Küchentisch. Leon nickt und tritt ein. Seinen Kopf muss er unter dem Türrahmen einziehen. Hinter dem Küchentisch befindet sich eine Eckbank. Er nimmt darauf Platz, über ihm hängt ein großes, hölzernes Kreuz.

»Der Herrgottswinkel«, lacht sie, »genau der richtige Platz für deine Beichte.« Dabei setzt sie sich zu ihm, öffnet den Sekt und schenkt sich ein Glas ein. »Also los jetzt, spuck's endlich aus!«

Er nimmt einen Schluck aus seiner Bierflasche. Dann lässt er die Hosen runter, allerdings anders, als er es sich vor wenigen Stunden noch erträumt hatte.

Beim Spanier hatte Leon schon erzählt, dass er Journalist ist. Doch jetzt gesteht er ihr, dass er eine Geschichte über Thanner recherchiert. Er erzählt ihr, wie er in Thanners Mülltonnen herumgewühlt hat, und was er in Baden-Baden erlebte.

»Ich weiß, das klingt jetzt doof«, verteidigt er seinen Anruf, »aber ich habe nach unserem ersten Treffen wirklich zu oft an dich denken müssen.« Bei diesen Worten steht Leon auf, greift in seine Jacke, die er über den Stuhl gehängt hatte, und zeigt Lena das Bild von ihr mit Klaiber und Thanner, das er seit seinem Konstanzer Einbruch bei sich trägt. »Glaube mir!«, seine Stimme klingt jetzt fast flehentlich, »natürlich wollte ich bei unserem ersten Treffen nur wissen, was in dem Haus vor sich geht. Ich habe Klaiber verfolgt, basta. Aber als ich dich gesehen habe, da hat es mich erwischt. Ich musste dich wiedersehen und natürlich will ich auch wissen, was du mit Thanners Geschäften zu tun hast.«

Sie schaut Leon lange schweigend an. Dann sagt sie, und ihre Worte klingen wie ein Schiedsspruch in seinen Ohren: »Der Abend war bisher sehr schön, wir sollten einem zweiten die Chance geben.«

Er ist verblüfft. Wie kann sie ihm so leicht glauben, wo er doch erst jetzt, mitten in der Nacht, mit der Wahrheit herausrückt? Doch er ist Journalist genug, um die Situation hemmungslos auszunutzen: »Aber«, dreht er den Spieß frech um, »was soll ich von dir glauben: Mädchen für alles?«

Lena lacht, ihre Augen strahlen. »Trottel für alles«, wirft sie ihm an den Kopf. »Ich habe dir doch gesagt, dass ich an der Uni in Konstanz promoviere, und zwar ordnungsgemäß, keine Sorge. Deshalb arbeite ich zweimal die Woche, jeweils vier Stunden, bei Prof. Thanner.«

»Und was heißt das: ›Ich arbeite dort‹, was genau machst du? Bist du im Bilde, was er treibt, Import-Export?«

»Ja«, lacht sie erneut, »ich weiß zwar nicht alles, aber du hast mir bisher nichts Neues erzählt. Nur, dass ich geschlampt und nicht alle Briefe im Schredder vernichtet habe.« Sie stößt mit ihrem Sektglas an Leons Bierflasche und trinkt.

»Du wirkst ganz schön abgeklärt«, empört sich Leon, »glaubst du nicht, dass Thanner der Mörder von Klaiber sein könnte?«

»Nein«, sagt Lena ernst, »das glaube ich nicht. Ich kann es mir einfach nicht vorstellen, und ich wüsste auch gar nicht, warum Thanner dies hätte tun sollen?«

»Um einen Konkurrenten zu beseitigen«, versucht er, ein Motiv anzubieten.

»Pah«, setzt sie mit Stolz in der Stimme dagegen. »Einen Konkurrenten zu Thanner? Und dann noch Klaiber? Niemals!«, beantwortet sie ihre Frage selbst und fährt mit Bewunderung in der Stimme fort: »Thanner hat keine Konkurrenten, ich denke, du hast sein System durchschaut. Es ist einmalig, da reicht ihm niemand das Wasser. Und«, plaudert sie, nun in Fahrt gekommen, munter weiter, »weißt du, dass er eine Privatuni in Deutschland plant? So was schafft nur Thanner! Damit hätte endlich die Rechtsstreiterei mit ausländischen Titeln und den Ministerien ein Ende. Genial, der Mann!«

»Genial? Findest du tatsächlich, dass das alles auch noch bewundernswert und gut ist?« Leon ist eifersüchtig, spielt aber den entsetzten Gutmensch.

»Gut?«, fragt sie zurück. »Nein! Aber bewundernswert und genial: Ja, das auf jeden Fall!«

»Ein genialer Mörder!« Erregt sich Leon über ihre Thanner-Lobeshymne, doch er klingt dabei für Freunde, die ihn kennen, eher eingeschnappt.

Lena fährt Leon mit der rechten Hand durch seine schwarze Locken: »Glaub ich nicht. Aber ein genialer Journalist ist mir immer lieber.« Sie lacht und nimmt Leon bei der Hand. »Komm, ich zeige dir deine Couch.«

Sie steht auf, löscht das Licht im unteren Flur und geht über eine knarrende Holztreppe ins Obergeschoss. Er trabt unentschlossen hinter ihr her. Sie schiebt ihn in eine Kammer, in der ein großes Bett steht. Leon weiß nicht, wie ihm geschieht, doch bevor er sich zu ihr umdrehen kann, hat sie schon die Tür von außen wieder ins Schloss fallen lassen.

Leon grinst, irgendwie ist es ihm so auch recht. Lena soll kein One-Night-Stand werden. In seinen Augen ist sie nach diesem Abend noch mehr als je zuvor eine ganz besondere Frau.

Umso besser, redet er sich ein und träumt davon, dass diese Nacht nicht der letzte Akt zwischen ihm und ihr in seinem Drehbuch sein würde.

Fortsetzung folgt, weiß er. Wenn er auch noch längst nicht abschätzen kann, wie weit Lena selbst in die mafiosen Strukturen des Titelhandels verwickelt ist.

Jessesnei, heiliger Strohsack.

GEFÄLSCHTE URKUNDEN
... UND DIE LIZENZ, PROFESSOREN ZU ERNENNEN

Die Kommissarin fährt mit ihrem Assistenten auf dem Grundstück von Thanner vor. Die beiden steigen aus und klingeln. Eine junge, attraktive Frau öffnet. – Die Kommissarin lächelt irritiert. »Wir möchten zu Herrn Professor Thanner.« – »Er erwartet Sie«, antwortet die junge Frau und führt die beiden Kriminalisten in ein Arbeitszimmer. Es ist karg eingerichtet, an der Wand hängen Bilder von kleinen Indiokindern. Sie haben große, dunkle, runde Augen und lachen. Die Kommissarin lächelt ebenfalls. Der Assistent warnt: »Nur nicht einwickeln lassen.« – Schnitt – Eine zweite Tür geht auf, ein Mann tritt ein. Er geht auf die Kommissarin zu, streckt ihr seine Hand entgegen und stellt sich vor: »Thanner.« – Schnitt, das gleiche Ritual mit dem Assistenten. – Schnitt – Danach bittet Thanner seinen Besuch, Platz zu nehmen, und bietet einen Kaffee oder Tee an. Beide wählen Kaffee, er schließt sich dem Wunsch an und ruft: »Lena, wären Sie so freundlich und würden uns drei Kaffee bringen?« – Schnitt – Die Kommissarin fragt direkt: »Sie sind Herr Professor Doktor Doktor Thanner? Stimmt es so?« – Er lacht. »Wenn Sie wollen, können Sie meinen Ingenieurstitel auch noch dazu nennen, müssen Sie aber nicht, Sie können auch alle Titel weglassen, sagen Sie Herr Thanner zu mir, oder muss ich Sie mit Ihrem Titel Kommissarin ansprechen?« – »Ingenieur sind Sie auch?« – »Ja, ich habe ursprünglich Maschinenbau studiert in Karls-

ruhe. Promoviert habe ich erst später und seit zehn Jahren bin ich eben auch Gastprofessor an unserer Universität in Guatemala.« – Die Kommissarin lächelt: »Was sind denn Ihre Vorlesungsgebiete?« – Thanner steht auf. Er geht zum Fenster, dreht sich um und schaut seine beiden Besucher an: »Lassen wir doch diese Spielchen, ich habe für Sie hier eine kleine Dokumentation erstellt. Sie fassen alle juristischen Verfahren der vergangenen Jahre hier in Deutschland zum Thema Gastprofessur in einem Land außerhalb der EU zusammen. Ich muss nicht jeden Tag jedem Polizisten die, zugegeben nicht einfache, Rechtslage erklären. Sie finden hier juristische Gutachten, Anklageschriften und schließlich die Richterentscheidungen auf einen Blick. Ich habe Ihnen die Stellungnahmen verschiedener Ministerien im Anhang dazugeheftet. Es langweilt mich, bitte jetzt nicht auch noch Sie.« – Die Kommissarin schaut Thanner cool an. Sie lächelt, steht auf und sieht ihm ins Gesicht: »Ich denke, Sie haben nicht ganz verstanden. Betrügereien sind unser Metier nicht. Wir sind von der Mordkommission. Es sollte doch auch in Ihrem Interesse sein, dass wir den Mörder Ihres ehemaligen Kollegen Klaiber finden, oder langweilt Sie dieses Thema auch?« – »Nein, aber das haben Sie nicht angesprochen, lassen wir es damit gut sein, also, was wollen Sie wissen, was kann ich für Sie tun?« – Schnitt – Der Assistent räuspert sich, steht nun ebenfalls auf und konfrontiert Thanner: »Wo waren Sie in der Mordnacht?« – Schnitt – Ohne zu überlegen, reicht Thanner der Kommissarin kalt lächelnd ein Flugticket: »Fragen Sie nach, ich saß wie immer first class, man kennt mich bei KLM.« – Die Kommissarin schaut auf das Datum des Flugtickets. – Thanner setzt nach: »Was kann ich noch für Sie tun?« – »Was wollte Gerard gestern bei

Ihnen?« – »Der Ärmste, nach drei Tagen Untersuchungs-
haft wieder einmal einen guten Rotwein trinken. Im Übri-
gen sucht er nun eben einen neuen Arbeitgeber, sein ehema-
liger ist ja leider tot, was ich wirklich zutiefst bedaure.« –
Die Kommissarin schaut kritisch: »Wirklich?« – »Ja, natür-
lich«, lächelt er. »Schließlich hat auch er mich hin und wie-
der mit interessanten Leuten bekannt gemacht.« – »Sie
meinen mit Titelinteressenten?«, hakt der Assistent nach. –
Thanner schaut zur Kommissarin und sagt: »Wollten wir
dieses Thema nicht beiseitelassen?« – Umschnitt.

Leon weiß nicht, wie er Thanner in seinem Drehbuch cha-
rakterisieren soll. Er könnte das Oberschwein sein, vielleicht aber auch nur ein Opfer. In Wahrheit beschleicht
ihn eine sonderbare Angst. Dieser Mann begeistert ihn, das
muss er sich eingestehen. Er ist ein genialer Geschäftsmann.
Gesetzesbrüche sind ihm nicht nachzuweisen, juristisch ist
sein Entwicklungshilfeprojekt wasserdicht. Die Titelhändlerszene achtet ihn als Patron. Selbst Kamehl spricht jeden
weiteren seiner Züge mit ihm ab. Er hat das Gefühl, dass
alle vor diesem Mann kuschen. Solch eine Macht kann nur
anhäufen, wer auf Angst setzt. Thanner kennt nur Freund
oder Feind. Jeder Titelhändler, der auf dem Markt nicht mit-
spielt, wie er es befiehlt, muss ihn fürchten. Und auch Klaiber hatte Angst vor Thanner. Wohl zu Recht. Gerard und
seine beiden Bodyguards haben schnell umgeschwenkt. Sie
gehorchen jetzt ihm. Dass die drei zum Töten fähig sind,
haben sie ihm im Friedrichsbad in Baden-Baden bewiesen.
Und dass Thanner den Überfall auf ihn gutgeheißen hat,
daran zweifelt er nicht. Nach dem Treffen mit ihm lassen
sich die drei nicht mehr blicken. Dieser Umstand beruhigt
Leon aber nur wenig. Besonders bewegt ihn die Frage: Wel-

che Rolle spielt Lena? Nüchtern betrachtet, ohne Blick in ihre hellbraunen Augen, steckt sie mit Thanner unter einer Decke. Wie weit, das weiß er nicht. Diese Nacht jedenfalls steckte sie nicht unter seiner Decke.

Das weiß er sicher. Leider aber auch nicht unter seiner.

Leon erwacht früh. Die Sonne scheint in seine Kammer, von draußen dringen Geräusche herein, die er seit seiner Jugendzeit nicht mehr gehört hat. Ein Hahn kräht, Hühner gackern, Traktoren fahren vorbei und Kühe muhen. Er kommt sich vor, wie in seine Kindheit zurückversetzt. Er steht auf, schaut zum Fenster hinaus und blickt in das Salemer Tal. Schloss Heiligenberg steht auf einem Höhenzug genau im Osten. Die Sonne kriecht hinter den Schlossmauern hervor.

Mit nacktem Oberkörper lehnt sich Leon über die Fensterbank. Neugierig betrachtet er das frühe Dorfgeschehen. Im Milchhäuschen gegenüber herrscht reger Betrieb. Die Landwirte liefern ihre großen, silbernen Kannen an.

Er öffnet leise seine Zimmertür und tritt hinaus auf den Flur. Lena wird noch schlafen, denkt er und schleicht leise über den Holzboden zu ihrer Kammer, in der er sie vermutet. Er drückt vorsichtig die alte Klinke nieder und öffnet die Tür. Ihr Bett ist leer. Aber ihre Sachen liegen über dem Stuhl. Angestrengt spitzt er seine Ohren. Aus dem Untergeschoss in der Küche sind Geräusche zu vernehmen. Schnell geht Leon in den leeren Raum. Das Zimmer ist puritanisch eingerichtet. Der ganze Raum ist weiß gestrichen, selbst der hölzerne Dielenboden. Neben dem Bett steht ein alter Holzschreibtisch. Er schleicht auf Zehenspitzen hin und öffnet die oberste Schublade. Er weiß selbst nicht genau, was er sucht, aber er muss wissen, wie tief Lena in die Titel-händlerszene verstrickt ist.

Er fühlt sich bei seiner Aktion nicht wohl. Sie war ihm gestern mit unerschütterlichem Vertrauen entgegen-gekommen, und er schnüffelt heute in ihren privatesten Dingen herum. Zu allem hin findet er nur den üblichen Schreibtischkruscht: Büroutensilien, ein Postsparbuch mit 3.500 Euro Guthaben, Versicherungspolicen für Auto und Krankenkasse und noch ein Bild. Es zeigt sie eng umschlungen mit einem jungen, zu allem hin auch noch gut aussehenden Mann. Beschämt bricht er sein ziello-ses Stöbern ab und schleicht sich wieder in den Gang. Hier tritt er laut auf die Holzdielen und öffnet mit hör-barem Geräusch die Badezimmertür. Dann steigt er in die Duschkabine.

Sie hat den Frühstückstisch schon gedeckt und brät zwei Spiegeleier. Er schleicht sich leise zu ihr und küsst sie unter ihrem kurzgeschnittenen Haaransatz in den Nacken. Sie dreht sich um. Er hält sie an den Oberarmen fest und küsst sie sachte auf ihre Lippen. Sie schaut ihn mit gro-ßen Augen an, er legt sanft nach. »Keine Dummheiten«, erklärt er, »das galt ja nur für die vergangene Nacht. Heute ist ein neuer Tag, ein neues Glück.«

Sie lächelt, windet sich aus seiner leichten Umarmung und stellt die Eier auf den Tisch.

Wenn man nur wüsste, was Frauen denken, überlegt er. Denkt sie jetzt: Was für eine Pfeife, weil ich heute Nacht keinen richtigen Versuch gestartet habe? Oder bin ich ein anständiger Kerl in ihren Augen, weil ich eben dies unter-lassen habe? Oder glaubt sie vielleicht, ich sei zu blöd zum Vögeln und hätte gar kein Interesse an ihr? Frauen und Logik! Er fühlt sich verunsichert. Gewollt hätte ich ja. Und alles dabei hatte ich ja auch. Er schaut sie an und malt sich aus, wie es hätte sein können.

»Beeil dich, ich muss gleich in ein Seminar«, holt sie ihn aus der Schlafzimmer- in die Küchenwelt zurück.

In ihrem Mini Cooper fahren sie durch das Salemer Tal Richtung Meersburger Fähre vorbei an weitläufigen Apfelplantagen. Das erste Grün der neuen Blätter lugt schon an den noch kahlen Ästen hervor. Er rollt das Faltdeck zurück und genießt das Schaukeln der alten, ausgeleierten Stoßdämpfer. Er schielt zu ihr hinüber und denkt: Wie im Paradies, ich wusste es doch schon am ersten Tag.

In Konstanz trennen sich ihre Wege. Er nimmt den Bus in die Stadt zu seinem Auto, sie fährt in Richtung Uni. Zum Abschied beugt er sich weit zu ihr hinüber, zieht sanft ihren Kopf zu sich und küsst sie wieder auf ihre Lippen, diesmal bestimmter. Danach sagt er: »Obwohl ich sitze, spüre ich meine weichen Knie, ich weiß gar nicht, ob ich aussteigen kann.«

Sie lacht, schubst ihn kräftig mit der rechten Hand zur Beifahrertür und befielt energisch: »Raus jetzt!«

»Ich melde mich«, versichert er und weiß, dass sie sich darauf verlassen kann.

Beim Spanier holt er seinen Porsche ab. Den Strafzettel an der Frontscheibe ignoriert er. Er fährt stadtauswärts, schaltet den Scheibenwischer an und sieht dem Knöllchen nach, wie es über seinen Wagen durch die Luft segelt. Er fährt wieder zum Jakobsbad, joggt eine Runde am See entlang und krault dann in langsamen Bewegungen durch das Thermalwasser, bis ihn der Bademeister ermahnt.

Bestens gelaunt schickt er Lena einen Strauß Frühlingsblumen per Fleurop und ist sich ganz sicher, dass sie sich schon bald bei ihm melden wird. Dank der Blumen vielleicht schon heute Abend.

Zu Hause in Stuttgart ist sein Anrufbeantworter vollgequatscht und im Fax stapeln sich Papiere. Er hört seine Nachrichten ab, während er die Faxe und die Post ordnet.

Zuerst meldet sich ein Rechtsanwalt der Universität Teufen. Er will ihm das versprochene Interview mit Prof. Dr. Hürlimann wieder absagen. Er droht sogar mit einer Anzeige wegen Hausfriedensbruchs. Der Anwalt, ein zweifacher Doktor, Dr. Dr. Kramlich, ist aus St. Gallen.

Der Kommissar aus Konstanz bedauert, dass sie sich nicht getroffen haben. Er will endlich ein paar Infos über Thanner, Leon soll an die Abmachung denken und sich dringend bei ihm melden.

Dr. Kamehl lässt zum Interview nach Düsseldorf bitten.

Prof. Dr. Dr. Thanner hat ihm Unterlagen der ›Universidad Fernandez de Orticho‹ zugefaxt. In schnörkeliger Handschrift hat er ihm die Telefonnummer des Dekans der Universidad, Professor Zucker, in Guatemala dazugeschrieben.

Leon packt alle Unterlagen zusammen, schaut sich noch kurz in seiner Wohnung um, stopft ein paar Klamotten in die Waschmaschine, schaltet sie an und fährt dann zu seinem Sender.

In der Redaktion ruft Leon Professor Zucker an. Er muss die Reise nach Guatemala vorbereiten. Zu Professor Zucker lässt er sich auf Englisch verbinden, doch zu seiner Überraschung spricht der Herr Dekan perfekt Deutsch.

»Ja, ich weiß Bescheid, ich habe Ihren Anruf bereits

erwartet«, sagt er und beginnt auch schon mit seiner Rechtfertigung: »Ich verstehe das ganze Theater bei Ihnen in Deutschland, dem Land von Goethe und Schiller, nicht. Kollege Thanner hat mir von Ihnen erzählt, doch wo ist das Problem? Aber bitte, wenn Sie wollen, natürlich sind Sie und das Deutsche Fernsehen hier in unserem bescheidenen Land immer und jederzeit herzlich willkommen.«

»Nächste Woche?«, fragt Leon.

»Si, si, ich sage ja, immer und jederzeit, wann Sie wollen.« Der Dekan überschlägt sich mit ausgesuchter Freundlichkeit.

Leon geht zur Reisestelle, erkundigt sich nach Flugverbindungen nach Guatemala City und nimmt dann den Verwaltungsweg, um Kamerateam, Licht, Ton und dergleichen mit auf die Reise zu nehmen.

Danach setzt er sich an seinen Schreibtisch und verfasst einen Drehplan. Reisetage, Drehzeit und Termine stimmt er mit Lakkermann, Kamehl, Ach und Hürlimann ab. Hürlimann will als Einziger aus der Reihe tanzen, sein Versprechen, ein Interview zu geben, will er zurückziehen: »Min Aawalt hät ihne doch Bscheid gäh«, krächzt er in seinem Schwyzerdütsch durchs Telefon.

Doch Leon lässt sich nicht beirren: »Herr Professor, Sie können wählen«, warnt er vergnügt. »Entweder Sie nehmen zu meinen Vorwürfen Stellung und mildern sie dadurch ab, oder Sie lassen alles, was ich sage, unkommentiert im Raum stehen und kein Zuschauer wird jemals Ihre Argumentation hören. Mir ist es ziemlich wurst, im Gegenteil, ohne Ihren Kommentar in meinem Film steht meine Geschichte zu Ihrer Universität unwidersprochen. Wir werden auf jeden Fall bei Ihnen vorbeikommen, schließlich habe ich Ihnen versprochen, Ihren Laden ganz groß rauszubringen.«

»Wann wollet Sie kumme? Min Aawalt wird do si.«

»Ich rate Ihnen, ebenfalls anwesend zu sein, wie steht sonst Ihre Hochschule da, wenn der Schulleiter sich hinter einem Anwalt verstecken muss? Damit signalisieren Sie doch jedem Zuschauer: In meinem Laden stinkt es gewaltig.«

»I muass mir sell no iberlägä«, weicht Hürlimann schließlich einer festen Abmachung aus.

»Bis nächsten Donnerstag«, sagt Leon und legt auf. Sorgfältig trägt er den Termin in seinen Drehplan ein. Er ist für diese Verwaltungsarbeit nicht geschaffen. Der Drehplan muss aber am Schluss stimmen. Reisezeiten, Ruhepausen, Übernachtungen, alles muss aufeinander abgestimmt sein. Zu lange Pausen kann er sich nicht leisten, zu kurze Pausen will kein Team schlucken. Und schließlich müssen die Interviewpartner auch noch in dem Zeitplan mitspielen.

Doch heute kann nicht einmal dieser Job ihm die gute Laune verderben. Jeder Interviewpartner wird ein kleines, eigenständiges Highlight sein. Und dann, am Ende, winkt noch das Abenteuer Guatemala. In vier Wochen soll der Film sendefertig sein. In den neuesten Programmheften ist er schon angekündigt. Sein Redakteur steht voll zu der Story und hinter ihm.

Und die Geschichte mit Lena liegt noch vor ihm, hofft er.

Vassilli beäugt Leon misstrauisch. Seit Tagen hat er sich nicht mehr sehen lassen. Eigentlich ist das ›Odyssia‹ sein zweites Wohnzimmer. Die alten Schwingtüren zum Lokal öffnen und schließen sich wie Saloontüren in alten Western. Leon setzt sich an die Theke und schaut Vassillis an.

»Wo steckst du die ganze Zeit?«, begrüßt ihn dieser.

»Warum?«, weicht Leon aus.

»Ich muss mit dir reden, ich weiß nicht, wie ich es dir sagen soll.«

»Was denn?«

»Christina«, sagt Vassilli gedämpft.

Ein unbehagliches Gefühl macht sich in ihm breit: »Ja, red schon«, fordert er seinen griechischen Freund auf.

»Mensch, keine Ahnung«, stottert dieser verlegen. »Sag, seid ihr noch zusammen?«

Eine Vorahnung steigt in Leon auf. So schnell hatte sie das Kapitel mit ihm abgeschlossen? Er greift zu Vassilli's Zigaretten und zündet sich eine an. Er bläst den Rauch weit von sich und überlegt. Er hatte schon seit Wochen dieses Gefühl, jetzt kommt endlich die Wahrheit ans Licht. Er muss gar nicht mehr erfahren. Er bestellt zwei Ouzo.

Vassilli schaut ihn kritisch an.

Leon lächelt. Er weiß, wie schwer es dem Griechen gefallen ist, dieses Thema anzuschneiden. In Griechenland lässt man sich keine Hörner aufsetzen. In Deutschland, muss Leon zugeben, lassen sich eben Weicheier wie er lieber Hörner aufsetzen und schleichen dann geschlagen, aber schuldlos vom Feld. Feige, aber wohl gerade rechtzeitig entschuldigt er so im Nachhinein noch seinen fiesen Brötchentrick. Mit wem Vassilli sie gesehen hat, interessiert Leon schon gar nicht mehr.

Vassilli fällt offensichtlich ein Stein vom Herzen: »Jamas«, lacht er und schaut seinen deutschen Freund an. »Du siehst gut aus, das freut mich.« Und damit ist bereits alles gesagt. »Ich habe guten Fisch gekocht, komm«, lädt er ihn zu sich in die Küche ein.

›Krokétes bakaliárou‹, Kroketten aus Stockfisch, eine Spezialität der alten griechischen Seefahrer. Fisch, in den

Meeren des nördlichen Atlantiks gefangen, wird gesalzen und getrocknet. Vassilli zerteilt das Fischfleisch in kleine Stücke und wässert es 24 Stunden, damit sich das Salz wieder lösen kann. Danach kocht er die Stockfischstücke kurz auf, enthäutet und entgrätet sie, vermischt gekochte Kartoffeln, Eigelb, Öl, Salz, Pfeffer und rührt diese Masse unter die Fischteilchen. Später nimmt er die abgekühlte Masse, schlägt das Eiweiß dazu und verquirlt das Fischmus. Danach wendet er die Farce in Ei und Semmelbrösel und brät sie goldbraun in Olivenöl.

Während der Wirt Leon dies alles erzählt, schiebt der schon die ersten Stockfischstücke in seinen Mund: »Mit deinem Tzaziki schmecken die Kroketten bestimmt noch besser«, stachelt er die Großzügigkeit seines Freundes an.

»Mensch, ich dachte schon, du spielst mir was vor, aber es geht dir wirklich gut«, staunt Vassilli, der von ihm gekränkte Eitelkeit oder echten Liebeskummer erwartet hatte. »Ich dachte, du wärst jetzt enttäuscht und böse. Ein griechischer Mann würde den anderen jetzt stellen. Ich werde euch Deutsche nie verstehen.«

Leon schüttelt seinen Kopf. »In diesem Fall bin ich eher froh, dass sie mich nicht stellt.«

Vassilli schaut ihn mit großen Augen an: »Das kapier ich schon wieder nicht.«

»Macht nichts«, weicht Leon aus und stößt mit zwei weiteren Ouzo im Saftglas an: »Jamas. Grieche bin ich nur beim Essen und Trinken«, lacht er und schüttet sich das halbe Glas in die Kehle.

Am nächsten Tag wacht er gegen 11 Uhr auf. In seinem Mund ist dieser nachhaltige Geschmack von zu viel Zigaretten und Alkohol. Der Kopf schmerzt. Tausend Hämmer pochen von innen an seine Stirn. Es ist nicht nur beim griechischen Essen und Ouzo geblieben. Später zogen er und Vassilli noch weiter. Stuttgart ist nicht so trostlos, wie viele Kritiker dem Nachtleben am Nesenbach nachsagen.

Aus dem ›Odyssia‹ ging es nach zwölf Uhr ins ›Widmer‹, von dort um drei Uhr ins ›Sevilla‹ und danach um sechs Uhr zum Frühstücken ins Café ›Schmälzle‹. Hier treffen sich jeden Morgen die Nachtarbeiter: Kellner des Reeperbähnles, der dahinter liegenden Strichstraße, Glücksspielzocker der umliegenden verbotenen Spielhöllen. Ein bisschen Kiez, fast wie in einer echten Großstadt.

In den frühen Morgenstunden ist Leon über das ausschweifende Kneipenangebot meist glücklich. Am darauffolgenden Tag weniger. Er will schnell aufstehen, legt sich aber wieder hin. Die tausend Hämmerchen in seinem Kopf beschleunigen mit jeder Bewegung ihre Anschlagszahl. Trotzdem quält er sich hoch. Er wankt durch den Flur zum Anrufbeantworter und drückt die Abhörtaste. Mit Genugtuung hört er Lenas Stimme. Sie hatte gestern Abend noch angerufen. War doch klar, frohlockt er, die 20 Euro für Fleurop haben sich mal wieder gelohnt. Zum Ende der Ansage hört er sie noch bitten: »Und pass in Guatemala gut auf dich auf.«

Leon steigt unter die Dusche und lässt einen Schwall Wasser über seinen Schädel plätschern, eiskalt, minutenlang. ›Und pass in Guatemala gut auf dich auf‹, dieser Satz hat sich festgesetzt. Warum sagt sie dies? Will sie ihn warnen? Was soll ihm dort schon passieren? Sicher ist, die Polizei taugt in diesem Land wenig. Auch er hat sich schon Gedanken gemacht. In Guatemala ist er in den Händen von Thanner und diesem Dekan Zucker. Die beiden können dort mit ihm machen, was sie wollen. In Baden-Baden hatte er nur eine kräftige Abreibung hinnehmen müssen, aber in Guatemala? Wenn Thanner wirklich hinter dem Mord an Klaiber steckt, dann ist ihm alles zuzutrauen.

Leon rubbelt sanft seine schwarzen Locken trocken. Das kräftige Schaffen der tausend Hämmer ist kaum gemildert. Vielleicht hat Lena die Warnung auch nur ohne bestimmten Hintergrund beiläufig ausgesprochen? Er geht zum Telefon und ruft sie an. Sie ist nicht zu Hause. Er spricht seine Handynummer auf ihren Anrufbeantworter und bittet um einen Rückruf: »Ich möchte dich unbedingt noch sehen, bevor ich nach Guatemala fliege«, säuselt er.

In der Stadt kauft er sich einen Reiseführer über Guatemala. Gleichzeitig besorgt er sich politische Hintergrundinformationen über das Regime und die Rechtsstaatlichkeit. Er will wissen, wie sicher staatliche Stellen, wie die Polizei und Militär in Guatemala arbeiten.

Im Sender sind schon sämtliche Reiseunterlagen in seinem Postfach. Der Produktionsleiter teilt ihm mit, dass er alleine fliegen wird. Aus Kostengründen muss sein Kameramann zu Hause bleiben. Ein Team wird für ihn aus Mexiko gebucht und eingeflogen.

Dem Dreh in Deutschland steht nichts mehr im Wege. Morgen um 8 Uhr ist die Abfahrt festgezurrt. Die Rundreise startet zuerst nach Köln, dann Saarbrücken, danach Teufen in der Schweiz. So hat er selbst die Tour festgelegt. Prof. Dr. Dr. Thanner in Überlingen dürfen sie erst nach den Dreharbeiten in Guatemala besuchen. Das hat nicht er, sondern der Impresario persönlich bestimmt.

Liebs Herrgöttle vo Biberach, wer ist hier eigentlich der Redakteur?

Die Drehtage gestalten sich wie erwartet. Dr. Kamehl spielt seine Rolle glänzend, schließlich hat er als Erster kapiert, dass für ihn der Auftritt im Fernsehen kostenlose Werbezeit bedeutet: »Ich bin nicht ein Promotionsberater, ich bin *der* Promotionsberater,« weiß er genauso sicher zu betonen wie Prof. Dr. sal. Dr. h. c. Lakkermann sein Sprüchlein: »Ich brauche keinen Titel und keine Ehrenabzeichen, ich bin *der* Heilpraktiker, der Leiden mildern kann.«

Und auch Prof. Prof. Prof. Ach hat seine Komödiantenrolle in der Dokumentation akzeptiert und lacht vor der Kamera sabbernd: »Ich bin halt ein Multitalent, um den sich die Universitäten reißen.«

Nur Prof. Dr. Hürlimann hat sich zuerst in seinem Büro verschanzt, erklärt sich aber nach gutem Zureden und einem Telefonat mit Thanner zu einem kurzen Statement bereit: »Wir akzeptierä Ihr Könnä und Ihre Leistung, unseren Titel können Sie mit dem Zusatz ›Doktor sin Punkt‹ auch in Deutschland tragä«, behauptet er schließlich frech in die Kamera. Obwohl Ferdinand Meyer, der Bankdirektor in Konstanz, gerade auf der anderen Seite der Grenze eine herbe Niederlage mit seinem ›Dr. sin.‹ einstecken musste.

Am gleichen Abend trifft Leon dann endlich Lena. In zwei Tagen wird er nach Guatemala fliegen, das steht fest. Er hat sein Team in Konstanz einquartiert und schickt sie zum Essen in das Konzil-Restaurant. Seit 25 Jahren betreibt die Familie Hölzl die Gaststätte im Konzil, dem geschichtsträchtigsten und berühmtesten Gebäude der Stadt. Hier fand vor genau 600 Jahren die einzige Papstwahl nördlich der Alpen statt. Heute spielen in den ehrwürdigen Mauern die Südwestdeutschen Philharmoniker, und festliche Bankette und Feiern werden im großen Saal mit seinen Eichenstützen abgehalten. Manfred Hölzl kocht hier wahrlich in der ersten Reihe. Obwohl in das Konzil-Restaurant jeder Tourist fast zwangsläufig stolpert, sorgt er für eine regionale Küche, die auch Konstanzer Feinschmecker lockt. Seine Fische werden jeden Morgen fangfrisch von Seefischern vorbeigebracht. In der Küche werden die Bodenseefische zubereitet wie noch in dem guten alten Streifen der ›Fischerin vom Bodensee‹. Manfred Hölzl ist in erster Linie Koch und ein leidenschaftlicher Verfechter der regionalen Vermarktung. Ein Glücksfall für die Stadt Konstanz, denn Umsatz würde auf dieser Terrasse zum See auch ein billiger Dosenöffner oder Burger-Bräter schaffen.

Leon gibt dem Team noch einen Tipp: »Nehmt eine Trüsche, wenn ihr eine auf der Karte seht. Die Trüsche ist einer der besten Fische aus dem Bodensee Und«, lacht er, »die Leber hat es in sich. Sie soll potenzfördernd sein.« Er zwinkert seinem Kameramann zu, den er im Verdacht hat, seit Neuestem mit Christina zu schieben. Er selbst verabschiedet sich mit einem ›Petri Heil‹ zu seinem Angeldate, wie er dem Team erzählte. Mit dem Dienstwagen fährt er auf der Fähre über den See, und dann hinauf in die Hügel des Linzgaus nach Taisersdorf.

Der grüne Mini steht vor dem Bauernhaus. Leon hat sich wieder einmal in Schale geworfen. Lena öffnet fröhlich. Sie küsst ihn auf die Lippen, bevor er eintreten kann, als wäre diese Begrüßung zwischen ihnen das Alltäglichste.

Er schluckt, schaut ein bisschen verunsichert und folgt ihr dann ins Haus. In der Küche richtet sie zwei Espressi und stellt noch je einen kleinen Ramazzotti dazu auf den Tisch. »Setz dich«, fordert sie ihn auf.

Er weiß nicht, was er tun soll. Gerne würde er ihr jetzt näher sein. Am liebsten würde er jetzt ganz einfach seine

Arme um sie legen, um ihre körperliche Nähe zu genießen. Bei jedem Treffen ist er von ihrer Ausstrahlung überwältigt. Von Wiedersehen zu Wiedersehen findet er sie noch schöner und anziehender. Er schaut sie sich genauer an, das Playmate der Woche wird sie wirklich nie, aber für ihn ist sie schon fast die Frau des Lebens. Oder schwärmt er nur so überschwänglich, weil sie für ihn noch immer unerreichbar scheint? Nein, nicht mehr lange, noch vor dem Abflug muss etwas geschehen, muss es zur Sache gehen!, spricht er sich selbst Mut zu.

»Thanner wird mitfliegen«, kommt sie ohne Umschweife zu jener Sache, die ihr am Herzen liegt.

Er geht sofort auf Distanz: »Hat er dich als Boten geschickt?«

»Du wolltest mit mir reden, nicht ich«, kontert sie schroff. »Und jetzt lass den Quatsch und werde nicht kindisch.«

Er bleibt stur: »Was heißt denn Quatsch, sag das Klaiber, der hat sich nicht rechtzeitig vorgesehen.«

»Ich weiß«, räumt sie ein. »Ich habe mir auch meine Gedanken seit unserem letzten Gespräch gemacht.« Lena prostet ihm mit ihrem Ramazzotti zu: »Reden wir in Ruhe darüber.«

Er nimmt einen Schluck, der charakteristische Geschmack macht sich in seinem Gaumen breit. Schade dass die ›Universidad‹ nicht in Italien liegt. Er genieß die Süße des Ramazzotti in Verbindung mit dem herben Geschmack des Espresso. Dabei spitzt Leon seinen Mund und haucht Lena einen Kuss zu.

Sie lächelt und er fühlt sich schon wieder viel wohler. Kaum ist er bei ihr, vergisst er sein Misstrauen. »Ich weiß nicht«, sagt er ganz ehrlich, »aber ich habe ein bisschen Angst.«

»Vor mir?«

»Vielleicht«, sagt er, »vor Thanner auf jeden Fall und auch vor diesem Dekan Zucker. Obwohl ich ihn nicht kenne, ist er mir nicht geheuer.«

»Und warum vor mir?«

»Ich habe schließlich keine Ahnung, wie tief du in dem Geschäft mit drin steckst«, gibt er unumwunden zu.

»Ich verdiene nur Geld für mein Studium bei Thanner, das habe ich dir bereits gesagt«, versetzt sie säuerlich. Und mit einem verständnisvollen Lächeln klärt sie ihn auf: »Thanner verdient Millionen, sagst du. Da ist es gut möglich, dass er dafür krumme Dinger dreht. Vielleicht, ich weiß es nicht. Aber was ich sicher weiß, ist: Ich bekomme 20 Euro die Stunde. Zweimal vier Stunden die Woche macht im Monat 640 Euro. Dafür lohnt sich kein Mord, okay?«

»Okay«, gibt er sich geschlagen, steht auf und nimmt Lena, auf ihrem Küchenstuhl sitzend, in seine Arme. Er sucht mit seinen Lippen ihren Mund, die beiden Nasen treffen sich, unbeholfen küsst er sie.

Sie erwidert seinen Kuss sehr zurückhaltend, löst ihre Lippen von ihm, legt den Kopf in den Nacken, um in seine Augen zu sehen und erklärt: »Ich werde Thanner sagen, dass sein Förderverein am Ende ist, wenn dir was passiert, einverstanden?« Aufmunternd lächelt sie ihn an: »Ich freue mich auf deine Rückkehr und halte so lange für dich Augen und Ohren offen. Auch ich will wissen, wer Klaiber umgebracht hat. Ich habe ihn sehr gemocht, er gehörte nicht zu den arroganten Lackaffen, mit denen ich es sonst im Büro zu tun habe.«

Leon fällt ein Stein vom Herzen. Er nimmt Lenas Hand, sie erwidert seinen festen Händedruck. Er schaut ihr in die großen Augen und erklärt in feierlichem Ton: »Allein schon wegen dir, nachdem ich dich jetzt kenne, möchte ich noch ein bisschen am Leben bleiben.«

Lena lacht unbekümmert, nimmt ihn in die Arme und drückt ihn erstmals richtig fest an sich: »Lass einfach in Guatemala die Frage nach Klaiber außen vor. Thanner will dir nur die Universität zeigen, das weiß ich. Er will, dass man sein Projekt hier wirklich als Entwicklungshilfe versteht und sieht, was für eine Universität er in Guatemala-City tatsächlich betreibt. Nur das ist sein Ziel, das er mit deinem Film verfolgt. Klaiber, das ist für ihn eine ganz andere Sache. Er sagt, das klärt die Polizei.«

»Pah, die Polizei«, versetzt Leon. »Die dürfen doch gar nicht ermitteln, wie sie wollen, die Dorfdeppen hier werden doch ausgebremst.«

Lena gluckst: »Thanner ist clever, der hat Drähte bis zum BKA, der besorgt denen sämtliche in Deutschland verbotene, technische Abhörhilfen, Papiere aus dem diplomatischen Dienst und bietet Verbindungen zu Militärdiktaturen nach Mittel- und Südamerika. Aber genau deshalb wüsste ich nicht, warum er sich mit solch einem dämlichen Mord seine saubere Weste bekleckern sollte.«

»Damit alle seine Geschäfte so weitergehen können, wie er es will«, beharrt Leon auf seinem Verdacht. »Klaiber hat ihn gestört und ihm seine Kunden abspenstig gemacht.«

»Klaiber war ihm nie im Wege, im Gegenteil«, insistiert Lena, »der hat doch ein ganz anderes Feld bearbeitet: Doktortitel von deutschen Universitäten, das war sein Deal. So etwas macht Thanner nicht, das ist für ihn kriminell, das ist unter seinem Niveau, das hat er Klaiber auch immer vorgehalten.«

»Ich verstehe doch auch nicht«, zweifelt Leon an seiner

eigenen Argumentation. »Aber warum lässt er dann die örtliche Polizei nicht in Ruhe ermitteln?«

Lena zuckt mit ihren Schultern: »Keine Ahnung. Komm, ich habe Hunger. Im ›Schwanen‹ gegenüber gibt es die besten Bratwürste von selbst geschlachteten Schweinen und dazu selbst gebackenes Brot vom Werner. Ein Geheimtipp, der in keinem Reiseführer steht.«

Der Wirt des Gasthauses kommt gerade aus der Küche in die Wirtsstube, als Lena und Leon eintreten. Er hat um seinen Bauch eine weiße Schürze gebunden. In den Händen hält er ein großes Holzbrett. Darauf liegt ein rundes Gebäckstück, das aussieht wie eine magere Pizza. »Kommscht grad rächt zum Dinnele«, lacht er ihnen zu und schiebt sich ein großes Stück in seinen Mund.

»Super«, sagt Lena und greift sich unaufgefordert ebenfalls einen Teil davon. Die beiden stehen kauend vor Leon. Werner hat das sympathische Aussehen eines Südfranzosen: Pechschwarzes Haar, schwarzer Schnauzer, rote Nase und ein breites Lachen im Gesicht. »Nimm«, sagt er mit vollem Mund und hält Leon das Brett unter die Nase. »Das sind Dinnele, die gibt es für alle Gäste unserer schönen Nachbarin.«

Leon lässt sich nicht zweimal auffordern. Er greift sich ein kleines Stück, beäugt es kritisch und fragt: »Taisersdorfer Pizza?« Ohne eine Antwort abzuwarten, schiebt auch er sich das Teil in seinen Mund.

»Nei, Dinnele«, beharrt Werner und erklärt: »Das hat schon meine Großmutter gebacken, bevor die ersten Italiener hier oben bei uns aufgetaucht sind.«

»Dann sind die badischen Dinnele die Vorläufer der italienischen Pizza?«, foppt Leon.

»Wenn ich Brot backe, mach ich einfach ein bisschen

mehr Teig. Der wird dann auf einem Blech ausgerollt, dann kommt eine Eierrührsauce darüber, damit der Teig nicht austrocknet, und danach kommen Zwiebeln, Speckstücke und Kümmel darauf.«

»Schon gut«, bremst Leon den Erklärungsbedarf des Wirtes, »Dinnele eben. Und was trinkt man dazu?«

Der Wirt schaut ihn ungläubig an. An »Wen hast du denn da mitgebracht?«, fragt er an Lenas Adresse, bevor er in die Küche ruft: »Klärle, en Schtädter, bring mol en Moscht.«

Der Most wird in einem großen Steinkrug serviert. Kaum ist der erste leer, folgt ein zweiter. Danach gibt es einen selbst gebrannten Obstschnaps.

Leon weiß plötzlich nicht mehr, ob er sich noch auf die Nacht mit Lena freuen kann. Er spürt, wie er betrunken wird. Nach jedem Glas wird er noch durstiger, als hätte er schon am Abend den Morgenbrand. Auch sie steht ihm mit keinem Glas nach. Gemeinsam stoßen sie mit dem dritten Obstler an. Leon schaut Lena tief in die Augen und verspricht mehr sich selbst als ihr: Aber nach Guatemala, aber dann, aber hallo!

Der Anflug auf Guatemala City ist für jeden Besucher des mittelamerikanischen Karibikstaates ein Abenteuer. Es ist leicht bewölkt. Über der Wolkendecke sieht man den rauchenden Schlot des Vulkans Pacaya. Der Jumbo der niederländischen Fluggesellschaft KLM bricht durch die Wolkenwand. Unter der Maschine öffnet sich ein riesiger Talkessel. Unüberschaubar liegt darin Nueva Gutemala de la Asunción, von den Einheimischen nur ›la ciudad‹, ›die Stadt‹, genannt.

Neben Leon sitzt Prof. Dr. Thanner. Sie hatten es sich in den Pullmannsitzen der ersten Klasse bequem gemacht.

Doch jetzt hält ihn nichts mehr in der Liegeposition. Seine Neugierde auf das Land und die Leute unter ihnen ist erwacht. Er drückt seine Nase an das kleine Fenster und schaut über das Zentrum der neuen Stadt. Hochhäuser und Betonburgen liegen unter ihm. 1976 war nach einem großen Erdbeben die gesamte Stadt zerstört gewesen. Tausende von Toten und eine Million Obdachlose blieben nach vier Erdstößen zurück. Doch heute qualmt der Pacaya. Wenn dieser arbeitet, besteht keine Gefahr, sagen die Einwohner. Nur wenn er plötzlich erlischt, dann rumort es in seinem Innern.

Der Jumbo parkt am Ende des Rollfeldes. Die Passagiere der ersten Klasse haben Vortritt. Leon schnappt seine Reisetasche und geht mit Thanner zur Gangway. Unten an der Treppe stehen drei Männer, neben ihnen parkt ein großer amerikanischer Straßenkreuzer, Version extra lang.

Die drei Männer bewegen sich, als Thanner und er die Treppen heruntersteigen, auf das Flugzeug zu. Der Älteste von ihnen geht direkt zu Thanner und umarmt ihn wie einen alten Freund. Die beiden anderen bleiben wie Litfasssäulen stehen.

Thanner dreht sich zu Leon, schiebt ihn nach vorne und stellt ihn vor. »Ernesto, das ist unser Mann vom deutschen Fernsehen«, und zu Leon gewandt sagt er: »Das ist unser Dekan der Universidad, Professor Ernesto Zucker.«

Zucker geht auf ihn zu und umarmt ihn ebenfalls. Leon ist die Begrüßung eine Nummer zu aufdringlich. Er streckt ihm seine Hand entgegen.

Der Dekan selbst scheint auf den ersten Blick ein Mann mit Humor zu sein. Aus seinen Augen lächelt Lebensfreude. Er ist braun gebrannt und wirkt durchtrainiert. Seine Augen nehmen jede Regung um ihn zur Kenntnis. Er sieht, wie

Leon die beiden jüngeren Begleiter mustert. »Zwei meiner wissenschaftlichen Mitarbeiter«, stellt er sie vor.

Die Sakkos der beiden Mitarbeiter sind unter ihren linken Achselhöhlen ausgebeult. Leon zeigt auf die leicht abstehende Stofffalte und sagt augenzwinkernd zu dem Dekan: »Dicke Kugelschreiber!«

Zucker lacht, geht aber nicht weiter auf die Andeutung ein.

Alle fünf nehmen im Fonds des großen Wagens Platz. Es ist geräumig wie in einem Zugabteil. Auf der Rückbank sitzen Zucker und Thanner, ihnen gegenüber die beiden Bodyguards und Leon in der Mitte. Er fühlt sich nicht wohl. Diese Situation wollte er vermeiden. Während zu Hause über das Verbot von Kampfhunden diskutiert wird, wäre ihm ein weltweites Verbot von menschlichen Wachhunden lieber.

An einer Kontrollstelle des Flughafens steigt der Fahrer aus, sammelt die Pässe von ihm und Thanner ein und geht mit ihnen weg.

»Super Service«, sagt Leon. Sein Kommentar klingt in seinen eigenen Ohren wie Galgenhumor.

»Kein Problem«, lächelt Zucker. »Wir wollen Ihnen Ihren Aufenthalt in unserem Lande so bequem wie möglich gestalten. Ein paar kleine Formalitäten sind eben einzuhalten, aber wir haben für Sie schon alles geregelt.«

Wenige Minuten später ist der Fahrer zurück und auch die Pässe. Leon greift schnell nach seinem und blättert ihn durch. Das Visum ist abgestempelt, er ist eingereist, ohne Auskünfte erteilen zu müssen, ohne sich zu erklären, ohne sich zu zeigen. So einfach geht das nicht immer, vor allem nicht als Journalist und dann noch in solch einem Land. »Alle Achtung«, sagt er zu seinen Begleitern. »So schnell geht's nicht einmal von Deutschland in die Schweiz. Hut ab.«

Thanner lacht schelmisch und stellt seinen Freund Zucker auch als Mitarbeiter der Regierung vor: »Wissen Sie, Ernesto nennt sich nur Professor, aber er ist hier in Guatemala die anerkannte Wirtschaftskapazität. Nehmen Sie die Fünf Weisen in Deutschland zusammen zu einer Person, dann wissen Sie, wer Ernesto Zucker hier in Guatemala ist.«

Dem Dekan ist die Lobeshymne sichtlich zu dick aufgetragen. Er lächelt bescheiden und nimmt die Hände hoch: »Ich bitte dich, fünf deutsche Professoren gegen einen guatemaltekischen Professor, das kann man nicht vergleichen.«

Leon lacht: »Quantität hat es Professor Thanner eben angetan. Über die Qualitäten Ihrer deutschen Professoren haben wir noch gar nicht geredet.«

Thanner winkt ab. »Reden wir, wenn Sie unsere Einrichtungen gesehen haben.«

Der Fahrer prescht mit Vollgas in eine kleine Gruppe von Indios, die direkt vor der Auffahrt zu dem Nobelhotel ›Camino Real‹ stehen. Sie bieten den Touristen in ihrer farbenfrohen Landestracht handgearbeitete Souvenirs an. In erster Linie fliegen reiche US-Bürger hier hin, um sich entlang der Sierra Madre und der Pazifikküste zu erholen.

Leons Hotel hat die Reisestelle seines Senders gebucht. Trotzdem wird er vom Dekan der Universität im feinsten Hotel des Landes untergebracht und bekommt dazu noch eine großzügige Suite im obersten Stockwerk. Das passt mit den neuesten Richtlinien der Sparkommissare des Senders nicht zusammen. Statt in einem kleinen Hotelzimmer sitzt er nun in einer Drei-Zimmer-Wohnung, wie er sie sich zu Hause nicht leistet. Er nimmt das Telefon und fragt sicherheitshalber an der Rezeption nach. Dort wird ihm erklärt, das oberste Stockwerk sei für die Regierung oder ihre Gäste reserviert, und er sei doch Regierungsgast. Soll die Suite bezahlen, wer will, denkt Leon und erhöht die Rechnung um eine Cola mit Jamaika-Rum aus dem Kühlschrank.

Er hatte sich einen ersten, ruhigen Tag in Guatemala erhofft. Er wollte einfach nur am Pool liegen, lesen und gegen Abend durch die Stadt streifen. Doch seine Gastgeber haben mehr mit ihm vor. Sie haben für ihn ein Programm zusammengestellt, gegen das er sich nicht wehren konnte. »In einer halben Stunde holen wir Sie ab«, bestimmte Zucker.

Er versuchte abzulehnen: »Sie wissen, Herr Professor Zucker, warum ich hier bin. Ich möchte mit Ihnen über Ihre Professorenschmiede reden und Sie nicht auf einer Sightseeing-Tour begleiten.«

Er hatte gelacht: »Ja, ja, deutsche Tugenden, die liebe ich. Aber schauen Sie, heute ist Sonntag, morgen ist Montag. Also arbeiten wir morgen, morgen machen Sie Ihr Interview mit mir, und heute feiern wir, okay?«

»Ob Sie nach dem Interview noch Lust haben, mit mir zu feiern?«, zeigte Leon sich wiederspenstig.

»Aber natürlich«, lachte Zucker noch herzlicher. »Schauen Sie: Sie haben Ihren Job zu tun, ich habe meinen Job zu tun. Aber nicht heute, also, bitte, kommen Sie mit, Sie werden es nicht bereuen.«

Der Tag ist für ihn gelaufen. Aber vielleicht ist es gar nicht schlecht, sich mit Zucker vor dem Interview ein bisschen anzufreunden. So ist er morgen vielleicht offener. Er will schließlich von ihm etwas erfahren. Deshalb ist er die 15.000 Kilometer über den Atlantik geflogen.

Das Anwesen der Familie Zucker ist durch eine hohe Mauer von der Straße abgeschirmt. Der Fahrer hupt dreimal kurz, und schon öffnet sich das Tor. Der Wagen fährt in einen Park. Bunte Blumen blühen: Akazien, Myrtaceen, Mimosen und Spanische Zedern. Der Rasen ist gepflegt und sattgrün.

Die Räder des Wagens rollen über eine Kieszufahrt und bleiben neben einem großen Haus aus der Zeit der spanischen Conquistadores stehen. Direkt vor dem Wagen liegt der Amatitlán-See. Er ist eingerahmt von den Vulkanen Pacaya und Agua, keine 30 Kilometer vor der Hauptstadt.

Leon steigt aus dem Wagen. Die gleißende Sonne lässt den malerischen Platz in noch kräftigeren Farben erscheinen, als Leon es hinter den getönten Scheiben des Wagens erkannt hatte. Er schaut erstaunt um sich und schluckt trocken: »Schön haben Sie es hier, Herr Zucker«, sagt er, von dieser Natur ergriffen.

Zucker lächelt geschmeichelt. Seine Familie sitzt nur wenige Meter entfernt unter einer Palmengruppe im Schatten. »Schön, dass Sie hier sind, Senior Dold«, sagt er und will ihn schon wieder umarmen.

Diese Nähe will Leon aber nicht. Deshalb schiebt er schnell eine Provokation nach: »Alles falsche Gerüchte in Deutschland. Von wegen, die Menschen in Guatemala seien arm, alles Lüge«, lächelt er.

»Sind Sie Marxist?«

»Die sind in der Zwischenzeit selbst in Deutschland ausgestorben. Aber ich werde mich wohl mein ganzes Leben lang nicht daran gewöhnen können, dass Arm und Reich so dicht beieinander existieren kann.«

»Ja, das ist traurig, deshalb kämpfen wir für die Ausbildung unserer Jugend in unserem Land. Aber darüber wollten wir doch erst morgen reden.« Kindergeschrei unterbricht das Gespräch. Zuckers Sprösslinge haben Thanner erblickt. Sie laufen auf ihn zu. Der Professor geht in die Hocke und empfängt sie. Sieben Mädchen und Jungen klettern auf den Onkel aus der anderen Welt jenseits des Atlantiks. Und er, der kühle Geschäftemacher und Syndikatschef aus Deutschland, zaubert für jedes der Kleinen ein Geschenk aus seinen Taschen. Der gute Onkel Thanner ein Mörder?

Leon geht ebenfalls auf die Familienversammlung zu. Er schüttelt jedem der Anwesenden die Hand und bittet danach, mit Handtuch und Badehose bewaffnet, sich zurückziehen zu dürfen. »Jetlag, Sie verstehen«, entschuldigt er sich.

Im Schatten einer großen spanischen Zeder breitet er sein Handtuch aus und hält Siesta. Sein weißer Winterkörper ist für die pralle, mittelamerikanische Sonne noch nicht reif. Hin und wieder steigt er in den Pool, wo er einen starken, heißen Wasserstrahl bemerkt. Ihn lässt er über seinen Körper gleiten, vom Nackenwirbel bis zum Po. Die Strapazen des 15-stündigen Fluges stecken noch in seinen Gliedern.

Thanner bringt ihm ein kühles Bier. »Haben Sie die Heißwasserdüse schon gefunden?«, fragt er. »Die hat Ernesto sich direkt aus den Bergen von dort oben bis hierher in seinen Garten legen lassen. Dem Thermalwasser wird eine starke Heilkraft zugesprochen.«

Die Berge, zu denen Thanner zeigt, sind weit weg. Sie liegen auf der anderen Seite des Sees. Gleichgültig, ob die Leitung durch den See oder um ihn herum führt, 20 Kilometer kommen schnell zusammen. Ein teurer Luxus. Leon lässt keine Chance aus, Thanner und seine Gastgeber zu provozieren: »Gebaut vom Professor, Dekan Zucker, und 100 kleinen unterbezahlten Indios.«

Thanner lacht großspurig: »Ich weiß, Sie stehen auf der Seite der Unterdrückten und Geschlagenen. Behalten Sie ruhig Ihren Standpunkt bei, dann ist mir vor morgen nicht bang.«

Leon trinkt aus der Bierflasche, die ihm Thanner gereicht hatte. Das Bier ist frisch und kühl. Er leert den halben Liter fast in einem Zug.

Prof. Zucker kommt hinzu: »Wie schmeckt Ihnen das Bier?«

Er könnte jetzt laut rülpsen, lässt aber nur leise die Kohlensäure aus seinem Magen ab und zeigt seinem Gastgeber die leere Flasche: »Als Germane habe ich kein besseres Kompliment für Ihr Bier«, sagt er und rülpst nun doch laut hinterher. Er spürt, wie ihm der Alkohol in den Kopf steigt.

»Ich habe auch extra einen deutschen Braumeister eingestellt«, antwortet Zucker sichtlich stolz, um wie beiläufig die Erklärung nachzuschieben: »Die Brauerei gehört mir.«

Leon weiß jetzt, mit wem er es hier zu tun hat. Dieser ominöse Wissenschaftler hat Zugang in die höchsten Regierungskreise des Staates, vermutlich ist er selbst einer der mächtigen Männer in dem korrupten Staatsapparat. Er ist Industrieller, zumindest Brauereibesitzer. Nebenbei hat er vielleicht auch noch tatsächlich eine eigene kleine Eliteuniversität. Aber die will Leon erst noch sehen.

Thanner jedenfalls hat mit Zucker als Geschäftspartner in der neuen Welt eine gute Wahl getroffen. Und Zucker kann sich mit Thanner und seinem Förderkreis in der alten Welt einen schönen Batzen nebenbei verdienen. Ein ideales Gespann.

Er betrachtet die beiden vom Pool aus. Sie gehen gemeinsam wieder zur Familientafel zurück. Der große Thanner hat seinen Arm freundschaftlich um die Schulter des kleinen Zucker gelegt. Dieser schaut mit leuchtenden Augen zu seinem Freund aus Deutschland auf, er redet auf ihn ein. Vor der Kulisse der rauchenden Vulkane ein skurriles Bild.

Leon denkt an die Mordkommission in Konstanz. Kommissar Schön und seine Assistentin erscheinen ihm aus seiner neuen Perspektive wie ein trauriges Häufchen verlorener Kämpfer. Er denkt an die beiden wissenschaftlichen Assistenten Zuckers mit ihren ausgebeulten Achselhöhlen. In 15 Stunden können sie nach Deutschland geflogen sein. Thanner sagt ihnen, wo sie Klaiber finden. 15 Stunden später sind sie wieder zurück. Professionelle Maßarbeit. Ganz so, wie die Polizei die Tat einstuft.

Leon drückt sich mit seinen Oberarmen aus dem heißen Wasser des Pools. Er ist müde, legt sich auf sein Handtuch und schläft im Schatten der spanischen Zeder wieder ein.

Von weit her hört er seinen Namen rufen. Die rechte Hand will nach seinem Wecker greifen. Sie fährt durch kräftiges Gras. Er ist irritiert, öffnet seine Augen und sieht Thanner auf sich zuschlendern. »Kommen Sie, wir wollen Ihnen noch etwas zeigen, kommen Sie.«

Leon registriert, wo er ist, lächelt und steht benommen auf. »Bin schon auf den Beinen«, wehrt er jede Hilfe schnell ab. Dann geht er unter die Dusche, ist froh, dass aus ihr kaltes Wasser spritzt, und bleibt minutenlang in dem eisigen Strahl stehen. Ein kleiner Indiojunge kommt zu ihm gelaufen, reicht ihm ein Handtuch und bittet ihn, ihm zu folgen. Er zeigt ihm ein kleines Bad, in dem sich Leon ankleiden kann.

»Kennen Sie La Ciudad Antigua, unsere alte Hauptstadt?«
Der kleine Hochschulleiter und Brauereibesitzer kommt
schon wieder mit ausgebreiteten Armen auf ihn zu.

»Ich habe darüber gelesen, war aber leider noch nie dort«,
antwortet Leon und verdrückt sich hinter einen Liegestuhl
auf der Veranda.

Prof. Zucker lässt seine ausgestreckten Arme fallen und
winkt in Richtung eines kleinen Toyotas. »Dann wird es
Zeit, kommen Sie, fahren wir hin.«

In Antigua ist Leon klar, warum sie auf die lange Limousine mit Fahrer verzichtet haben. Die mit Fassaden aus der
Kolonialzeit eingeengten, kopfsteingepflasterten Gassen
der Altstadt sind überfüllt mit Passanten. Es ist fast unmöglich, mit dem Wagen voranzukommen. In den denkmalge-
schützten Ruinen, restaurierten Kirchen und Klöstern fühlt
er sich wie in einer Museumsstadt aus einem fernen Märchen. Ein buntes, fremdländisches Treiben spielt sich rund
um ihn ab. Durch die Scheiben sieht Leon die Gesichter der
Indios. Sie schauen nicht unfreundlich zu den drei Bleich-
gesichtern in ihrem Wagen. In gelassener Ruhe gehen sie
dem Vehikel aus dem Weg.

Zucker blinkt, schlägt rechts ein, hupt dreimal kurz, und
vor ihnen öffnet sich das Tor eines großen, alten Gebäudes. Im Innenhof erkennt Leon eine moderne Hotelan-
lage. Doch das Ensemble der Gebäude erinnert ihn an eine
weitläufige spanische Hazienda. Die Fassade des Haupt-
gebäudes ziert ein mächtiger Stuckeingang. Von dort führen Arkadengänge zu kleineren Nebengebäuden. Mächtige
Heiligenfiguren stehen in jedem Arkadenbogen. Am Ende
des Weges befindet sich eine kleine Kirche.

»Früher war dies ein Kloster. Bei einem Vulkanausbruch

wurden die Gebäude völlig zerstört. Ich habe es wieder aufgebaut, ganz nach den alten Grundrissen und Skizzen, die ich noch gefunden habe.« Zucker ist stolz auf dieses Projekt. Wer in Antigua bauen darf, muss beste Beziehungen und viel Geld haben. Die Unesco hat die gesamte Stadt zum Weltkulturerbe erklärt. Der Aufbau des Hotels auf den Ruinen des alten Dominikanerklosters musste mit Archäologen und Bauhistorikern abgestimmt werden. »Ich habe daran drei Jahre gearbeitet.«

Leon schaut Zucker an: »Sie meinen: Sie haben drei Jahre daran arbeiten lassen«, korrigiert er ihn.

Zucker lächelt gelassen. »Ich möchte, dass Sie heute mein Gast sind. Mañana, morgen arbeiten wir dann hart, ganz so, wie Sie wollen.«

Leon ist einverstanden. »Heute zeigen Sie mir, wie man in Guatemala feiert, isst und trinkt und morgen erzählen Sie mir, wie man Geschäfte macht.«

Sie trinken zuerst einen Aperitif, dann Wein, zur Vorspeise gibt es Tortillas und frittierte Kartoffelscheiben mit Knoblauch, Chili und cilantro, einem herb schmeckenden Kraut, Zwiebeln und Avocadocreme.

Als zweiten Gang bestellt Leon gegrillte Gambas und danach schwarze Bohnen mit Rinderfilet.

Ein starker schwarzer, guatemaltekischer, Kaffee und Cognac machen ihm zum Ende des Essens die beiden Titelhändler immer sympathischer.

Am nächsten Morgen holt Prof. Zucker Leon in seinem Hotel ab. Das Kamerateam aus Mexiko ist am Abend zuvor eingetroffen. Der Kameramann und der Tontechniker fahren in ihrem gemieteten Wagen dem Lincoln des Professors nach. Die wissenschaftlichen Leibwächter sind mit von der

Partie. Ihre Jacken sind ausgebeult wie am Tag zuvor. Blondies in black, Leon denkt an Gerard und setzt sich im Fond des luxuriösen Wagens zwischen die beiden.

»Ich zeige Ihnen jetzt zuerst unseren Campus und die gesamte Anlage der Universität«, schlägt Zucker vor. »Sie werden beeindruckt sein, wir haben einen Komplex mit vier großen Hörsälen, unzähligen Seminarräumen und über 2.000 Studenten. Dazu haben wir eine Förderschule angegliedert, in ihr werden Schüler auf die Universität vorbereitet.«

»Sehr schön«, lächelt Leon, »ich bin sicher, dass Sie mir heute nicht nur das Gebäude und Studenten zeigen, sondern auch Lehrkräfte?«

Zucker nickt. »Selbstverständlich, es ist Lehrbetrieb.«

»Am besten wäre es, wir könnten während des laufenden Lehrbetriebes einen deutschen Professor bei Ihnen zeigen. Sie wissen ja, in Deutschland gibt es geradezu eine Professorenschwemme Ihrer Universität. Bei Ihren 2.000 Studenten können wir alleine aus Deutschland fast jedem einen eigenen Professor bieten «, provoziert Leon.

Der Dekan bleibt gelassen und freundlich: »Ah, ich weiß nicht, was Sie in Deutschland für Sorgen haben. Schauen Sie, ich bin in diesem Jahr Professor für Wirtschaftslehre, weil ich Wirtschaftslehre unterrichte. Im nächsten Jahr, wir werden sehen. Verstehen Sie?«

Er nickt und denkt: Rede, was du willst, die Story steht, ob ich nun einen wie den Kölner Professor Ach hier treffe oder nicht.

»Sehen Sie«, fährt Zucker unbeirrt fort, »und so ist es auch mit unseren Mitarbeitern aus Deutschland. Wir können viel von ihnen lernen, aber wenn sie nur ein Semester kommen, was kann ich dann tun? Ich hätte die Damen und Herren gerne länger als Lehrkräfte an unserer Schule, aber leider …«

»Das heißt, dass ich heute keinen meiner Landsleute als Professor an Ihrer Universität sehen werde?«

»Leider, dieses Semester nein, vielleicht wieder nächstes. Trotzdem aber gehören sie zu uns. Sie helfen uns mit Spenden. Ich habe Ihnen erzählt von der Förderschule. Hier bilden wir Kinder armer Eltern aus, um sie später bei uns studieren zu lassen. Also so eine Art Stipendium. Sie verstehen?«

Humanitäre Hilfe gegen Professorentitel. Das hat er schon in Deutschland verstanden. Trotzdem besteht er darauf, dass er sich alleine mit seinem Kamerateam auf dem Campus umschauen darf. Er will die Universität auf sich wirken lassen. Vielleicht ist dies alles nur ein großes Schauspiel, für ihn arrangiert. Deshalb will er alleine mit den Studenten reden. Er freut sich auf die Antworten der seiner Meinung nach ahnungslosen Studenten. Schade, dass er keine Bilder der beiden Fachärzte aus Stuttgart bei sich hat. Professor Ach selbst hat ihm schon vor der Kamera bestätigt, dass er trotz Professorenstelle noch nie hier war.

Sicher ist jetzt, die ›Universidad Fernandez de Orticho‹ gibt es tatsächlich. Davon kann er sich nun überzeugen. Es ist eine neue, aus dem Boden gestampfte Anlage. Mehrere Gebäude mit Vorlesungs- und vielen Seminarräumen sind in einer parkähnlichen Landschaft verteilt. Einige Schulungsräume ließen deutsche Universitätsleiter vor Neid erblassen. Jetzt ist ihm klar, warum Nixdorf und Microsoft in dem Uniheftchen so fett werben. Jeder Student hat in seiner Schulbank einen vernetzen Computer stehen. Leon setzt sich vor einen Bildschirm und surft durch das Intranet der Universität. Tatsächlich findet er Referate deutscher Professoren. Thanner bietet seinen Kunden einen vollen Service. So können sich diese auch von zu Hause aus in das interne Netz einklinken und vor Zweiflern angeben. Ob sie dann die Aufsätze tatsächlich selbst geschrieben haben, steht wieder auf einem ganz anderen Blatt.

Er geht mit seinem Team hinaus in den Park. Zucker und Thanner lassen ihm tatsächlich freie Hand. Der Tonmann richtet das Reportermikrofon und pegelt die Lautstärke ein. Leon nimmt das Mikro, der Kameramann schultert sein Gerät und wahllos picken sie gemeinsam Studenten heraus. Leon fragt zuerst nach ihren Namen, dann nach ihrem Studienfach und schließlich nach Professoren: »Haben Sie auch Vorlesungen bei Gastprofessoren aus Deutschland?«, »Haben Sie schon einmal gehört, dass es hier deutsche Professoren geben soll?«, »Haben Sie überhaupt schon einmal etwas von einem deutschen Professor hier an der Universität gehört, oder wurde Ihnen von einem deutschen Professor ein Referat vorgespielt oder im Internet auf einen Artikel einer deutschen Koryphäe hingewiesen?«

»Profesores de Alemania? – No!« ist stereotyp die Antwort. Der mexikanische Tonkollege findet an der Komik der Situation schnell seine Freude. Er übersetzt brav die Fragen, lacht aber zu jeder Antwort laut: »No, no, no, no«, äfft er die befragten Studenten nach.

Nach den Außenaufnahmen besuchen sie Zucker. Er sitzt in einem großzügig eingerichteten Büro. Italienische Designermöbel, kühle Atmosphäre, europäische Kultur, mitten in Zentralamerika. Er ist freundlich wie immer und gut gelaunt: »Kommen Sie herein! Fragen Sie, was Sie wollen und dann gehen wir wieder essen, okay?«, lacht er und reibt die rechte Handfläche über seinen nicht vorhandenen Bauch.

Das Fernsehteam leuchtet ihn ein. Sie bauen die Kamera auf der gegenüberliegenden Seite des Schreibtisches auf, und Leon setzt sich auf Linsenhöhe neben die Kamera.

»Herr Professor Zucker«, beginnt er sein Interview unverfänglich und höflich. »In Deutschland gibt es viele Professoren, die vorgeben, an Ihrer Universität einen Lehrauftrag zu haben. Es macht sich der Verdacht breit, dass diese Damen und Herren ihre Titel bei Ihnen kaufen?«

»Nein, nein«, antwortet Zucker und ist plötzlich ein ganz anderer Mensch. Seriös und ernst sitzt er auf seinem Stuhl. Er legt besorgt seine Stirn in Falten. »Schauen Sie, wir wollen das große Wissen Ihrer hochzivilisierten Gesellschaft in Deutschland. Wir brauchen das Wissen und die Forschungsergebnisse, die Sie in Deutschland haben.« Die ersten Sätze spricht er sehr engagiert. Die nächsten larmoyant. »Guatemala ist ein kleines, armes Land. Wenn Menschen zu uns kommen und uns helfen wollen, dann sind sie willkommen. Wenn sie uns ein Semester helfen, ein Semester hier lehren, dann sind sie für uns profesores, was sie dann in Deutschland tun, ist nicht unser Problem. Deutschland ist so ein großes, reiches Land, wir können Ihnen nicht sagen, wer bei Ihnen Professor sein darf und wer nicht. Das ist nicht unsere Sache.«

»Aber Sie wissen, dass diese Menschen den Titel Ihrer guatemaltekischen Universität in Deutschland führen und sagen, sie wären hier Gastprofessoren?«

»Nein, dazu müssen Sie Folgendes wissen: Bei uns in Guatemala ist jeder während eines Semesters, in dem er lehrt, Lehrer. Und Lehrer heißt auf Spanisch ›profesor‹. Also ist er somit in ihrer Sprache ›Professor‹. Wenn er im nächsten Jahr nicht mehr lehrt, dann ist er nicht mehr Lehrer, also auch nicht mehr profesor bei uns. So einfach ist das. Also, wo ist Ihr Problem?«

»Diese Professoren waren hier nicht unbedingt Lehrer, aber sie müssen Geld bezahlen, das ist das Problem. Sie geben den Leuten eine Urkunde, dass sie hier Lehrer sind, und diese Urkunde macht sie zu ordentlichen Professoren in Deutschland.«

»Nein, nein«, dementiert der Dekan stereotyp. »Für Geld gibt es bei uns gar nichts. Aber wenn Besucher unsere Arbeit sehen, wie wir hier armen Jugendlichen zu Wissen verhelfen und sie uns dann finanziell unterstützen wollen, dann sagen wir nicht Nein. Aber einen Titel gibt es dafür nicht. Niemals!«

»Das heißt, Sie bekommen Spenden aus Deutschland überwiesen, und zufällig sind auch alle Spender bei Ihnen Professoren?«

»Nicht nur, wer uns helfen will, gegen Analphabetismus in unserem Land zu kämpfen, wer will, dass auch unsere Jugendlichen und Kinder eine Chance bekommen, etwas zu lernen, der ist immer willkommen, egal ob Professor oder sonst was.«

»Doktor honoris causa?«, schlägt Leon als Beispiel vor.

»Wie meinen Sie das?«, kommt Zucker aus seinem Konzept.

»Dass ein Spender immer auch eine Urkunde bekommt, wenn nicht als Professor, so doch wenigstens als Dr. h. c.«

»Ja, das haben wir durchaus in unseren Reihen. Schauen Sie, wenn ein Mensch so hilfsbereit ist und sich so stark für unsere Universität engagiert, dass es über jeden Rahmen hinausgeht, haben wir das Recht, eine Doktorwürde zu verleihen. Aber ich denke, das ist in Europa und auch in Deutschland nicht anders, oder täusche ich mich da?«

Bevor er ihm jetzt vor laufender Kamera beipflichten muss, bricht Leon das Gespräch lieber ab. Mehr ist nicht zu erreichen. Die Argumente der Titelhändler gleichen sich. Die Crux liegt an den deutschen Verwaltungsbestimmungen. Und wenn dadurch wirklich ein paar Euro für die Jugendlichen in Guatemala hängen bleiben sollten, soll es ihm billig sein. Nur, an diese Version der Geschichte kann er so gar nicht recht glauben. Aber wenn auch nur ein Bruchteil der Spenden doch in die Schule fließt …

»Und jetzt, Leon, sagen wir du! Jetzt gehen wir essen und feiern. Deine Mission ist doch nun beendet!« Der kleine Professor schwingt sich aus seinem Ledersessel und geht auf ihn zu. Leon kann ihm nicht ausweichen. Links steht noch immer die Kamera und rechts ist eine Wand. Prof. Zucker umarmt ihn. Gleichzeitig heftet er ihm die Ehrennadel der ›Universidad Fernandez de Orticho‹ an die Brust. Er drückt ihm je einen Kuss auf die linke und die rechte Wange.

Leon hat das Gefühl, verarscht zu werden. Die goldene Ehrennadel piekt ihn in seiner Journalistenehre. Hatte er in dem Interview seinen Standpunkt nicht klar dargelegt? Für ihn sind die Machenschaften der Universität schlicht und einfach Betrug. Und auf das Märchen der humanitären Hilfe pfeift er. Denn selbst diese Art der Entwicklungshilfe wäre nicht korrekt. Er macht gute Miene zum bösen Spiel. Doch gleichzeitig sieht er den toten Klaiber vor sich.

»Wenn ich dir noch einen Gefallen tun kann, dann sage ihn mir! Du bist mein Freund«, befördert der Dekan ihn in seinen erlauchten Kreis der schillernden Meinungsführer Guatemalas.

Leon denkt an seinen Film. Fernsehdokumentationen müssen in Bildern erzählt werden. Visuell würde ein Passagierflugzeug, das mit Nobodys in Guatemala ankommt und mit Professoren beladen wieder heimfliegt, jedem Zuschauer zeigen, wie schnell und einfach eine akademische Berufung funktioniert. Deshalb benötigt er die Aufnahmen einer anfliegenden Maschine auf den Flughafen von Guatemala-City. Aber die internationalen Flugverbindungen stehen fest, daran wird auch der kleine, mächtige Dekan nichts ändern können. Trotzdem fragt er: »Morgen kommt wieder ein Flugzeug der KLM hier in Guatemala-City an. Ich würde gerne den Anflug vor den Vulkanbergen filmen, aber leider kommt die Maschine schon vor Sonnenaufgang. Für uns wäre ein Anflug nach 8 Uhr günstiger, da geht die Sonne über den Vulkanbergen gerade auf. Schaffen wir eine Verschiebung der Ankunftszeit?«

»Ah, si, si, ich probiere.« Zucker lacht und scheint sich über die für Leon schier unlösbare Aufgabe zu freuen. Er schwingt sich hinter seinen Schreibtisch, kurbelt am Telefon und redet in schnellem Spanisch.

Schließlich legt er auf, streckt beide Arme von sich wie ein katholischer Pfarrer bei der Wandlung: »Okay, morgen hat die KLM einen längeren Aufenthalt in Panama, bevor sie die Landeerlaubnis für Guatemala bekommt. Sie landet zwei Stunden später, in Ordnung?«

Leon schluckt. Dieser Mann hat Macht! Und feiern kann er auch, das beweist er seinem deutschen Gast noch am selben Abend. Mit den profesores der Universität tafeln und zechen sie bis in die Morgenstunden. Auch Thanner ist entspannt: »Ich freue mich auf Ihren Film«, stichelt er nun gegen Leon. »Sie hatten recht, ich denke, es wird eine gute Werbung für uns werden. Nach der Ausstrahlung muss ich bestimmt viele neue Aufnahmeformulare bearbeiten.«

Alkohol macht jede Gesellschaft erträglich, denkt sich Leon und bestellt gleich noch eine Runde Jamaikarum. »Für alle«, sagt er, und weiß, dass auch diese Zeche die Professoren des Überlinger Fördervereins bezahlen werden.

Am nächsten Morgen holt Zucker Leon und sein Kamerateam im Hotel ab. Gemeinsam fahren sie zum Flughafen, der inmitten von Guatemala City liegt. Die beiden Autos fahren aber nicht zum offiziellen Terminal für Fluggäste, sondern biegen ab zur gesperrten Südseite. Dieser Teil ist als militärisches Areal ausgewiesen. Zivilisten ist die Zufahrt verboten.

Der lange Lincoln nimmt die breite Einfahrt zu den großen Hangars. Ein mit viel Lametta behängtes, hohes, militärisches Tier empfängt sie dort in strammer Haltung. Er fährt mit zwei Soldaten der Luftwaffe im Jeep vor Zuckers Lincoln und dem Mietwagen des Kamerateams über die Rollbahn.

Leon bittet den Fahrer, mit der Lichthupe ein Zeichen zu geben. Der Konvoi stoppt. Ein idealer Platz für die geplanten Aufnahmen. Das Team beginnt mit dem Aufbau. Er hat den Bildausschnitt so ausgesucht, dass der Jumbo über dem rauchenden Vulkan auftauchen muss. Ein Ausschnitt, der die Faszination fremder Welten in Sekunden darstellt. Er weiß auch schon seinen Text zu diesem Bild: ›Ankunft der akademischen Laien in der Welt der unbegrenzten Möglichkeiten. Sie haben Geld, aber ihnen fehlen Ehren. In Guatemala wird sich das bald ändern. In dem Flugzeug sitzen heute noch unbedeutende Touristen. Auf dem Rückflug, in wenigen Tagen, ist die Maschine voll besetzt mit lauter Damen und Herren Professoren.‹

Nach einer montierten Habilitation oder Szenen aus dem Archiv von einer Doktorenauszeichnung in einer ordentlichen deutschen Universität soll dann in der Dokumentation eine KLM-Maschine auf dem Frankfurter Flughafen wieder landen. Text: ›Rückkehr der hilfsbereiten Spender. Mit akademischen Ehren und Auszeichnungen zurück in der Heimat.‹

Die Sonne steht hinter ihnen. Der Himmel ist klar, und das gesamte Team späht angestrengt zum Horizont im Süden, wo die Maschine aus Panama im Morgendunst auftauchen muss.

Plötzlich ruft einer der beiden Soldaten auf dem Jeep der Militärs aufgeregt. Alle Köpfe drehen sich zu ihm, er deutet in die entgegengesetzte Richtung, als die, die die Kamera bisher anvisiert hatte: Ein Jumbo am Horizont im Norden. Die KLM im Anflug.

»Scheiße«, ruft Leon. »Das darf nicht wahr sein, alles vergebens.« Ein Flieger am Horizont im Landeanflug ohne Vulkan! Das kann er auch in Stuttgart drehen.

Gleichzeitig mit Leon schreit auch Zucker. Er brüllt den ordenbeschmückten Offizier an, dieser seine beiden Begleiter. Einer von ihnen reißt von dem im Jeep festmontierten Telefon den Hörer von der Gabel, dreht an einer Kurbel und reicht die Muschel seinem Chef, der hinter ihm steht. Dieser brüllt auf Spanisch einige Kommandos.

»Sie muss aus der anderen Richtung kommen, wir brauchen die Maschine über Ihren Vulkanbergen!« Leon will erklären, doch Zucker winkt abwartend ab. Er schaut kritisch zu dem Flieger. Langsam hellt sich seine Miene wieder auf und das siegesgewohnte Lächeln kehrt in sein

Gesicht zurück. »Voila«, quittiert er die Kursänderung der Maschine.

Jetzt erkennt auch Leon, wie sich der große Flieger aus dem Sinkflug in die Waagrechte aufrichtet und kurze Zeit später die Nase wieder in den Himmel hochreckt. Der Krach der aufheulenden Turbinen schallt zu ihnen. Der Jumbo startet durch. Das Manöver spielt sich nur wenige Meter vor ihrem Standort ab. In knapper Lufthöhe über der Landebahn reißt der Pilot den schweren Vogel wieder in die Luft.

Leon ist sprachlos. Er hat nicht verstanden, was der Offizier brüllte, aber der Befehl war wohl eindeutig. Die zivile Maschine der privaten Fluggesellschaft gehorcht ihm. Weit hinten am Horizont im Osten ist sie noch zu sehen.

Alle Augenpaare richten sich erneut gen Osten ein. Der Kameramann ist wieder in Position, der Tonmann hält das Mikro in Richtung Landebahn. Nach wenigen Minuten taucht die KLM wieder auf.

Leon jubiliert. Ein herrlicher Morgen. Das Metallkleid des Jumbos glitzert in der Morgensonne. Der Pacaya raucht dicke, schwarze Wolken in den hellblauen Himmel. Der Flieger kreuzt die Sichtlinie zum Vulkan. »Jetzt abfangen und mitschwenken«, gibt er auf Englisch leise dem Kameramann die Regieanweisungen.

Mitten im Schwenk bricht der Kameramann ab. Er nimmt sein Auge vom Okular, schaut ihn irritiert an. Jetzt hört auch Leon die elektronische Warnung: Piep, piep, piep. Der Akku ist leer. Das Band in dem Laufwerk der Kamera stoppt. Die Vorwarnung hatten sie im Trubel des Flugmanövers überhört. »Wieder einmal ein Erlebnis, exklusiv nur für uns«, beruhigt sich Leon mit seinem Zynismus. »Leider werden die Zuschauer nie zu sehen bekommen, was wir erleben durften.«

Aber da es außer ihnen niemand beobachten konnte, wird es auch außer ihnen niemand vermissen.

So isch no au wieder.

Bevor Leon seine Heimreise antritt, besucht er mit seinem Kamerateam den deutschen Botschafter in Guatemala. Er möchte von ihm wissen, welchen Stellenwert die ›Universidad Fernandez de Orticho‹ hat. Er will sichergehen, keiner Inszenierung aufgesessen zu sein. Und er möchte hören, wer sich um die gemeinnützigen und somit steuerfreien Gelder aus Deutschland auf dieser Seite der Welt kümmert.

Der Botschafter gefällt sich in der Rolle des Philosophen. Er bietet Leon Rum im Saftglas an und lamentiert über die zutiefst unterschiedlichen Lebensauffassungen in Guatemala und Europa. Bevor Leon an seinem Glas auch nur einmal genippt hat, schenkt er sich ein zweites ein. Er bestätigt, dass die ›Universidad Fernandez de Orticho‹ zu den besten des Landes zählt. Von den lästigen Anfragen bezüglich des Titelkaufes aus Deutschland hat er die Nase voll. Jedes halbe Jahr das gleiche Fax von irgendeinem Wissenschaftsministerium der mittlerweile 16 Bundesländer. »Doch da kann man nichts machen, wir haben alle Möglichkeiten geprüft«, wimmelt er jede weitere Nachfrage ab, »unterm Strich muss man sagen, das ist einfach eine ausgetüftelte Strategie. Wir können leider nichts, aber auch gar nichts dagegen unternehmen. Schauen Sie«, doziert der verhinderte Staatsrechtler, »wir sind hier in einem souveränen Staat, die staatlich anerkannten Universitäten müssen wir anerkennen. Und somit sind auch die ausgestellten Professorenurkunden rechtens. Im Übrigen«, schmunzelt der Botschafter augenzwinkernd, »Sie können sogar zu mir Professor sagen. Ich bin ebenfalls einer. Ich bringe jetzt gleich meiner Tochter das Schwimmen bei, also bin ich profesor für Schwimmunterricht, so einfach ist das hier. Nur kaufen kann man sich für die vielen Titel in diesem Land nichts. Das Einzige, was es hier im Überfluss gibt, sind Titel und Auszeichnungen.«

Leon nimmt sicherheitshalber noch einen O-Ton vom Botschafter mit. Die Geschichte als Schwimmlehrer für seine Tochter gefällt ihm gut. Die Unterzeile in der Namensgrafik im Film weiß er auch schon: ›Professor schwimm.‹

OB TITEL ODER WAFFEN
... MARKETING IST ALLES

Die Kommissarin fährt mit ihrem Wagen von Thanner zurück am See entlang Richtung Konstanz. Ihr Assistent sagt: »Der hat doch Dreck am Stecken. So schnell, wie der uns sein Alibi unter die Nase gehalten hat, ist da was faul. Ich werde es auf jeden Fall überprüfen, mit Bild und Hostess, wenn es sein muss.« – Sie lächelt: »Ich denke, wir werden ihn schon noch überführen. Wir sollten dringend seine Import-Export-Firma in Augenschein nehmen. Ich glaube ihm nicht, dass damit, wie er es sagt, nur Universitätsangelegenheiten zwischen den Kontinenten geregelt werden. Das ist doch Quatsch. Da werden Titel importiert und Bargeld exportiert, was braucht es da groß eine Firma?« – Schnitt – Ihr Handy klingelt. Sie nimmt ab. Sie sagt: »Ja.«, »Ja«, dann »Sofort.«, »Ja in zehn Minuten im Theatercafé.« – Der Assistent schaut sie neugierig an. – Sie lacht: »Ein Rendezvous, mit Gerard.« – Umschnitt –

Gerard sitzt in dem Café und raucht nervös. Die Kommissarin geht zu ihm, setzt sich an seinen Tisch, er blickt sich aufgeregt im Lokal um und zischt: »Ich habe Sie nicht angerufen.« – Auch die Kommissarin dreht sich um, sieht aber keinen Verdächtigen und beruhigt: »Nein, natürlich nicht, wir treffen uns hier rein zufällig.« – Er nickt und fragt: »Haben Sie mich gestern beschatten lassen?« – Sie sagt: »Ja.« – »Dann kennen Sie Thanner.« – Sie stimmt zu. – »Wissen Sie, ich habe auf den Knast keine Lust mehr. Aber ich habe mir überlegt, wer Klaiber umgebracht haben

könnte. Ihr Kollege wollte das alles nicht wissen, aber viel-
leicht Sie?« – »Nur zu.« – »Ich soll Klaiber wegen unseres
gemeinsamen Geschäftes ermordet haben, stimmt doch?« –
Sie nickt. – »Ist doch aber Blödsinn, die Realität ist ganz
anders. Klaiber ist tot, richtig. Aber ich auch, ich bin am
Ende. Das ist schon seltsam, dass ich fast jedes Wochenende
seit Jahren eine Promotion in irgendeinem Seminarraum
in irgendeiner Universität mime. Nie gab es auch nur den
geringsten Zwischenfall. Und jetzt, wenige Tage nach Klai-
bers Tod, bin ich auch verbrannt.« – Sie schaut ihn fragend
an. – »Na ja, überlegen Sie doch, nicht ich bin der Nutz-
nießer von Klaibers Tod, sondern derjenige, der mich auch
noch hochgehen hat lassen. Jetzt erst ist doch unser Geschäft
am Arsch, jetzt erst kann jemand anders unsere Einnahmen
übernehmen.« – »Thanner?«, fragt sie. – Er lacht: »Der hat
so was nicht nötig. Der spielt doch in einer ganz anderen
Liga als wir. Wir verscherbeln ein paar gefälschte Urkun-
den, na und? Aber Thanner mit seiner ›Manaqua Import-
Export‹, der schiebt mit Waffen. Aber das sehen Sie doch
sicherlich selber, wenn Sie nur wollen. Deshalb schaut die
Polizei bei Thanner weg. Bei dem ist ja immer alles sauber.
Seine Titelverkäufe und Waffenschiebereien. Der hat den
Persilschein vom BKA und BND, den kümmern wir kleine
Fische doch nicht. Mir hat er gestern den Stuhl vor die Tür
gesetzt.« – Umschnitt.

Der Assistent telefoniert in seinem Zimmer. Er hat das
Buchungsbüro der KLM in Amsterdam in der Leitung. Die
niederländische Fluggesellschaft fliegt täglich von Europa
nach Guatemala City. Er will eine Bestätigung für den Flug
und vor allem sucht er die zuständige Stewardess der first class
der von Thanner angegebenen Maschine. – Umschnitt.

Der Kriminalassistent muss im Drehbuch von Konstanz aus klären, ob Thanner in dem von ihm angegebenen Flieger von Guatemala City nach Frankfurt via Amsterdam saß. Ein Ausflug außerhalb des Drehortes Konstanz wäre für jede Produktionsfirma zu teuer. Honduras oder Guatemala, das würde ein Produktionsleiter als Erstes streichen. Die Universität mit den kleinen Indios wäre zwar ein schöner Eyecatcher, im Drehbuch dürfen solche Ausflüge aber nicht stattfinden. Reisekosten schlucken zu viel Geld im Produktionsbudget. Niedrige Produktionskosten müssen für eine erfolgreiche Akquise im Vorfeld berücksichtigt werden. Finanziell erfolgreiche Fernsehspiele müssen mit wenigen Schauplätzen und mit noch weniger Schauspielern auskommen. ›Dinner for one‹ hieße heute frei übersetzt ›Dreh mit Einem‹. Jeder Produktionsleiter würde bei diesem Titel heute skrupellos anfragen, ob man dafür tatsächlich zwei Schauspieler benötige.

Leon lässt deshalb schon im Vorfeld jeden unnötigen Drehort in seinem Skript beiseite. Die Location ist ausschließlich der Bodensee. Hier ist Klaiber ermordet worden, hier sitzt Thanner, und hier ist auch Lena.

Er ist gestern Abend aus Guatemala kommend in Stuttgart gelandet. Thanner hat ihn gebeten, sich mit seiner Sekretärin im Büro kurzzuschließen und mit ihr einen Interviewtermin zu vereinbaren. Leon ruft die Sekretärin gerne an. Er meldet sich förmlich.

»Hier ist die Abendschau.«

»Arschloch«, antwortet sie. »Du hättest dich auch früher melden können. Thanner sitzt schon längst in seinem Büro.«

»Ja und? Ich auch.«

»Ich habe mir Sorgen gemacht und hätte zwischendurch gerne mal deine Stimme gehört.«

»Das klingt gut«, sagt er und spürt Freude in sich aufsteigen. »Ich hätte dich auch gerne bei mir gehabt, Guatemala ist sehr schön, mit dir wäre es bestimmt ein weiteres Paradies geworden.«

»Und jetzt?«

»Jetzt sagst du mir, wann ich deinen Chef zum Interview besuchen kann.«

»Er hat vorgeschlagen übermorgen, gegen 11 Uhr. Du sollst ihn in seinem Büro drehen.«

»Passt, nichts lieber als das«, antwortet er. »Aber wichtiger ist: Wann darf ich dich besuchen, morgen? Bis übermorgen dauert mir zu lange.«

»Schleimer«, antwortet sie. »Woher die plötzliche Sehnsucht, privates oder geschäftliches Interesse?«

»Privat, ganz persönlich.«

»Schade, du hättest geschäftlich sagen sollen. Ich habe überraschende Neuigkeiten.«

»Und die wären?«

»Das geht jetzt nicht«, flüstert sie leise in die Telefonmuschel, »ich habe mir nicht umsonst Sorgen gemacht, wir sehen uns morgen.«

Bevor er weiter nachbohren kann, legt sie auf. Sie hat mit ihren Äußerungen seinen Argwohn wieder geschürt. Er ist noch immer eingelullt vom überwältigenden Empfang an der ›Universidad Fernandez de Orticho‹. Zucker und Thanner hatten sich als zwei liebenswerte Kumpane erwiesen. Schnell hatte er jede Gefahr beiseitegeschoben. Er hatte mit ihnen getrunken und gegessen wie mit richtigen Freunden. An ihrem ausgeklügelten Vertriebssystem hatte er nichts Verwerfliches mehr sehen können. Mit den

Augen der Guatemalteken hatte er den perfiden Titelhandel nur noch als ausgleichende Gerechtigkeit empfunden. Er hätte die beiden schon beinahe zum Friedensnobelpreis vorgeschlagen. Als Entwicklungshelfer, wie einst Mutter Theresa, hatten sie sich mit ihrer selbstlosen Hilfe für die kleinen indianischen Analphabeten tief in sein weiches Herz eingegraben.

Doch nun plötzlich Lena. Sie erweckt seinen alten gesunden Zweifel wieder. Gerade sie, die doch bisher auf der anderen Seite stand. Ihr Geflüster, ihre Sorgen und die Geheimnistuerei beunruhigen ihn. Er schaut sich die Fotografie neben seinem Schreibtisch von ihr, Thanner und Klaiber wieder an. Der Mord ist vor zwei Wochen geschehen. Vom Täter fehlt noch immer jede Spur. Und die Polizei? Wie konnte Thanner die Ermittlungen so nachhaltig bremsen? Er und sein Universitätskollege Zucker hatten ihm ihre Macht in Guatemala deutlich demonstriert. Aber hier in Deutschland? Hier funktioniert die Rechtsstaatlichkeit doch nach unbestechlichen Prinzipien, daran will Leon zumindest weiterhin glauben.

Er muss jetzt in die Redaktion. Er hat das Filmmaterial aus Guatemala bei sich. Übermorgen wird er das Interview mit Thanner führen, dann will er den Dokumentarfilm schneiden. Noch ist er unschlüssig, wie er mit dem Mordfall Klaiber umgehen wird. Er kann ihn in seiner Dokumentation einfach außen vor lassen. Das Thema seines Filmes ist der Titelhandel in Deutschland. Eine nachgewiesene Verbindung zu dem Mord an Klaiber besteht nicht. Diese Lösung würde ihm jeden Ärger mit Thanner vom Hals halten.

Auf der anderen Seite könnte er den Zusammenhang aber auch konstruieren und die Staatsanwaltschaft somit öffentlich unter Druck setzen. Der Kommissar in Konstanz würde es ihm danken, Thanner natürlich nicht.

Aber viel mehr Zeit will er für sein mageres Honorar an die Geschichte auch nicht mehr verschwenden. Den Mord aufzuklären, ist schließlich Sache der Polizei. Und wenn die nicht fähig ist, wie sollte er es sein?

Für das Drehbuch wird er später noch einen Mörder finden, wie auch immer. Für die Dokumentation ist der Täter unerheblich. Thanner will er vor laufender Kamera in dem Interview nochmals auf den Zahn fühlen. Wenn dieser klug ist, wird er ihm die Ausstrahlung der Passage im Nachhinein einfach untersagen. Er hat schon im Vorgespräch jede Verquickung mit Klaiber dementiert. Leon muss sich daran halten. Er darf nur autorisierte O-Töne verwenden. Jeder Bürger hat das Recht auf sein eigenes Bild, auf sein eigenes Wort erst recht.

Leon nimmt den schnellsten Weg in seine Redaktion. Er fährt wie immer den verbotenen Weg der alten Weinsteige hinunter direkt in die Nesenbach-Stadt. Im Sender geht es gerade zur Sache. Der Direktor hat entschieden: Dezentralisierung!

Jetzt läuft das Schieben und Verschieben um Posten und Stellen auf vollen Touren. Kleine schlagkräftige Einheiten sollen gebildet werden. In jeder Region und in jeder größeren Stadt sollen eigenständige Studios eingerichtet werden. Jedes Studio muss in Zukunft für sich seine Wirtschaftlichkeit unter Beweis stellen. Nach den Zeiten der Großfusion gilt heute ›small is beautiful!‹

Näher, näher, und noch näher an die Menschen. Das ist ein uralter und immer wiederkehrender Schlager der regionalen Programmmacher. Dafür sollen in Zukunft die Redakteure vor Ort sorgen. Sie müssen jeden Beitrag selbst verantworten und kalkulieren. Über Sendeminuten und Ausstrahlungshäufigkeit wird der Wert des Beitrages ermittelt. Das Internet bietet sich als neuester Umschlagplatz für die Ware ›Nachricht‹. Jeder Beitrag ist gegen Cash abrufbar. In der Zentrale wird Buch geführt. Ehemalige Redakteure mit journalistischer Ausbildung spielen Manager und Controller.

Einige Mitarbeiter suchen jetzt schnell eine feste Führungspostition in den neu geplanten Außenstudios. Andere versuchen, sich in der Zentrale einzunisten. Es zählt Vitamin B zu Parteien, Gewerkschaft oder hochrangigen Abteilungsleitern. Jeder will in wirtschaftlich unsicheren Zeiten eine krisensichere Festanstellung.

Schattenring, Herrenberg, Horb, Rottweil, Villingen, Singen. Leon gibt Gas, wie schon lange nicht mehr. Als er über den Hegau fahrend in das Seebecken vor dem Alpenmassiv schaut, ist es ihm, als käme er nach Hause. Der See blinzelt wie ein silbergraues Band in der Ferne. Die Tachonadel klebt konstant bei 240. Er spürt, wie er seinen Wagen zum Bodensee fliegen lässt.

Heute und morgen muss er endgültig klären, wie sein Film nächste Woche aussehen wird. Er wird morgen Thanner in die Zange nehmen. Ihm geht nicht aus dem Kopf, dass er vielleicht den Mörder kennt, ihn sogar deckt und dieser ihn ungestraft an der Nase herumführt. Thanner weiß, was gespielt wird. Schon Hürlimann, der Schweizer Titelschieber, hatte ihm dies angedeutet, und auch der Kommissar in Konstanz vermutet Thanner hinter dem Mord.

Leon freut sich auf Lena, aber noch weiß er nicht, wie weit er ihr trauen kann. Ihre Andeutung kann auch eine

Finte sein. Er schiebt eine CD in den Rekorder und dreht den Lautstärkeknopf voll auf. Der hagere Miles Davis bläst mit dicken Backen.

In Überlingen nimmt Leon die enge Straße, die hinaufführt in die Hügel zu Thanners Anwesen. Er fährt an der in den Park versteckten Villa vorbei nach Taisersdorf. Dort rollt er in die Hofeinfahrt und sieht auch schon Lena in der Haustür stehen. Bereits aus der Ferne glaubt er, ihre Augen sehen zu können. Alle seine Vorbehalte sind wie weggewischt. Er geht beherzt auf sie zu und schließt sie in seine Arme. Sie strahlt ihn mit ihren hellbraunen Augen an, er küsst sie leidenschaftlich. In ihren Armen wirft er seine alten Ängste über Bord und lacht über sich selbst. Diese Frau mit dem Mörder von Klaiber unter einer Decke? Wie konnte er diesen Stuss nur glauben?

Sie fragt ihn nach dem Kamerateam, das er für das Interview mit Thanner benötigt.

»Erst kommst du, dann lange nichts, dann morgen das Team und dann vielleicht ganz am Ende der Prioritätenliste steht Thanner«, charmeurt er.

»Erzähl mir nichts«, sagt sie. »Du hast doch nichts im Kopf, außer deiner Story.«

»Stimmt«, gibt er unumwunden zu. »Und dich und deine Andeutungen von gestern. Also, was hast du Neues in petto?«

Ihr Gesicht wird ernst: »Ich habe, als ihr weg wart, ein bisschen in Thanners Unterlagen geschnüffelt.« Sie greift zu einer Aktenmappe und holt einige Fotokopien von Bankauszügen hervor. »Schau dir das an. Thanner hat Gerard seit Jahren Geld überwiesen. Die Summe wird regelmäßig abgebucht. Zwischendurch gibt es auch Extra-Überweisungen auf Gerards Konto in nicht unerheblicher Höhe.« Sie nimmt die Kopien der Banküberweisungen und zeigt mit dem Finger auf eine Abbuchung: »Und dies hier: 25.000 Euro Auszahlung, wenige Tage nach dem Mord an Klaiber. Das ist eine Scheckeinreichung. Ich habe nachgesehen, er wurde direkt am Tage nach der Ermordung von Klaiber ausgestellt. Ich bin sicher, dass Gerard ihn an diesem Tag bei uns abgeholt hat. Er fuhr gerade aus der Parkeinfahrt, als ich ankam. Er hat mich nicht gesehen, aber ich habe sein Auto erkannt.«

Er schaut sich die Kopien genau an. 25.000 Euro ist keine besonders hohe Summe in den Finanztransaktionen von Prof. Thanner. Mehrere verschiedene 10.000 Euro-Überweisungen laufen täglich über sein Konto, wie die Auflistung zeigt. Titelhändler kassieren gute Summen, das ist längst klar. Damit das Geschäftskonto nicht überläuft, wird weiter transferiert.

Soll er nun morgen Thanner mit den 25.000 Euro an Gerard konfrontieren? Doch was nützt es? Er wird ihm einen von Gerards verkauften Professorentiteln vorlegen und den Scheck als Provision deklarieren.

»Wir sollten Gerard anrufen«, schlägt Lena vor. »Vielleicht müssen wir ihn verunsichern und gegen Thanner ausspielen.«

»Hast du seine Nummer? Oder weißt du, wo er wohnt? Vielleicht sollte ich ihn besuchen.« Das Jagdfieber hat Leon wieder gepackt. Er gemeinsam mit Lena an einem Strang! Das Spinnengeflecht könnte sich endlich lichten.

»Gerard wohnt irgendwo in Konstanz«, sagt sie. »Ich glaube, nicht weit weg von Klaibers Villa. Aber ich bin sicher, wenn wir ihn treffen wollen, müssen wir ins Casino gehen. Dort treibt er sich jeden Abend rum.«

Leon blickt Lena auffordernd an. Sie streckt ihren Körper, lehnt sich auf ihrem Stuhl zurück. Sie verschränkt ihre Arme im Nacken und streckt ihre prallen Brüste nach vorn. Kokett sagt sie: »Ich dachte, heute wäre es an der Zeit für Dummheiten, oder wie lange muss ich noch darauf warten?«

Er verspürt eine leichte Röte. Er kann nicht schon wieder kneifen, was soll sie von ihm denken? In Guatemala waren seine Gedanken ständig bei ihr. Jetzt ist er bei ihr, und nun denkt er an den schwulen Gerard beziehungsweise den toten Klaiber.

Sie unterbricht ihn in seinen Gedanken: »Los«, lacht sie, »wir haben ja noch ein ganzes Wochenende vor uns, oder?«

»Nur eines?«, überspielt er seine Unsicherheit und kniet sich vor ihren Stuhl. Zärtlich nimmt er ihr Gesicht in seine Hände, streichelt ihr über ihre sommersprossige Nase und verspricht halb scherzend, halb im Ernst: »Aber dann geht es rund, aber hallo!«

Mit seinem Porsche fahren sie an Überlingen vorbei zur Fähre nach Meersburg. Die Sonne geht gerade hinter dem Bodanrück unter, und zum zweiten Mal stehen sie wie ein verliebtes Paar an der Reeling eines der alten Fährschiffe der Stadtwerke von Konstanz. Nur diesmal gestehen sie sich beide ein, ein bisschen verliebt zu sein. Sie schmiegt sich eng an ihn, und er glaubt endgültig zu wissen, dass diese Frau kein falsches Spiel mit ihm treibt. Sie sind jetzt gemeinsam auf der Jagd nach der Wahrheit, dünkt es ihm. Er hält ihre Hand fest in der seinen und schaut sie immer wieder fragend von der Seite an.

Nur nicht zu schnell ins Kraut gschosse, wusste schon

sein Opa, und ausnahmsweise hält er jetzt einfach mal seine Klappe und genießt die Zweisamkeit.

Schwarze Jeans und dunkles Sakko, das ist für ihn wie ein Sonntagsanzug. Die schwarze Jeans hat er zufällig an, das Sakko sicherheitshalber immer im Kofferraum liegen. Die Türsteher vor dem Spielcasino haben nichts weiter zu tun, als die Garderobe der Gäste zu überprüfen. Pech für ihn. Er muss sich noch eine Krawatte kaufen. Doch für das Personal des Casinos kein Problem, sie haben die Schlipse im Angebot.

Lena hat es einfacher. Sie ist zwar ebenfalls schlicht gekleidet, aber eben wunderschön, wie er ihr den ganzen Abend schon versichert. Und die Türsteher des Casinos scheinen seinen Geschmack zu teilen. Zumindest deutet einer von ihnen dies frech an: »Willkommen, schöne Dame«, grüßt er. »Und natürlich auch der Herr«, hängt er auf Leons düsteren Blick noch schnell hintenan.

Das Casino liegt am See wie jede edle Adresse in Konstanz, die was auf sich hält. Im Foyer muss sich der Gast entscheiden. Im Parterre die Roulette-Tische und Baccara, eine Treppe höher wird gepokert.

Leon nimmt seine ›schöne Dame‹ bei der Hand und zieht sie mit sich die Treppe hoch. »Immer erst einen Überblick von oben verschaffen«, belehrt er, ganz in seiner James Bond–Rolle aufgehend. Und tatsächlich, von der Empore aus können sie den gesamten Spielsaal des Untergeschosses überblicken.

Viele Besucher sind nicht um die Roulette-Tische versammelt. Nur an dreien wird gespielt. Die meisten Gäste stehen um den Mitteltisch. Die Leuchtanzeige darüber gibt Auskunft über die letzten Spielergebnisse. Zehn schwarze

Zahlen in Folge. Diese Information lässt fast alle Gäste des Raumes zu dem Mittaltisch strömen. Ermutigt von der Vorstellung, endlich die schwarze Serie zu brechen, ordern sie alle aufgeregt: »Rot«, Rot«, »Rot.«

Die Jetons auf dem Rotfeld stapeln sich zu Bergen. Statistiker behaupten, die Chance ist trotz allem, wie bei jedem neuen Spiel, 50 zu 50. Und genau deshalb kann, wer auf die richtige Farbe setzt, seinen Einsatz auch immer nur verdoppeln.

Eine blasse Hand schiebt einen Turm teurer Jetons auf Schwarz. Es ist der einzige Spieler, der gegen die vereinte Mehrheit setzt.

»Gerard natürlich«, flüstert Lena ihm ins Ohr. »Dort an der Tischkante.« Sie zeigt zum Mittaltisch. Jetzt sieht ihn auch Leon.

Der Blondschopf hat einen Berg von Jetons vor sich angehäuft, dass jeder Mitspieler vor Neid erblassen muss. Lässig hat er als Einziger einige 1.000 Euro auf das schwarze Feld geschoben.

Leon zuckt unwillkürlich zurück. Mit diesem Typen hat er noch eine Rechnung offen. Die Todesangst in Baden-Baden hat er ihm noch nicht verziehen. Am liebsten würde er ihn draußen alleine treffen. Er fühlt sich heute stark genug. Vorsichtig späht er nach einem der beiden Bodyguards. Aber weit und breit sieht er keinen der beiden stierhalsigen Wachhunde.

Sie zieht ihn behutsam von der Balustrade zurück: »Er muss uns ja nicht zusammen sehen«, warnt sie.

Er nickt ihr zu und überlegt, wie er den Blondschopf vor das Casino locken könnte: »Du gehst zum Auto, ich klär das alleine«, bestimmt er.

»Du spinnst wohl«, widerspricht sie selbstsicher.

»Machen wir gemeinsame Sache, oder packt jeder sein eigenes Päckchen?«

»Du sagst selbst«, argumentiert er, »der Typ soll uns nicht gemeinsam sehen. Also nehme ich ihn mir vor, und du schaust aus sicherem Abstand zu. Wichtig ist wohl nur, dass er Thanner nicht berichten kann, wir würden gemeinsame Sache machen.«

In ihren Augen blitzt kurz Unwillen und Verzweiflung auf. Vielleicht ist sie auch wütend. So genau kann er ihre Blicke noch nicht deuten. Schließlich willigt sie ein: »Okay. Und wie willst du ihn zum Sprechen bringen?«

Er lacht: »Ein ganz billiger Trick, du weißt doch. Alle Männer fressen Frauen aus den Händen, selbst Schwuliboys, warte ab.« Er nimmt einen Stift und schreibt auf eine Karte des Casinos: »Ich muss Sie unbedingt kennenlernen, ich warte im Foyer auf Sie, Luca.«

Sie liest den Zettel und schaut ihn fragend an.

Er bestimmt: »Ganz einfach. Der Vogel kommt geflogen, ich schwöre es dir. Du gibst den Zettel einem Kellner, er soll ihn Gerard vorlegen. Ich erwarte ihn dann statt Luca im Foyer und zwinge ihn, mir auf den Parkplatz hinaus zu folgen. Und dann«, bei diesen Worten grinst er ungewohnt fies, »dann hau ich ihm erst eine in die Fresse. Danach sage ich ihm freundlich, Thanner habe in Guatemala Andeutungen gemacht, dass er Klaiber auf dem Gewissen habe. Alles Weitere werden wir dann sehen.«

Sie schaut ihn groß an: »Warum glaubst du, dass er dir hinaus auf den Parkplatz folgen wird?«

»Ich werde ihn zwingen.«

»Wie denn?«

»Mit einer Pistole, ganz einfach.«

»Hast du eine? Bist du wahnsinnig? Wenn die jemand sieht!«

»Der Reihe nach: Ich habe keine, also kann sie auch keiner sehen. Aber er wird denken, dass ich eine in der Hand halte, weil er glaubt, eine im Rücken zu spüren. Aber lass das alles meine Sorge sein.«

»Ich wollte bei Thanner wirklich nur einen ganz einfachen Aushilfsjob, und in welchem Film bin ich jetzt gelandet?«

»Stimmt nicht ganz: ›Mädchen für alles‹, hast du gesagt, und jetzt hast du alles: mich und meine Dummheiten. Im Übrigen bin ich ein ganz einfacher Journalist und spiele nun ebenfalls plötzlich eine ganz andere Rolle.« Er drückt ihr die geschriebenen Grüße in die Hand: »Übergib du den Zettel dem Kellner, er soll sie Gerard bringen und ihm sagen, die schönste Frau des Bodensees wartet auf ihn im Foyer.«

»Noch so ein Dummspruch, Kieferbruch«, mosert sie widerwillig, nimmt aber doch die Karte an sich. Sie haucht ihm einen flüchtigen Kuss auf die Lippen und verschwindet, sichtbar zufrieden mit der ihr zugewiesenen Rolle.

Er geht ins Foyer und stellt sich neben die Tür zum Eingang in den großen Spielsaal, in dem sie Gerard gesehen haben. Wenn er herauskommt, kann er ihn so nicht entdecken. Aber Leon kann leicht von hinten an ihn herantreten.

Er sieht noch Lena mit einem Kellner reden, dann verschwindet sie durch die Eingangstür nach draußen.

Kurze Zeit später erscheint Gerard tatsächlich. Leon erkennt ihn sofort, selbst von hinten. Seine blond gefärbte Mähne ist zu einem Zopf zusammengebunden. Leon geht schnell aus der Deckung und ist mit zwei Schritten hinter ihm. Bevor Gerard sich umdrehen kann, drückt Leon ihm den Knöchel seines Mittelfingers in den Lendenwirbel: »Ganz ruhig bleiben, Gerard«, warnt er, »ich möchte dir nur einen Gruß von deinem neuen Mentor übermitteln.«

Leon schiebt den Körper Gerards zum Ausgang. »Geh unauffällig weiter, dann passiert dir nichts. Lass uns draußen in Ruhe miteinander reden. Keine Angst, zwei, drei Auskünfte, und dann darfst du wieder zu deinen Jetons, okay?«

Gerard lässt sich willenlos führen. Leon staunt, wie einfach er ihn dirigieren kann. Auch wenn er tatsächlich einen Revolver hätte, er würde ihn doch nie benutzen. Das Foyer ist voller Menschen. Trotzdem spurt Gerard. Leon fühlt sich diesem Kerl endlich überlegen.

Die Türsteher grüßen freundlich, sie halten den beiden die Tür auf. Leon wüsste nicht, was er nun tun sollte, würde Gerard sich umdrehen und ihn den Türstehern ausliefern. Vor lauter Angst presst er seinen Knöchel noch tiefer in Gerards Rücken. Der Blondschopf vor ihm reagiert wie ein dressiertes Tier.

Sie gehen die große Treppe des Eingangs hinunter. Er diktiert den Körper vor ihm nach rechts über den Parkplatz. Im hintersten Winkel zwischen Gestrüpp und einem angrenzenden Park bleiben sie stehen. Leon lässt seine Hand fallen und schüttelt seinen verkrampften Finger aus, damit das Blut wieder durch seine Bahnen läuft. Gerard dreht sich um und registriert gelassen den Bluff.

Leon lächelt. Es ist das erste Mal, dass er Gerard alleine gegenübersteht. Kein Klaiber, keine Wachhunde. Jetzt kann er ihm endlich zurückgeben, was er ihm schon lange wünschte. Er fühlt sich ihm gegenüber überlegen und sicher. Aus dem Gefühl der Stärke kann er ihm nun allerdings auch nicht einfach eine überziehen. Dabei hatte er sich diesen Fausthieb schon so schön ausgemalt. Dem Schweinsgesicht wollte er die Nase platt schlagen, seit er auf sein Geheiß hin bei Klaiber von den beiden Bodyguards so übel zugerichtet wurde. Doch jetzt bremst ihn seine eigene humanitäre Ader.

»Du weißt, ich war mit Thanner in Guatemala.« Er beginnt das Gespräch betont freundschaftlich. Mit Thanner zusammen, das bedeutet Verbundenheit mit dem Chef. Im schwachen Licht, das aus dem Casino dringt, sieht er Gerards Augen flackern. Er hat ihn so positioniert, dass er selbst im Gegenlicht steht, das Gesicht von Gerard aber beleuchtet wird.

Gerard steht wie auf einer Bühne vor ihm. Der Lichtschein lässt seine Gesichtszüge deutlich erkennen. Seine Arme hängen kraftlos an ihm herunter, sein Körper wirkt geduckt, aber seine Erscheinung verrät insgesamt keine Furcht.

Leon steckt seine Hände in die Hosentaschen und baut sich vor ihm auf. Er macht sich größer, als er ist, und spricht in kurzen, klaren Sätzen: »Thanner ließ durchblicken, dass du Klaiber auf dem Gewissen hast.«

Gerard reagiert auf den Vorwurf nicht. Im Gegenteil. Sein Flackern in den Augen lässt nach. Er wirkt plötzlich noch ruhiger als schon zuvor. Da Leon nichts weiter sagt, lächelt Gerard ihn auffordernd an, als wolle er sagen: Na und, war es das?

»25.000 Euro. Ein billiger Judaslohn.« Leon stochert blind im Nebel.

Gerard verzieht verächtlich sein Gesicht. Trotzdem bleibt es ausdruckslos, die weichen Gesichtszüge sind ohne Konturen. Keine Falten, keine Ecken, keine Kanten.

In Leon steigt die Lust, ihm nun doch eine in die Visage zu hauen. Der Kerl widert ihn an.

Gerard spürt die Verachtung. Er lächelt matt.

Leon interpretiert das Lächeln provokant, und unvermittelt schlägt er zu, kurz und kräftig. Den ersten Faustschlag setzt er ihm voll ins Gesicht.

Gerards Oberkörper strauchelt, von der Wucht getroffen, nach hinten. Dann einen Tritt mit dem Knie in seine Eier. Der Körper kommt sofort wieder nach vorne geschnellt und fällt schließlich wie ein Klappmesser zusammen. Den dritten Schlag, mit beiden Händen zu einer Faust geballt, schlägt er von unten nach oben wieder in sein Gesicht. Er richtet Gerard damit wieder auf in die Standposition.

Die Angst vor der Gegenwehr entfaltet in Leon neue Kräfte. Er ist jederzeit bereit, ihm nun mit seinem rechten Schuh den nächsten Schlag nochmals in seine Eier zu versetzen. Er visiert sein Gegenüber kurz an, um auf jede Aktion von Gerard sofort reagieren zu können. Er will einem eventuellen Gegenangriff sofort ausweichen.

Doch nichts geschieht. Die drei Schläge von ihm waren kräftig und zielgerichtet gesetzt. Den Schlag zwischen die Beine kann Leon nachempfinden.

Doch Gerard lächelt kühl. Sein Gesicht zeigt keinen Schmerz, sondern Lust und Genugtuung. Aus der Nase läuft Blut, die Lippen sind aufgeplatzt, der Zopf hat sich gelöst, die Haare hängen strähnig in sein demoliertes Gesicht. Aber die Augen strahlen, der Mund grinst, er scheint erfreut.

Leon braucht Zeit, bis bei ihm der Groschen fällt. Schon tut ihm Gerard wieder leid. Ihn selbst schmerzen die Faustknöchel, und dieser Typ ist glücklich. Pervers. Aber er muss von ihm noch etwas erfahren, sonst steht er morgen wieder mit leeren Händen vor Thanner. Nur, wie hat er mit solch einem Typen nun umzugehen? Schmerzen und Qualen scheint dieser nicht zu fürchten.

»Thanner sagt, es war deine Idee. Du willst Klaibers Geschäfte übernehmen?« Er versucht, ihn verbal in die Enge zu treiben. »Du hast dir sein gesamtes Knowhow und seine Vertriebsstrukturen unter den Nagel gerissen, ihn dann umgebracht und jetzt kassierst du statt seiner.«

Gerard lächelt matt. Seine Lippen bluten. Er öffnet langsam den Mund. Ein Schwall Blut drängt heraus. Er versucht, die Lache von sich zu spucken, einen Teil sabbert er über seinen Anzug. »Ich denke, du weißt, wie der Markt läuft«, presst er hervor. Seine Worte sind sehr undeutlich, das Sprechen bereitet ihm offensichtlich Mühe.

»Klar«, antwortet Leon mit Kennermiene, froh, endlich ein Gespräch in Aussicht zu haben. »Du bist der Chefeinkäufer und Thanner der Lieferant, das haben wir ja in Baden-Baden gesehen. Aber sicher hast du auch, wie Klaiber es dir vorgemacht hat, noch andere Lieferanten an der Hand?«

»Ich bin doch nicht blöd«, quält Blondie aus seinem blutverschmierten Gesicht. »Ich arbeite für Thanner, das stimmt. Aber ausschließlich für ihn. Auf eigene Rechnung mache ich nichts, das eben habe ich bei Klaiber gelernt.«

»Mich interessiert weniger, wie und für wen du arbeitest, mich interessiert alleine, warum du Klaiber ermordet hast?«

»Warum ich? Warum soll ich das denn getan haben, das macht doch gar keinen Sinn, ich habe doch nichts von seinem Tod, rein gar nichts.« Gerard versucht, schnell zu sprechen, ihm scheint seine Verteidigung plötzlich wichtig, wenn er auch seinen Unterkiefer kaum bewegen kann, und seine hörbar lädierte Zunge ihm nicht folgen mag.

»Das glaube ich nicht, du verwaltest doch jetzt seinen Nachlass. Du schlägst aus Klaibers Tod Profit, wer denn sonst? Thanner hatte keinen Grund, ihn zu töten. Der ist fett. Du wolltest Klaibers Business.«

Gerard verneint mit einem kräftigen Kopfschütteln. Er will noch etwas sagen, doch der Mund bleibt geöffnet. Seine Pupillen werden immer größer, und plötzlich sacken ihm die Beine weg. Sein Körper fällt wie ein schlaffer Sack in sich zusammen. Leon schaut sich erschrocken um. Hinter ihm taucht vor den Scheinwerfern eines heranfahrenden Autos ein schwarzer Schatten auf. Er weiß nicht, ob er weglaufen oder die schemenhafte Figur angreifen soll.

»Wie bist du denn drauf, dass du den Softi halb tot prügelst?« Leon erkennt Lenas Stimme.

»Halb tot prügeln?«, wehrt er sich. »Ich sollte dir bei Gelegenheit einmal erzählen, wie oft der mich schon tatsächlich halb tot prügeln ließ, dein Softi.«

Doch sie lässt sich nicht abhalten und ist schon bei Gerard. Sie versucht, ihn aufzurichten. Er liegt wie leblos auf dem Boden. Sie tätschelt leicht seine Wangen. Er bewegt sich nicht.

Leon reißt Lena von ihm. »Spinnst du, damit er dich sieht und gleich bei Thanner petzen kann?«, herrscht er sie an und schiebt sie in Richtung seines geparkten Wagens. Widerwillig steigt sie ein. Er geht um das Auto und setzt sich ebenfalls zu ihr.

Noch nicht einmal gevögelt und schon dicke Luft, denkt er. Laut sagt er: »Tut mir leid Lena, aber es war eine alte Rechnung, der hat mich wirklich schon zweimal beinahe totschlagen lassen.« Gleichzeitig greift er zum Autotelefon und ruft den Rettungsdienst: »Hallo«, meldet er sich, »auf dem Casinoparkplatz im hintersten

Winkel zum angrenzenden Park liegt ein bewusstloser junger Mann, ich denke, Sie sollten sich schnellstens um ihn kümmern.« Ohne ein weiteres Wort zu sagen, hängt er wieder ein. Danach lenkt er seinen Porsche auf die andere Seite des Parkplatzes und wartet. Lena spricht kein Wort, er auch nicht.

Nach wenigen Minuten kommt ein Krankenwagen mit Blaulicht auf den Parkplatz gefahren. Sie legt ihre rechte Hand auf sein Bein. Er spürt ihren Druck, startet den Motor und fährt los.

Zum dritten Mal stehen sie und er gemeinsam auf der Fähre. Doch mit Liebespaar im Mondschein ist es nun schon wieder vorbei, bevor es überhaupt richtig beginnen hätte können. Er sieht ihre gemeinsame Zukunft schon wieder infrage gestellt. Der Mond wohl auch, er versteckt sich hinter dicken, schwarzen Wolken. Leon tröstet sich mit einer heißen, klaren Fleischbrühe aus dem Automaten, die er demonstrativ genüsslich und laut schlürft.

Dickköpfig und stur schweigen sie beide.

Erst im Auto auf der Fahrt Richtung Überlingen beginnt zögernd wieder ein Dialog. Er will so nicht mit ihr nach Taisersdorf fahren, dort hat sie Heimvorteil. An einer Theke, in jeder x-beliebigen Pinte, da ist der Platz neutral. ›Wollen wir noch ein Bier trinken gehen?‹, will er gerade vorschlagen, als sie fragt: »Wie wär's, wenn wir noch auf ein Bierchen irgendwohin gehen?«

»Klar«, antwortet er schnell und denkt: Bis geklärt ist, wo ich schlafe.

Lena dirigiert ihn in die Innenstadt Überlingens. Auf der Promenade ist um diese Zeit Ruhe. Es ist kurz vor Mitternacht, die meisten Touristen sind in ihren Hotels. Von der anderen Seeseite weht eine leichte Brise herüber. Die Sturmwarnleuchten zeigen im 45-Sekunden-Takt einen aufkommenden Sturm an.

»Gilt die Warnung für uns?«, fragt er.

»Das ist eine Sturm-*vor*-warnung«, klärt sie ihn auf, »da weiß man nicht wirklich, was noch kommen mag.«

Er schaut sie prüfend von der Seite an, sie erwidert kühl seinen Blick. Dann lächeln beide plötzlich gleichzeitig und gehen gemeinsam weiter Richtung ›Galgen‹.

Der ›Galgen‹ ist eine fast 30-jährige Institution aus der 68er-Zeit. Ein bisschen Studentenkneipe ohne Studenten und ein bisschen Bierschwemme ohne Betrunkene.

Leon bestellt ein Rothaus. »VEB«, erklärt er fachmännisch. Die Brauerei ist staatlich und einer der wenigen gewinnbringenden volkseigenen Betriebe des Landes.

Lena bestellt einen Weißwein, einen Grauburgunder vom See. »VEB«, hält sie dagegen: »Staatliche Weinkellerei Meersburg.«

Beide schauen sich an.

»Verein ehemaliger Beziehungsgeschädigter«, sagt er.

Sie lacht: »Verein einsamer Beziehungsträumer.«

Er nimmt sie in den Arm.

In ihre Augen kehrt ein Strahlen zurück.

Er springt über seinen eigenen Schatten, vergisst die schlechte Laune und Gerard und nähert sich ihren Lippen. Sie erwidert seinen Kuss. Er legt beide Arme um sie und zieht sie von ihrem Barhocker zu sich. Sie spreizt ihre Beine und lässt sich über seinen Schenkel zu ihm gleiten. Leidenschaftlich drückt er ihren Körper an den seinen. Der Kuss nimmt kein Ende.

Er befreit sich, zieht einen Zehneuroschein aus der Tasche, legt ihn auf die Theke und verschwindet mit ihr.

Die Frage, wo er übernachtet, hat sich schneller erledigt, als er zu hoffen gewagt hatte.

Am nächsten Morgen klingelt das Handy. Für Leon ist es noch sehr früh. Sein Kamerateam meldet sich, es ist schon kurz vor Überlingen. Er weist das Team kurz an: Treff in einer Stunde um 11 Uhr oberhalb von Owingen auf der Landstraße. Sie sollen pünktlich vor der Parkeinfahrt stehen, er komme dazu. Geplant seien einige Schnittbilder von dem Anwesen außen und ein Interview innen.

»Mehr nicht?«, fragt der Kameramann gelangweilt.

»Mir reicht es«, gesteht Leon.

Er legt auf und denkt schon wieder an Klaiber. Soll er Thanner nun mit seinem Verdacht konfrontieren oder nicht?

Er springt aus dem Bett, reißt die Fensterflügel auf und streckt seinen Kopf in die Frische des Morgens. Säntis, Alpen, Salemer Tal, er erinnert sich an seinen ersten Morgen in Taisersdorf. Doch heute sucht er die Märchenlandschaft vergebens. Das Wetter hatte über Nacht umgeschlagen. Wolkenverhangen beginnt der Tag. Der Blick reicht gerade bis zu den ersten Baumwipfeln gegenüber hinter dem Gasthaus ›Schwanen‹.

»Haben wir Sie überzeugt?«, begrüßt Thanner Leon, als er mit seinem Kamerateam bei dem Titelimpresario zum Interview antritt. »Ich denke, Sie verstehen nun nach Ihrer Bildungsreise, weshalb ich Ihnen erst heute das Interview geben wollte.« Der Mann zeigt sich gut gelaunt. Er ist leger gekleidet und locker drauf.

Leon ist verunsichert. Hat Gerard sich schon bei seinem

Herrn und Meister gemeldet oder nicht? Was weiß Thanner von der vergangenen Nacht?

Der Kameramann holt sein Equipement aus dem Wagen, baut Stativ und Licht auf, während Thanner sich hinter seinem Schreibtisch beschäftigt.

Leons Augen schweifen durch das Büro. Es ähnelt dem von Hürlimann oder Kamehl. Er kennt die Ausstellungsstücke, die vielen Urkunden, Orden, akademischen Ehren und Weihen. Die Sammlerstücke gehören zur Dekoration der Titelhändler wie Hirschgeweihe ins Jagdhaus. Er sieht Bilder von Promotionsfeiern, erkennt Zucker und sieht auch bunte Bilder mit süßen Indiokindern. Ihre großen Augen lechzen nach deutschen Lehren. Die Werbeagentur hat gute Arbeit geleistet. Die Gemeinnützigkeit ist die geringste Hilfe, die der deutsche Staat dem Förderverein bieten kann.

Thanner demonstriert nach außen innere Ruhe und tiefe Gelassenheit. Er unterschreibt Papiere in einer dicken Vorlagenmappe, ordnet Briefe und Unterlagen. »Wenn Sie so weit sind, können wir beginnen«, spornt er das Team an.

»Herr Professor Doktor Doktor Ingenieur Thanner!«, so beginnt Leon sein Interview. Er zählt die Titel ungehetzt auf. Er lässt sie stehen und wirken. Sein Gegenüber sitzt ungerührt. Er wartet auf die anschließende Frage. »Sie sind der Mann in Deutschland, der mir zu einer ordentlichen Professur verhelfen kann?«

»Ja, das könnte schon möglich sein.« Er antwortet gönnerhaft lächelnd, bleibt aber inhaltlich kurz und unverbindlich.

»Ich muss etwas dafür tun, dann ist es möglich. Konkret: Ich muss Ihrem Universitätsförderkreis Geld für eine Universität in Guatemala spenden, dann besorgen Sie mir eine Professorenstelle?«

»Nein! Genauso ist es nicht.« Er bewegt seinen massigen Körper aus der Rückenlehne des weichen Lederschreibtischstuhles und schaut jetzt von Leon weg genau in die Kamera: »Mit Geld hat eine Professur bei uns nichts, aber auch gar nichts zu tun. Sie helfen uns als Professor mit Ihrem Wissen in der Forschung und Lehre und mit Ihrem Engagement für eine Universität, die versucht, in einem Entwicklungsland Jugendlichen eine Chance zu geben. Wenn Sie dann eine Gastprofessur übernehmen, sind Sie Professor. So einfach sind die Regeln, und so schreiben es auch deutsche Gesetze vor.«

»Deutsche Gesetze akzeptieren auch ein finanzielles Engagement. Für Spenden besorgen Sie mir zum Beispiel einen Doktor honoris causa?«

»Das stimmt, dafür ist ja genau dieser Titel vorgesehen, dafür hat die deutsche Rechtssprechung ihn eingeführt. Aber täuschen Sie sich nicht. Diese Spende muss in direktem Zusammenhang mit einem großen Forschungsprojekt stehen. Es läuft nicht so, dass Sie hier schnell mal in meinem Büro vorbeikommen, einen Scheck ausstellen und dafür eine Urkunde erhalten. Nein, die ›Universidad Fernandez de Orticho‹, die ich hier in Deutschland vertreten darf, ist sehr sparsam mit der Vergabe dieser Ehrenbezeugungen. Ich denke, wir haben in den vergangenen fünf Jahren keine fünf Doktor h. c. vergeben.«

»Dafür lieber einige Professorenstellen mehr?«

»Ja, das ist doch selbstverständlich, das ist auch an jeder deutschen Hochschule so. Es braucht einfach mehr Lehrkräfte, und hochwertige Spender zu finden, ist nicht immer leicht.«

»Deshalb noch einmal Herr Professor Doktor Doktor Ingenieur Thanner: Sagen wir ein starkes Engagement, gleichgültig, ob nun finanziell oder als Lehrkraft, führt mich an Ihrer Universität in Guatemala auf sicherem Weg zu einem Professorentitel?«

Thanner lacht: »Ich weiß nicht, warum Sie sich an unserer Titelvergabe in Guatemala so festbeißen. Bleiben Sie doch in unserem Land. Auch in Deutschland können Sie leicht eine Professur erlangen. Denken Sie an die vielen Professoren aus Industrie, Wirtschaft oder Politik. Da haben einige Herren und Damen einen Professorentitel, ohne jemals eine Hochschule von innen gesehen zu haben. Führt nicht auch Ihr Intendant einen Professorentitel, ohne zuvor promoviert zu haben?« Thanner lacht verschmitzt in die Kamera.

»Dann scheint der Vorteil in Guatemala zu sein, dass dort der Euro beziehungsweise Dollar einen höheren Wert hat und Sie mir somit den Titel dort einfacher beziehungsweise einfach billiger besorgen können?«

»Das kann man so auch nicht sagen.« Der Titelimpresario windet sich geschickt durch das Interview. Er darf nicht zugeben, dass es bei ihm Titel zu kaufen gibt, er will es aber auch nicht dementieren. Schließlich will er durch die Zeilen den Zuschauern sagen: Ich bin der beste Titelhändler Deutschlands, kommt zu mir! Gleichzeitig muss er aber auch der Justiz versichern, dass er kein Titelhändler ist.

Deshalb antwortet er unabhängig von Leons Fragen nur mit Sätzen, die er sagen will: »Wichtig ist, dass wir in unserer globalen Welt heute, in allen Ländern, in etwa die gleichen Anforderungen an eine Titelvergabe stellen. Und das ist heute in Guatemala wie auch in Deutschland der Fall. Jetzt muss nur noch garantiert sein, dass jeder Titel, den der Mann oder die Frau verliehen bekommt, ob in Guatemala oder in Deutschland, auch überall geführt werden darf. Und ich kann Ihnen garantieren, unsere ›Unversidad Fernandez de Orticho‹ ist staatlich anerkannt, in Guatemala und in Deutschland. Deshalb ist auch unser Wissenstransfer rechtlich abgesichert. Alle unsere Titel in Guatemala sind hier in Deutschland nostrifizierbar.«

»Und alle Menschen, die bisher Ihre Universität in Guatemala unterstützt haben, tragen auch heute hier in Deutschland Ihren Titel!«, stellt Leon klar.

»Das kann ich bejahen, auch wenn in erster Linie die Hilfe nicht immer wegen eines Titels gewährt wurde. Aber ich hatte noch keinen Aspiranten, der schließlich dem freundlichen Angebot der Universitätsleitung widerstanden hätte.«

»Das heißt doch unverklausuliert ganz einfach: Sie verkaufen tatsächlich keine Titel, kassieren also nicht einfach Cash gegen eine Urkunde, sondern suchen freizügige Spender, die nach kräftigen Finanzspritzen für Ihren Förderverein schließlich einen Titel überreicht bekommen, wenn Sie nur lange genug brav an Sie überweisen?«

»An mich überweisen hat einen falschen Zungenschlag. Das ist so nicht richtig. Schließlich sind wir gemeinnützig, und deshalb stellen wir ja auch unseren Dienst ganz in die Förderung des wissenschaftlichen Austausches. Was uns bleibt, ist ein Entgelt für die Verwaltungsarbeiten.« Thanner lässt geschickt die Behauptung von Leon stehen. Er versucht lediglich, die Gemeinnützigkeit seiner Organisation zu verteidigen. Aber Geld gegen Titel, dagegen widerspricht er wohlweislich nicht. Interessenten sollen sich nach der Sendung bei ihm melden.

»Wie viele Mitglieder haben Sie in Ihrem Förderkreis?« Leon geht einen Schritt weiter, mehr ist zum Thema Titelhandel von Thanner bestimmt nicht zu erfahren. Er ist zu geschickt und wiederholt stereotyp seine wohlüberlegten Antworten.

»Rund 1.000 Mitglieder führen wir hier in der Sektion Deutschland«, antwortet er mit hörbarem Stolz.

»1.000 Mal rund 10.000 Euro Spende jährlich. Ein Millionengeschäft für nur ein Blatt Papier?«

Thanner: »Sie wissen nicht, wie arm Guatemala ist und wie teuer der Erhalt einer guten Universität.«

Es reicht. Leon kann die Evergreens der Titelhändler nicht mehr hören. Für seine Dokumentation hat er mit Thanner aufgezeichnet, was er benötigt. Die Geschichte ist im Kasten, da kann nichts mehr schieflaufen, am Montag beginnt er mit dem Schnitt, und in zwei Wochen ist der Film auf Sendung. Er räuspert sich und setzt zu einem nicht abgesprochenen zweiten Teil an: »Nun gab es vor ein paar Wochen hier am Bodensee einen Mord. Einer Ihrer Kollegen wurde getötet. Kein ungefährliches Parkett, auf dem sich Menschen wie er und Sie sich bewegen?«

Thanner lächelt süßsauer. Er schaut hinüber zu der Kamera und sagt: »Bitte schalten Sie Ihr Gerät ab, ich werde mich zu diesem Thema nicht äußern.«

»Ein Kameramann hört auf seinen Regisseur, nicht auf den Interviewpartner, also noch einmal: Wen vermuten Sie hinter dem Mord an Ihrem Kollegen Professor Klaiber: Einen enttäuschten Titelkäufer? Oder steht eine Flurbereinigung in Ihrer Branche an?«

Thanner bleibt höflich: »Von mir aus lassen Sie die Kamera laufen, bis Ihr Band voll ist. Sicher ist, Sie werden kein Stück ausstrahlen. Wir haben eine Vereinbarung, und ich bitte Sie, sich an diese zu halten. Sie haben nun zwei Möglichkeiten: Entweder Sie stoppen sofort diese Kamera und löschen hier und jetzt sofort die letzten drei Minuten oder Ihrem Sender liegt eine einstweilige Verfügung vor, bevor Sie zurück in Stuttgart sind.«

»Sie wollen nichts sagen und behindern die Polizei vor Ort bei Ihren Ermittlungen?«

Thanner greift zum Telefon, er wählt eine Nummer. Die Kamera läuft weiter, Leon versucht, ihn zu provozieren. »Sie sind der ungekrönte König der Titelhändler in Deutschland. Ohne Sie geschieht in der Branche nichts. Was wissen Sie über die Hintergründe des Mordes an Klaiber?«

»Thanner«, nuschelt er in die Telefonmuschel. »Das Fernsehteam ist in meinem Büro, ich habe Ihnen von dem Termin erzählt. Bitte sorgen Sie dafür, dass von dem hier eben aufgezeichneten Interview kein Stück verwendet werden darf. Des Weiteren sollten wir sofort prüfen, welche Teile des Filmes aus Guatemala wir verhindern können. Mit allen anderen Interviewpartnern, von denen wir wissen, werde ich sofort Kontakt aufnehmen. Ich will, dass dieser Film nicht ausgestrahlt werden kann. Wir sollten heute in enger Verbindung bleiben, gehen Sie bitte den Weg der juristischen einstweiligen Verfügung, ich melde mich in einer Stunde wieder.« Er legt auf. Freundlich schaut er zu dem Team vor seinem Schreibtisch. »Ich muss mit Ihnen alleine reden«, sagt er zu Leon, und zu dem Kameramann gewandt: »Ich habe gerade mit einem der besten Rechtsanwälte auf dem Gebiet des Presserechtes gesprochen. Vielleicht haben Sie jetzt verstanden, dass Sie zusammenpacken können.«

Der Kameramann schaut zu Leon. Dieser kocht innerlich. Der Typ kennt seine Rechte. Das hatte er geahnt. Jetzt hat er soeben sein gesamtes Filmprojekt infrage gestellt. Wenn der Film nicht ausgestrahlt werden kann, nur wegen seines dummen Möchtegern-Verhörs, dann war die gesamte Arbeit umsonst. Er gibt dem Kameramann das Zeichen einzupacken. Thanner hat das Hausrecht, das Recht am eigenen Bild und dazu auch noch das Recht am eigenen Wort. Er kann auch Zucker, Kamehl, Ach oder wen sonst noch schnell überreden, ebenfalls ihre Interviews zurückzuziehen. Leon sieht alle seine Felle davonschwimmen. Kleinlaut lässt er das Team die Zelte abbrechen. Der Kameramann schleppt mit seinem Assi und dem Tonmann das Equipement nach draußen, um es im Auto zu verstauen.

»Ich habe ein Angebot für Sie, das Sie sich überlegen sollten«, beginnt Thanner seine Offerte. Leon beobachtet den großen, schweren Mann, wie er durch sein Büro auf und ab geht. Es scheint ihm wichtig zu sein. Zum ersten Mal, seit er ihn kennt, zeigt er nach außen Nervosität: »Das war nicht in Ordnung, was Sie gerade versucht haben. Ich weiß jetzt nicht, ob ich Sie tatsächlich einweihen soll.«

»Von mir haben Sie ja nun nichts mehr zu befürchten«, beruhigt Leon ihn. »Die Trümpfe sind in Ihrer Hand.«

»Dumm von Ihnen, jemals etwas anderes gedacht zu haben.« Er setzt sich wieder auf seinen Stuhl und lässt Luft aus seinen dicken Backen. »Wir planen in Deutschland eine Privatuniversität, dadurch können wir hohe Reisekosten einsparen. In Absprache mit meinem Freund Ernesto Zucker wollten wir Ihnen den Posten unseres Public Relations Managers anbieten. Und«, dazu lacht Thanner, »natürlich eine Professur für Journalistik.«

Da muss auch Leon lachen, trotz miesester Stimmung. Er sieht am Horizont eine kleine Chance, sein Filmprojekt zu retten: »Als Ihr PR-Berater würde ich Ihnen sagen, ziehen Sie Ihr schweres Geschütz gegen den geplanten Film wieder zurück. Machen Sie diesem unangenehmen Journalisten ein Angebot. Zum Beispiel so: Die einstweilige Verfügung wird zurückgezogen. Im Gegenzug garantiert der Sender, das Thema Klaiber in diesem Film nicht zu erwähnen, keine Verbindung zwischen Ihnen, Ihren Organisationen, Professoren oder der Hochschule in Guatemala zu diesem Fall zu ziehen. Zusätzlich würde ich mich an Ihrer Stelle noch mit dem Justiziar des Senders in Verbindung setzen und mit ihm einen Vertrag abschließen, der die zur Veröffentlichung vorgesehen Passagen genau beschreibt. Nur diese Teile der Aufnahmen dürfen ausgestrahlt werden.« Er schaut Thanner neugierig an. Dieser hat sich schon längst wieder gefangen und scheint sich über ihn zu amüsieren.

Er legt Leon einen Vorvertrag auf den Tisch: »Schauen Sie, damit haben wir noch gar nichts festgemacht. Es ist nur so, dass Zucker unbedingt von mir verlangt, dass ich Ihnen das Angebot mache. Sie scheinen bei ihm einen sehr guten Eindruck hinterlassen zu haben«, schleimt Thanner. »Also, unterschreiben Sie einfach den Empfangsschein, dass ich Ihnen den Vertrag vorgelegt habe, und alles Weitere überlegen Sie sich in Ruhe. Ich weiß, Sie wollen jetzt erst Ihren Film fertigdrehen. Aber danach werden wir uns noch einmal zusammensetzen.«

»Das heißt, Sie werden dann auch auf Ihren PR-Berater hören?«

»Das sollte man tun, dafür wird ein solcher Berater fürstlich entlohnt.«

Leon wittert Morgenluft. Ihm fällt ein Stein vom Herzen. Diese Kuh scheint vom Eis. Thanner bietet ihm eine weitere Chance, sein Filmprojekt trotz des Interviews beenden zu können. Die beiden Männer geben sich die Hand, er fühlt sich schon wie ein bisschen Al Capone. Die kriminelle Energie in ihm wundert ihn nicht. Das gute

Gefühl schon mehr. Er unterschreibt das Papier auf dem Schreibtisch, steckt seinen Kuli ein und geht zu seinem Team.

»Auspacken, Freunde«, lächelt er siegesgewiss, »wir wollen doch noch das Anwesen von außen drehen.«

Leon fühlt sich wie der Präsident von Guatemala höchstpersönlich. Im unteren Drehzahlbereich lässt er die 260 PS seines alten Porsches langsam Richtung Taisersdorf schnurren. Lena wird Augen machen. Er ist ihr neuer Chef. Wenn er nur will.

Sein Wagen rollt auf die Zufahrt zu dem alten Bauernhaus. Die Sonne hat mittlerweile den Kampf über den Morgennebel gewonnen. In eine dicke Decke gehüllt, sitzt Lena vor dem Haus auf einer Holzbank und liest die taz. Sie sieht ihn und legt das Blatt schnell zur Seite.

Er begrüßt sie mit einem flüchtigen Kuss.

Sie schaut kritisch zu ihm auf.

Er wirft sich in die Brust: »Alles bestens! Es ist alles sehr gut gelaufen. Stell dir vor, Thanner und Zucker haben mir einen geilen Job angeboten: Public Relations Manager und noch einen Professorentitel dazu.« Er lacht wie ein kleiner Junge. »Den Titel habe ich mir doch wirklich verdient.«

Lenas Augen verengen sich. Ungläubig schaut sie zu ihm auf: »Du kleines Arschloch«, sagt sie. Dann setzt sie zu einer lautstarken Moralpredigt an: »Das gibt es doch nicht. Du lässt dich einfach so kaufen? Und dann noch von dem Typen, vor dem du mich wie vor einem bösen Mafioso gewarnt hast? Das ist ein Mörder, ein Schwein, das waren deine Worte. Und jetzt? Festanstellung mit 100.000 Euro Jahresgage, oder wie viel hat er dir geboten? Und schon ist die Welt um dich eine andere? Mich machst du an, weil ich einen Aushilfsjob bei Thanner habe, und kaum kriegst du die Chance, fällst du ihm um den Hals?«

Er schluckt. Er schaut sich um. Sie ist immer lauter geworden, er steht da wie ein begossener Pudel. Er spürt, dass er Lena enttäuscht hat, und schlimmer noch: er hat sich wirklich für Geld und einen lächerlichen Titel einwickeln lassen, wenn auch nur kurzzeitig.

Lena lässt nicht nach. Provozierend setzt sie einen weiteren Schlag hinzu: »Du und Gerard, das neue Duo im Auftrag des Herrn, schöne Aussichten.«

»Ist ja jetzt schon gut«, gibt er klein bei, »aber ich hätte mich ja wenigstens für richtiges Geld verkauft und nicht für 2,50 wie du.«

Sie hat keine Lust auf seine Scherze und gibt ihm dies auch mit einem mürrischen Gesichtsausdruck zu verstehen.

Er fühlt sich ertappt und schämt sich. Er entschließt sich, zur Gegenoffensive überzugehen: »Sag mal, spinnst du? Glaubst du, ich bin blöd? Das sehe ich doch alles genauso wie du. Ich habe zu Thanner gesagt: ›Passen Sie auf, ich werde den Mörder von Klaiber finden, und ob Sie dann noch Arbeitsverträge anbieten können, werden wir ja sehen.‹ Das habe ich ihm an den Kopf geschleudert, was denkst du denn von mir?«

Sie schaut ihn prüfend an.

Er lächelt tapfer, und sie gibt ihm einen kumpelhaften Stoß mit dem Ellenbogen in die Rippen. Seine Ausrede lässt sie erst einmal so stehen und fragt weiter: »Wie war das Interview? Hast du auf Klaiber angesprochen?«

»Ja, natürlich.« Doch bevor er von seinen weiteren Heldentaten berichten kann, klingelt sein Handy. Der Kommissar aus Konstanz ist am Apparat. Das Verfahren wegen Einbruchs, Dienstsiegelverletzung und Widerstand gegen die Staatsgewalt schwebe noch immer gegen ihn, ermahnt ihn dieser: »Sie sind in der Bringschuld, mein Lieber. Warum lassen Sie trotzdem nichts mehr von sich hören? Wollen Sie mich hinhalten?«

Leon stottert: »Nein, natürlich nicht, Herr Kommissar. Aber die Recherchen sind nicht so einfach. Ich bin noch nicht viel weitergekommen.«

»Das stellt sich für uns hier aber etwas anders dar«, antwortet der Kommissar gereizt. »Es ist in Ihrem Interesse, wenn Sie heute noch zu einer Vernehmung bei uns auf dem Präsidium vorbeikommen könnten.«

»Der Vorwurf?«, blafft Leon.

»Das können noch immer Sie bestimmen«, schießt der Kommissar scharf zurück. »Entweder, wie Ihnen schon angedroht: Einbruch und Widerstand gegen die Staatsgewalt, daran erinnern Sie sich ja sicherlich, da bin ich selbst Zeuge! Oder aber, und da liegt eine weitere schwerwiegende Anzeige vor: Körperverletzung. Der Mann liegt noch immer in der Intensivstation des Konstanzer Krankenhauses.«

Gerard scheint gepetzt zu haben. Leon gibt sich geschlagen: »In diesem Fall ist es wohl tatsächlich besser, wenn ich antrete. Ich bin in einer Stunde bei Ihnen.«

Der Kommissar ist prächtig gelaunt. »Nehmen Sie Platz, mein Herr«, begrüßt er Leon und bietet ihm in seinem musealen Raum einen Stuhl an. Er selbst trägt noch immer den karierten Derrick-Anzug und scheint auch sonst weiterhin seinem berühmten Fernsehkollegen nachzueifern. Die graue Silberlocke ist stark gefettet, die großen Glupschaugen auf ihn fixiert.

Leon will wissen, was er gegen ihn in den Händen hat.

Mit Unschuldsmiene beteuert er: »Ich komme so schnell, weil Sie mich gerufen haben, aber mit dem Mann im Krankenhaus, das ist doch wohl ein Bluff.«

Der Kommissar lacht: »Ich war schon immer ein schlechter Pokerspieler. Aber das macht nichts, weil ich Ihnen nichts vormachen muss, sondern Sie mir endlich was anzubieten haben.«

»Nichts muss ich Ihnen anbieten, bevor ich nicht gehört habe, was Sie mir Neues unterschieben wollen«, trotzt Leon.

»Dass Sie uns nichts zu erzählen haben, das kann nicht sein: Erstens kennen Sie Gerard als Klaibers Gehilfe. Sie haben mir von Ihren Treffen mit Klaiber erzählt, wir wissen, dass Sie dabei auch Gerard kennengelernt haben. Zweitens haben Sie gestern die Rettungsleitstelle angerufen und Gerard einliefern lassen, vermutlich, nachdem sie ihn zuerst zusammengeschlagen haben. Und drittens, die Kiefer- und Zungenoperation wird teuer. Ihr Haken von unten auf seinen Unterkiefer hat böse Spuren hinterlassen. Ein Teil der Knochen ist zertrümmert, und die Spitze der Zunge hat er dabei abgebissen. Das Krankenhaus muss bezahlt werden.«

Leon überlegt krampfhaft. Die wissen, dass ich telefoniert habe, da scheint sich der Kommissar sicher. Diese digitalen Minibiester von Handys verraten durch die Übermittlung der Apparatnummer den Anrufer. Aber dass ich Gerard zusammengeschlagen habe, können sie nur vermuten. Dass dieser gegenüber der Polizei geplappert hat, das will er einfach nicht glauben.

»Und noch etwas stört mich an Ihnen.« Die freundlichen Gesichtszüge des Kommissars lassen zunehmend nach. Die Glupschaugen ziehen sich enger zusammen wie von Froschaugen zu Pekinesenaugen: »Hier spielen Sie sich auf wie der unbestechliche Ritter. Doch plötzlich finden wir Sie auf der Gehaltsliste von Thanner wieder.«

Sakrament, Leon ist es heiß. Er spürt, wie sein Kopf knallrot wird. Die Beine fühlen sich matschig an, unter den Achseln rinnt der Schweiß. Er ist wie benommen. Nur langsam versteht er Thanners hinterhältige List. Dieser stellt ihm mit der Vertragsofferte ein Bein, das zweite hat er sich mit der Unterschrift gleich selbst gestellt. Fragend schaut er zu dem Kommissar. Was will er ihm als Entschuldigung jetzt noch anbieten? Thanner hat der Polizei, auf welchen Wegen auch immer, den Vorvertrag zugespielt. Anders ist der schnelle Informationsfluss gar nicht zu erklären. Gerne würde er erfahren, woher der Kommissar den unterschriebenen Wisch hat. Doch jetzt, das gesteht er sich ein, ist erst er selbst an der Reihe zu erklären. Also packt er aus und beichtet. Er erzählt von Guatemala und Zucker und von dem gemeinnützigen Verein zur Unterstützung der wissensdurstigen Indiokinder dort.

Ihm ist schon längst klar, dass er dieses Mal um eine Anzeige kaum herumkommen wird. Und eigentlich hätte er noch eine zweite verdient. Doch Dummheit ist in Deutschland nicht strafbar, sonst wären die öffentlichen Kassen wohl mit Bergen von Strafgeldern gefüllt.

Der Kommissar nutzt die Situation hemmungslos: »Ich gebe Ihnen noch einmal die Chance zur Zusammenarbeit, ich meine es ehrlich. Auch wir waren nicht untätig und haben manches in Erfahrung gebracht, also, spucken Sie aus: Warum will Thanner Sie plötzlich ausschalten, warum lässt er uns diesen Arbeitsvertrag zukommen und warum zeigt er Sie wegen Körperverletzung an diesem Herrn Gerard an?«

»Vielleicht, weil ich den Herren zu nahegetreten bin«, stochert Leon selbst im Nebel. Es wird ihm jetzt erst klar, dass Thanner schon heute Morgen vor dem Interview von seinem Zusammentreffen mit Gerard im Casino gewusst hat. Deshalb hat er so viel Wert auf die Unterschrift von ihm gelegt. Damit kann er ihn vor der Polizei als unglaubwürdigen Zeugen abstempeln. Und die Anzeige wegen Körperverletzung erscheint nun auch in einem ganz anderen Licht. Gerard muss ihm berichtet haben, der Titelimpresario ist daraufhin in die Offensive gegangen. Warum nur? Er scheint tatsächlich seine überlegen zur Schau getragene innere Ruhe zu verlieren. Leon muss einen empfindlichen Punkt bei ihm getroffen haben. Was hat er in den vergangenen 24 Stunden Neues erfahren? Sind es die 25.000 Euro, die er Gerard gegeben hat? Also doch der Mord an Klaiber?

»Denken Sie immer daran, noch spielt das BKA mit«, reißt ihn Kommissar Schön aus seinen Spekulationen. »Ich kann nicht an Thanner ran. Aber der liefert Sie an uns aus. Warum? Dumm gelaufen für Sie, nicht wahr?«

»Ja«, gesteht Leon kleinlaut ein. »Was hat das BKA noch mit dem Fall zu tun? Wie weit sind denn diese hohen Herren?«

»Die ersten Hinweise zur Aufklärung des Mordes an Klaiber führen in eine für Sie unschöne Richtung. Klaiber war für Sie tätig. Sie haben keinen Doktortitel, nicht wahr?«

»Was soll denn das?«

»Stimmt doch, oder?«

»Ja, aber Sie wissen doch …«

»Ich schon«, fällt ihm der Kommissar ins Wort. »Aber die Kollegen …«

»Was wollen Ihre Kollegen? Was wollen Sie andeuten?«

»Die Kollegen haben Ihren Fall aufgearbeitet. Sie sind ein aktueller Kaufinteressent bei Klaiber gewesen. Sie haben ihn dreimal getroffen. Das letzte Mal einen Tag vor dem Mord. Es gab Streit zwischen Ihnen und ihm. Er hat Sie bedroht. Gerard sagt aus, Sie wären ihm an die Gurgel gegangen. Zwei Mitarbeiter mussten Sie zurückhalten. Sie haben ihn verfolgt, auch nachts mit dem Auto. Sie sind eingebrochen bei Thanner und auch bei Klaiber. Das BKA hat Nachtaufnahmen von Ihnen vor Thanners Anwesen, und ich habe Sie beim Einbruch in Klaibers Villa überrascht. Glauben Sie, die Kollegen in Wiesbaden können nicht eins und eins zusammenzählen?«

»Das schaffen Sie vielleicht gerade noch«, nickt Leon einsichtig. Widerwillig erzählt er dem Kommissar von seinen neuesten Recherchen. »Ich weiß, dass Thanner an Gerard einen Tag nach dem Mord einen Scheck in Höhe von 25.000 Euro ausgeschrieben hat. Wenige Tage später ist der Scheck eingelöst worden. Dies habe ich gestern Gerard an den Kopf geworfen. Nach der heftigen Reaktion von Thanner heute scheint der Verdacht nicht haltlos zu sein. Sicher ist, dass Gerard seit dem Tod von Klaiber für Thanner arbeitet.«

»Heute Morgen faxte das BKA uns Ihren Vertrag mit Thanner zu,« verrät ihm der Kommissar, »ich habe auf das Datum geschaut und sofort gesehen, dass Sie erst heute Morgen unterschrieben haben, deshalb dachte ich mir, dass es eine Finte sein muss.«

Leon kratzt sich verlegen am Hinterkopf. Wenigstens schien ihm der Kommissar noch zu vertrauen: »Dumm gelaufen, schauen Sie, Herr Kommissar, ich wollte Bewegung in die Sache kriegen, und jetzt bewegt sich doch etwas.«

»Schon«, räumt dieser ein. »Nun bewegen Sie sich jetzt weiter. Gehen Sie zu Gerard ins Krankenhaus und pressen Sie noch mehr aus ihm heraus. Zeigen Sie ihm Ihren neuen Vertrag, spielen Sie mit ihm. Gestern haben Sie das doch auch ganz gut gekonnt. Mir sind leider die Hände gebunden.«

Der Kommissar tritt ganz nah an Leon heran und spricht sehr leise: »Denken Sie an die Latte der Vorwürfe, die gegen Sie hier vorliegen. Es gibt keinen Weg zurück. Halten Sie mich dieses Mal aber auf dem Laufenden. Es könnte sein, dass Sie uns schneller brauchen, als Ihnen lieb ist. Unterschätzen Sie das BKA nicht. Denen ist die Sache noch immer sehr wichtig.«

»Ich ginge jetzt am liebsten direkt zu Thanner und würde dem auch noch eins in die Fresse geben.« Leon hadert noch immer mit sich und seinem peinlichen Missgriff am heutigen Morgen.

»Auch keine schlechte Idee«, antwortet der sich sonst sehr korrekt verhaltende Kommissar und weicht damit völlig von der Vorlage der Derrick-Figur ab. »Nur sorgen Sie für Bewegung, das haben Sie richtig erkannt. Sie haben Thanners Nerv ja schon getroffen, geben Sie jetzt Gas.«

»Das heißt, Sie glauben auch, dass Gerard für die 25.000 von Thanner Klaiber umgebracht hat?«

»Kann schon sein«, bestätigt der Polizist seine Theorie. »In der Kirche zählt der Glaube. Vor Gericht nur Beweise.«

Heute Morgen noch, als Leon Thanner verließ, konnte er sich fühlen wie ein Professor. Festanstellung, regelmäßiges Einkommen, nette Sekretärin im Vorzimmer. Jetzt, nach dem Besuch im Kommissariat, fühlt er sich wie James Bond. 007 im Dienste des Kommissars. Heiße Geschichte, Leben zwischen Held und Knast. Auf ihn setzt das Polizeipräsidium. Er soll jetzt den Mord aufklären, während die Bundespolizei ihm am Kittel flicken will.

Potzblitz, ein schönes Wochenende steht bevor.

E scheene Schlieferä.

HAND IN HAND: BKA UND BND
... UND DER SONDERSTATUS FÜR
WAFFENSCHIEBER

*Die Kommissarin sitzt mit ihrem Assistenten zusammen.
Sie trinkt einen Tee, er Kaffee. Beide schauen ratlos zum
Fenster hinaus. Er sagt: »Über die Manaqua Import-Export–Firma weiß niemand Bescheid. Im Handelsregister
steht der Zusatz ›Sicherheitssysteme‹.« – Sie sagt: »Wenn
der BND dahintersteckt, kommen wir sowieso nicht weiter. Einen Durchsuchungsbefehl hat der Alte zum zweiten Mal abgelehnt. Diesmal aber mit deutlicher Begründung: Höhere Sicherheitsinteressen der Bundesrepublik
Deutschland!« – »Und Thomas?«, fragt der Assistent seine
Chefin. – Sie schaut ihn von der Seite an. »Komm!«, sagt
sie entschlossen. – Schnitt – Die beiden nehmen sich die
Jacken von ihren Stühlen und gehen los. – Schnitt – Im
Auto versucht sie, Thomas zu erreichen. Er nimmt nicht
ab. Sie sagt: »Fahr in die Siemensstraße 2, dort hat er ein
Apartment.« – »Aha«, bemerkt ihr Assistent süffisant und
gibt Gas. – Umschnitt.*

*Thomas steht vor einem kleinen, schwer bewaffneten
Polizeitrupp. Er erteilt Befehle für einen bevorstehenden Einsatz. Er sagt jedem der Scharfschützen, was er zu
tun hat. Schließlich lässt er aufsitzen und fährt mit einer
schwarzen Dienstlimousine und einem Fahrer vor dem
kleinen Konvoi her. – Umschnitt.*

*Die Kommissarin und ihr Assistent kommen in der Sie-
mensstraße an. – Sie springt als Erste aus dem Wagen und*

klingelt an seiner Wohnungstür. Es rührt sich nichts. Sie
schlägt gegen die Tür. – Schnitt – Der Hausmeister kommt
mit dem Assistenten um die Ecke. Er lässt sich die Dienst-
marken zeigen und öffnet die Apartmenttür. – Schnitt:
Ein Schwenk durch den Raum zeigt, dass hier niemand
mehr wohnt. Die Schranktüren stehen offen, die Regale
sind leer. – Umschnitt.

Thomas dirigiert den Konvoi am See entlang. – Schnitt –
Zuerst kommt seine dunkle Limousine, dann zwei unauf-
fällige Kleintransporter. Es ist von außen nicht auszuma-
chen, dass darin Scharfschützen der Bereitschaftspolizei
zu einem Einsatz fahren. – Schnitt – Die Limousine biegt
ab, die zwei Kleintransporter folgen ihr. Es geht in das
Hinterland des Sees über eine Serpentine hoch in einige
Hügel. – Umschnitt.

Die Kommissarin flucht. Sie versucht, Thomas über das
Handy zu erreichen, aber er nimmt nicht ab. – Schnitt –
Der Assistent sitzt schon wieder in dem Dienstwagen. –
Schnitt – »Wohin?«, fragt sie. – »Ins Kommissariat, wohin
denn sonst?« – »Nein, zu Thanner!« befiehlt sie. »Los, fahr
schnell, da stimmt doch was nicht!« – Umschnitt.

Thanner ist und bleibt für Leon der Angelpunkt der
Geschichte. Nach seinem Versuch, mit dem fiesen Trick des
Vorvertrages ihn bei der Polizei auszuschalten, erst recht.
Thanners Geschick und Macht sind ihm langsam unheim-
lich. Doch auch die Polizei gewinnt sein Vertrauen nicht.
Was immer der Kommissar hinter den Kulissen treiben
mag, sein Verhalten ist ihm unverständlich. Und jetzt soll
er auch noch für diesen Kommissar Schön die Kohlen aus
dem Feuer holen und seinen Job erledigen.

Leon verlässt das Kommissariat und ruft bei Lena an. Er

verklickert ihr die Warnung des Kommissars als Erpressung: »Lena, ich kann nicht anders. Ich muss heute Abend noch einmal zu Thanner, der Kommissar macht mir Druck. Bitte stell doch irgendwie fest, ob Thanner heute noch in seinem Büro ist.«

Leon will die Geschichte zu Ende bringen. Für ihn ist klar, wenn Thanner nicht der Auftraggeber oder gar der Mörder selbst ist, so weiß er zumindest, wer hinter Klaibers Tod steckt. Er ist der uneingeschränkte Boss der Szene. Er ist der Pate der Titel-Mafia, und jetzt macht er sich auch selbst noch die Finger schmutzig. Er agiert plötzlich offen und ohne Visier. Ihm muss der Arsch brennen.

Leon fährt vom Kommissariat über den Zähringerplatz ins städtische Krankenhaus. Chirurgie, Zimmer 318. Die Zimmernummer hat ihm der Kommissar mit auf den Weg gegeben. Er marschiert an der Pforte vorbei, fährt mit dem Aufzug in das dritte Geschoss, klopft am Zimmer 318 kurz an und tritt auch schon ein.

Gerard liegt alleine in dem Raum, direkt am Fenster. Leon geht zielstrebig auf ihn zu.

Der Kranke will sich aus dem Bett erheben, doch Leon drückt mit beiden Händen schnell seinen Oberkörper zurück auf die Matratze. »Thanner lässt dich fallen, mein Freund, er hat mir deinen Job angeboten«, sagt er, bevor Gerard reagieren kann.

Dieser schaut ihn mit großen Augen an. Er öffnet seinen Mund, schließt ihn aber wieder.

Leon packt die Nase des windigen Blondschopfes und drückt ihm beide Löcher zu: »Komm, zeig mir deine Zunge«, gluckst er böse lachend. »Ich will doch nur sehen, ob die noch lang genug ist, damit du sie dir ein zweites Mal abbeißen kannst. Oder redest du jetzt doch lieber?«

Gerard öffnet seinen Mund nicht. Er hält die Luft an. Leon hat seine Nase fest im Griff, die Löcher sind dicht.

Unvermittelt geht die Tür auf. Eine Krankenschwester betritt den Raum. Leon lässt die Nase schnell los: »Das wird schon wieder, mein Freund«, tröstet er mit mitfühlender Stimme.

Auch die Krankenschwester lächelt tapfer zu dem Lädierten, der in seinem Bett nach Luft japst. »Herr Gerard, bitte nicht sprechen, die Zunge schön in Ruhestellung lassen«, mahnt die Schwester fürsorglich.

»Er ist sowieso kein großer Schwätzer«, grinst Leon, und zu ihm gewandt sagt er: »Eher ein Anhänger der Omertá, des Gesetzes des Schweigens, gell?«

Dieser nickt hilflos in seinem Bettchen.

Leon sieht auf dem Nachttisch ein Handy. Die Schwester wechselt gerade die Infusionsflasche aus und beugt sich über Gerard. Leon greift in diesem Augenblick schnell zu dem kleinen Gerät und lässt es in seiner Tasche verschwinden. Überhastet lässt er den beiden ein »Tschüs« zurück und macht sich schnell davon. Noch auf dem Gang hört er die Schwester sagen: »Sie können ruhig im Raum bleiben, ich bin sofort fertig.«

Ich bin jetzt schon fertig, denkt er, und verlässt das Krankenhaus schneller , als er hereingestürmt war.

Er fährt über die Mainaustraße Richtung Hörnle. Er hat es eilig, statt mit den vorgeschriebenen 50 Stundenkilometern jagt er seinen Porsche mit fast 80 durch die Stadt zum Parkplatz am See. Er ist aufgeregt. Mit einem Auge schielt er ständig auf den Sitz neben sich. Dort hat er das Handy abgelegt. Wenn Gerard nicht reden konnte, dann hat er bestimmt Thanner Textinfos per SMS geschickt. Woher sonst soll Thanner erfahren haben, was in der Nacht zwischen ihm und Gerard vorgefallen ist? Sollte Gerard nicht sofort alle seine Informationen im Speicher gelöscht haben, wird er jetzt gleich viel schlauer sein.

Er steuert seinen Wagen auf den Parkplatz. Aufgeregt schnappt er sich das kleine elektronische Nokia-Gerät. Er öffnet das Menü, drückt ›Verzeichnis‹, geht über ›Textinfo‹« in den SMS-Speicher und blättert: ›Letzte Nachricht, lesen?‹ Ja! Er bestätigt und im Display erscheint: »Alles okay – Tickets geordert – Sa. 14.30 KLM Frankfurt 58709.«

Er geht im Menü wieder zurück, ›D 1‹ erscheint auf dem Display. Er wählt die 11833: »Bitte, ich brauche dringend die Telefonnummer des Flughafens Frankfurt.« Er lächelt bei dem Gedanken an die Rechnung. Es bleibt eben doch immer etwas hängen. Zehn Jahre bei den Schwaben und schon ist auch er, der großzügige Geldverteiler, richtig sparsam. Dieses Gespräch bezahlt Gerard.

»Die Nummer wird Ihnen angesagt. Wollen Sie verbunden werden?«

»Ja, natürlich«, bedient er sich gerne des Full-service-Angebotes der Telekom, jetzt, wo es ihn keinen Cent kostet.

Beim Flughafen in Frankfurt lässt er sich den Flug vom kommenden Samstag, KLM 58709, nach Guatemala über Amsterdam bestätigen.

Morgen ist Samstag. Viel Zeit bleibt nicht. Keine 24 Stunden, es ist Freitag kurz vor 17 Uhr.

Er ruft Lena an. Sie bestätigt ihm, dass Thanner noch im Büro ist. Sie hat angerufen und ihn am Apparat gehabt. Er hat sie gebeten, morgen gegen 9 Uhr im Büro zu sein. Er habe wichtige Dinge mit ihr zu besprechen, bevor er kurzfristig verreisen müsse. Als sie ihn gefragt habe, ob es nicht auch heute Abend noch möglich sei, habe er verneint. Er könne heute Abend leider nicht, da er noch einen Termin in Liechtenstein habe und erst morgen früh zurück sein könne. Sie klingt sehr aufgeregt, wie sie ihm das Gespräch skizziert.

Er überlegt kurz, dann sagt er: »Ich habe den ganzen Tag noch nichts in den Magen bekommen, lass uns erst einmal essen gehen, dann sehen wir weiter.«

»Wie kannst du jetzt an essen denken?«, entsetzt sie sich.

»Wir sollten gestärkt sein, bevor wir heute Nacht Thanners Büro auseinandernehmen«, lacht er. »Morgen ist es zu spät, da ist er schon weit weg über dem Teich.«

Er erzählt ihr von der Textnachricht auf Gerards Handy. Er ist sich sicher, und das deckt sich auch mit ihren Informationen, dass Thanner und Gerard morgen das Weite suchen wollen. Bis dahin will er in Gerards Wohnung oder Thanners Haus die Tatwaffe gefunden haben. Irgendwo muss die Pistole doch sein.

Gerard liegt im Krankenhaus, also kann er sich jetzt in Ruhe in dieser Wohnung umschauen; und solange Thanner heute Nacht in Liechtenstein ist, wird er sich auch in dessen Haus umsehen: »Das ist unsere letzte Chance, Lena«, wiegelt er sie auf. »Die Knarre muss doch bei einem von ihnen sein. Morgen um zwei sind beide weg. Bis Frankfurt brauchen sie drei Stunden.«

Schließlich willigt sie ein: »Okay, und wie willst du in Gerards Wohnung gelangen, willst du einbrechen?«

»Nein«, beruhigt er sie. »Diese Tür muss mir der Kommissar öffnen, und Thanners Tür du.« Er lacht und ist guter Dinge. »Ich melde mich wieder bei dir, nachdem ich mit dem Kommissar in Gerards Wohnung war. Aber dann gehen wir essen!«

Den Kommissar erreicht er direkt. Er erzählt ihm von der Fluchtgefahr der beiden Verdächtigen. Er berichtet von dem Besuch bei Gerard und dem Telefonat Thanners mit seiner Sekretärin.

Warum sollte er jetzt auf eigene Faust bei Gerard einbrechen? Der Kommissar will die Zusammenarbeit. Jetzt kann er sie einlösen. Kommissar Schön windet sich zunächst am Telefon. Er weiß nicht, wie er antworten soll. Schließlich ringt er sich durch: »In Ordnung, ich besorge mir einen Durchsuchungsbefehl für Gerards Wohnung. Das müsste nach der vergangenen Nacht machbar sein. Kümmern Sie sich um Thanner, da komme ich nicht rein. Diese Genehmigung gibt mir der Staatsanwalt nie. Ich rufe Sie an, wenn wir bei Gerard etwas Relevantes gefunden haben.«

So ist es Leon auch recht. Was soll er in der Bude von Gerard? Nach der Pistole kann der Kommissar dort alleine suchen. Er fühlt sich gut und enorm wichtig. Er hat den schlaffen Polizeiapparat in Bewegung gesetzt. Jetzt kann er endlich essen gehen. Er hat das Gefühl, eine besonders große Portion verdient zu haben.

Die Platzanweiser auf der Fähre lotsen seinen Porsche in die erste Reihe. Noch sind nicht viele Fahrgäste auf dem Schiff. Er steigt aus und geht auf das Deck. Sein Blick schweift nach Meersburg, weiter über den See Richtung Überlingen und bis in die Hügel, wo Lena wohnt. Es ist ein wunderschöner Frühlingsabend. Ein ganzes Wochenende liegt vor ihnen, auch wenn er arbeiten muss. Trotzdem, er empfindet seinen Job meist nicht als lästig, vielleicht manchmal störend. Zugegeben, mit Lena würde ihm fürs Wochenende auch etwas anderes einfallen. Dazu braucht es nicht unbedingt Thanner und Gerard.

Er nimmt Gerards Handy aus seiner Tasche und ruft Lena an: »Hey«, säuselt er, »ich komme jetzt schon. Die Polizei durchsucht Gerards Wohnung selbst.«

»Umso besser, ich wundere mich sowieso schon, wann kleine Schnüffler wie du endlich Feierabend haben.«

»Bitte nicht mosern, ich freue mich sehr, hier sein zu können.«

»Hier? Heißt wo?«, fragt sie misstrauisch.

»Am See und bei dir.«

»Am See und bei mir? Du meinst am See und beim Essen. Deshalb habe ich mir gedacht, wir treffen uns auf halbem Weg in Meersburg und gehen am besten ins ›Seehotel Off‹, dann hast du alles. Den See, dein Essen und mich.«

Das ›Seehotel‹ in Meersburg liegt am Ende der Burgenstadt, direkt am Wasser. Der Küchenchef Michael Off ist ein alter Seehase, es gibt kein essbares Gewächs auf und im See, das der Mann nicht schon gegart und gekocht hätte. Lena und Leon sitzen auf der Terrasse. Vor ihnen glänzt der See in der roten Abendsonne. Sie erwärmt noch schwach die Szenerie. Ein Teil der roten Kugel legt sich hinter der Insel Mainau schlafen. Die letzten Segler des Frühlingstages ziehen krause Wellen auf der flachen Wasseroberfläche.

Leon genießt die Ruhe und Lena offensichtlich auch. Zum Aperitif haben beide einen Prosecco bestellt. Ein Bodenseesekt aus der Weinkellerei Hagnau. Er ist trocken und anregend. Sekt wird am Bodensee schon seit dem Mittelalter hergestellt. Ein Mönch der Weinkellerei Salem hat das Verfahren zur Herstellung aus der Champagne mit an den See gebracht. Die Äbte hatten damals viel Wert auf ihre Reben, den Wein und auch auf spritzigen Sekt gelegt; zur Ehre Gottes natürlich. Seit 30 Jahren sorgt am See vor allem

Kellermeister Herbert Senft für die Qualität der Bodensee-rebensäfte. Er hat dem Hagnauer Prosecco zu einer Renaissance verholfen.

Leon lässt den Sekt genussvoll durch seinen Gaumen rinnen. Er schmeckt leicht, lebhaft und nach mehr. Einen Tropfen nach dem anderen könnte er jetzt langsam nachträufeln lassen. Immer stetig ein bisschen Standgas im Mund. Beschwingt fühlt er sich mit Lena im Dreisprung über den See hüpfend. Von einem Boot zum anderen bis nach Konstanz und wieder zurück.

»Was denkst du gerade?«, fragt sie ihn.

»Morgen könnte ich mit Thanner nach Guatemala fliegen. Professor Leon, das wäre doch auch etwas.«

Sie lacht: »Schmink es dir ab, morgen ist dein Traum verflogen. Thanner reist ohne dich nach Guatemala.«

»Ja, aber nur, weil mir der Bodensee-Prosecco lieber ist als das seichte Bier von Zucker in Guatemala«, antwortet er.

Sie schaut ihn belustigt an.

»Und natürlich du«, sagt er ernst zu ihr.

Sie legt ihre rechte Hand auf den Tisch, er greift danach. Er hat von einer Frau noch nie eine solch zarte, aber auch kräftige Hand gespürt. Sie hat lange, schlanke Finger, aber einen Händedruck wie ein Mann. Immer, wenn er seine Hand in der ihren hat, spürt er auch die Kraft und das Vertrauen dieser Frau.

Sie schauen sich lange in die Augen, bis Lena das Schweigen bricht: »Was machst du, wenn diese Geschichte zu Ende ist?«

Er zuckt mit den Achseln: »Ich weiß nicht, vielleicht eine Story über schöne Frauen und falsche Versprechungen?«

Der Ausdruck in ihren Augen verändert sich leicht.

Schnell schiebt er nach: »Lena, ich habe mir auch schon überlegt, was ich sonst tun könnte, aber hier am See, ich weiß nicht …«

Sie lacht, es klingt aber nicht befreit, eher traurig: »Klar«, entschuldigt sie sich, »ich hab nur grad so was Dummes geträumt.«

Ihn hält es nicht mehr auf seinem Stuhl. Er merkt, sie ist bereit, mit ihm über eine mögliche gemeinsame Zukunft zu reden. Er setzt sich auf ihre Seite des Tisches, umarmt sie und sagt: »Es ist nicht so toll, immer in Hotels zu wohnen, ich würde gerne hierbleiben, hier bei dir am See, aber sag mir, wie?«

Sie lächelt ihn tapfer an, schmiegt sich an ihn, er küsst sie und sagt aufmunternd: »Man kann sich ja mal umsehen.«

Ausweichend erzählt er ihr schnell noch eine passende Geschichte seines Onkels, der ebenfalls nicht verstehen will, wie er sich noch immer als Badener in der Schwabenmetropole herumtreiben könne: »Komm nach Hause, Junge«, hat auch er ihn angefleht. »Was treibst du bei den Schwaben?« Und damit Lena sich in den Bann seiner Geschichte ziehen lässt und alle Abschiedsgedanken vergisst, spielt er ihr die Szene im breitesten Dialekt am Telefon nach:

»Ha Onkel, wa soll i denn deheim, wo isch des?«

»Jetzt aber Kerle, bi is in Baden.«

»Oh, Onkel, hier in Schtugert macht mich koiner a, dass ich en Badener bi, aber ihr mosert immer nu a de Schwobä rum, die bi eich am See sind.«

»Bue, des isch die Arroganz der Besatzungsmacht!«

Leon lacht und Lena auch.

Die Kuh ist erst einmal vom Eis, denkt er und freut sich auf den Lammrollbraten mit Gemüse, den die Bedienung gerade auf den Tisch stellt.

Badener oder Schwabe zu sein, das ist nicht sein Problem. Schließlich waren sie früher alle einmal eins. Selbst Überlingen war schwäbische Reichsstadt und Konstanz ebenfalls unter schwäbischem Schutz. Die Erscheinung Baden war nur von kurzer Dauer. Der See aber blieb. Dieser ist weder schwäbisch noch badisch. Und auch die Küche am See ist nicht eindeutig. Das ›Schwäbische Pfännle‹ in Friedrichshafen mit Rinderfiletstücken und Pfifferlingen schmeckt nicht anders als das ›Badische Pfännle‹ in Radolfzell mit den gleichen Zutaten. Das ist nicht der Unterschied zwischen Badenern und Schwaben. Der See, die Landschaft, der Wein, das prägt sie gemeinsam.

Das Handy stört seine Gedanken und die Idylle. Er nimmt ab, der Kommissar ist dran: »Danke für den Tipp«, sagt er, »die Durchsuchung bei Gerard hat sich gelohnt, aber leider eher für die Kollegen des Betrugsdezernates als für uns im Mordfall Klaiber. Und mit der Tatwaffe ist es gleich gar nichts.«

»Pech«, quittiert Leon das Ergebnis des Polizeieinsatzes. »Also werden wir uns heute Nacht in Thanners Haus umsehen müssen. Übrigens«, steckt er dem Kommissar, »wir müssen bis morgen den Fall klären, Thanner verschwindet um 14.30 Uhr über Frankfurt nach Guatemala.«

»Nur die Ruhe«, beschwichtigt der Kriminalist, »wenn er verschwinden will, können wir ihn leicht aufhalten.«

»Wie?«, will Leon wissen.

»Ich habe mich heute mit den Kollegen vom Betrugsdezernat noch einmal unterhalten. Sie waren in den Ermittlungen gegen Klaiber schon sehr weit fortgeschritten. Die Falle für ihn sollte schon bald zuschnappen. Sie wollten mit Klaiber das gesamte Umfeld der Titelhändlerszene in Süddeutschland hochgehen lassen. Doch dann stoppte der Mord an Klaiber sämtliche weitere Ermittlungen. Die Staatsanwaltschaft hat das Verfahren am gleichen Tag eingestellt.«

»Könnte das nicht ein logisches Motiv sein?«, dämmert es Leon.

»Ja«, stimmt der Kommissar zu, »ein Motiv für Thanner, seinen Kopf aus der Schlinge zu ziehen und für Ruhe auf dem Markt zu sorgen. Aber das ist auch Grund genug für uns, seine Ausreise zumindest zu verzögern.«

Leon ist sich jetzt sicher, Thanner endgültig packen zu können: »Herr Kommissar, halten Sie sich bereit. Heute Nacht stellen wir noch Thanners Haus auf den Kopf, irgendetwas werden wir schon finden.«

Auch der Kripobeamte wittert jetzt seine Chance. Die Anweisungen des BKA stinken ihm schon längst. »Sie haben recht, wir lassen uns da jetzt nicht mehr die Wurst vom Brot klauen. Ich komme mit!«

»Aber, aber, Sie machen sich strafbar, denken Sie an Hausfriedensbruch, und was Sie mir sonst noch alles schon vorgeworfen haben«, frotzelt Leon erleichtert. Denn irgendwie ist ihm ein Einbruch unter Aufsicht der Polizei auch viel lieber. Vom anderen Ende der Leitung hört er nur ein leichtes Schnauben.

»Okay«, Leon schaut auf die Uhr, es ist schon kurz vor zehn und bereits dunkel: »Treffen wir uns in einer Stunde in Überlingen im ›Renker‹, dann fahren wir gemeinsam hoch zum Thanner'schen Anwesen.«

Das ›Renker‹ liegt mitten in der Altstadt. Elke Renker führt die Weinstube in alter Tradition. Sie hat die urgemütliche Atmosphäre der alten Eckkneipe und trotzdem den Stil

einer Badischen Winzerstube. Und vor allem, es gibt im
›Renker‹ das badische Tannenzäpfle und gute Seeweine.

Der Kommissar staunt, als er Leon nicht alleine in dem
Gasthaus antrifft. Leon stellt ihm Lena vor und deutet auf
den Herrn im Trenchcoat: »Der Herr Kommissar.«

Die beiden geben sich die Hände, der Kommissar schaut
Leon fragend an.

»Unser Dietrich«, lacht dieser verschmitzt und klärt den
Beamten über das ›Mädchen für alles‹ in Thanners Büro
auf.

Sie bezahlen ihre Getränke und alle drei fahren zu Thanners Anwesen. Leon erinnert sich an seinen ersten nächtlichen Besuch, als er die Briefe mit Herzklopfen aus dem
Papiercontainer geangelt hat. Heute dagegen geht alles viel
einfacher. Lena hat sämtliche Schlüssel.

Ohne Bedenken lässt sie das Haus hell erstrahlen. Sie
macht alle Lichter an. Der Kommissar und Leon sollen
nach der möglichen Tatwaffe suchen, sie will sich in Thanners Büro nach weiteren Unterlagen umsehen.

Die drei beginnen gegen halb zwölf mit der Suche. Bald
ist es zwei. Die Waffe ist nicht im Haus, da sind sie sich
sicher. Dafür hat Lena noch einen Stapel Briefe, Bestellun-
gen, Lieferscheine und Rechnungen gefunden, die sie bisher
nie zu Gesicht bekommen hatte. Der Empfänger der Liefe-
rungen sind der BND in München, Pullach und das BKA in
Wiesbaden. Lieferant ist die ›Manaqua Import-Export‹.

Der Kommissar schaut sich die Papiere an: »Alle Achtung«, sagt er anerkennend, »Thanner ist nicht nur Titelhändler, sondern auch noch Waffenschieber der feinsten
Art: Spionage-Geräte, die wir hier in Deutschland gar nicht
einsetzen dürfen.«

»Was will dann das BKA damit?«, fragt Leon naiv.

»Arbeiten«, lacht der Kommissar. »Schauen Sie hier, ein Lieferschein für Infrarot- und Lasergeräte. Mit denen können Sie auf jede Fensterscheibe gerichtet gemütlich alles ablesen, was in dem dahinterliegenden Raum gerade auf einem x-beliebigen PC geschrieben wird. Oder mit diesen Geräten«, und dabei zieht der Kommissar ein weiteres Papier aus dem Stapel der Lieferscheine, »hören Sie leicht jedes gesprochene Wort ab, das die zu beobachtende Gruppe in einer Entfernung von bis zu 1.000 Metern spricht.«

»Tolles Spielzeug für Möchtegern-James-Bonds«, entrüstet sich Lena. »Klar, dass jeder Polizist solche Geräte gerne einsetzt.«

»Der BND darf sie im Ausland verwenden. Das BKA kann behaupten, wir kaufen die Geräte lediglich zur Erprobung.«

Bei diesen Erklärungsversuchen muss der Kommissar selbst lachen und Leon ergänzt: »Könnten die sagen. Aber wenn ich die Pressestelle des BKA anrufe, sagen die einfach: ›No Comment.‹«

»Davon ist auszugehen«, bestätigt der Kommissar.

»Klar ist jetzt aber endlich, warum Sie nicht gegen Thanner ermitteln durften«, stellt Lena fest. »Der eigene illegale Lieferant genießt Informantenschutz.«

»Und klar ist auch, dass es bei diesem Geschäft um mehr geht, als wir bisher geahnt haben«, setzt der Kommissar hinzu. »Titelkauf! Pah, ein Doktorle und Professorle mehr, was juckt das gegenüber den Aufgaben der staatserhaltenden Dienste?«

»Und völlig ungeklärt bleibt da eben ein Mord an einem gewissen Herrn Klaiber«, stellt Leon nüchtern fest. »Wer ist das schon?«

»Wir haben morgen noch die Chance bis 14.30 Uhr,

dann ist der Vogel abgeflogen«, erinnert der Kommissar an Thanners Pläne und schaut auf die Uhr. »Noch fast 12 Stunden.«

»Und was machen Sie mit Gerard, wollen Sie ihn auch festhalten?«

»Ja, auf jeden Fall. Ich werde morgen früh sofort einen Haftbefehl für beide beantragen. Für Gerard haben wir in dessen Wohnung genügend Hinweise auf illegalen Titelverkauf gefunden. Hauptsächlich fingierte Urkunden von deutschen Universitäten, das reicht. Was Thanner betrifft, werde ich beantragen, dass er zumindest deutsches Hoheitsgebiet nicht verlassen darf. Damit haben wir ihn noch ein paar Tage bei uns, mehr ist wohl vorerst nicht drin.«

Leon spürt eine lähmende Müdigkeit. Es ist 3 Uhr, und er hat keine Idee, wie sie Thanner jetzt noch beikommen könnten. Dabei ist immer offensichtlicher, dass er hinter dem Mord an Klaiber steckt. Er schaut Lena an, schlägt vor, die Spuren ihres nächtlichen Besuchs zu beseitigen und sagt resignierend: »Also dann, Klaiber, du hast dir den falschen Mörder ausgesucht.«

»Abwarten«, beruhigt der Kommissar. »Wir werden Gerard weichkochen. Er hat die Wahl. Anklage wegen Mordes oder wegen Beihilfe, das ist ein wesentlicher Unterschied.«

Auch Lena versucht erst gar nicht, ihre Müdigkeit zu überspielen. Sie scheucht die beiden Männer aus dem Büro und verschließt die Räume ordentlich. Leon schaut nochmals von außen bewundernd an dem alten Kasten hoch. Diese majestätische Villa, auf der einen Seite mit ihren trutzigen Mauern und Alarmanlagen, auf der anderen Seite mit ihrem fantastischen Seeblick, die hat ihn beeindruckt. Erst unüberwindbar und dann doch so einfach zu betreten. Vielleicht ist so auch Thanner noch zu knacken? In ihm als unverbesserlichem Optimisten keimt schon wieder neue Zuversicht auf.

»Hoffen wird man noch dürfen wollen können …«, brummelt er etwas wirr im Auto vor sich hin.

Auch Lena ist erschöpft, gleichzeitig aber auch aufgekratzt: »Ich hatte keine Ahnung von diesen Waffengeschäften in diesem Ausmaß, es hat auch nie jemand von einer Bundesstelle bei uns im Büro angerufen, da bin ich sicher«, wundert sie sich. »Da sitzt du drei Jahre in einem Büro und glaubst, ohne dich gehe nichts, und dann stellst du fest, die wahren Geschäfte gehen alle an dir vorbei. Das ist doch frustrierend, oder it?!«

»Oder it«, äfft er die konstanzerische Redensart nach. »Jetzt trinken wir in deiner schönen Küche noch einen leckeren Schlaftrunk, und morgen um 14.30 Uhr werden wir das Kapitel Thanner beenden; so oder so. Mir reicht es, ich habe die Nase voll, lass uns von was anderem reden.« Seine rechte Hand tastet sich bei seinem letzten Satz vom Schaltknüppel vorsichtig rüber in ihren Schoß. Sie lässt seine Hand über ihre Schenkel gleiten bis in den Schritt. Dort presst sie ihre Beine fest zusammen, um seine Finger gefangen zu halten. »Versprochen. Bis morgen früh nur wir beide.«

»Gut so«, träumt er von der bevorstehenden Nacht gemeinsam in einem Bett.

Das Telefon klingelt. Lena schreckt hoch. Sie hat tief geschlafen. Leon linst auf seine Armbanduhr. Es ist kurz nach acht.

Das Telefon schrillt unerbittlich.

Lena springt aus dem Bett und nimmt ab.

»Ja, guten Morgen.« – »Ja, natürlich.« – »Verstehe.« – »Nein, das verstehe ich nicht.« – »Wenn Sie meinen.« – »In Ordnung, Herr Thanner.«

Sie legt den Hörer auf die Gabel zurück und geht langsam wieder Richtung Bett.

Leon dreht sich verschlafen um, versucht seine Augen zu öffnen und sieht sie ratlos dastehen. Er hebt die Decke hoch und sagt: »Komm, leg dich zu mir.«

»Scheiße, der weiß alles.«

»Wer weiß alles, Thanner?«

»Ja, wer sonst? Ich brauche nicht mehr um neun bei ihm antreten, er ist enttäuscht von mir, ich bin entlassen.«

»Warum?«

»Er ist über heute Nacht im Bilde, er hat mich gebeten, dir einen Gruß auszurichten, du wirst von seinem Anwalt hören.«

Jetzt ist auch Leon hellwach. »Was heißt das?«, schreit er.

Sie hebt ihre nackten Schultern nach oben und lässt sie wieder fallen. »Was weiß ich.«

»Was hat er denn noch gesagt?«

»Nichts, er ist enttäuscht von mir und meinem neuen Freund«, stammelt sie noch ohne Kraft in ihrer Stimme. »Ich sei heute Nacht eindeutig zu weit gegangen. Ich hätte sein Vertrauen missbraucht.«

Leon steigt aus dem Bett. Er nimmt Lena in seine Arme. Sie wirkt wie vor den Kopf gestoßen.

»Woher weiß er von uns?«

Leon rüttelt sie: »Hey, komm zu dir, was heißt denn da Vertrauen? Waffenschieber haben kein Vertrauen verdient. Was spinnst du dir denn da zusammen?«

Sie windet sich aus seiner Umarmung. Er lässt sie frei.

Sie geht ins Bad, er in die Küche. Ohne Frühstück geht bei ihm gar nichts. Er setzt einen Kaffee auf.

Im Küchenschrank findet er ein helles Bauernbrot. Er schneidet ein paar Scheiben ab. Dann schlägt er zwei Spiegeleier in die Pfanne, gibt Zwiebeln, ein bisschen klein geschnittene Salami, Paprikaschoten und Kräuter dazu. Dann stellt er aus dem Kühlschrank Wurst, Käse und Marmelade auf den Tisch. Er hantiert besonders laut mit dem Besteck in der Hoffnung, dass Lena irgendwann wieder ihren Kopf aus dem Badezimmer strecken wird.

Bevor er den Frühstückstisch ganz gedeckt hat, steht sie auch schon im Türrahmen. Ihre Haare sind noch nass, ihr Gesicht ist ungeschminkt. Er lächelt sie an. Sie sieht am Morgen noch schöner aus, denkt er und legt die Spiegeleier auf je eine Scheibe Brot.

»Aus dem ›Schwanen‹, vom Werner selbst gebacken«, erklärt sie mit einem Kopfnicken Richtung Fenster und schnappt sich einen Teller.

Er nimmt sich den anderen und setzt sich zu ihr an den Tisch. Das Ei und das Brot schmecken vorzüglich. Die Großstadtbäcker in Stuttgart haben nach seiner Ansicht alle ihr Handwerk längst verlernt. Vermutlich backen gar keine Bäcker mehr, sondern sind nur noch Programmierer in den Backstuben am Werk. Diese haben ihre neuesten High-Tech-Anlagen im Griff und produzieren am Fließband Backwaren. Exakt auf die Sekunde. Pointbakering. Diese Spezialisten können alle Englisch, aber vom Brotbacken haben sie leider keine Ahnung.

»Und jetzt?« Während er über das Bäckerhandwerk sinniert, hatte sie ihr Ei schon weggeputzt. »Was machen wir jetzt?«

»Jetzt frühstücke ich in Ruhe, und dann fahren wir zu

Thanner. So kommt er mir nicht davon. Ich habe noch einiges mit ihm zu klären, das werden wir gleich sehen.«

Sie steht auf und stellt Butter und Wurst in den Kühlschrank zurück. »Los, dann lass uns fahren.«

Vor Taisersdorf zweigt die Straße zum Thanner'schen Anwesen ab. Leon setzt den Blinker und will einbiegen. Eine Straßensperre verhindert die Zufahrt. Ein freundlicher, uniformierter Polizist fordert ihn mit der rechten Hand unmissverständlich auf, auf der Hauptstraße weiterzufahren. Seine linke Handbewegung sagt eindeutig: Die Nebenstraße ist gesperrt, abbiegen verboten!

Leon schaut Lena verwundert an.

»Keine Ahnung, was da los ist, frag besser ihn.«

Leon fährt neben den Polizisten und zeigt seinen Presseausweis. »Können Sie uns aufklären? Wir möchten zu dem Anwesen Thanner.«

»Gerade deshalb stehe ich hier, die Zufahrt ist gesperrt.«

»Warum?«

»Ich weiß nicht, ob ich Ihnen eine Auskunft erteilen darf?«

»Ich bin Anlieger und wohne bei Thanner«, kommt ihm Lena spontan zu Hilfe.

Der Polizist wird sichtlich verlegen. Er räuspert sich und fährt mit seiner Hand unsicher über seine Lippen.

»Sind Sie verwandt?«, fragt er schließlich.

»Professor Thanner ist mein Onkel«, lügt Lena hemmungslos.

Der Polizist schaut sich kurz unschlüssig um, dann gibt er dem Wagen schließlich den Weg frei. Leon tritt auf das Gaspedal und schaut Lena fragend an »Frauen lügen nicht?«

Über dem Anwesen kreist ein Hubschrauber der Polizei. Leon schießt mit hoher Geschwindigkeit vor die Parkeinfahrt. Das Tor ist sperrangelweit geöffnet. Dahinter sieht er weitere Polizeiautos stehen. Er fährt bis vor den Eingang der Villa und steigt aus. Ein junger Polizist in Zivil herrscht ihn an: »Was machen Sie da?«

»Ich habe hier seit Tagen zu tun«, antwortet Leon frech. »Aber Sie waren bis heute Nacht noch nicht da. Also, was machen Sie nun hier?«

Der Polizist geht auf Leon zu und stellt sich vor: »Thomas Ernst, vom BKA. Sie dürfen nicht weiter das Grundstück betreten, die Spurensicherung ist noch nicht abgeschlossen.«

»Warum Spurensicherung?«

»Wir stellen hier die Fragen. Wer sind Sie?«

Leon zeigt seinen Presseausweis und stellt sich höflich vor.

Der BKA-Beamte reagiert gereizt. »Setzen Sie sich in Ihren schönen Wagen und verschwinden Sie hier«, geht er Leon forsch an.

Leon versucht noch einen auf Freund und Helfer und fragt nach Kommissar Schön aus Konstanz, doch Fehlanzeige. Gerade dieser Name scheint wie ein rotes Tuch zu wirken.

»Ich kann Sie auch sofort wegbringen lassen, verschwinden Sie jetzt und behindern Sie unsere Ermittlungen nicht. Die Telefonnummer der Pressestelle kennen Sie bestimmt. Und jetzt den Rückwärtsgang rein, aber dalli!«

Leon setzt sich in seinen Wagen und fährt langsam aus der Ausfahrt. Vor dem Tor bleibt er stehen. Er ruft den Kommissar in Konstanz an. Dieser weiß von nichts, will sich aber sofort melden.

Himmelarschundzwirn, jetzt wird es lustig!

Der Polizeihubschrauber kommt immer tiefer. Leon fährt an dem Grundstück entlang und parkt hinter jenem Busch, hinter dem er schon am ersten Abend der Observierung von Klaiber seinen Wagen geparkt hatte. Er geht um das Auto, öffnet die Tür von Lena und lässt sie aussteigen. Gemeinsam schlendern sie nun an dem Zaun des Grundstückes entlang, wo er einst gejoggt ist.

Der Hubschrauber landet direkt in der Einfahrt. Die Baumwipfel stieben auseinander, der Kies wirbelt auf, das Fluggerät setzt sich exakt auf die enge Zufahrt.

Lena zieht Leon vom Zaun weg. »Lass uns schnell auf die kleine Anhöhe dort drüben gehen, von dort haben wir Einsicht auf das Gelände.«

Er sprintet los, sie hinterher.

Außer Puste kommen sie auf dem kleinen Hügel, keine 500 Meter vom Zaun entfernt, an. Von hier aus lässt sich fast das gesamte Anwesen überblicken. Einige Polizisten gehen um das Gelände, mehrere Dienstfahrzeuge sind in der Einfahrt geparkt. An dem Hubschrauber vorbei schiebt sich jetzt ein Leichenwagen.

»Das hat er nicht verdient«, sagt Lena.

Leon schüttelt seinen Kopf: »Wer will denn Thanner ermordet haben? Das macht doch gar keinen Sinn, oder?« Ratlos schauen die beiden sich an.

Sie starren weiter auf das Gelände.

Endlich fiept das Handy. Der Kommissar aus Konstanz ist am Apparat. »Das BKA leitet den Einsatz. Die Staatsanwaltschaft ist sehr verschlossen und auch mein Chef. Ich weiß nicht, was da vor sich geht.«

Leon erzählt ihm von dem Leichenwagen. Der Kommissar in Konstanz flucht: »Und wir sind die Ärsche, ich habe keinen Schimmer, was los ist. Sicher ist nur, dass der Einsatz schon lange geplant war. Die Bereitschaftspolizei muss bereits heute Nacht aus Göppingen angerückt sein.«

Leon legt auf. Der Derrick vom See kann ihm heute nicht weiterhelfen. Lena zeigt mit dem Finger auf das Gelände: »Thanner«, sagt sie erleichtert.

Auch er sieht nun die stattliche Figur des Titelhändlers und Waffenschiebers. Er ist mit dem jungen Polizisten aus dem Haus getreten und geht zum Hubschrauber. Die beiden steigen ein, der Hubschrauber hebt ab. Laut geht er senkrecht über die Baumwipfel hoch, dann dreht er ab Richtung Norden.

Die beiden schauen ihm nach. »Ich will noch einmal mit Thanner reden«, beharrt Leon. Er schaut auf die Uhr. Es ist kurz vor elf. Um 14:30 Uhr hebt Thanners Flieger in Frankfurt ab. Das reicht. In drei Stunden ist er dort.

Sapperment, mit vollem Karacho.

AUF UND DAVON
... UND LEON BLEIBT ZURÜCK

Die Kommissarin und ihr Assistent brausen mit Blaulicht Richtung Überlingen. – Ein Polizeihubschrauber hebt gerade über den Hügeln hinter der alten Reichsstadt ab. Der Hubschrauber flattert Richtung Norden davon. – Die Kommissarin schaut zuerst dem Hubschrauber nach, dann ihren Assistenten ratlos an. Dieser gibt Vollgas. – Sie kommen bei Thanners Anwesen an. Die Parkeinfahrt ist geöffnet, ein Polizist winkt sie durch. – Der Assistent prescht mit dem Wagen bis vor die Haustür der Villa. Ein uniformierter Kollege salutiert. Die beiden steigen aus. Der Beamte grüßt mit der Feststellung: »Sie kommet aber spät.« – Der Assistent schaut zu der Kommissarin, sie macht eine abwertende Handbewegung. Beide gehen in das Haus. – Schnitt – Ein Beamter der Spurensicherung nimmt sie im Flur in Empfang und deutet hinter sich: »Da hinten liegt er.« – »Wer?«, fragt die Kommissarin. – »Der Tote natürlich«, raunzt der Kollege unfreundlich. – Die Kommissarin schaut zu ihrem Assistenten, der wiederum schaut hilflos zu ihr. Beide gehen entschlossen in die hinteren Räume. Auf dem Boden sehen sie, im eigenen Blut liegen, Gerard. – Die Kommissarin sagt: »Scheiße!« – »Das können sie wirklich laut sagen«, stimmt ihr ein anderer Kollege bei. »Entschuldigung, ich habe mich noch nicht vorgestellt: Ich bin ein Kollege von Thomas Ernst vom BKA. Der Tote heißt Gerard, er ist leider einer Kugel einer unserer Scharfschützen in die Quere gekommen. Unverständlich, wie der Mann sich gegen unsere

Überlegenheit hatte wehren wollen.« – *»Wollte er das?«* – *»Ja, daran besteht kein Zweifel. Er wollte sich einer Verhaftung entziehen.«* – *»Warum wollten sie ihn denn verhaften?«* – *»Es besteht kein Zweifel, dass er vor zwei Wochen in Konstanz einen gewissen Herrn Klaiber umgebracht hat. Die Tatwaffe hält er noch immer in seiner Hand. Thomas hatte ihn überführt und einen Haftbefehl ausstellen lassen. Er ist extra sehr gewissenhaft vorgegangen und mit der Bereitschaftspolizei zur Verhaftung angerückt. Trotzdem ist dies nun leider passiert.«* – *»Und wo ist der große Thomas jetzt?«* – *»In Wiesbaden, er musste dringend weg, wir haben noch anderes zu tun, als einen kleinen Mörder festzunehmen, das ist eigentlich nicht unser Job.«* – *Umschnitt.*

Leon jagt seinen Porsche über die Autobahn Richtung Frankfurt. Es ist kein besonders schöner Tag. Am Bodensee scheint noch die Sonne. Hinterm Hegau wird es wolkig, und ab Stuttgart regnet es. Typisches Frühlingswetter in Süddeutschland: Am See drückt der Föhn aus Italien die Wolken gen Norden. Blauer Himmel über dem Nordalpenrand bis zu den Hegaubergen. Hinter Engen regnet es dann meist.

In dem tiefliegenden Sportwagen ist die Fahrt bei Regenwetter kein Vergnügen. Jedes Auto, das er überholt, zieht eine dicke Wassergischt hinter sich her. Leon schießt in die aufgewirbelte Wasserwolke und sieht sekundenlang nichts, bis er das Fahrzeug überholt hat. Bei jedem Lastwagen dauern die Sekunden fast Minuten. Trotzdem bremst er nicht ab. Er muss vor 14 Uhr in Frankfurt sein. Glücklicherweise schläft Lena auf dem Beifahrersitz oder tut zumindest so. Das ist kommt ihm entgegen, er ist seit der Autobahnauffahrt hinter Überlingen nicht mehr von der Überholspur gewichen. Es ist wieder einmal ein Tag, an dem er sich selbst beweisen kann, dass der Porsche kein Fehlkauf war. Die Uhr läuft, und er hat gute Chancen, Frankfurt rechtzeitig zu erreichen. Auch Lena scheint porschetauglich zu sein. Denn bei aller Liebe zu dem Sportwagen ist er doch erstens hart gefedert und vor allem höllisch laut. Und trotzdem: sie schläft.

Er fährt nach Stuttgart Richtung Heilbronn, dann über Mannheim nach Frankfurt. Dreieinhalb Stunden Fahrtzeit hat Lenas Travelguide errechnet, nach drei Stunden ist er dort. Er stellt den Wagen direkt vor dem Haupteingang ab. Einen Strafzettel nimmt er in Kauf. Sie rennen beide los und blicken zur Informationstafel, Flugsteig 18, Guatemala City. Sie rennen weiter. Es ist Punkt 14 Uhr, eine lange Schlange steht am Schalter. Kein Thanner zu sehen. Sie hetzen an der langen Schlange entlang, gehen die Reihen ab, spähen angestrengt. Die Minuten vergehen.

14.10 Uhr, Leon wird nervös: »Wie will der denn rechtzeitig zu seinem Gate kommen, wo steckt er nur?«

Lena ist ebenfalls ratlos.

Ein Handy klingelt, Leon zieht sein Gerät aus der Tasche. Er drückt den Menüknopf und hält den kleinen Apparat an sein Ohr. Der Kommissar aus Konstanz ist am anderen Ende der Leitung: »Wo stecken Sie?«, will er wissen.

»Ich bin in Frankfurt, ich will Thanner abfangen, und Sie?«

»Ich bin in Thanners Haus. Der Tote, für den der Leichenwagen anrollte, ist Gerard. Er soll der Mörder von Klaiber sein, das BKA wollte ihn hier bei Thanner heute Morgen festnehmen, dabei kam es zu einer Schießerei.«

»Und Thanner?«

»Der ist mit einem Kollegen des BKA nach Wiesbaden

geflogen. Die werden ihn aus dem Schussfeld bringen. Kein Wunder bei den gemeinsamen Interessen.«

»Ich wollte Thanner hier in Frankfurt abpassen, finde ihn aber nicht.«

»Gehen Sie ans Tor 13, vielleicht kommt er dort vorbei.«

»Was heißt das?«

»Das Tor 13 ist für Diplomaten reserviert. Ich denke, dass das BKA Thanner dort durchschleust, wenn er denn überhaupt ausfliegt.«

»Ciao«, quittiert Leon den Hinweis und legt auf. Er schiebt Lena vor sich her: »Zum Tor 13, dort wird Thanner wohl durchgereicht.«

14.20 Uhr, Leon und Lena stehen am Ausgang 13. Es ist wenig los. Nur vereinzelt gehen Menschen ein und aus. Man sieht ihnen an, dass sie wichtig sind. VIPs. In zehn Minuten soll der Flieger der KLM abheben. Leon schaut sich noch einmal um, dann ist er sich sicher: »Zu spät, der muss schon drinnen sein.«

Lena schüttelt ihre schwarzen Haare und zeigt erleichtert in die Halle: »Thanner kommt immer auf die Minute genau, immer. Da ist er.«

Thanner ist in Begleitung des BKA-Beamten, der Leon am Morgen vor Thanners Haus so schroff abgewiesen hatte. Beide haben leichtes Gepäck unterm Arm. Zielstrebig gehen sie auf Leon und Lena zu, sie scheinen die beiden noch nicht ausgemacht zu haben.

Leon dreht sich ein bisschen zur Seite und wartet, bis die beiden Herren neben ihm stehen. In letzter Sekunde macht er einen Schritt vor den Eingang und steht direkt vor den zwei Ausreisenden. Thanner stoppt seinen Gang nur kurz, dann drückt er Leon mit dem rechten Arm zur Seite und will an ihm vorbeigehen: »Lassen Sie, mein Anwalt wird sich mit Ihnen beschäftigen.«

»Mit mir? Ich denke eher, *Sie* brauchen einen Anwalt. Sie haben doch Klaiber und jetzt auch noch Gerard auf dem Gewissen.«

Thanner will unbeirrt weitergehen und schiebt Leon unnachsichtig zur Seite. Der BKA-Beamte hilft mit und zerrt Leon am anderen Arm aus dem Weg.

»Herr Thanner«, mischt sich Lena ein, »wollen Sie mir das alles nicht erklären? Haben Sie mir nichts mehr zu sagen?«

Thanner ist schon hinter der ersten Absperrung des Ausgangs. Trotzdem bleibt er jetzt kurz stehen und schaut zu Lena: »Es war eine äußerst angenehme Zusammenarbeit mit Ihnen. Sie waren mir eine gute Kraft. Sie werden im Büro alles Weitere finden, ich habe dort auf Ihrem Schreibtisch ein Kuvert mit Anweisungen für Sie hinterlassen. Dass ich Sie jetzt mit diesem Herrn hier antreffen muss, enttäuscht mich. Trotzdem: Leben Sie wohl.« Mit diesen Worten dreht sich Thanner wieder Richtung Ausgang, um zu verschwinden.

Leon sucht nach einer letzten Möglichkeit, ihn aufzuhalten und schreit laut: »Auch Sie enttäuschen mich, in Ihrem Haus liegt ein toter Freund von Ihnen und Sie hauen ab.«

Thanners Begleiter schubst Leon von sich. Er zückt seinen Dienstausweis, zeigt ihn den Beamten an der Sperre des Ausgangs und läuft Thanner hinterher.

Doch Thanner kommt plötzlich zurück und geht direkt auf Leon zu: »Sie verstehen gar nichts, Sie haben sich übernommen. Sie machen mir und vor allem auch Ihrem eigenen Staat nur Scherereien. Hier steht mehr auf dem Spiel, als Sie denken. Es geht auch um Ihre Sicherheit, aber was haben davon linke Schreiberlinge wie Sie für eine Ahnung? Nicht die leiseste.«

»Und Sie? Sind Sie plötzlich Staatsdiener?« Leon ist aufgebracht. »Sie zocken doch auch nur ab, wo es geht. Zuerst als Titelhändler und nun noch als Waffenschieber. Nur Klaiber war Ihnen dabei im Weg. Wollte er plötzlich wie Sie ins Waffengeschäft einsteigen und das BKA beraten? Oder warum musste er aus dem Weg?«

»Das ist eine ganz andere Baustelle. Klaiber hat sich selbst auf dem Gewissen. Es gibt auf jedem Markt Spielregeln, und an die hat er sich eben nicht mehr gehalten.«

»An Ihre Spielregeln, meinen Sie?«

»Quatsch, mir waren seine Geschäfte gleichgültig, aber der Staatsanwaltschaft nicht. Titelhandel mit deutschen Universitäten, das läuft halt nicht.«

»Und deshalb haben Sie ihn umgebracht und dem Staatsanwalt sogar frei Haus geliefert. Sozusagen als Friedensangebot und zur Beruhigung des Marktes. Wichtig ist, Ihr Förderverein darf ungehindert weiter Ihre fragwürdigen Titel verkaufen?«

»Hört sich vielleicht schlüssig an, dem kann ich mich gar nicht entziehen. Aber Fakt ist: Die Polizei hat Gerard als Mörder überführt. Er hatte die Tatwaffe bei seiner versuchten Festnahme in der Hand, und er hat sich damit der Verhaftung entziehen wollen. Warum wohl?«

»Weil er vielleicht tatsächlich Klaiber umgebracht hat, aber auf Veranlassung von Ihnen.«

»Immerhin stimmen Sie mir zu, dass Gerard der Mörder ist, also, was wollen Sie denn noch?«

»Sie! Gerards Mörder.«

»Gerard wollte Klaibers Geschäfte übernehmen, doch die waren eine Nummer zu groß für ihn. Die Polizei hat ihn überführt und basta. Aber ich habe Ihnen schon hundertmal gesagt, das alles geht mich wirklich nichts an, aber auch gar nichts!«

»Eine schöne Version haben Sie und Ihr Kollege des BKA sich da zusammengestrickt. Die Wahrheit aber ist, dass Sie und Ihre sauberen Freunde des BKA Gerard gezielt in eine Kugel laufen ließen.«

»Beweisen Sie das, oder schweigen Sie.«

»Mr. Thanner, Mr. Thanner, please ...« Der Titelimpresario des Bodensees wird über die Flughafenlautsprecher persönlich ausgerufen. In wenigen Minuten startet seine Maschine. Trotzdem schreit Leon verzweifelt dagegen an und schleudert seinen Verdacht den beiden Herren vor die Füße: »Hier ist Gerards Handy mit Ihrer SMS. Sie haben ihm vorgegaukelt, dass er heute mit Ihnen nach Guatemala fliegen wird. Stattdessen haben Sie ihn schlichtweg von Ihrem Freund und Helfer erschießen lassen.« Leon dreht sich zu dem BKA-Beamten Thomas Ernst. »Super Polizei, Sie machen sich tatsächlich zum Helfer und auch noch zum Mordkomplizen. Genial, wie Sie Gerard aus dem Weg geräumt haben. Tote können sich nicht wehren.«

Der BKA-Beamte lächelt überlegen. Dann geht er einen Schritt auf Leon zu und sagt ganz leise zu ihm: »Nun lassen Sie die Kirche im Dorf. Sie sind doch über Ihren Kommissar von der Kriminalpolizei in Konstanz bestens informiert. Uns interessiert Ihr Titelhandel einen feuchten Käse. Das BKA hat andere Aufgaben, aber das sollten Sie mit unserer Pressestelle klären.« Und zu Thanner gewandt sagt er: »Wir müssen gehen, Herr Professor, die Maschine startet.«

Gleichzeitig ertönt der letzte Aufruf über die Lautsprecher des Flughafens: »Herr Professor Thanner und Doktor

Thomas Ernst werden dringend gebeten, sich sofort beim Gate 18 einzufinden, dies ist der letzte Aufruf!«

»I könnt verzwatzle.«

Leon denkt an Momo: Ein Atemzug ein Besenstrich. Er kocht innerlich.

Lena will ihn trösten, er schiebt sie beiseite.

Versaubeitelt!

HAPPY END ODER FIKTION
... ZWISCHEN WIRKLICHKEIT UND
DREHBUCH

Das Handy der Kommissarin klingelt. Thomas ist dran. Er sagt: »Tut mir leid, aber Dienst ist Dienst, ich habe meine Anweisungen.« – Sie fragt: »Wo bist du?«, ein bisschen Enttäuschung schwingt in ihrer Stimme mit. – Er antwortet: »In Wiesbaden. Ich habe zu tun.« – Umschnitt -

Die Kamera zeigt Thomas im Flugzeug sitzen. Neben ihm Thanner. Sie stoßen mit einem Whisky an. – Umschnitt –

Schlusstotale: Flieger startet Sonnenuntergang entgegen.

Leon sitzt im Garten bei Lena. Er hat seinen Laptop vor sich und schreibt den letzten Satz in sein Drehbuch:

Die Figuren in diesem Roman sind frei erfunden. Ähnlichkeiten mit lebenden oder toten Personen sind beabsichtigt und nicht zufällig.

Lena stellt ihm ein Glas Bodensee-Prosecco auf den Tisch: »Dein Ende sollte noch ein bisschen umgeschrieben werden.«

»Das geht nicht«, sagt er, »ich bin Journalist und schreibe nichts als die Wahrheit und nur die Wahrheit.«

»Deswegen. Ich war gerade in meinem alten Büro. Auf meinem Schreibtisch lagen meine Papiere, ein Zeugnis, und guck dir das an: Die ›Universidad Fernandez de Orticho‹

verleiht hiermit Lena Hofmann aufgrund einer ausgezeichneten Abhandlung ›gloria bona fama bonorum‹, Studien zur organisatorischen Bedeutung des modernen Managements in der Abwicklung EDV-gestützter Büro-Systeme und des ausgezeichneten Ergebnisses der wissenschaftlichen Gesamtprüfung Titel und Würde des ›Doktor rerum politicarum‹. – Du solltest also in deinem Buch meinen vollen Namen nennen: Dr. rer. pol. Lena.«

»Jawohl, Dr. Schätzele.«

SCHLUSS

Die ›Schmerz- und Heilklinik Bodensee‹ in Langenargen existiert heute nicht mehr. Prof. Dr. med. Christian Ziegler wurde als Titelschwindler entlarvt. Es hat erstaunlich lange gedauert, fast 20 Jahre hatte der Frisör Christian Ziegler als falscher Doktor im weißen Kittel praktiziert und damit unzählige Patienten betrogen. In dieser Zeit hatte er einige Millionen verdient – auch Kassenhonorare von der Kassenärztlichen Vereinigung. Privatpatienten hatten ihm zum Teil fünfstellige Honorare überwiesen, einige über 100.000 Euro.

Wie viele Patienten er gesundheitlich geschädigt hatte, konnte das Gericht im Nachhinein nicht mehr feststellen. 41 Fälle der Körperverletzung sah das Gericht als erwiesen an.

Christian Ziegler wurde vor dem Landgericht Ravensburg wegen vorsätzlicher Körperverletzung und Titelmissbrauchs zu drei Jahren Haft verurteilt. Auf ihn waren, außer den unzähligen Patienten, zwei Landesministerien hereingefallen. Sie hatten ohne die notwendige Gründlichkeit seine gefälschte Urkunde der Universität Rom akzeptiert, und seinen Titel ›Dottore/unv. Rome‹ zum ›Dr. med.‹ anerkannt. Damit hatte das Unheil seinen Lauf genommen.

Erich Schütz
Bombenbrut
978-3-8392-1176-2

»Der idyllische Bodensee liefert die Kulisse für einen Thriller der Extraklasse, in dem Fiktion und Realität eine raffinierte Verbindung eingehen.«

Es ist ein heißer Sommer. Das Ferienparadies Bodensee ist Ziel von Millionen Touristen, aber auch von skrupellosen Waffenschiebern und internationalen Geheimdiensten. Der Erfinder Herbert Stengele hat eine sensationelle Strahlenwaffe entwickelt, sie könnte den Krieg der Sterne entscheiden.

Journalist Leon Dold hat den Auftrag, das Leben des Luftfahrtpioniers Claude Dornier nachzuzeichnen, doch plötzlich steckt auch er mitten in diesem Krieg am Ufer seines idyllischen Bodensees …

Wir machen's spannend

Erich Schütz
Judengold
978-3-8392-1015-4

»Glänzend erzählt und ungemein spannend!«

Leon Dold ist Journalist. Als er am Bodensee für einen Dokumentarfilm recherchiert, stößt er auf einen Fall von Gold-
schmuggel und eine Geschichte, die schon im Dritten Reich
begann: Jüdisches Kapital wurde damals in die Schweiz ver-
schoben; ein Zugschaffner namens Joseph Stehle spielte offensichtlich eine tragende Rolle, auch ein Schweizer Bankhaus war involviert. Jetzt soll es gewaschen nach Deutschland
zurückgebracht werden. Auf der Suche nach den Hinter-
gründen stößt Leon auf unglaubliche Machenschaften und
verstrickt sich immer tiefer in den brisanten Fall: Eine Organisation, die Verbindungen in höchste Geheimdienstkreise
zu haben scheint, von deren Existenz jedoch niemand etwas
wissen will, streckt ihre tödlichen Fänge nach ihm aus …

Wir machen's spannend

Bernd Leix
Fächerkalt
978-3-8392-1324-7

»Ein abwechslungsreicher Krimi mit einem sympathischen, menschlichen Kommissar ermittelt, einem rätselhaften Mordfall und authentischen Ortsbeschreibungen.«

Konstantin von Villing gesteht: Er hat seine Tante auf dem Gewissen. Erhängt. In einem Schrank. Doch auf dem Anwesen im Karlsruher Stadtteil Knielingen finden sich weder Schrank noch Leiche. Und es wird noch rätselhafter: Alle Gebäude sind komplett leer geräumt; kein einziges Möbelstück steht mehr dort.

Kommissar Oskar Lindt kann die Nähe des Todes in den alten Sandsteingemäuern förmlich spüren. Und auf seinen Instinkt ist Verlass.

Wir machen's spannend

Oliver Becker
Schmetterlingstod
978-3-8392-1322-3

»Mit Draufgängertum und seiner unkonventionellen Art bringt Privatdetektiv John Dietz Schwung in die Krimiszene. Ein liebenswerter Antiheld.«

John Dietz hat den Sprung ins kalte Wasser gewagt und in Freiburg eine Privatdetektei eröffnet. Unterstützt von seiner rechten Hand Elvis: einem Papagei. Er hat eine Waffe, einen Computer und jede Menge Enthusiasmus – nur leider keinen Fall. Bis eine frühere Bekannte sein Büro betritt: Laura Winter.

Lauras Schwester ist tot. Überfahren von einem Unbekannten. John Dietz beginnt zu ermitteln – und sticht in ein Wespennest.

Wir machen's spannend

Marcus Imbsweiler
Glücksspiele
978-3-8392-1311-7

»Max Koller ist zurück! In einem Fall, der ihn durch die gesamte Republik führt. Spannend, humorvoll und authentisch.«

Olympia wirft seine Schatten voraus. Auch die deutsche Marathonhoffnung Katinka Glück sieht in den Spielen ihren Karrierehöhepunkt. Dann aber legt man der Läuferin anonym einen Startverzicht nahe. Schon bald kommt es zu versteckten Drohungen und Einschüchterungsversuchen. Steckt die Konkurrenz hinter diesen Machenschaften? Privatermittler Max Koller wird zum Schutz der Athletin eingeschaltet. Was für ihn mehr Bewegung bedeutet, als ihm lieb sein kann. Als dann auch noch ein Mord geschieht, kommt es zu einem dramatischen Finish.

Wir machen's spannend

Edi Graf
Verschleppt
978-3-8392-1310-0

»Ein Krimi um Menschenhandel im Europa des 21. Jahrhunderts. Erschreckend realitätsnah!«

An der Schweizer Grenze wird eine Rentnerin tot aufgefunden. Die Tübinger Journalistin Linda Roloff erfährt von dem mysteriösen Mord und ihre Neugier ist sofort geweckt. Bei ihren Recherchen stößt sie auf ein dubioses Speditionsunternehmen und lernt die Nigerianerin Hadé kennen, die von skrupellosen Menschenhändlern nach Deutschland verschleppt wurde, um hier als Prostituierte zu arbeiten. Als Linda schließlich selbst in die Gewalt der Menschenhändler gerät, beginnt ein Wettlauf mit dem Tod ...

Wir machen's spannend

*Silke Porath, Andreas
Braun, Zoran Zivkovic
Klosterbräu
978-3-8392-1315-5*

»Der zweite Fall des ungewöhnlichen Or-
densbruders führt den Leser vom Schwäbischen bis nach Berlin. Ein Buch, das gute
Laune garantiert.«

»Und jetzt ein kühles Spöttinger Bräu!« – Die Leute lieben
das Spaichinger Bier, den Inhaber der Brauerei aber offensichtlich nicht: Er wird erwürgt. Mitten in der Klosterkirche.
Pater Pius' detektivischer Verstand arbeitet auf Hochtouren
und als Kommissarin Verena Hälble einen Undercover-Mann
braucht, schickt sie kurzerhand den Ordensmann nach Berlin. Und der gerät mitten hinein in einen Strudel aus Bier,
Bonzentum und bitteren Wahrheiten …

Wir machen's spannend

Michael Boenke
Nonnenfürzle
978-3-8392-1306-3

»Die Idylle trügt: Das idyllische Oberschwaben als Schauplatz grausamer Mordfälle. Spannend, humorvoll und mit viel Lokalkolorit.«

In der oberschwäbischen Provinz will der Berufsschullehrer und Lebenskünstler Daniel Bönle die Fasnetszeit trotz Schulunterricht entspannt genießen. Er besucht mit seiner Klasse ein nahegelegenes Kloster, doch ein Schneesturm zwingt ihn und die Jugendlichen zur Übernachtung bei den Nonnen. Der nächste Morgen hält eine tödliche Überraschung im klösterlichen Gottesdienst bereit …

Wir machen's spannend

Jan Beinßen
Familienpakt
978-3-8392-1303-2

>»Auch die neue Reihe von Krimiautor Jan Beinßen bietet hohes Erzähltempo, viel Spannung und Humor.«

Mord im Nürnberger Südklinikum! Eine junge Krankenschwester stirbt durch mehrere Messerstiche. Der Täter wird noch am Tatort gefasst. Doch als er hinter Gittern sitzt, geht das Morden im Klinikum weiter. Konrad Keller, frisch pensionierter Nürnberger Kripochef, hat seine ganz eigenen Vorstellungen vom Ruhestand: Statt das Rentnerleben zu genießen, mischt er weiter bei der Mordermittlung mit und spannt dafür seine ganze Familie ein …

Wir machen's spannend

Unsere Lesermagazine

2 x jährlich das Neueste aus der Gmeiner-Bibliothek

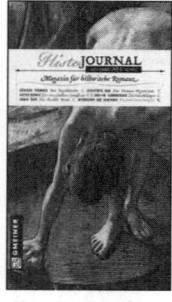

Alle Lesermagazine erhalten Sie in Ihrer Buchhandlung oder unter
www.gmeiner-verlag.de.

24 x 35 cm, 32 S., farbig; inkl. Büchermagazin »nicht nur« für Frauen

10 x 18 cm, 16 S., farbig

GmeinerNewsletter

Neues aus der Welt der Gmeiner-Romane

Haben Sie schon unsere GmeinerNewsletter abonniert?

Monatlich erhalten Sie per E-Mail aktuelle Informationen aus der Welt der Krimis, der historischen Romane und der Frauenromane: Buchtipps, Berichte über Autoren und ihre Arbeit, Veranstaltungshinweise, neue Literaturseiten im Internet und interessante Neuigkeiten.

Die Anmeldung zu den GmeinerNewslettern ist ganz einfach. Direkt auf der Homepage des Gmeiner-Verlags (www.gmeiner-verlag.de) finden Sie das entsprechende Anmeldeformular.

Ihre Meinung ist gefragt!

Mitmachen und gewinnen

Wir möchten Ihnen mit unseren Romanen immer beste Unterhaltung bieten. Sie können uns dabei unterstützen, indem Sie uns Ihre Meinung zu den Gmeiner-Romanen sagen! Senden Sie eine E-Mail an gewinnspiel@gmeiner-verlag.de und teilen Sie uns mit, welches Buch Sie gelesen haben und wie es Ihnen gefallen hat. Alle Einsendungen nehmen automatisch am großen Jahresgewinnspiel mit attraktiven Buchpreisen teil.

Wir machen's spannend